KB073829

구스타프 김

구스타프 김

전홍범 소설집

사랑을 주제로 한
일곱 편 아홉 가지 이야기

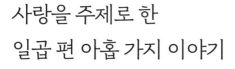

좋은땅

차례

오해

망설였던 적이 언제일까? 기억나지 않는다. 나이가 들면 몸에서 자양분만 빠져나가는 게 아니라 감정도 제물에 시나브로 삭는가 보다. 언제부터인가 모든 일이 하나둘 시들해지더니 지금은 매사가 해도 그만 안 해도 그만이다. 부처님이 도달하신 무아의 해탈 경지에 들어섰다면야 얼마나 좋을까마는 그게 아니다. 기대할 것이 없어지면서 삶이 타성처럼 이어지고 있을 뿐이다. 할까 말까, 하면 무슨 일이 일어날까, 하고 나서 후회할지도 몰라, 하지만 하지 않아도 후회하고 말걸. 좌고우면 게걸음질치며 고민하던 망설임은 옛 추억이 되고 말았다.

그때가 언제였더라. 정우가 내 마음속의 알량한 감정을 모두 다 갖고 떠나가 버린 날이. 그다음 해 늦가을에 둘째 아이가 태어났으니 벌써 사십 년이 되었나? 그러고 보니 정우가 세상을 떠난 후 가슴 떨리도록 망설여 본 적이 한 번도 없는 것 같다. 그런데 대체 이게 무슨 일이람. 내가 지금 이토록 망설이고 있다니…….

택시를 타는 순간 망설임으로 심하게 콩닥거리기 시작한 가슴의 고동은 진정될 기미가 없다. 이대로 쓰러지고 마는 건 아닐까. 도경은 손바닥으로 가슴을 지그시 누르기도 하고 엉덩이를 옴찔거리며 앉은 자세를 바꾸어 보기도 하면서 긴장을 누그러트리려 했다.

이도 저도 아무 효험이 없자 도경은 한숨을 내쉬며 시트 헤드레스트에 머리를 기대고 눈을 감았다. 그러자 망막 위로 정우의 얼굴이 선명히 떠오른다. 도경과 애면글면하던 시절의 싱싱한 모습이다. 함박웃음을 머금은 정우의 얼굴이 바싹 다가와 속삭인다.

'내 사랑을 의심하지 마오.'

정우의 체취가 너무도 생생해 도경은 자신이 택시를 타고 있다는 것도 잊고 도리질 치며 낮게 읊조리고 말았다. '내 사랑을 의심하지 마오.'라는 정우의 목소리가 자연스레 이끌어 내는 대사다.

'오! 의심하는 건 아니에요. 그렇지만 난 때때로 당신의 마음을 알지 못하죠. 당신이 나라는 존재를 까맣게 잊어버린 게 아닌가 하는 생각도 하지요. 하지만 난 당신을 잊을 수가 없어요. 더욱이 오늘 밤은.'

이 말을 얼마나 되뇌었을까. 골백번도 넘겠지. 그래, 이 대사 끝부분에서 과장된 몸짓으로 정우를 힘껏 끌어안아야 했어. 실제 공연 때에는 눈물을 펑펑 쏟기까지 했다니까.

"손님, 다 왔습니다."

택시 운전기사의 목소리에 도경은 퍼뜩 눈을 떴다. 도경이 혼자 읊조리는 소리를 들었는지 룸미러에 비친 기사의 눈빛에 호기심이 가득했다. 혹시 실성한 할머니가 아닌가 살피는 기색이 역력했다.

이런 실수를 하다니…. 도경은 부끄러운 마음에 짐짓 기사의 시선을 모른 체하면서 차창 밖으로 눈을 돌렸다. 택시가 멈춰 있는 곳은 한 번도 와 본 적이 없는 복잡한 시장통 한구석이었다. 이 도시에 이런 곳도 있었나?

뜻밖이었다. 창밖을 휘둘러보았으나 극장이 있을 만한 건물은 보이지 않았다. 혹시 기사가 노인네의 말을 잘못 알아듣고 엉뚱한 곳으로 데려온 것은 아닐까.

"할머니, 다 왔는데요."

기사가 룸미러로 눈을 맞추며 얼른 내리라고 재촉한다. 넉넉해 보이는 외모와 달리 갈라진 목소리 끝에 신경질이 가득하다. 아무리 그래도 확실히 해 두지 않고서는 내릴 수가 없다.

"여기 중앙동 맞지요?"

기사는 말하기도 귀찮다는 듯 고개만 끄덕인다.

"그럼 저기……, 파란나비라는 극장이 어디 있는지 아시나요?"

묻고 나서 도경은 이런 사람이 연극 전용 극장 같은 데를 알 리가 없지 하는 생각에 공연히 쓸데없는 질문을 했구나 후회했다. 그런데 의외로 기사가 룸미러 속에서 호기심이 가득한 눈빛으로 잠시 도경의 얼굴을 훑더니 느릿느릿 손을 뻗는다. 손끝을 따라가 보니 낡은 오 층 건물에 파란나비라고 적어 놓은 쪽빛 간판 하나가 불쑥 고개를 내밀고 있는 게 눈에 들어왔다.

건물 3층에 자리한 극장은 교실 한 개 정도 크기로 옹색했다. 작은 무대가 있고, 그 앞으로 계단 형태의 좌석이 반원형으로 이어져 있었다. 나무로 만든 기다란 깔판에 의자는 없고 관객이 앉을 만한 자리에 얇은 비닐 방석이 하나씩 놓여 있을 뿐이었다. 서른 명 남짓한 관객들이 한데 어울려 재잘거리고 있는데, 서로 잘 아는 처지인 듯 잔칫집처럼 웃음소리가 끊이지 않았다.

'오지 말 것을……. 이대로 돌아갈까.'

분위기가 낯설어 도경은 망설였다. 우두커니 서 있던 도경은 공연 시작을 알리는 차임벨 소리에 반사적으로 빈자리를 찾아 주저앉았다.

　사흘 전 도경은 티브이 뉴스에서 지역 극단이 프랑스 작가 알베르 카뮈의 희곡 〈오해〉를 공연한다는 소식을 들었다. 도경은 '오후 네 시 중앙동 파란나비'만 급히 기억해 부리나케 메모를 했다. 그리곤 고민에 휩싸였다. 가야 할까 가지 말아야 할까. 이미 삭을 대로 삭아 버린 추억을 되살려 뭘 어쩌려고? 망설이면서도 보이지 않는 힘에 이끌리듯 도경은 극장을 찾고 말았다.

　'어차피 앉았으니 끝까지 자리를 지키자. 극을 보기보다는 정우와의 옛 추억을 되새김질하는 거야.'

　도경은 다짐하며 조용히 눈을 감았다.

　"그 사람 다시 올 거야."

　드디어 시작이다. 삶에 지친 노인의 음울한 목소리가 귓전을 때리자 도경은 흠칫 몸을 떨었다. 누가 저리 천연덕스러운 연기를 할까 궁금했지만 눈을 뜨지는 않았다.

　사십 년 전 그날의 일이 삼삼히 떠오른다. 그날 노인 역을 맡아 지친 목소리로 막을 연 사람은 서른 먹은 노처녀 최 간호사로 전문 배우 못지않은 재주꾼이었다. 보건소 강당과 마을 공회당에서 강행한 다섯 차례의 공연. 열정과 치기와 자만이 한데 어울린 젊음의 앙상블. 의대를 졸업하고 군 복무 대신 보건소 의사로 부임한 정우가 최 간호사와 의기투합해서 번갯불에 콩 볶듯 엮어 낸 신기루. 그 보건소에서 간호사로 근무하던 도경도 신기루에 흠뻑 빠져 난생처음 연기라는 것을 해 보았다. 돌이 갓 지난 아기를 박사논문 준비로 바쁜 시누이에게 맡기고.

사십 년 전에 했던 공연이라 세부 플롯이 깜깜하다. 얀을 맡은 정우와 얀의 아내 마리아를 맡은 도경이 1막 앞부분에 등장했던 것 그리고 도경이 3막 마지막 부분에서 마르타의 손에 죽은 얀의 슬픈 운명에 분노하고 절망했던 것 등만이 띄엄띄엄 떠오른다.

'대사가 그다지 많지는 않았어.'

도경은 자신이 외웠던 대사를 기억해 내려 했다. 불가능했다. 많은 부분이 뒤죽박죽 엉켜 있거나 뭉텅뭉텅 사라져 버려 되살려낼 수가 없었다.

'할 수 없지. 배우들의 대사를 따라갈 수밖에.'

도경은 눈을 감은 채 대사를 음미하기로 마음먹었다.

"뒤를 따라왔군."

얀의 목소리다. 비음이 섞여 부드러운 게 정우의 목소리와 많이 닮았다. 드디어 마리아가 등장할 차례다. 도경은 자신도 모르게 움찔거리며 엉덩이를 들어 올리다가 황급히 제자리에 주저앉았다.

'나이가 드니 점차 현실감을 잊을 때가 많아.'

도경은 깊은 한숨을 내쉬고 얀과 마리아의 대화에 귀를 기울였다. 사랑을 확인하려 하고 그 사랑을 더 깊게 하려는 투정이 가득한 대화이다. 가만히 귀 기울이니 예전에 외웠던 대사가 새록새록 생각난다.

"딱한 사람, 내가 당신을 진정으로 사랑하고 있다는 건 당신도 잘 알잖아."라는 얀의 대사가 나오자 정우가 살아 돌아오기라도 한 듯 도경의 가슴은 심하게 요동쳤다.

십여 분 만에 마리아가 퇴장하고 얀과 마르타의 대화가 지루하게 이어지자 도경은 심드렁해졌다.

도경은 대사를 한 귀로 흘리며 옛 추억을 더듬었다.

그때 정우의 나이가 스물다섯이었지? 내가 스물여섯이었고. 그걸 불륜이라고 말해야 할까? 물론 연습할 때도 공연할 때도 연기라고 생각하지 않았어. 정우도 마찬가지였고. 그때 우리에게 사랑의 확인과 투정은 연기가 아닌 실제였지. 그렇다면 불륜이 틀림없다고? 아무 일도 없었는데? 아냐, 불륜이 틀림없어. 그해 가을 정우가 호수에서 죽지 않았다면 우리 관계는 외곬으로 치달았을 거야. 십중팔구 그랬을 테지. 단지 시간문제였을 뿐. 서로 배우자와 아이까지 갖고 있던 우리가 왜 그때 그렇게 서로에게 몰입했을까. 착각이었을까 환상이었을까. 착각이든 환상이든 지금 단 일 분이라도 정우를 만날 수만 있다면 얼마나 좋을까.

정우가 부임하던 날부터 죽기까지 반년간의 짧은 기간이 파노라마처럼 눈앞을 스치며 도경의 두 눈에 눈물이 그득 고였다. 정말 오랜만에 흘려 보는 눈물이었다. 오열할 것만 같아 도경은 입술을 질끈 깨물었다.

연극에서처럼 정우는 물에 빠져 삶을 마쳤다. 신의 저주와 징벌일까? 정우가 죽던 날 도경은 모든 책임이 자신에게 있다고 자책했다. 자신의 잘못된 행동으로 인해 정우가 하나님의 심판을 받은 것이라고 믿었다.

심한 우울증에 빠진 도경은 한동안 정신과 치료를 받았다. 신은 존재하지 않으며 존재하지 않는 신이 인간을 벌할 수 없다는 것 그리고 정우의 죽음이 우연한 사고사라는 사실을 받아들이기까지 오 년이라는 허망한 세월이 필요했다. 이후 도경은 남편의 이해와 사랑으로 평온한 삶을 지속해 왔다. 속으로는 너무 많은 게 변했지만 겉으로는 그랬다. 가장 큰 변화는 감정이 사막의 와디처럼 완전히 메말라 버린 것이다. 진정으로 기쁨과 슬픔을 느끼지 못하면서 지팡이를 든 소경처럼 더듬더듬 삶의 여정을 걸어왔다.

'아! 나는 왜 이다지도 어리석게 살아온 걸까.'

도경은 목 놓아 울고 싶었다.

"그 사람은 미치광이 같은 생각의 대가를 받았어요. 머지않아 당신도 당신의 몫을 받을 거예요."

폭발하듯 울리는 마르타의 절규에 도경은 번쩍 눈을 떴다.

가혹한 운명에 분노하여 발작적으로 절규하는 마르타는 거의 미친 모습이었다. 그것은 한동안 무섭게 도경을 책망하던 분노한 신의 얼굴이었다. '정우는 미치광이 같은 생각의 대가를 받았어. 머지않아 너도 네 몫을 받을 거야.'라고 저주하던 포악한 신의 얼굴이었다.

도경은 잠시 머릿속이 멍했지만 금세 제정신을 차렸다.

'아, 신이라는 건 없어. 저건 마르타의 마지막 대사야. 저 대사가 끝나면 이 연극의 피날레를 장식하는 중요한 대사를 내가 해야 돼.'

도경은 재빨리 마지막 대사를 점검하며 마음을 가다듬었다.

'연습했던 것보다 더 멋지게 마무리 짓는 거야. 도경아, 파이팅!'

어느새 도경은 무대 한가운데에 서 있었다.

절규를 마친 마르타가 퇴장한 무대는 겨울 들판처럼 썰렁하다. 무대 구석 관객의 눈이 미치지 않는 자리에 웅크린 정우와 최 간호사가 도경에게 기대와 격려의 눈빛을 보내고 있다. 정우는 한 눈을 찡긋하며 손가락으로 브이 마크를 그려 보이고 있다.

도경은 대본에 충실하게 두 손을 앞으로 내밀고 비틀비틀 몸을 가누지 못하는 모습으로 관객석을 향해 발걸음을 내디뎠다.

'무슨 일이지? 아직 마지막 대사가 남아 있는데 관객들이 모두 일어서 웅성거리다니. 기립 박수라도 준비하는 걸까.'

도경은 뿌옇게 흔들리는 관객들의 모습을 무시하며 수없이 반복하여 연습했던 마지막 대사를 혼신의 힘을 다해 쏟아 내기 시작했다.

"오 하느님! 이 황막한 땅에서는 살 수가 없습니다. 저를 불쌍히 여겨 주세요. 자비로운 눈매를 돌려주세요. 저의 이 말을 귀담아들어 주세요. 손을 내밀어 주세요. 서로 사랑하면서도 헤어져야 했던 이 불쌍한 사람들에게 은혜를 베풀어 주세요!"

엑사와 아토

그건 언제나 엉덩이로 찾아와 등줄기를 타고 기어오른다.

스멀스멀 움직이는 한 마리 누에의 징그러움. 몸을 더듬어 오는 연인의 손끝처럼 익숙하지만 결코 반갑지 않은 감촉.

부르르 진저리를 치며 이를 앙다문다. 조금 지나면 등이 떨리기 시작하고 이어 창자가 끊어지는 듯 날카로운 통증이 밀려올 것이다. 도도한 시간의 흐름은 과거의 고통조차 그리움으로 바꾸어 놓는 것일까. 꽉 다문 보랏빛 입술과는 달리 얼굴 위로는 아련한 표정이 번진다, 옛사랑을 기다리는 사람의 파릇한 격정과 같은.

떨림이 사라지고 복통마저 진정되면 온몸이 푹신한 솜이불에 둘러싸인 듯 아늑해졌다. 그때쯤이면 늘 기원했다. 이대로 그냥 죽게 해 주시옵소서. 오, 하느님 아버지 이제는 그만 거두어 주시옵소서. 다시는 되풀이하지 않게 해 주소서. 애타게 바랐지만 죽지 않았고, 모두가 시체처럼 쓰러져 잠든 어두운 방에는 희미한 메아리조차 없었다.

절대 침묵. 휘몰아치는 분노, 시베리아 벌판을 뒤덮는 은빛의 파도 같은.

때때로 쇠창살 틈새로 그믐달이 서글픈 눈빛으로 들여다보았지만 아무런 위로의 말도 해 주지 않았다. 침묵, 침묵의 소리만이 벽에 가득했다. 덕지덕지 얼어붙은 성에처럼.

"이제는 다 지난 일이야. 그리워할 것도 분노할 것도 없다."

불쾌한 기억을 떨쳐 내려 고개를 단호히 내젓는다.

깊은숨을 몰아쉬어 보지만 떨림과 복통은 사라지지 않는다. 오월의 지리산은 겨우내 간직하고 있던 냉기를 맹렬히 뿜어내고 있고, 얇은 여름용 등산 파카는 그 냉기를 조금도 걸러 내지 못한다.

무겁게 한숨을 내쉬며 파카 주머니에서 담배를 꺼낸다. 덜덜 떠는 손끝에서 파르르 흔들리는 담배 가치의 요동. 팽팽히 당겨진 낚싯줄을 타고 오는 절망의 몸부림.

담배 한 가치를 입에 물고 라이터를 켜려다 동작을 멈춘다. 무엇인가가 있다, 어둠 속에. 여인이, 새색시처럼 하얀 면사포를 뒤집어쓴 여인의 실루엣이, 온통 소복을 한 하얀빛의 여인이 파르스름한 박명을 뚫고 불쑥 솟아오른다. 월하의 공동묘지. 여인의 두 팔이 커다란 반원을 그리며 서서히 머리 위로 솟구친다.

하늘을 쓰다듬는 경건한 열정.

라이터를 켜 담배에 불을 붙인다, 아궁이에 불을 지피듯.

도대체 여인은 이 지리산 꼭대기에 언제 올라온 것일까. 내가 천왕봉을 오르기 위해 장터목 산장을 나선 것은 새벽 네 시가 조금 못 된 이른 시각이었다. 장터목 산장을 나설 때 틀림없이 혼자였고, 어둠을 비집고 숨을 헐떡이며 제석봉과 통천문을 지나는 가파른 경사면을 기어오르는 동안에도 만난 사람은 아무도 없었다.

연거푸 하늘을 쓰다듬는 여인의 손끝, 먼지의 더께를 닦아 내는 섬세한

14

손짓. 파르르 피어오르는 하얀 먼지, 지상으로 머리를 처박고 마구 내리꽂히는 함박눈의 광란. 그 너머로 뾰족한 텐트 지붕이 불쑥 솟아오른다, 유치원 놀이 잔치에서 조그만 아이들이 머리에 뒤집어쓰고 내닫는 금빛 고깔모자 같은.

아, 여인은 이곳에 텐트를 쳐 놓고 밤을 새운 모양이다.

한동안 하늘을 쓰다듬던 여인이 두 손을 합장한 채 움직이지 않는다. 미동도 않고 동녘을 노려보고 있다. 돌탑처럼, 정지된 비디오 화면처럼.

여인은 무엇을 기원하는가. 여인은 역사를 바꾸려는 것일까. 또 다른 아토가 되려는 것일까. 여인은 알고 있는 것일까? 아토가 몇 개 있어야 엑사가 될 수 있는가를. '1'의 뒤에 동그라미를 열여덟 개나 붙여야 하는 수, 엑사. 여인이 알고 있는 가장 큰 수보다 더 큰 수. 차라리 모래알을 뭉쳐 사파이어를 만드는 게 더 쉬운 일이다.

아니다, 여인은 알고 있다. 아토 하나하나가 엑사를 만든다는 것을. '0.'과 '1'사이에 동그라미를 열일곱 개나 넣어야 하는 작은 수, 아토. 아무리 작아도 아토가 엑사의 모습을 바꿀 수가 있다는 것을. 물론 새로운 엑사의 모습이 여인이 원하는 대로 만들어질는지는 알 수 없는 일이지만, 여인은 역사를 만들려는 것이다. 그렇다면 나 자신의 삶 또한 여인이 만드는 역사 속으로 자연스럽게 스며들어 가지 않을까, 우두머리를 따라 맹목적으로 바닷물에 뛰어들어 죽을 때까지 헤엄치는 여행 쥐 노르웨이레밍 무리처럼.

발아래 깊게 펼쳐진 하늘이 부연 우윳빛으로 묽게 풀어지면서 끝 간 데 없는 잿빛 운해가 어둠의 껍질을 벗어 던진다. 삼세에 걸쳐 공덕을 쌓아야 맞이할 수 있다는 천왕 일출의 장관을 또다시 볼 수 있을까.

곧이어 보게 될 지리산의 일출은 이십 년 전에 그리고 십 년 전에 보았던 화려한 그것과 크게 다르지 않을 것이다. 고만고만한 크기의 나무들도 여전하고, 삐죽이 솟은 거친 바위들도 조금도 작아지지 않았으니까. 곧이어 해가 솟을 것이다. 한 번도 해가 솟지 않은 날이 없었으니까.

해는 떠오르려 하지 않는다.

해는 떠오르지 않을지도 모른다.

"떠오르지 마라. 제발 다시는 떠오르지 마라. 가던 걸음을 멈추고 거꾸로 되돌아가 다시 찬란한 금빛 황혼을 보여다오. 그리고 캄캄한 밤을 보여다오. 그런 연후에 다시 새벽을 보여다오. 그리고 다시 돌아가 금빛 황혼을 보여다오."

십 년 전, 아내의 시신을 차가운 아파트 거실 바닥에 내팽개친 채 홀로 오른 지리산 천왕봉에서 일출을 막아 보려 눈물을 펑펑 쏟으며 애처롭게 소리쳤다. 허나 일출은 어김없이 다가왔고, 시뻘건 불덩어리가 핏빛 구름 위로 덩실 솟아오르자 하릴없이 두 손을 앞으로 내뻗으며 해를 잡아채려 했다. 손끝에 잡히지도 않았고 애타는 기원에도 무정한 해는 귀를 기울이지 않았다.

십 년 전 그날 새벽, 지리산 천왕봉에 오른 것은 해를 되돌리기 위한 것은 아니었다. 아내와 처음 함께 여행한 곳이 지리산이었고, 그때 천왕봉에서 일출을 보며 영원한 사랑을 다짐했기 때문이었다. 죽어도 죽어도 되살아나는 저 뜨거운 해처럼 영원하자던 우리의 사랑이 왜 영원하지 못했는가. 어쩌면 지리산의 일출에 그 해답이 있으리라 막연히 기대했다. 대답은 없었고, 해도 거꾸로 돌아가지 않았다.

"당신이 김형찬이야?"

거꾸로 돌아가지 않는 해를 원망하며 눈물을 쏟고 있을 때 막 솟아오르는 해를 등지고 한 사내의 실루엣이 불쑥 나타나더니 거친 외침 소리가 터져 나왔다. 고개를 끄덕였다, 파블로프의 개처럼. 이어 등 뒤에서 나타나 양팔을 거칠게 움켜잡는 두 명의 사내.

"골탕을 먹여도 유분수지, 자수를 하려거든 파출소로 걸어 들어올 것이지 여기까지 올라오라는 건 대체 무슨 놀부 심사야?"

투덜거리는 그들을 멍하니 올려다보았다, 잘못이 없었으므로. 그들은 왜 세 명씩이나 올라온 것일까. 그것은 모두 그들의 잘못이었다, 올라오라고 한 적이 결코 없었으니까. 그런데도 그들은 자신들에게는 조금도 잘못이 없다는 양 어처구니없는 분노를 터트렸다.

해는 떠오르려 하지 않는다.

여인도 두 손을 합장한 채 움직이지 않는다.

콩콩 코끝을 들어 올려 냄새를 맡아 본다, 아내의 향기를 찾아. 새벽안개에 젖어 곤히 잠자고 있던 상큼한 풀잎 향이 부스스 눈을 뜰 뿐 어디에도 아내의 냄새는 없다. 이십 년 전 아내가 남긴 향기는 이미 바람에 씻겨 날아가 버려 자취가 없다. 아내가 일출을 기다리며 등을 기대고 앉아 있던 움푹한 바위 틈새에도 아내의 흔적은 없다. 바위에 가만히 손가락 끝을 대어 본다. 아내의 체취는 없다. 이슬에 젖은 차가운 매끄러움뿐. 크게 울리는 소리, 고드름을 움켜쥔 맨손의 비명.

사흘 전 석탄일 특사로 가석방되자마자 서울역으로 달려갔다. 자정 무렵 출발하는 밤 열차는 이십 년 전 그리고 십 년 전과 다름없이 꿋꿋이 손님을 기다리고 있었다. 서울 지역을 벗어나지 말라는 가석방 규정을 어기고 구례구역까지 가는 전라선 완행열차 표를 끊었다. 두 장의 표를 끊었다. 이어 남대문 시장에서 두 벌의 여름용 등산 파카를 구입했다. 예전에 내가 입었던 파란 바닷물 빛 파카와 아내가 입었던 붉은 동백꽃 빛 파카를. 이십 년 전 나와 아내가 어떤 모양의 등산화를 신었고 무슨 모양의 배낭을 메었는지 전혀 기억이 없었다. 시장을 빙빙 돌다 가장 비슷하다고 여겨지는 두 켤레의 등산화와 두 개의 배낭을 구입했다.

초라하고 피곤한 행색을 한 나그네들이 듬성듬성 자리를 채운 밤 열차는 맹렬히 남으로 내달려 어스름 새벽빛 속에 구례구역에 도착했다. 역 앞 밥집에서 국밥을 말아 먹고 완행버스를 타고 화엄사로 향했다. 국밥 두 그릇을 시켰고 완행버스에서는 두 사람 분의 차비를 냈다, 예전에 그랬듯이. 전혀 숟가락을 대지 않은 국밥 한 그릇을 치워도 되는지 망설이는 밥집 할머니의 어색한 미소, 두 사람 분의 차비를 받고 눈을 동그랗게 치뜬 운전기사의 당혹.

어쩔 수 없었다. 이십 년 전과 한 점 다름없이 똑같아야 했고, 조금이라도 달라서는 안 되기 때문이었다. 그건 순례였으므로.

물론 똑같게 할 수 없는 것도 있었다. 당연한 일이었다. 기슭을 갉아먹고 종국에는 자기 자신마저도 잡아먹어 버리는 철모르는 강물처럼 도도한 시간이 흘렀으니까. 아내와 함께한 지리산 여행은 한여름 폭염 속에서 강행되었지만 지금은 신록이 손끝에 묻어나는 푸른 오월. 이십 년 사이에 물가도 엄청나게 뛰어올랐다, 한 갑에 백 원 하던 고급 담배가 천오백 원으로. 역전에 하나밖에 없던 국밥집은 대여섯 개로 늘어 있었다. 그런 건 어쩔 수 없다. 아니, 중요하지 않다. 불가항력이니까.

해는 떠오르려 하지 않는다. 해는 떠오르지 않을지도 모른다. 아니다, 해는 떠오를 것이다. 한 번도 떠오르지 않은 적이 없었으므로.

여인은 죽은 것인가. 미동도 않고 합장한 자세 그대로 동녘 하늘만 바

18

라보고 있다. 뼛속을 파고드는 냉기에도 아랑곳하지 않고.

물론 변하지 않은 것도 있었다. 가슴속을 저미며 왈칵 눈물을 쏟게 만드는 화엄사 절집의 낡은 단청. 검은 눈썹을 한껏 치켜올리고 눈을 부라리는 사천왕상의 터무니없이 과장된 위세. 각황전, 대웅전, 영산전, 나한전, 원통전, 명부전이 좁아터진 공간에 모여 제각기 한껏 매무새를 뽐내는 화엄사의 웅장한 처연. 사사자 삼층석탑의 이질, 탑신을 떠받치고 있는 네 마리 사자 아틀라스의 고된 노역.

화엄사를 지나 노고단으로 오르는 네 시간의 산행 동안 등산객을 거의 만나지 못했다. 이따금 도시풍의 비만한 중년 여인네들이 어린 시절로 되돌아간 듯 호들갑을 떨며 산나물을 뜯고 있을 뿐. 당연한 일이었다. 여름 휴가철도 아니고 공휴일도 아니었으므로.

가파른 비탈길을 오르며 끊임없이 아내에게 말을 걸었다, 눈물과 땀으로 범벅이 된 얼굴을 쳐들지 못하고 굳은 시선을 땅바닥에 꽂은 채. 당신은 아직도 나를 원망하고 있는가, 당신은 아직도 나를 원망하고 있는가, 당신은 아직도 나를……

죽일 생각은 결코 아니었다. 위협을 하고자 했던 것도 아니었다. 아내의 이마에 산탄총을 겨누었던 것은 결코 위협도 살의도 아니었다. 그건 하나의 의식일 뿐이었다. 방아쇠를 당긴 후 말하려 했다. 이제 예전의 당신은 죽었다. 당신은 다시 태어난 거다. 부활한 거다.

의도와 달리 산탄총은 불을 뿜었고 아내는 끈 떨어진 마리오네트 인형처럼 거실 바닥에 나뒹굴었다. 그리고 결코 부활하지 못했다. 왜 거기에 탄환이 들어 있었던 것일까. 삼 년 전 사냥을 마친 후 깨끗이 손질을 해 두었을 그 총이, 총기 보관함에서 얌전히 잠자고 있었을 그 총이 왜 불을 토해 낸 것일까.

무서웠다. 달아나야 한다는 생각뿐이었다. 차를 몰고 무작정 내달리다 정신을 차려 보니 화엄사 입구였다. 화엄사 대웅전 비로자나불 앞에서 기원했다. 대자대비의 석존이시여, 시간을 되돌려 주소서. 시간을 되돌려 주소서. 죽은 연인을 살리기 위해 지구를 거꾸로 돌린 슈퍼맨처럼 시간을 되돌려 주소서. 시간은 거꾸로 흐르지 않았고, 아내는 부활하지 못했다. 노고단에서도 두 손을 모으고 간절히 기원했다. 거룩한 성모 노고님이시여, 시간을 되돌려 주소서. 시간을 되돌려 주소서. 시간은 거꾸로 흐르지 않았고, 아내는 부활하지 못했다.

노고단에서 노루목을 지나 벽소령과 세석평전으로 이어지는 지리산 종주 코스, 만난 지 얼마 되지 않은 그 시절 아내와 경쟁적으로 뛰듯이 내달았던 그 길을 되밟아 가며 한없이 울었다. 눈길이 닿는 곳마다 흩어져 있는 아내의 흔적. 나뭇가지 가지에 동백꽃처럼 매달린 아내의 붉은 파카, 도토리처럼 산비탈을 굴러 내리는 아내의 웃음소리. 머리를 들 수 없어 고개를 숙인 채 발끝에 채는 풀포기 하나하나에 눈물방울을 흩뿌리며 허깨비처럼 허청허청 산길을 헤매었다.

영원하자던 우리의 사랑이 영원하기는커녕 왜 열두 해를 넘기지도 못했으며 당신은 왜 그렇게 덧없이 숨을 놓아야 했는가. 그것이 누구의 잘못인가. 죽을 사람은 아내가 아니었다. 삼 년간 아프리카 오지에 처박아 놓고 깜둥이들에게 냉장고와 티브이와 세탁기를 팔게 했던 주식회사 대영의 장 회장이 죽어야 했다. 매일 먹어야 하는 키니네에 질려 한 달도 못 돼 아내를 아프리카에서 떠나게 했던 말라리아 원충 그리고 매개 숙주 학질 모기 떼가 모두 죽어야 했다. 고등학교를 졸업하면서 함께 불어과에 진학하자며 떼를 써 댔던 불알친구 종수 녀석이 죽어야 했다. 외로운 아내를 유혹한 하늘교회 김 목사, 양의 가죽을 뒤집어쓴 늑대, 철면피가 죽어야 했다. 아내의 불장난을 알면서도 방치한 아내의 친구들, 불여우, 천년 묵은 백여우들이 죽어야 했다. 그들은 모두 살아 있고 왜 아내만 죽어야 했는가. 왜 세상은 이렇게 불공평한 것인가.

해가 뜨는 것도 해가 지는 것도 모르고 하루 낮 하루 밤을 쉬지 않고 인적 없는 산길을 걸었다. 이대로 다리가 닳아 없어지거나 절벽에서 떨어지거나 산짐승의 발톱에 몸이 갈가리 찢어지게 해 주소서, 눈에 띄는 삼라만상 모두에게 간절히 기원했다.

다리가 닳아 없어지지도 않았고, 절벽에서 굴러떨어지지도 않았고, 흉포한 산짐승이 나타나지도 않았다.

죽어야 할 일이다. 살아서 하늘을 쳐다볼 수 없는 일이다. 한데 어떻게 죽어야 할 것인가. 고속도로에서 최고 속력으로 달리다 핸들을 조금만 꺾으면 그다음은 자연법칙이 모든 것을 알아서 해 줄 것이다. 눈 딱 감고 낭떠러지에서 뛰어내려 지리산 화강편마암에 머리를 처박아 산화할 수도 있다, 치악산 상원사 동종을 들이받으며 은혜 갚은 꿩처럼. 하지만 그것은 도피가 아닐까. 죽는 것으로 죽음의 속죄가 될까. 지옥 불구덩이에서 억겁의 고통을 겪으면 속죄가 될까. 억겁의 고통이란 무엇일까. 육체가 없는 영혼이 무슨 고통을, 그것도 억겁의 고통을 어떻게 느낀단 말인가. 아니다, 내세라든가 지옥이라든가 그런 건 없다. 영혼이 떠나 버린 뻣뻣한 육체로는 속죄를 할 수가 없다. 죽는다고 해서 해결되는 것은 아니다. 살아서 죗값을 치르자. 살아 있는 몸으로 당당하게 죗값을 치르자.

장터목 산장에서 경찰서에 전화를 했다. 천왕봉에 올랐다가 하동으로 내려가 자수를 할 것이니 기다리라고. 사명감에 불탄 그들은 기다리지 않았고 밤새 산을 타고 올라왔다, 무장공비처럼. 흉악한 살인범을 무자비하게 체포하기 위해서.

해는 떠오르려 하지 않는다. 여인은 여전히 미동도 하지 않은 채 합장한 자세 그대로 비석처럼 서 있다. 소복을 한 여인의 뒷모습만으로는 나이를 전혀 짐작할 수가 없다, 십 대의 소녀인지 육십 대의 할머니인지. 여인의 모습 위로 겹쳐지는 아내의 실루엣. 여인의 몸매는 아내의 몸매와 같았다. 사람의 뒷모습이라는 게 모두가 같아 보이는지 모르지만, 여인은 아내였고 아내는 여인이었다.

아내…….

당신은 아직도 나를 원망하고 있는가, 당신은 아직도 나를 원망하고 있는가, 당신은 아직도 나를…….

그리움과 후회와 연민이 밀물처럼 가슴을 적신다.

"아이를 가졌어요. 당신이 없는 새에. 미안해요. 당신하고는 만들지 못한 아이가 생겼어요. 이상체질이라 인공유산이 안 된대요. 낳아야 한다고 해요. 인공유산이 된다고 해도 하지 않을 거예요. 낳고 싶어요. 미안해요. 용서하지 않을 거라는 거 잘 알아요. 찾지 마세요. 잊어버리세요. 그리고 다시 시작하세요. 진정으로 당신을 사랑하는 사람이 틀림없이 나타날 거예요."

정글 위로 적도의 태양이 밀가루처럼 하얀빛을 뿜어내던 한낮, 아비장으로 날아온 아내의 편지. 마른하늘을 가르는 무참한 번갯불.

그대로 간단한 짐을 꾸려 어렵사리 표를 구해 밤 비행기에 올랐다, 유일하게 한 장 남아 있던 케냐 나이로비행 에어프랑스를. 여유가 있다면 파리까지 가서 서울행 비행기로 갈아타는 수월한 코스를 잡았겠지만 한시라도 지체할 수가 없었다. 사흘 후에나 있는 파리행 항공기를 타기에는 마음이 너무 조급해 있었다. 나이로비 공항에서 네 시간을 대기하다가 프랑크푸르트행 루프트한자를 가까스로 얻어 탔다. 프랑크푸르트에서는 모스크바로, 모스크바에서는 동경으로, 동경에서 반나절을 기다려 서울행 대한항공의 자리를 얻어 냈다. 72시간에 걸친 대장정.

김포공항에서 승용차를 렌트해 처가가 있는 춘천으로 내달렸다. 의암호가 한눈에 내려다보이는 산등성이 아파트 발코니에서 아내는 화사한 햇살을 온몸으로 받으며 뜨개질을 하고 있었다. 아내의 모습을 보는 순간 아비장에서 춘천까지 오는 동안 머릿속을 헝클어 댔던 증오가 어이없게도 눈 녹듯 사라졌다. 사랑이란 결국 무한한 용서가 아니던가, 제법 의젓한 생각도 했다.

"더러운 인생, 너 죽고 나 죽자. 이것으로 끝장이다."

마음과 달리 입 밖으로 튀어나온 말은 전혀 다른 거칠고 사나운 것이었다. 못난 자의 오기가 불끈 솟아 이성을 마비시켰던 것일까. 아니, 극적 효과를 노리겠다는 어설프고 치졸한 연출이었을까. 둘 다였을 것이다. 한사코 버티는 아내의 손목을 움켜쥐고 억지로 차에 태워 서울로 향했다, 피의자를 강제 연행하는 수사관처럼 거칠게.

"죽일 생각은 전혀 없었습니다. 위협을 하고자 했던 것도 아닙니다. 그건 하나의 의식일 뿐이었습니다. 방아쇠를 당긴 후 말하려 했습니다. 이제 예전의 당신은 죽었다. 당신은 다시 태어난 거다. 부활한 거다. 이렇게 말하려 했던 것입니다. 아내의 잘못은 아내의 얼굴을 보는 순간 용서했습니다. 그런데 의도와는 달리 산탄총이 불을 뿜었던 것입니다. 사고였

23

어요. 전적으로 사고였다고요. 무서웠어요. 단지 무서워서 도망쳤던 겁니다. 아무 생각도 없이 도망치다가 무엇이 잘못인지 알았습니다. 죄를 지었으면 죗값을 치러야 한다고 생각했습니다. 그래서 자수했던 겁니다."

경찰서에서 피의자 신문조서를 꾸미며, 변호사에게 사건을 의뢰하며, 재판정에서 재판을 받으며 시종일관 같은 목소리로 항변했다.

"과실치사…… 과실치사라 그 말이죠? 이것 보세요. 알만 하신 분이…… 거짓말하면 죄가 더 무거워집니다. 아비장에서 비행기를 탈 때 이미 아내를 죽이겠다고 결심했던 거 아니오? 거짓말하지 마. 처음부터 명백한 살의를 갖고 있었잖아. 분노에 눈이 멀어 앞뒤 생각 않고 죽여 버리겠다고 결심했잖아. 그래서 당신 처를 보자마자 그냥 쏴 버린 거 아냐? 그러고 나서 죗값을 치르려니 겁이 났던 거겠지. 과실치사라면 아무래도 형량이 적어질 테니까 과실치사라고 우기자. 이런 생각이겠지. 안 그래? 당신 같은 사람 한두 번이 아냐. 얕은 수작 부리지 말고 솔직히 말해."

신문조서를 꾸미며 형사는 자신이 세운 사고의 틀과 편견의 벽을 조금도 깨트리려 하지 않았다, 더러운 바퀴벌레 무리가 자신의 책상 위를 기어다니고 있다는 듯 눈살을 찌푸리며. 마치 자신이 모든 것을 다 알고 있는 십일면관음보살이라도 되는 양.

"과실치사…… 과실치사라 그 말이지? 그래, 난 널 믿는다. 사고였다는 거, 과실치사라는 거 누가 뭐래도 나는 믿는다. 네가 홍미 씨를 죽였다고는 믿지 않아. 내가 알고 있는 김형찬이라는 녀석은 절대 그런 놈이 아냐. 믿어, 믿고말고. 그렇지만 모든 정황으로 보면 네가 홍미 씨를 계획적으로 살해한 게 돼. 너는 맹세코 총을 장전하지 않았다고 하지만 네가 총을 쏜 순간을 본 목격자가 없잖아. 회사에 보고도 하지 않고 코트디부아르 현지를 무단이탈해서 부랴부랴 귀국한 점, 네가 거칠게 춘천 처가에서 홍미 씨를 끌고 나온 점, 홍미 씨가 네가 아닌 다른 사람의 아이를 배 안에 키우고 있던 점, 일을 저지르고 무작정 도망쳐 버린 일……. 모두가 네게 불리한 점뿐이야. 그렇다고 해서 지레 포기하지는 마. 나도 최선을 다할 거야. 이번 사건이 발생하게 된 결정적 요인은 홍미 씨에게 있었던 거니까 정상참작이 될 거야. 게다가 넌 자수를 했잖아. 최악의 사태는 오지 않을 거야."

변호사 개업을 하고 있는 고등학교 동창 찬기가 발 벗고 나서 변론을 자청했다. 찬기의 눈물겨운 노력에도 불구하고 '피고인의 행위에 살의가 있었다'는 검찰 측의 주장은 번복되지 않았다. 번복될 수가 없었다. 번복되기에는 사건의 개연성이 너무 또렷했다. 재판이 막바지에 이르자 찬기는 더 이상 '살의가 없었다'는 점을 강변하지 않았다. 오직 홍미가 부정을 저지르지 않았다면 비극적인 사태가 발생하지 않았을 거라는 법률적 인과관계의 조건론을 물고 늘어졌다. 그리고 아프리카 오지에서 국위선양을 위해 밤낮없이 애쓴 형찬의 노고를 강조하면서 판사에게서 동정심을 유발해 내려고 했다.

"살의를 인정해. 조금이라도 형량을 낮추려면 그 수밖에 없다. 그리고 엄청난 범죄를 저지른 자신의 행동을 진실로 참회하고 있다는 인상을 판사에게 보여 줘야 해. 미안하다. 그 수밖엔…… 없다."

찬기는 흐르는 눈물을 감추지 못한 채 자신의 무력감에 몸을 떨었다.

"이 미친놈아, 내 딸 살려내라. 내 딸 살려내. 살려내."

재판정을 아수라장으로 만들곤 했던 장모의 처절한 비명, 유리판을 쇠못으로 긁어 대는 듯한 소름 돋는 악다구니에 찬기는 판사의 마음이 흔들리지나 않을까 노심초사했다.

"피고인을 형법 250조에 의거 징역 20년에 처한다. 피고인 주식회사 대영의 아프리카 코트디부아르 아비장 지사장 김형찬은 1998년 6월 10일 처 윤홍미에게서 불륜을 고백하고 용서를 비는 편지를 받은 직후 급거 귀국하여 윤홍미가 일시 체류 중이던 강원도 춘천시 온의동 소재 처가에서 서울시 동대문구 창신동 소재 자가로 강제로 끌고 와 6월 15일 저녁 8시경 불륜을 응징한다며 윤홍미의 이마에 산탄총을 발사하여 현장에서 즉사케 했다. 사람을 특히 가족의 일원인 자신의 처를 잔인하게 살해한 범죄는 지극히 반인륜적인 것으로 피고인을 영구히 이 사회에서 격리하는 것이 마땅할 것이나 동 범죄가 발생한 책임의 일부가 처 윤홍미에게 없다 할 수 없고, 그간 피고인이 형사처분이나 기소유예 처분을 받은 일이 없고, 피고인이 지난 삼 년간 근무 환경이 열악한 아프리카 지역 무역 최일선에서 국가 발전을 위해 열심히 노력했으며 자신의 범죄행위를 진실로 참회하고 있다는 점을 감안하여 위와 같이 선고한다."

이십 년이라니. 형량이 너무 많았다. 이건 너무 억울하다. 항소하려 했지만 찬기가 만류했다.

"더 이상 싸워 봐야 승산이 없어. 더 좋은 결과를 기대할 수 없어. 오히려 검찰 측에서 항소를 하지 않을까 그걸 더 걱정해야 해."

검찰은 항소하지 않았고 형은 그대로 확정되었다.

시간이 흐르면서 어둡고 차가운 수형 생활에 차츰 몸이 익어 갔다. 몸과 달리 억울함은 결코 사라지고 않았고 마음은 늘 어두웠다. 홀몸으로 시장 바닥에서 생선을 팔며 어렵사리 오누이를 키워 낸 어머니가 화병으로 숨을 놓고, 교도소 문턱이 닳도록 드나들던 친구들의 방문도 시나브로 끊어지고, 유일한 혈육인 누나마저도 남편을 따라 미국으로 이민을 가 버리자 천애 고아와 같은 외로움만이 남게 되었다. 죽고 싶었다. 끊임없이 죽음을 생각했다. 어느 날 갑자기 멀쩡하던 숨이 탁 막혀 버리기를 바랐다. 혼자만의 바람일 뿐 죽지 않았고 죽을 방법도 없었다. 죽지 않기 때문에 살아 있었다. 따라서 아무것도 생각하지 않았다. 그저 앉으라면 앉고, 자라면 자고, 일어서라면 일어섰다. 똥장군을 지라면 졌고, 그림을 그리라면 그렸고, 붓글씨를 쓰라면 붓글씨를 썼다. 시간의 흐름도 잊어버린 채 꼭두각시 인형처럼. 특별히 잘 보이려 한 것은 없었다. 있는지 없는지 눈에 띄지 않는 과묵하고 얌전한 수감자였을 뿐. 재소자 서예대전에 출품한 서예 작품이 동상을 따내자 뜻하지 않게 가석방 처분을 받았다, 조금도 원하지 않았던 가석방 처분을.

동녘 하늘에 붉은 서기가 어린다. 구름 위로 엷게 번져 나오던 희미한 연분홍빛이 갑자기 폭발하며 일시에 진홍빛으로 타오른다. 거대한 색유리판을 걸쳐 놓은 듯 동녘 하늘을 가득 채운 투명한 진홍빛에 눈이 시리다. 그 아래로는 지리산의 무수한 연봉이 잣나무 숲처럼 한데 어우러져 다소곳이 몸을 조아리고 있다, 왕의 출두를 기다리는 만조백관들처럼. 저 산자락들이 어둠 속에서는 왜 잿빛 운해로 보였던 것일까. 편견 때문이었다. 내 결백을 아무도 믿으려 하지 않았던 그러한 편견. 어쩌면 편견은 역사를 만드는 가장 중요한 동인인지도 모른다. 아니다, 역사는 편견으로 이루어진다. 불확실한 미래의 방향은 편견으로 결정되는 것이다.

덕장에 널린 채 뻣뻣하게 얼어 버린 북어처럼 미동도 하지 않던 여인이 갑자기 되살아나며 두 팔을 높이 쳐들고 하늘을 쓰다듬는다. 여인의 부활. 이어 여인은 합장한 두 손끝을 이마에 붙이고 깊이 머리를 조아린다. 여인은 무엇을 하려는 것일까. 여인은 역사를 만들려는 것일까. 여인의 등 뒤로 아내의 모습이 겹쳐지며 여인은 아내가 되고 아내는 여인이 된다.

아내는 보는 이의 심금을 울릴 만큼 경건한 자세로 무엇인가를 갈구했다. 결혼한 후 일 년 남짓 지난 어느 해 가을, 팔공산 갓바위 약사여래 앞에서 아내는 하늘을 끌어안으려는 듯 간절한 몸짓을 하며 무엇인가를 기원했다.

아내는 무엇을 기원했을까.

"뭘 기도한 거야?"

"당신 건강하고, 모든 일이 다 잘되라고."

아내는 수줍은 미소를 띠며 별일 아니라는 듯 무심히 말했다.

그러나 이제는 알 수 있다, 아내가 무엇을 갈구했는가를. 아내는 기원했을 것이다. 아이를 갖게 해 주십시오. 영험하신 갓바위 부처님이시여, 아이를 갖게 해 주십시오.

허공 위로 거대한 붉은 해가 덩실 떠오르자 사위는 어느새 핏빛이다. 그 붉은 해를 등지고 아내의 얼굴이 하얗게 돋는다, 막 초점이 잡히는 카메라 파인더 위의 상처럼. 아내의 입술이 실룩이며 거친 음향을 토해 낸다, 분노의 포도.

"그래요, 아이를 갖고 싶었어요. 아이가 생기지 않는 게 전적으로 내 탓이라고 생각했어요. 그래서 헛된 희망을 갖지 않겠다고 다짐했어요. 그런데 아이가 생겼어요. 그 아이는 갓바위 부처님이 점지해 준 우리의, 당신과 나의 아이예요. 그런데 당신은 그 아이를 무참히 발로 짓밟았어요. 내 말을 들어 보려고 하지도 않고. 그건 절대로 용서할 수 없는 일이에요. 당신을 용서할 수 없어요. 용서하지 않을 거예요."

그동안 아내는 어디에 있었던 것일까. 반가움이 울컥 치민다. 이제야

28

당신에게 속죄할 수 있겠구나. 해야 할 일이 있다. 속죄에 앞서 오해를 푸는 게 먼저다.

"아이를 죽이려 했던 건 결코 아냐. 그건 사고였어."

샐쭉 뒤틀리며 파르르 떠는 아내의 얼굴.

"거짓말. 당신은 위선자예요. 겨우 십 년 만에 다시 바깥세상으로 나오다니……. 당신은 죽을 때까지, 아니 죽은 후에라도 영원히 감옥 속에서 나오지 말아야 해요. 다시 돌아가세요, 어서."

"그곳으로 다시 돌아가지는 않겠어. 아무것도 하지 않고 텅 빈 벽만을 응시하는 그러한 행위가 당신에 대한 속죄가 될 수 있을까. 그건 속죄가 아냐, 도피일 뿐이야. 당신 옆에서 당신을 위한 손발이 되겠어. 어떻게 하면 당신의 오해를 풀 수 있을까. 당신을 사랑했고 당신의 아이까지도 사랑할 수 있다고 생각했어. 그런데 엉뚱한, 정말 엉뚱한 사고가 일어난 거야."

"가까이 오지 마세요. 내 몸에 손끝 하나 대지 마세요."

아내는 거대한 늑대거미 타란툴라가 가까이 다가오기라도 하듯 황급히 뒷걸음질 친다. 화들짝 놀라며 커다랗게 확대되는 아내의 두 눈.

"왜? 왜 이해하지 못하는 거지? 내가 당신을 사랑했고 지금도 사랑한다는 걸. 내 손을 잡아 줘, 제발."

날카로운 비명과 함께 스윽 아내의 모습이 사라진다, 페이드아웃. 이마로 마구 쏟아져 내리는 하얗고 파르스름한 빛의 화살. 아내의 모습은 어디에도 없다. 해는 어느새 높이 솟아 있고 하늘빛은 온통 쪽빛이다. 아내는 어디 간 것일까.

천왕봉 정상은 따가운 오월의 햇살로 가득하다. 역사를 바꾸던 여인의 모습도 온데간데없다. 침묵, 침묵의 소리만이 스멀스멀 누에처럼 발등을 타고 기어오른다. 금빛 텐트에서 따가운 빛살이 분수처럼 솟구친다. 여인이 비석처럼 서 있던 자리는 움푹 꺼져 있다. 그 밑으로 뻗어 내린 가파른 절벽 끝자락에 펑퍼짐하게 펼쳐진 화강암 바위. 그 위에 여인이 누워 있다. 소복을 점점이 적시고 있는 붉은 핏자국, 아내의 얼굴을 참혹하게 뒤덮었던 붉은 동백꽃 잎.

아, 무슨 일이 벌어진 것일까. 베어 낸 통나무처럼 털썩 바위틈에 주저앉는다. 무겁게 폭발하듯 터져 나오는 긴 한숨, 오랜 잠수 끝에 수면 위로 떠오른 고래의 비릿한 숨결.

파카 주머니에서 담배를 꺼낸다. 덜덜 떠는 손끝에서 파르르 흔들리는 담배 가치의 요동. 팽팽히 당겨진 낚싯줄을 타고 오는 절망의 몸부림. 라이터를 켜 담배에 불을 붙이고 한숨처럼 연기를 내뿜는다.

아내는 무슨 일을 한 것일까. 아내는 역사를 바꾸고 싶었던 것일까. 또 다른 아토가 되고 싶었던 것일까. 그럼으로 해서 용서하고 싶었던 것일까. '1'의 뒤에 동그라미를 열여덟 개나 붙여야 하는 수, 엑사. 아내가 알고 있는 가장 큰 수보다 더 큰 수. 아내는 알고 있다. 아토 하나하나가 엑사를 만든다는 것을. '0.'과 '1' 사이에 동그라미를 열일곱 개나 넣어야 하는 작은 수, 아토. 아무리 작아도 아토가 엑사의 모습을 바꿀 수가 있다는 것을. 물론 새로운 엑사의 모습이 아내가 원하는 대로 만들어질지는 알 수 없는 일이지만……. 아내는 역사를 만들고 싶었던 것일까. 아내는 용서하고 싶었던 것일까. 아내는 역사를 만들고 싶었던 것이다. 아내는 용서하고 싶었던 것이다. 아니 용서했다, 아내는 이미.

구스타프 김

구스타프 김이 죽었다.

내가 구스타프 김이 죽었다는 소식을 들은 것은 출근하고 나서도 한참 시간이 지난 열 시경이었다. 간부 회의를 마친 후 소파에 깊숙이 몸을 묻고 막 담배에 불을 붙였을 때 탈북자 관리를 맡고 있는 정보 7처장 박현수 중령이 들어와 구스타프 김이 지난밤 운명했다고 짤막하게 보고했다.

조금도 놀랄 일이 아니었다. 그의 죽음은 예견된 것이었고, 나는 그가 하루라도 빨리 고단한 삶을 마감하기를 바랐으니까. 하지만 그러한 예상과 바람도 막상 현실에 부딪히고 보면 아무런 도움이 되지 못하는 것일까. 커다란 유리창이 한꺼번에 부서져 내리는 듯한 허망함에 나는 망연자실하지 않을 수 없었다. 그가 실종된 지 다섯 달 만에 강화도 철산리 접적지역에서 행려병자로 발견되었다는 보고를 받았던 보름 전만 해도 나는 실낱같은 희망을 버리지 않았다. 하지만 그가 강제로 입원한 보훈병원 특별실에서 그를 다시 만나고 나서 나는 그러한 바람이 얼마나 부질없는 것이었던가를 철저히 깨달았다. 그는 다섯 달 새에 완전히 변해 있었다. 바싹 여윈 시커먼 얼굴에 퀭한 두 눈……. 변한 것은 그의 외모만이 아니었다.

31

우리 둘 사이를 비집고 들어선 증오의 벽은 어느새 무쇠처럼 단단히 굳어 뚫고 들어갈 조그마한 틈새도 허용하지 않고 있었다.

차라리 그가 내게 욕지거리라도 해대면서 악다구니를 썼다면 조금이나마 위안이 되었을 것이다. 그러나 그는 한마디 말없이 나를 응시하기만 했다. 삼십여 분간의 차가운 응시, 그것이 결국 그와의 마지막 만남이었다. 그는 이십여 년간 피붙이처럼 가까웠던 우리의 관계를 무언의 질책으로 마감하기로 한 것이다.

그는 의사의 치료를 완강히 거부했다. 의사의 손이 몸에 닿으면 악을 쓰면서 날뛰어 최선을 다하려는 의료진들을 곤혹스럽게 했다. 사흘 전 혼수 상태에 빠지기 전까지는 링거 주삿바늘조차 제대로 꽂지 못할 정도였다.

철저한 공산주의자인 그는 사후 세계를 인정하지 않았다. 그런 그가 스스로 죽음을 택한 까닭은 무엇이었을까. 그는 자신의 소망대로 맞이한 죽음에 진실로 만족해하고 있을까. 그리고 이제야 비로소 나는 그 무거운 짐을 벗게 되는 것일까. 장례식과 함께 그의 파일도 소각되면 이 세상에서 그를 기억할 사람은 아무도 없을 것이다. 복수의 칼을 갈던 북한 인민무력부도 하릴없이 그에 관한 자료를 갈아엎는 것으로 만족해야 할 테지. 하지만 나는……, 살인자라고 외쳐 대던 그 무언의 질책에서 자유로울 수 있을까. 약속을 헌신짝처럼 내팽개친 파렴치한 인간이라는 비난에서 자유로울 수 있을까. 아마 영원히 그러지 못할 것이다.

사람들은 그를 구스타프 김이라고 불렀다.

내가 사진으로만 얼굴을 익혔던 그를 처음 만난 것은 20년 전 스웨덴 주재무관으로 부임한 지 한 달쯤 되던 그해 겨울 스웨덴 국왕 구스타프의

32

생일 리셉션이 열린 국왕 관저에서였다.

"무관 부임을 축하합니다. 같은 동포끼리 잘 지내보기요."

불쑥 다가와 악수를 청한 그는 내게 뭐라고 대답할 틈도 주지 않고 바로 옆에 서 있던 스웨덴 국방 차관에게 몸을 돌리더니 알아들을 수 없는 유창한 스웨덴어로 한동안 농지거리를 해댔다.

그것은 의도적인 무시이며 도발이었다. 따라서 한마디로 건방진 동무인 그에 대한 나의 첫인상은 불쾌함뿐이었다.

"참사관 김준. 1946년 9월 27일 황해도 해주 출생. 평양 보통강 노동자 3구 거주. 64년부터 69년까지 스웨덴 왕립 대학에서 국제정치학 수학. 국제정치학 석사. 76년 스웨덴 주재 북한 대사관 참사관 부임. 미혼. 부수상 김춘기의 차남."

스웨덴 외무성에서 입수한 인물 카드는 그가 소위 그 사회의 핵심 엘리트이며 위대한 수령 동지의 열렬한 추종자임을 말해 주고 있었다.

"스웨덴 주재 북한 대사관 내 서열은 3위입니다만 대사는 허수아비이고 그가 전권을 행사하는 것이 아닌가 의심되는 사례가 자주 관측되고 있습니다. 각국 대사관원들은 모두 그를 스웨덴 국왕에 빗대어 구스타프 김이라고 부르는데, 이는 그의 영향력이 상당히 크다는 것을 단적으로 증명하는 것입니다."

정보 담당 오 서기관의 설명에 잠시 호기심이 일었을 뿐 그것으로 끝이었다. 위해 행동을 벌이지 않는 한 그에게 신경을 쓸 여유는 없었다. 대사관을 개설한 지 일 년 남짓한 그 당시 몇 안 되는 인원으로 쏟아지는 업무를 처리해 나가는 것만으로도 숨이 막힐 지경이었기 때문이었다.

그 후 몇 번인가 이런저런 자리에 그와 동석한 일이 있었지만 대화는 없었다. 따라서 그가 나를 접속하지 않았다면 그는 여행길에서 스쳐 지난 수많은 풍경들처럼 내 기억 속에 아무런 흔적도 남기지 않았을 것이다.

해가 바뀌고 여름 휴가철이 끝날 무렵 바사 호텔 아이리스 홀에서 신임 수상 취임 경축 리셉션이 열렸다. 분위기가 한창 무르익고 있을 때 파란 눈의 금발 웨이트리스가 은밀하게 다가와 구스타프 김이 보냈다는 메모를 한 장 건네주었다.

'내일 저녁 8시 보른스트로 28번가 공중전화 4번 부스.'

몇 잔 걸친 브랜디가 불러일으킨 기분 좋은 취기가 순식간에 사라지며 함정일지도 모른다는 생각이 순간적으로 뇌리를 스쳤다. 리셉션이 끝난 뒤 대사관에서 열린 작전 회의에서 대사는 단독 행동만 아니라면 큰 위험에 빠지지 않을 것이므로 구스타프 김의 제의를 접수한다고 결론지었다.

보른스트로는 비요른 공원을 우회하는 작은 도로로 대낮에도 인적이 드문 한적한 곳이었다. 정각 8시, 28번가 공중전화 4번 부스에서 전화벨이 울렸다.

"코스모스—1, 《노인과 바다》 펭귄북 74년 판. 전화번호부 표지 안쪽 스카치테이프."

무관한 사람에게 그것은 흔히 볼 수 있는 흑백필름의 네거 한 장일 뿐이다. 하지만 코스모스—1이라는 키워드가 작용하면 그것은 마이크로 난수라는 중요한 의미를 갖는다. 코스모스—1, 그것은 십여 년 전에 개발한 난수로 조작하기는 쉬우나 보안이 허술하다는 약점이 있어서 실전에는 사용하지 않고 있었다. 단지 기초 암호 교육용으로만 쓰이고 있는 것으로 중요한 비밀 사항은 아니었다. 그러나 그가 그 방식을 정확히 알고 있다는 사실은 커다란 놀라움이었다.

'220820 762406 341201 812711, 220820 380101……(망명을 받아 주겠느냐. 대사관 직원 전원이 후세에 길이 빛날 훈장을 받을 수 있는 중요한 정보를 주겠다. 접수 의사가 있으면 내일 대사관 국기 왼쪽 하단에 붉은 점을 그려 달라. 차후 연락은 밤 열 시에 내가 전화로 하겠다. 암호는 아이리스와 큐빅.)'

긴급 대책 회의에서 대사는 자신이 결정할 문제가 아니므로 본부의 지시에 따라 행동하자고 결론을 내렸다. 서둘러 보낸 암호 전문에 본부는 차후 지시까지 대기하라는 간단한 회신을 내려보내고는 새벽이 다가오도록 침묵했다. 백야의 태양이 지평선을 타고 숨바꼭질하며 반 바퀴 돌아 동쪽 창에 희미한 얼굴을 들이밀 때쯤에는 대사관 직원 모두가 파김치가 되고 말았다. 그때에서야 본부에서 지시가 내려왔다.

'일단 접수. 진행 사항 즉각 보고. 차후 행동 지침은 추후 지시 예정.'

조국을 떠나면 누구나 애국자가 된다던가. 대사관 국기 게양대에 붉은 점을 그려 넣은 국기를 내걸자 교민들에게서 대사관원들의 불성실과 태만을 질타하는 전화가 쉴 새 없이 걸려 왔다.

그러나 그날 밤 열 시 그토록 기다렸던 전화벨 소리는 울리지 않았다. 그리고 그다음 날도, 그다음 날도……. 결국 일주일을 무의미한 기다림과 긴장 속에서 보낸 후 대사는 자신의 경솔한 판단에 따른 과오를 인정하며 구스타프 김의 망명 문제를 공식적으로 종결하기 바란다는 내용의 전문을 본부에 발송하지 않을 수 없었다. 대사는 구스타프 김이 개설한 지 얼마 안 되는 우리 대사관의 업무 능력을 시험해 보기 위해 장난질을 친 것이라고 안이하게 판단했다. 그러나 본부의 분석은 그것이 아니었다. 우리의 암호체계를 파악하기 위해 치밀하게 계획한 공작이었다는 것이며, 대사의 판단 착오로 전 공관의 암호체계를 변경해야만 하는 엄청난 결과를 초래했다는 것이었다. 암호체계 변경에는 많은 성가신 작업이 필요하겠지만 그것은 중요한 문제가 아니다. 중요한 것은 일주일간 구스타프 김에게서 연락이 오기를 목이 빠지게 기다리는 동안 북한 대외연락부가 우리의 암호체계를 파악하고서 전 대사관과 외무부 간에 오고 간 암호 전문 내용을 모두 해독했을 것이라는 점이었다. 그것이 사실이라면 대사는 즉각 경질되고 나머지 공관원들도 정도의 차이만 있을 뿐 징계를 면하지 못할 것이다. 대사관 전체는 문상객 없는 초상집처럼 가라앉았다.

그로부터 사흘 후, 대사관에 출근하자마자 나는 대사에게서 긴급 호출을 받았다. 대사의 방에는 이미 공관원들이 모두 모여 있었다. 드디어 올 것이 오고야 만 것인가. 착잡한 마음으로 방에 들어서니 대사는 침통한 얼굴로 신문 한 장을 치켜들며 집게손가락으로 어떤 인물의 사진을 가리켰다. 뜻밖에도 그것은 구스타프 김의 사진이었다. 스벤스카 다그블라데트지 1면 상단을 그의 싱글거리는 프로필이 장식하고 있었고 그 사진 위로는 큼직한 활자가 왕관처럼 덮여 있었다. 무슨 기사일까……. 더듬거리며 표제 활자를 읽어 가던 나는 자신도 모르게 외마디 비명을 지르고 말았다.

"교통사고로 외교관 사망. 조선민주주의인민공화국 외교관 김준."

당시 내 스웨덴어 구사력으로 상세한 내용을 파악하는 것은 불가능했다. 그것은 공관원 모두가 마찬가지였다. 오 서기관이 스웨덴어—영어 사전을 갖다 놓고 단어를 찾아가면서 기사 내용을 해독하려 했으나 장님 코끼리 만지듯 사건의 추이는 오리무중이었다. 스웨덴어를 영어로 번역하는 일을 맡고 있는 크리스티나 양이 출근하고 나서야 비로소 정확한 내용을 알 수 있었다.

'29일 밤 10시경 스톡홀름 북방 25㎞ 2번 국도 유프란 제지 공장 진입로 인근 절벽에서 스웨덴 주재 조선민주주의인민공화국 대사관 소유의 볼보 승용차가 추락, 화염에 휩싸인 것을 주민이 발견하여 경찰에 신고. 전소된 차량 내부에서 신원을 확인힐 수 없는 시체 한 구 발견. 북한 대사관은 사망자가 김준 참사관이라고 확인. 외무성 고위 관계자는 사망한 김 참사관이 열흘 전부터 실종 상태에 있으며 자살 가능성이 크다고 언급.'

저녁 무렵 본부로부터 짧은 지시가 내려왔다.

"김준은 이탈 의도가 탐지되어 자체 처단된 것으로 판단됨. 북한 공관의 동향을 예의 주시하여 이상 상황 발생 시 신속 보고할 것."

북한 공관은 밤늦도록 불을 환하게 밝히고 있었지만 그 안에서 무슨 일이 일어나고 있는지 전혀 알 길이 없었다. 열흘 새 십 년은 나이를 더 먹은 듯 초췌해진 대사는 북한 대사관 주변에 2명 1개 조의 감시 조를 배치하라고 지시하고는 자신의 관저로 돌아갔다.

자포자기하거나 무슨 일을 해야 할지 도통 방향을 잡지 못할 때 사람의 마음은 더 편안해지는 것일까. 그날 밤 나는 오랜만에 깊은 잠에 빠져들었다.

한밤중 전화벨이 울렸다.

"아이리스……."

수화기 저편에서 들려오는 소리는 구스타프 김의 암호였다. 반가움이 울컥 치밀어 나는 자신도 모르게 발악하듯 소리쳤다.

"큐빅, 큐빅……, 반복한다. 큐빅."

"아이리스. 아이리스가 말한다. 230113 053520 381618, 110501……(내일 밤 열 시. 스톡홀름 3번 부두 북쪽 제방. 원, 단독 면담.)"

구스타프 김은 아무 감정도 싣지 않은 단조로운 목소리로 코스모스를 말하고 일방적으로 전화를 끊었다.

전화가 끊어진 후 나는 한동안 식은땀을 흘리며 멍하니 앉아 있었다. 그가 죽은 것이 아니란 말인가. 그러면 그 시체는 도대체 뭘까.

백야의 여름밤은 구름이 낮게 드리운 서울의 궂은날처럼 음울한 회색 빛이었다. 황량한 스톡홀름 3번 부두에는 드문드문 화물차가 서 있을 뿐 사람 그림자는 하나도 보이지 않았다. 대형트럭 사이에 차를 세우고 사방을 둘러보았다. 열시 정각. 30m쯤 떨어진 창고에서 불빛이 반짝였다. 사라졌던 불빛은 금세 다시 나타나 깜빡이기 시작했다.

"어, 저거 모스 부호……, 모스 부홉니다. ……약속을 ……지켜서 …… 고맙다. 창고 안으로 ……오기 바란다."

뒷좌석에 몸을 숨기고 있던 오 서기관이 속삭였다.

이건 너무 위험하다. 등골이 서늘해지면서 전율을 느꼈다. 그렇다고 되돌아갈 수는 없었다. 나는 모든 것을 운명에 맡긴다는 비장한 각오로 걸음을 옮겼다. 반쯤 열린 창고 문이 모진 북해의 바람을 받아 삐걱삐걱 음산한 신음 소리를 내고 있을 뿐 주변에는 아무도 없었다. 오 서기관에게 엄호를 부탁한 후 나는 콜트 리볼버를 움켜쥐고 어둠에 몸을 내던졌다.

무엇인가에 발이 걸려 고꾸라지는 순간 창고 문이 닫혔다. 사방은 시린 어둠이었다. 오 서기관이 부서져라 문을 흔들어 대는 소리를 들으며 나는 황급히 몸을 세웠다.

"이봐, 밖에 있는 놈은 뭐이야?"

질책하는 목소리가 방향을 알 수 없는 곳에서 낮게 울렸다.

"오 서기관이오. 당신도 잘 알고 있는. 당신 신변을 보호하려면 나 혼자로는 무리라고 생각했소."

"신변 보호? 내가 신변 보호해 달라고 말했던가? 멍청하기는……. 쓸데없이 간참하려고 하지 말라우. 내 일은 내가 알아서 해. 함정이라고 생각한 모양이지? 그래, 당신들은 사람을 납치할 때 이런 유치한 방법을 쓰는가?"

구스타프 김의 비난이 속사포처럼 이어졌다.

"미안, 미안. 사실 믿을 수가 없었어. 당신이 이런 경우에 처한다면 당신 역시 나처럼 행동하지 않을까."

"웃기지 마. 나는 그렇게 하지 않는다. 내가 당신과 같을 거라고 생각하지 마. 썩어 빠진 미제의 앞잡이들……. 약속을 지키지 못하는 자에게 어떤 후과가 오는지 이 자리에서 보여 줄까?"

절체절명의 위기였다. 그러나 구스타프 김을 진정시킬 적당한 말이 떠오르지 않았다. 나는 되는 대로 소리쳤다.

"다른 뜻이 있는 건 아니었소. 오해하지 마시오."

잠시 수상쩍은 침묵의 시간이 흐른 뒤 구스타프 김이 낮고 단호한 음성으로 외쳤다.

"……좋다, 들여보내."

나는 앉은뱅이처럼 어둠을 더듬어 잠긴 문고리를 풀었다. 갑자기 창고 문이 왈칵 젖혀지자 당황하여 뒤로 물러서며 허둥대는 오 서기관의 실루엣이 눈앞에 어지러웠다. 오 서기관의 리볼버는 표적을 찾지 못한 채 가늘게 떨고 있었다.

"오 서기관, 아무 일도 없어. 걱정하지 마. 총 치우고 이쪽으로 들어와."

구스타프 김이 밝힌 손전등을 가운데 두고 세 사람이 마주 앉았다. 구스타프 김은 낡은 청바지와 미 공군 파카 차림에 텁수룩한 턱수염을 달고 지저분한 장발의 가발까지 쓰고 있었다. 북구에서 흔히 눈에 띄는 일본인 히피 여행자의 모습이었다.

"김준 씨, 교통사고 기사를 보고 우리는 당신의 망명 의도가 노출된 것으로 판단했습니다. 따라서 어젯밤 우리에게 다시 연락을 했을 때 의심하지 않을 수 없었습니다. 망명을 원한다면 우리 대사관으로 직접 찾아오는 것이 가장 현명한 방법이 아닐까요? 당신의 행동은 불신을 자초한 것입니다."

한숨 돌린 오 서기관이 해명을 요구했다.

"그런 식으로 내가 이곳을 무사히 빠져나갈 수 있으리라고 생각하고 있어? 안이하구만. 썩어 빠진 자본주의의 쓰레기들……. 당신들은 늘 그따위로 일을 처리하는가? 도대체 당신들은 믿을 수가 없어. 내 방식대로 하겠어."

구스타프 김은 눈을 치켜뜨며 오 서기관을 힐난했다.

"당신 방식? 그래서 유프란 교통사고도 조작해 낸 거라 그 말입니까? 완벽한 도주 방식이라……. 저쪽도 바보는 아닐걸. 금방 알아내고 말 텐데, 너무 무리한 거 아닌가요?"

"천만에. 알아내지 못해. 완전히 타 버렸어."

구스타프 김은 경멸하는 눈초리로 오 서기관을 노려보았다. 숨을 몰아쉬며 뭔가를 말하려는 오 서기관을 제지하면서 나는 서둘러 화제를 바꿨다.

"유프란에서 죽은 자는?"

"일본인 히피거나 떠돌이 화교겠지. 예테보리에서 배회하는 놈을 술을 한잔 사 주고 꾀었어."

구스타프 김의 두 눈은 물에 젖은 듯 번득이고 있었다. 그것은 광기였다. 자신의 목적을 위해 아무라도 쉽게 죽일 수 있는 자만이 갖고 있는 광기. 그러한 광기는 앞으로 그의 삶을 비극으로 이끌지도 모른다. 불안한 예감이 엄습했지만 나는 그의 망명을 저지하지 않았다. 오히려 헛된 공명심에 사로잡혀 혹시라도 그가 마음이 변해 떠나 버리지나 않을까 전전긍긍했다.

"우리가 할 일은?"

"남조선으로 데려다주시오. 절대 비밀로."

"알겠소. 그러면 연락은?"

"밤 열 시 정각 내가 전화를 하리다."

"지난 열흘간 연락을 하지 않은 이유는?"

"저쪽 사람들도 청맹과니는 아니오. 잠적 상태에서 저네들의 눈을 속이며 움직이느라 시간이 많이 필요했소."

"망명 이유와 정보는?"

"지금은 말할 수 없어. 일이 순조롭게 끝나면 그때 말하지. 난 일주일 이상은 기다리지 않아. 일주일 후에도 당신들이 완벽한 계획을 마련하지 못하면 나는 영원히 사라질 것이오."

일주일 후 새벽안개가 자욱한 예테보리항을 출항한 덴마크 선적의 유람선 블루버드는 구스타프 김을 무사히 코펜하겐항에 안착시켰다.

동행한 오 서기관에게서 신병을 인수한 덴마크 주재 대사는 그를 육로로 파리로 데려갔고 파리에서 그는 대한항공기를 타고 무사히 남조선 땅에 발을 내디뎠다.

그가 쏟아 낸 정보는 정말 대단한 것이었다. 스웨덴, 노르웨이, 덴마크 등 북구 3개국에 주재하고 있는 북한 대사관원들이 마약을 밀수한다는 정보였다. 방콕에서 사들인 아편을 외교 행낭에 싣고 들어와 현지 갱 조직의 하수인들을 통해 판매하고 있다는 것이었다. 스웨덴 내무성은 즉각 북구 주재 북한 대사관의 마약 밀수에 대한 수사를 비밀리에 착수했다. 두 달 후 사건 전모가 공식 발표되었고 북한 대사관원은 전원이 추방되었다.

　가을이 깊어 가고 있었다.

　눈부시게 푸른 하늘을 등지고 삐죽이 솟은 노루봉이 어느새 단풍으로 칠갑을 하고 있었다. 얼마 전까지만 해도 영원히 계속될 듯 여름이 기승을 부리고 있었는데 이미 세상은 붉은 가을이었다. 곧 눈이 내리겠지. 한 인간이 죽는다고 해서 변하는 것은 아무것도 없다. 계절이 정해진 순서에 따라 해마다 같은 일을 되풀이하는 것처럼 그 빈자리는 곧 누군가에 의해 채워지는 법이다. 내 자리 또한 잠시 후 누군가에 의해 채워지듯이. 하지만 시각을 조금 틀어 살펴보면 변하지 않는 것도 없다. 내가 십 년 전 가을에 바라보던 노루봉의 저 핏빛 단풍은 지금과 같은 것일까. 그렇지 않다. 지금 붉게 물든 저 단풍은 단지 예닐곱 달 전에 수줍은 얼굴로 세상에 모습을 드러낸 것이 아니던가.

　"장례는 어떻게 하는 것이 좋겠습니까?"

　담배에 새로 불을 붙이려 창에서 몸을 돌리자 소파에 앉아 기다리고 있던 박현수 중령이 기회를 잡았다는 듯 말을 걸었다.

　"아, 아직까지 거기 있었나? 미안하네. 유언은 없었을 테고……. 유서 같은 것도 없었나?"

　유서가 있을 턱이 없지만 나는 확인하고 싶었다.

　"병실에서 소지품 외에 특이한 것은 아무것도 발견하지 못했습니다."

　"그런가……. 문상객이 없더라도 하룻밤 정도 빈소를 차리는 것이 망자에 대한 최소한의 예의겠지. 오늘 밤만 빈소를 차리고 내일 중으로 우이동

무연고자 묘지에 매장하도록 하게."

분노도 슬픔의 한 가지 표현 방식이 될 수 있는 것일까. 박 처장이 물러난 후 나는 치뻗는 분노에 몸을 떨었다. 그것은 대상을 찍을 수 없는 막연한 분노였다. 어쩌면 나 자신에 대한 분노인지도 모른다. 치밀어 오르는 분노를 삭여 줄 마땅한 화풀이 대상을 찾지 못해 나는 한동안 가쁘게 숨을 몰아쉬었다. 그때 책상 한 귀퉁이에 놓여 있는 꽃병이 눈에 띄었다.

"김준, 이 엉터리 바보 새끼야!"

나는 미치광이처럼 소리치며 꽃병을 주먹으로 내리쳤다.

구스타프 김은 4년 전부터 고장을 일으키기 시작했다. 당시 나는 파리 주재 무관으로 일하고 있었다. 바쁜 중에도 구스타프 김과는 꾸준히 전화와 서신 연락을 계속하고 있었는데 어느 날인가부터 그가 침묵했다. 여름 휴가 중 틈을 내 귀국해서 그의 보디가드로 일했던 정보 본부 수사관 김창우 하사를 만나고서야 자초지종을 알 수 있었다.

"지난봄 구스타프 김이 신입생을 인솔하여 강촌으로 MT를 갔을 때 사건이 터졌습니다. 십 년 이상 아무 일 없었기에 보호 등급은 3급으로 내려가 있었습니다. 초임 수사관인 제가 경험 삼아 스웨덴어과 조교로 위장하여 그의 신변을 보호하고 있었습니다. 그렇지만 그나마도 여름에는 보호 등급을 해제하고 철수할 계획이었습니다. 학보나 삐딱한 정치학회에 좌경 논문을 발표해서 담당 과장은 골치 꽤나 썩었지만, 저야 뭐 평온한 나날이었죠."

"좌경 논문을? 구스타프 김이?"

"뭐라더라……. 스웨덴 공산주의 운동의 좌절 원인과 교훈, 스웨덴 복지주의의 허상……. 뭐, 이런 것들을 자꾸 떠들어 댔습니다. 골수 빨갱이라며 당장 집어 처넣자는 사람도 있었고……, 안에서 정말 굉장했습니다. 그런 거 빼고는 조용했죠. 하지만 구스타프 김은 그들이 올 것을 예상하고 있었고 그들이 나타나자마자 곧바로 알아챘습니다."

"그들? 그들이… 올 것을 예상하고 있었다?"

"2인조 특수 공작 팀이 내려왔습니다. 구스타프 김이 지난가을 중국 조선족 교포를 해주에 들여보냈는데 연락이 끊어졌답니다. 배신했거나 아니면 붙잡혔겠죠."

"해주에?"

"몰라서 물으시는 겁니까? 박주희를 빼내 오겠다는 거였죠."

박주희……. 문제의 핵심은 박주희였구나. 결국 언젠가는 올 일이 마침내 오고야 말았구나. 김 수사관의 입에서 박주희라는 이름이 튀어나온 순간 나는 눈앞이 아득해지며 캄캄한 절망감을 느꼈다.

예테보리에서 블루버드를 타기 직전 구스타프 김은 내게 무리한 요구 조건을 제시했다. 해주제2사범대학 도서관에서 사서로 일하고 있는 박주희를 빼내 달라고 했다. 불가능한 요구였다. 하지만 그 당시 한 건을 올리겠다는 욕심에 사로잡혀 있던 나는 앞뒤 가리지 않고 덜컥 약속을 해 버렸다. 한국 땅에 들어온 이후에도 한동안 구스타프 김은 주희를 데려오면 정보를 제공하겠다고 버텼다. 그러나 결국 언젠가는 데려다준다는 약속을 하는 선에서 타협했다. 협상 과정에서 집요하게 자신의 요구를 관철하려 했던 것과 달리 그 후 그는 한 번도 자신의 담당관에게 주희 문제를 거론하지 않았다. 타협을 하면서 그는 결심했을 것이다. '나는 네놈들을 믿지 않는다. 내 방식대로 하겠다.'라고. 결국 속에서 곪고 있던 상처가 터지고

44

만 거였다.

"강촌 사건에 관해 자세히 듣고 싶네."

"민박집에서 막 짐을 풀고 있는데 커튼 사이로 창밖을 내다보던 구스타프 김이 말하더군요. '예비로 갖고 있는 총이 있으면 한 자루 주게. 하루에 같은 얼굴을 세 번이나 봤다면 의심해야겠지? 저기 한 놈, 공중전화를 걸고 있는 잿빛 파카. 그리고……, 저쪽 벤치에 앉아서 신문을 보고 있는 청바지. 아침에 교문 옆에서 서성거리고 있더니 아까 화도 휴게소에서는 커피를 마시고 있더군.' 여느 상춘객과 다름없는 평범한 모습의 사내들이었습니다. 구스타프 김이 귀띔해 주지 않았으면 당했을 겁니다. 소형 베레타를 건네주고 만반의 준비를 갖추었죠."

"지원 요청은 하지 않았나?"

"그 일 때문에 나중에 징계를 먹었어요. 솔직히 믿을 수가 없었거든요. 그런데 새벽 두 시에 정말 치고 들어오더군요. 구스타프 김이 한 놈은 생포해야 한다기에 무리를 하다가 어깨에 한 방 맞고 말았죠. 먼저 들어오는 놈을 제가 급소를 질러 쓰러뜨리고 구스타프 김이 뒤에 들어오는 놈을 쏘기로 했죠. 그런데 예상과 달리 두 놈이 거의 동시에 뛰어드는 바람에 시야가 막혀 뒤에 들어서는 놈을 구스타프 김이 바로 잡을 수 없었어요. 놈은 쓰러지기 전에 두 방을 날릴 여유가 있었죠. 그중 한 방이 여기에 푸욱. 불을 켜니 먼저 뛰어들다가 쓰러진 녀석이 독약 앰풀을 물고 있더군요."

"구스타프 김은 지금 어디 있나? 그리고 상태는?"

"모릅니다. 어느 보호소인지 수용되어 있다는 것밖에는. 강촌에서 돌아온 이후 그는 완전히 미쳐 버렸어요. 알리지 말았어야 했는데……. 위에서 구스타프 김에게 박주희는 이미 오래전에 죽었으니 헛된 일 벌이지 말라고 경고했다더군요. 불에 기름을 끼얹은 격이죠."

"왜 그런 말을? 그냥 묻어 두는 것이 옳은 일 아니었을까?"

"보복이죠. 그렇게까지 뒤를 봐 줬는데 그럴 수가 있나 하는. 활용할 가치가 없다는 판단도 작용했을 거구요."

"주희라는 여자……. 정말 죽었나? 구스타프 김도 자기 나름대로 이리저리 정보를 모으고 다녔을 텐데 박주희가 죽었다는 사실을 정말 모르고 있었을까?"

"우리도 강촌에서 일이 터지기 얼마 전에야 겨우 알았습니다. 사건이 나기 보름 전에 해주 인근 지역 고등중학교에서 교편을 잡고 있던 사람 하나가 목선을 타고 넘어왔는데 그 친구가 해주제2사범대학 출신이었습니다. 박주희를 잘 알고 있더군요. 부수상 김춘기의 집안이 풍비박산 나고 얼마 되지 않아 자살했답니다. 상당한 미모로 학생들 사이에 인기가 대단했기 때문에 자살 사건이 크게 센세이션을 일으켰답니다."

"그런가……."

죽고 말았구나. 구스타프 김이 살아 있다는 사실을 알고 있었다면 박주희는 스스로 죽음을 택하지 않았을 것이다. 영원한 기다림, 그것 또한 사랑의 본질 가운데 하나가 아니던가. 그러면 구스타프 김은? 그가 여태껏 삶을 지속하고 있는 것은 언젠가는 박주희를 다시 만난다는 희망 때문이 아닐까. 그가 북에 두고 온 사람들 가운데 박주희만이 유일하게 생존했을 것으로 확신하고 있었던 만큼 그 희망은 더욱 간절했을 것이다. 그런데 그 유일한 희망마저 사라졌다면……. 그 역시 자살을 기도하지 않았을까. 나는 마음이 조급해졌다.

"보호소에는 왜? 그냥 풀어 놔두지 않고."

46

"강촌 사건이 일어난 후 보호 등급도 해제하고 풀어놓았죠. 될 대로 되라는 거였죠. 그런데 계속 말썽을 일으키는 거예요. 고급 룸살롱에서 술을 퍼마시고 돈을 내지 못하겠다고 종업원들과 싸움판을 벌인 게 한두 번이 아니었어요. 술에 취해 투박한 평양 사투리로 고래고래 소리치면서 〈적기가〉를 불러 대기도 하고 조선민주주의인민공화국 만세를 부르기도 하고……. 하루가 멀다 하고 파출소에 붙들려 들어왔어요. 그 친구 정말 대단하대요. 레드마운틴에서 한판 붙었을 때는 덩치가 이만한 건달 일곱을 순식간에 때려눕혔대요."

휴가 기간이 짧았던 데다 이것저것 처리할 일들이 많아서 나는 그를 만나 보지 못한 채 파리로 출발했다. 아니, 처리할 일들이 많았다는 것은 핑계일 뿐이다. 하려고만 했다면 어떻게 하든 틈을 만들었을 것이다. 나는 고의로 바쁜 일을 만들면서 차일피일 그와의 만남을 미뤘다. 그를 만나기가 두려웠다. 구스타프 김이 적어도 자살을 꾀하고 있지는 않다는 안도감도 그와의 만남을 뒤로 미루는 데 한몫을 했다. 일단 소나기는 피해 보자는 심정이었다.

어느새 밤이 깊었는지 잉크를 쏟아부은 듯 짙푸른 밤하늘에 별이 가득했다. 산등성이에서 한 뼘쯤 높이로 막 조각달이 솟아오르고 있었다. 달을 마주 보며 차는 영안실로 향하는 한적한 뒷길로 접어들었다.

"본부장님, 피곤하신 모양이죠? 이제 다 왔습니다. 그나저나 오늘따라 영안실 입구가 아주 을씨년스러운데요."

앞좌석에서 부관 최 소령이 룸미러를 통해 눈을 맞추며 조심스럽게 말했다. 최 소령의 말대로 영안실 주변은 두꺼운 어둠에 짓눌린 묘지처럼 황량했다. 귀에 익은 울음소리도, 단조로운 스님의 독경 소리도, 쉬어 터진 찬송가 소리도 들리지 않았다.

썰렁한 독방에 구스타프 김의 빈소가 마련되어 있었다. 근무 사병인 이등병 두 명이 무료한 표정으로 입구에 앉아 있을 뿐 빈소는 절간처럼 고요했다. 내가 유일한 조문객인 것이다.

흰 국화꽃으로 장식한 제단에 향을 피우고 예를 올렸다. 사병 하나가 부리나케 상을 펴고 종이컵에 소주를 가득 따랐다. 한 잔을 더 따라 제단 위에 놓고 구스타프 김의 사진을 마주했다. 사진 속의 구스타프 김은 막 터져 나오는 웃음을 참는 장난기 어린 모습을 하고 있었다. 외대 스웨덴어과 교수로 정착한 무렵의 사진인 듯했다. 그때가 그의 짧은 한국 생활 중에서 가장 행복한 시기였을 것이다.

사진 속의 그가 나를 보고 빙긋이 웃음을 터뜨렸다. 그리고 노래를, 그가 내 앞에서 자주 부르곤 했던 북의 노래를 부르기 시작했다.

'학교 가는 길에 노랑나비 팔랑팔랑 내 머리의 빨강 리본 꽃인 줄 아나 봐요. 달려가다 돌아봐도 따라오며 팔랑팔랑 꽃밭에는 가지 않고 나만 자꾸 따라와요. 랄라라 랄랄라 자꾸자꾸 따라와요.'

예테보리에서 구스타프 김을 블루버드에 태운 후 내가 그를 다시 만난 것은 3년 후 본부 발령을 받아 귀국하고 나서였다. 점잖고 실력 있는 교수로 변신한 그는 거의 완벽하게 한국 생활에 적응했다. 짤막짤막 끊어 가며 끝부분마다 어색하게 억양을 올리던 선동적인 말투도 이미 사라지고 없었다.

대학가에서 생맥주를 마시고 조용한 카페로 자리를 옮겨 양주 몇 잔을 비운 후 그가 나직한 목소리로 나비 노래를 불렀다.

"약속을……, 아직까지 지키지 않고 있습니다. 어려운 일이죠. 기다리는 것은 더 어렵구요. 나는 주희가 생각날 때면 이 노래를 부릅니다. 고등중학교 시절 내가 써 보낸 편지의 답장 첫머리를 주희는 이 동요로 시작했어요. 내가 이 나비처럼 줄레줄레 뒤를 따라다니는 게 무척 안쓰러웠답니다."

"주희 문제에 대해서는 정말 미안합니다. 그렇지만 현재 나로서는 어떻게 할 방법이 없군요."

"일없어요. 당신 잘못만은 아니니까. 잊지 않고 누군가가 생각해 준다면 언젠가는 다시 만날 날이 있겠지요. 주희는 잘 있을 겁니다. 당시 우리 사이를 아무도 눈치채지 못했으니까요. 따라서 내가 사라졌다고 해서 주희가 해를 입을 이유는 없는 거지요. 기다리고 있을 겁니다. 지금의 나처럼."

구스타프 김은 모든 것을 포기한 듯한 초연한 태도를 보였다. 물론 전적으로 내 잘못은 아니지만 주희 문제에 대해서는 당국이 아무런 조치도 취하지 않고 있다는 것을 잘 알고 있는 나로서는 미안한 생각을 떨칠 수 없었다. 구스타프 김이 망명한 직후 나는 실현 불가능한 망명 조건을 자의로 수락한 것에 대해 본부로부터 심한 질타를 받았다. 그런 무리한 요구는 망명을 허용하기 전에 해결했어야 할 문제였다는 것이다. 나는 구스타프 김이 망명했으니 주희에게 때를 기다리라는 연락을 해 주는 것이 바람직하다는 내용의 보고서를 올리기도 했지만 아무 성과가 없었다. 내려온 것은 더욱더 심한 질책뿐이었다.

구스타프 김의 초연한 자세 때문이었을까. 내가 서울에서 근무했던 다섯 해 동안 우리 가족은 그와 아주 가까운 친척처럼 허물없이 어울렸다. 야구광인 큰애는 주말마다 구스타프 김과 야구장을 순례하는 게 큰 일과였다. 만능 스포츠맨인 그는 아이들에게 축구와 농구를 가르쳐 주었고 아이들은 그런 그를 무척 따랐다. 학교에서도 그는 외교관인 아버지 덕에 스웨덴에서 중고등학교와 대학을 마친 유복하고 유능한 교수로 인정받고 있었다. 더 이상 바랄 것이 없는 평온한 시절이었다. 게다가 독신이라는 점이 많은 여학생들의 가슴을 설레게 했고, 수시로 쏟아 놓는 정통하고 해박한 마르크스 이론은 학생들을 열광시켰다. 물론 그는 마르크스의 이론을 객관적으로 소개하는 데 그쳤고, 북한의 주체사상과 김일성 독재체제에 대해서는 사이비 공산주의라며 날카로운 비판으로 일관했다. 따라서 당국에서도 주의 깊게 관찰만 할 뿐 제재는 하지 않았다.

이러한 성향은 정통 마르크시스트인 그의 아버지 김춘기의 영향을 받은 것이다. 정통 마르크시즘으로 회귀할 것을 기치로 내걸고 김일성과 정면 대결을 벌였던 김춘기는 패배하여 종파분자라는 이름 아래 처형되었다. 불안을 느낀 김춘기는 자신이 체포되기 한 달쯤 전부터 사람을 시켜 매일 하루에 두 번 구스타프 김의 숙소로 안부 전화를 걸도록 지시했다. 세 번 신호음이 울리고 끊어지는 전화를. 그리고 구스타프 김에게 약속된 시각에 전화벨이 울리지 않으면 즉각 도피하라고 일러두었다. 밤 열두 시 전화벨 신호가 침묵하자 구스타프 김은 곧바로 집을 나와 잠적했다.

"자네는 미국으로 망명하거나 중남미쯤으로 숨어 버리지 않고 왜 한국을 택했나? 주희 때문인가 아니면 남조선 프롤레타리아 혁명의 도화선이 되고 싶다는 야심 때문인가?"

어느 해 겨울 바닷가를 산책하면서 내가 이런 질문을 했다. 주희가 그의 마음속에 자리 잡고 있는 비중과 그가 학생들 앞에서 마르크스 이론을 자주 거론하는 까닭을 알고자 슬쩍 떠보았던 것이다.

"둘 다."

"둘 다? 주희도 빼내 오지 못하고 남조선 프롤레타리아 혁명 가능성도 사라진다면?"

"그런 일은 있을 수 없어."

깊게 밀려들어 온 파도가 다리를 적시는데도 구스타프 김은 피할 생각을 하지 않고 우뚝 서서 차가운 시선으로 나를 노려보았다. 가슴을 후비는 듯한 섬뜩한 그 눈빛을 나는 아직도 잊지 못한다.

어느새 소주병이 바닥을 드러냈는지 잔이 반도 차지 못해 술이 끊어지고 만다. 무료하게 앉아 있던 사병 하나가 소주 한 병을 들고 걱정스러운 표정을 지으며 조심스레 다가온다. 아무리 마셔도 취할 것 같지 않은 날. 두 번째 병을 따 잔에 술을 따르고 허공에 응답 없는 건배를 청한다.

지난봄 해외 근무를 마치고 귀국하자마자 나는 보호소에 수용되어 있는 구스타프 김을 만났다. 간암 초기 진단을 받은 그는 눈에 띄게 수척해져 있었다. 보훈병원으로 이송을 준비하던 무렵이었다. 그는 싸늘한 시선으로 나를 맞이했다.

"알고 있었지? 주희가 오래전에 죽었다는 걸."

"오랜만에 만난 친구를 좀 다정하게 대할 수 없겠나? 몰랐어. 4년 전에야 겨우 알았지. 해주에서 탈출한 사람을 통해서."

"4년 전? 웃기는군. 해주에서 사람이 넘어오지 않았다면 아직까지도 모르고 있을 거라는 얘긴가? 당신은 분명히 내게 약속했어. 주희를 빼내 오겠다고. 그런데 약속을 지키기는커녕 주희가 죽었다는 사실도 4년 전에야 겨우 알았다고? 그것도 어쩌다 걸린 정보로? 정말 웃기는군. 당신들은 철저히 나를 무시해 왔던 거야. 내가 망명한 직후 연락을 해 주었으면 주희는 죽지 않아. 당신은 살인자야."

"살인자라고? 그게 어디 모두 내 잘못이던가. 내 잘못도, 자네 잘못도, 그리고 어느 누구의 잘못도 아니야."

구스타프 김이 뭐라 소리를 지르며 몸을 날려 내 멱살을 움켜쥐었다. 옆에 있던 보호관이 황급히 달려들어 떼어 놓는 바람에 별일은 없었지만 대화는 그것으로 끝나고 말았다.

'미안하네. 모든 게 다 내 잘못이야. 하지만 이제 뭘 어떻게 하겠는가. 자, 술이나 들게⋯⋯.'

세 번째 병을 따고 있는데 부관 최 소령이 휴대폰을 들이밀었다.

"박현수 처장인데 급한 일인 모양입니다."

휴대폰을 집어 들자 스피커에서 다급한 목소리가 튀어나왔다.

"본부장님! 박현숩니다. 구스타프 김의 병실에서 난수가 발견되었습니다. 간호사가 침대 명패를 치우다가 뒤에 숨겨져 있는 것을 발견했답니다. 난수 체계가 생소합니다만 지금 즉시 직원들을 불러 조사를 시작하겠습니다."

"난수? 숫자 여섯 개가 한 조로 되어 있지? 드문드문 쉼표가 있고."

"그렇습니다."

"그렇다면 직원들은 부를 필요 없어. 내게 가져와. 구스타프 김이 내게 남긴 유서니까. 오는 길에 내 방에 들러 서가에서 펭귄 포켓북《노인과 바다》를 함께 가져오게."

"구스타프 김이 병실에 남긴 소지품에《노인과 바다》라는 책이 있습니다. 영문판이기는 합니다만."

"그래? 그거면 됐어. 내 방에는 들를 필요 없네."

박 처장이 가져온 구스타프 김의 유서는 대학 노트 두 장을 빼곡한 숫자로 가득 채웠다. 박 처장과 부관 최 소령을 집으로 돌려보낸 후 술잔을 밀어 놓고 혼자 편지를 해독했다.

뒷부분으로 갈수록 숫자가 알아보기 어려울 정도로 헝클어져 있었고, 칸을 채우지 못한 공간들이 듬성듬성했다. 혼신의 힘을 다한 마지막 절규인 것이다. 가슴이 아려 오면서 눈물이 울컥 솟았다.

'최 형, 빈 병실에서 편지를 씁니다. 끝까지 쓸 수 있을지 자신이 없군요. 형에게만 이야기하고 싶어 코스모스를 사용합니다. 내가 죽으면 화장해 주십시오. 그리고 그 재를 형이 간수하고 있다가 잊지 말고 형의 손으로 중국 고비 사막에 뿌려 주십시오. 이른 봄날 흙바람을 타면 그 가운데 몇몇은 해주까지 날아갈 수 있겠지요. 마지막까지 무리한 요구를 합니다. 내 밥 먹은 개가 발뒤축을 문 격이라고 마음껏 욕해 주십시오. 미안합니다. 실현이 불가능하다는 것을 알았을 때 이데올로기는 쉽게 팽개칠 수 있었지만 사랑은 팽개쳐지지 않았습니다. 공산주의에 대한 열정은 이미 오래전에 사라졌습니다. 그러면서도 내가 그토록 오랫동안 그 문제를 입에 올린 것은 아버지 때문입니다. 평생의 신념인 그것을 실현하고자 목숨까지 걸었던 가엾은 분. 남조선에서 마르크스의 이론을 정확히 전달하는 것이 그분에게 내가 할 수 있는 유일한 효도라고 생각했던 것입니다. 그것이 당신들을 곤란하게 한 점에 대해 용서를 빕니다. 예테보리에서 형에게 무리한 요구를 했던 것, 그리고 보호소에서 형에게 보였던 추태……. 그 모든 것을 넓은 아량으로 용서해 주십시오. 해주에 보낸 사람이 돌아오면 중국에 들어가 단동에서 국경을 넘을 계획이었습니다. 주희와 함께 유럽이나 미국으로 잠적할 계획이었죠. 실패했지만……. 주희를 만날 수만 있다면 아무리 오랜 시간이 걸리더라도 참고 기다릴 수 있다고 생각했었습니다. 주희가 살아 있다면 또 다른 방법이 있었을 테지요. 하지만 이제는……. 지난봄에 병원을 탈출한 것은 해주에 숨어들어 주희의 무덤을 찾아봐야겠다는 생각에서였습니다. 그러나 너무 늦었는지 몸이 말을 듣지 않더군요. 강화도에서 북의 해안을 바라보며 죽음을 기다렸습니다. 내가 할 수 있는 일이라고는 그것밖에 없었습니다. 용서를……'

편지는 끝을 맺지 못한 채 중단되어 있었다.

"이 바보 자식아, 무엇 때문에 용서를 비는가. 용서를 빌 사람은 오히려 내가 아닌가. 게다가 고비사막, 고비사막이라고? 그곳이 어디 마음먹은 대로 언제라도 쉽사리 갈 수 있는 곳이던가? 자네는 내게 미안하다고 하면서 왜 또 이렇게 어려운 부탁을 하는 것인가? 어리석은 친구. 자네는 스톡홀름에서 왜 하필 나를 택한 것인가?"

사진 속의 구스타프 김은 여전히 싱글거리고 있었다.

떨어진 눈물방울에 글자가 얼룩덜룩 번져 가고 있었다. 나는 구스타프 김의 유서를 곱게 접어 제단 위에 밝혀 놓은 촛불로 가져가 불을 댕겼다. 삽시간에 붉게 타오른 불덩이는 금세 사위고 검은 재가 사박거리며 날렸다. 푸른 연기를 타고 날아오른 검은 재는 멀리 가지 않고 어디선가 날아온 나비 떼처럼 휘이휘이 제단 위를 서성거렸다.

사진 속의 구스타프 김이 나를 쳐다보며 더 이상 참지 못하겠다는 듯 빙긋이 웃음을 터뜨렸다.

'학교 가는 길에 노랑나비 팔랑팔랑 내 머리의 빨강 리본 꽃인 줄 아나 봐요. 달려가다 돌아봐도 따라오며 팔랑팔랑 꽃밭에는 가지 않고 나만 자꾸 따라와요. 랄라라 랄라라 자꾸자꾸 따라와요.'

노랑나비 떼가 눈앞을 가득 채웠다.

어지럽게 날아오르는 나비 떼를 바라보며 나는 어느새 노래를, 구스타프 김이 내 앞에서 자주 불렀던 북의 노래를 부르고 있었다. 듣기만 했을 뿐 한 번도 함께 부른 적이 없었던 그 노래를.

새들의 장례식

"컹컹 커거컹……."

난데없이 개 짖는 소리다. 정수리를 내리찍는 예리한 도끼날이 발하는 빛의 광란, 거대한 딱따구리의 금빛 부리 같은.

소스라치게 놀라 번쩍 눈을 치뜬다. 눈꺼풀이 열리는 그 짧은 찰나, 엉킨 실타래처럼 마구 헝클어져 있던 상념들이 한꺼번에 소용돌이치며 제자리를 되찾는다.

'수……, 지수가 돌아오고 있어.'

마음이 몸보다 앞서며 커튼을 열어젖힌다.

소파에 웅크리고 앉아 넋을 놓고 흘려보낸 몽유의 시간이 얼마나 되었던 걸까. 개가 짖지 않았다면 이대로 앉은 자리에서 소금 기둥처럼 굳어 티끌로 풍화하고 있을지도 모를 일이다.

정적을 가르며 느닷없이 쏟아져 들어온 소리에 온몸의 신경 마디마디가 곤추선 바늘 끝처럼 긴장하고, 머릿속은 방금 닦은 유리창만큼이나 투명하다. 허나 마음과 달리 시야는 여전히 안개 속을 헤매듯 몽롱하기만 할 뿐. 그 흐릿한 눈앞으로 시커먼 개 한 마리가, 굵은 가죽끈에 목이 묶인 우람한 개 한 마리가 기다렸다는 듯 뛰어든다. 머리 셋 달린 지옥문의 문지기, 케르베로스의 흉상. 사오 백 평쯤 되는 탁 트인 마당 한구석에서 케르베로스는 두 귀를 바싹 치켜세우고 빈 하늘을 향해 날카로운 이를 드러내고 있다.

들릴 듯 말 듯 낮게 이어지는 음산한 으르렁거림. 산 자는 들어오지 못하고 죽은 자는 나갈 수 없다, 경고하는 음험한 속삭임.

개가 있었던가.

어제저녁 해 질 무렵 어스름 속에서 이곳에 찾아들었을 때 개는 보이지 않았다. 그동안 개는 어디에 있었던 걸까. 개는 줄곧 저기에 있었는데 경황이 없어 그것을 알아채지 못했던 것뿐인지 모른다.

개가 있든 없든 거기에 관심을 쏟을 여유는 없다. 지수가, 영원한 이별의 첫걸음을 내디뎠을 지수가 지금 되돌아오고 있는지도 모르니까.

기대감에 부푼 마음이 창밖 먼 곳으로 갈팡질팡 시선을 쏟아 내지만 금빛 석양이 비껴 지나는 풍경 어디에도 사람의 그림자는 없다. 비탈진 흙길은 저무는 햇살에 물들어 녹슨 칼날처럼 처연하고, 그 너머 얼어붙은 호수도 생명을 잉태하지 못하는 사막처럼 황량하기만 하다. 이따금 나지막한 언덕을 넘어온 바람이 호숫가에 빽빽이 늘어선 단풍나무 가지를 뒤흔들면 검붉은 마른 잎사귀 한두 개가 눈물방울처럼 툭툭 떨어져 내릴 뿐 사위는 깊은 잠에 빠진 듯 고요하다.

셰퍼드를 닮은 둔한 몸집의 개는 연신 발톱으로 마른 잔디를 후벼 파며 나지막이 으르렁거린다. 뾰족한 코끝이 호수 너머 어딘가로 향해 있지만 무엇을 보고 있는지 알 수 없다. 귀신의 냄새라도 맡은 것일까.

"드르르륵⋯⋯."

간담을 서늘케 하는 K—1 소총의 연사, 절벽 끝을 향해 내닫는 앨버트로스의 거친 날갯짓 소리 같은 거친 소음이 귀를 찌른다.

화들짝 놀라 둘러보니 마당 오른쪽 구석을 차지한 단층 대리석 건물의 널따란 미닫이 창문이 막 열리고 있다. 반쯤 열린 창문이 미닫이 끝까지 활짝 밀쳐지자 곧바로 화사한 오렌지빛 스웨터를 걸친 건장한 사내의 얼굴 하나가 불쑥 튀어나온다.

만 하루 만에 보는 별장 관리인이라는 사내의 얼굴이다. 사내는 어제저녁 예고 없이 나타난 이방인들에게 흔쾌히 방을 내주며 살갑게 대해 주었다. 삼십 대 중반쯤 되어 보이는 별장 관리인은 오랜만에 도시풍의 동년배를 만났다는 반가움 때문인지 밤늦게 빙어튀김 한 접시와 양주 한 병을 들고 찾아오기까지 했다. 왁자지껄 떠들며 술판을 벌일 기분이 아니었으므로 내게 조금도 반가운 손님이 아니었다.

사내는 상대방의 기분은 조금도 아랑곳하지 않고 온갖 수다를 다 떨며 술병을 반 넘게 비운 후에야 자리에서 일어섰다. 외로웠던 것일까. 크리스마스를 전후한 며칠간만 북적대다가 겨우내 코빼기도 내비치지 않는 사람들의 그림자가 그리웠던 것일까. 외로움만큼 인간을 비이성적으로 만드는 것은 없는 모양이다.

사내는 막 사냥을 마치고 돌아와 엽총을 손질하고 있었던 듯 한쪽 손에 개머리판을 떼어 낸 총열을 움켜쥐고 있다. 사내가 뭐라 소리치자 개는 두 귀를 접으며 배를 깔고 납작 엎드려 미동도 하지 않는다. 파문처럼 번지는 침묵의 소리. 사내는 멍하니 붉은 노을이 번져 가는 호수 너머 하늘을 응시하며 담배에 불을 붙여 문다. 눈이 마주치면 저 외로운 사내의 입속에서 탈출구를 찾아 헤매고 있을 수많은 말들이 속사포처럼 터져 나올 것이다.

지금 내게 그 말을 잠자코 들어줄 만큼 넉넉한 마음의 여유는 없다. 슬그머니 창가에서 물러나 소파에 주저앉는다.

지수는 대체 어디 간 걸까. 한두 시간 전쯤 짧은 겨울 해가 서편으로 기울던 무렵 지수는 내게 와인을 마시고 싶다고 했다. 와인을 한 잔 마시면 막 시작되려는 몸살이 가라앉을 것 같다고 말했다. 의외의 말이었다, 전혀 속마음을 알 수 없는 엉뚱한. 이 외진 곳 어디에서 와인을? 자동차로 왕복 삼십 분은 족히 걸리는 호수 아랫마을까지 내려가야 작은 슈퍼가 하나 있을 뿐인데. 게다가 거기에 와인이 있을 거라고 확신할 수 없었다.

'틀림없이 있을 거예요. 갔다 와 주세요.'

간절한 눈빛이 토해 내는 조용한 강요에 못 이겨 길을 나서지 않을 수 없었다. 예상했던 대로 와인은 없었다. 하릴없이 아스피린 한 통을 사 들고 돌아와 보니 소파에 앉아 있어야 할 지수의 모습이 어디에서도 보이지 않았다. 순간 불길한 예감이 들불처럼 번지며 가슴이 철렁 내려앉았다.

'설마……. 아니, 그럴 리 없어.'

애써 부정하며 어제 아침부터 지수가 줄곧 메고 다니던 풀빛 배낭을 찾아보았다. 응접실에도 침실에도 배낭은 없었다.

'아, 가고 말았구나.'

불안이 확신으로 바뀌며 눈앞이 아뜩해졌다. 어둠의 심연으로 가라앉으려는 정신을 추스르며 혹시나 하는 마음에 집 안 구석구석을 살펴보았지만 편지 같은 것은 남아 있지 않았다.

'사람이 죽는다고 해서 모든 게 끝나는 게 아니에요. 죽음은 끝이 아니에요. 새로운 시작일 뿐이죠. 한번 태어난 목숨은 결코 사라지지 않는답니다. 죽은 자는 살아 있는 사람들이 알 수 없는 어딘가에서 다시 자신의 삶을 이어 가고 있죠. 되돌아가는 거예요. 자신이 살았던 삶의 어느 한 시점으로 돌아가는 거죠. 그리고 다시 시작하는 거예요. 그 시점을 스스로 선택할 수 있는가에 대해서는 분명히 말할 수 없어요. 다만 되돌아간다는 점만큼은 분명해요. 단지 형체만 달라지는 것뿐이에요.'

지난밤 별장 관리인이 남겨 놓은 반병 남짓한 위스키를 연거푸 들이켠 후 지수는 발갛게 상기된 얼굴로 엉뚱한 윤회론을 피력했다. 아무리 외형이 바뀌어도 본질은 변하지 않는 에너지 보존의 법칙이 생명이라는 무형의 대상에게도 어김없이 적용된다는.

'되돌아가는 거예요, 어느 한 시점으로 돌아가 다시 시작하는 거예요, 되돌아간다는 점만큼은 분명해요.'

지수가 말한 지극히 비논리적인 윤회론이 머릿속에서 맴돌면서 현기증이 일었다. 지수는 자신이 살았던 어느 한 시점으로 되돌아가고 싶은 걸까. 그리고 돌아갈 수 있다고 확신하고 있는 걸까. 물론 지난 삶을 다시 시작할 수만 있다면 그보다 더 바람직한 일은 없다. 인간의 삶이라는 것이 무수한 실수와 잘못으로 점철되어 전혀 예상하지 못한 방향으로 달려가는 폭주 기관차 같은 것이니까. 거기에 이성은 큰 변수가 되지 못한다. 대부분의 경우 매 순간 기분에 따라 좌우되는 변덕스런 판단이 충동적으로 작용하면서 되돌릴 수 없는 파국의 길로 들어선다. 이 같은 불완전성 때문에 인간은 누구나 시간을 되돌리고 싶다는 욕망을 갖게 되는 게 아닐까. 그리고 결코 이루어질 수 없다는 완벽한 불가능성으로 인해 그 욕망은 더욱더 미화되고 확고해지는 것인지 모른다. 그렇다면……. 지수는 되돌아가기로 결심한 것이 틀림없다. 되돌아가기 위해 스스로 목숨을 끊겠다고 마음먹은 게 틀림없다. 안 돼, 돌아갈 길은 없어. 죽음은 완벽한 소멸일 뿐 그 이상도 이하도 아냐.

이런 생각이 드니 등줄기가 사시나무 떨듯 뒤틀리며 무릎에서 힘이 빠져나가 제대로 서 있을 수가 없었다. 망연자실해 어느 순간 나도 모르게 털썩 소파에 주저앉았고, 이후 개가 갑자기 짖을 때까지 한동안 생각의 갈피를 잡지 못한 채 멍하니 비석처럼 앉아 있었던 게 분명하다.

아직 늦지 않았어. 마음을 돌릴 수 없다 해도 실행을 늦출 수는 있어. 찾아야 해, 늦기 전에. 멀리 가기 전에. 그런데 어디서 어떻게 찾아야 하지? 대체 어디로 갔을까. 아랫마을 쪽으로 내려가지 않은 것만은 분명해. 널따란 논 한복판을 가로질러 아랫마을까지 이어지는 외줄기 길을 따라가다가는 아스피린을 사 들고 서둘러 차를 몰고 올라오던 나와 틀림없이 마주치고 말았을 테니까. 그렇다면 호수에? 천만에, 그럴 가능성은 조금도 없어. 얼음을 깨뜨리고 물에 뛰어든다 해도 능숙한 수영 솜씨가 방해만 될 테니까. 길을 거슬러 올라갔을까. 그래, 그럴 가능성이 가장 크다. 별장 앞으로 고붓하게 뻗은 흙길은 호수가 끝나는 곳에서 사라지고 그 뒤로는 울창한 잣나무 숲이 장벽처럼 버티고 서 있지 않은가. 지난밤 별장 관리인은 내게 잣나무 숲 뒤로 펼쳐진 들판에는 민간인 출입을 가로막는 철조망이 쳐져 있다고 했어. 철조망 너머로 갈 수 없을 뿐만 아니라 철조망 가까이 접근해서도 안 된다고. 까딱 잘못했다가는 총에 맞는다고 경고하지 않았던가. 하지만 그런 곳이라면 인적이 없을 터이니 아무도 모르게 홀로 삶을 마감하기 더없이 좋은 장소일 것이다. 지수는 길을 거슬러 올라간 게 틀림없어. 그렇다면 이렇게 넋을 놓고 앉아 있을 수는 없다.

소파에서 벌떡 일어서는 순간 허둥거리는 시선이 호수 위를 스쳐 가을걷이가 끝난 텅 빈 논 위를 훑으며 지나가다가 어둠에 풀어져 내린 낯익은

61

실루엣 하나를 집어낸다.

'수……, 지수다.'

뜻밖에도 지수가 논 한복판에 석상처럼 오도카니 앉아 있다.

황망히 허공을 휘젓는 손끝이 테이블에 부딪히자 유리컵이 바닥으로 굴러떨어진다. 폐부를 찌르는 유리컵의 외마디 비명. 유리컵을 돌아볼 겨를이 없다. 거친 숨을 몰아쉬며 허겁지겁 발걸음을 옮긴다.

다급하게 쿵쿵거리는 발자국 소리에 지수가 고개를 틀며 내 얼굴에 시선을 맞춘다. 하지만 그뿐, 지수는 지루한 연극을 보는 점잖은 관객처럼 논바닥에 쪼그린 자세 그대로 꼼짝도 하지 않는다. 어둑서니 사이로 허둥대며 다가서는 내 모습을 물끄러미 바라볼 뿐. 눈이 마주치는 순간 지수의 시선이 미끄러지며 바닥으로 향한다. 짧은 순간 지수의 얼굴에 여린 미소가 피어오르는 듯했다. 착각일까. 그럴지도 모른다. 내가 옆에 쪼그려 앉아 가쁜 숨을 고르는 동안 지수는 한마디 말도 하지 않았으니까.

어디서 모아 왔는지 발밑에는 예닐곱 마리쯤 되는 검은 독수리의 사체가 봉분처럼 수북이 쌓여 있었다. 지수는 독수리의 사체를 뚫어져라 내려다볼 뿐 꿀 먹은 벙어리처럼 말이 없다. 무슨 생각에 이리도 깊이 빠져 있는 걸까. 지수는 미동도 하지 않는다. 지수의 침묵은 감히 두드려 볼 마음조차 갖지 못하게 하는 견고한 성벽처럼 단호했다. 환영 인사가 없다고 이대로 물러설 수는 없는 일이다. 기다리자. 뜨거운 커피 한 잔을 여유롭게 마실 만큼의 시간이 흐르고 나서야 비로소 지수가 가볍게 한숨을 토해 내며 혼잣말이라도 하듯 조용히 입을 열었다.

"겨울이면 새들의 장례식을 치르는 마을 사람들의 이야기를 들은 적이 있어요. 서리가 내리면…… 벼 벤 황량한 들판이 은빛 서리로 뒤덮이면 그마을 사람들은 장례식을 준비한답니다. 새들의 장례식이에요. 빈 논 한구석에 대나무를 엮어 제단을 세우고 삼베를 두른 뒤 울긋불긋한 종이꽃을 붙이지요. 상여랍니다. 논바닥 위로 하나둘 하얀 죽음이 나뒹굴기 시작하면 마을 사람들은 새의 주검을 상여로 옮긴답니다. 마을 사람들에게는 아침마다 새의 주검을 거두는 게 하루 일과의 시작이지요. 마침내 마지막 새가 떨어지면 마을에는 축제가 벌어지지요. 새의 주검을 태우며 영혼을 위로하면서 풍년을 기약하는 제의의 형식을 띠고 있지만 마을 사람들의 속마음은 그게 아니래요. 모두 죽은 새를 부러워한대요. 그 새들은 왜 돌아가지 않았을까요. 겨울이 깊어 날이 추워지면 죽을 줄 뻔히 알면서 왜 남아 있었던 걸까요. 죽음조차도 두려워하지 않을 만큼 황홀한 뭔가에 홀린 거예요. 죽어도 좋아, 너와 함께라면……. 완전한 사랑이지요. 마을 사람들은 그런 새들의 행동이 부럽기만 한 거구요. 호수를 한 바퀴 빙 돌아 이곳으로 내려오다가 논바닥에 나뒹굴고 있는 새들의 주검을 보았어요. 왜 여기에서 죽었을까. 이 날갯죽지를 붙잡고 들어 보세요. 빈 종이봉투처럼 가벼워요. 먹을 게 없어 굶주리다가 죽고 말았을 거예요. 이렇게 큰 날개를 갖고 있으면 먹이가 풍부한 곳으로 금세 날아갈 수 있었을 텐데 왜 여기에 머무르다가 죽고 말았을까요. 가을이 깊어 가도 돌아갈 수 없었던 새들처럼 이 독수리들도 뭔가에 홀렸을 거예요. 당신처럼."

땅거미가 짙게 깔리는 논바닥을 뚫어지게 내려다보며 독백처럼 말을 쏟아 낸 지수가 불쑥 고개를 쳐들며 나를 똑바로 응시했다. 울고 있었던가. 푸른 달빛에 젖은 두 눈망울에 물빛이 그득하다.

"돌아가세요. 저 혼자 해결해야 할 일이에요. 왜 당신을 찾았는지 지금 생각하면 너무 후회가 돼요. 돌아가세요. 호수를 빙 돌면서 곰곰 생각해 보았지만 아무 데도 갈 곳이 없어요. 내일 춘천으로 되돌아가겠어요. 거기까지만 함께해 주세요. 그다음은 제가 알아서 할 테니까요. 약속할 수 있죠? 그 전에 한 가지 할 일이 있어요. 도와주시겠어요? 이 새들에게 장례식을 해 주고 싶어요. 삼베와 종이꽃으로 상여를 만들고 싶지만 시간이 없어요. 약식으로 할 거예요. 장작이 좀 있어야 하겠고요, 장작을 활활 태우려면 석유나 휘발유도 좀 있어야 하겠지요. 호수 아랫마을에 가면 살 수 있겠지요? 같이 가요. 제가 이곳을 잠시 떠나 있다 해서 이 독수리들의 사체가 갑자기 사라져 버리는 일은 없을 테니까요. 와인을 마시고 싶다고 한 거 당신도 잘 아시겠지만 핑계예요. 당신을 자유롭게 해 주겠다는……. 혼자 춘천으로 되돌아가자고 결심을 했답니다. 당신 눈을 피하느라고 호수 위쪽으로 돌아서 큰길로 나가려 했는데 길이 없었어요. 이리저리 발길 닿는 대로 가다 보니 호수를 한 바퀴 빙 돌고 말았죠. 그러다가 논바닥에 나뒹굴고 있는 독수리들을 보았어요. 저 새들을 이곳에 그대로 놔두어서는 안 되겠구나 하는 생각이 들더라고요. 장례식을 해 주고 내일 춘천으로 돌아가서 자수를 하겠어요. 당신이 제게 바라는 것도 그거 아닌가요? 당신이 굳이 이 논 한복판까지 찾아오지 않았더라도 저 지금쯤이면 별장으로 돌아가고 있었을 거예요."

중천에 솟은 보름달이 시린 빛을 토해 내고 있다. 달빛에 비친 지수의 얼굴은 세밀화처럼 또렷이 윤곽을 드러내고 있다. 꼭 다문 입술이 단호한 속내를 드러내듯 바위처럼 견고하다.

'자수를 하겠다고? 왜? 그럴 필요가 있을까.'

지금은 그런 생각을 할 때가 아니다. 자수를 하건 안 하건 그건 지금 생각할 문제가 아니다. 별장으로 돌아가야 한다. 이런 고행은 아무런 의미

64

가 없다. 게다가 지금은 앞으로의 일에 대비해 체력을 비축해야 할 때가 아닌가. 죽은 새들에게 장례식을 해 주겠다고? 그래, 불을 환하게 밝히고 그럴듯한 의식을 거행하자. 어려운 일도 아니니까. 활활 타오르는 불길 속에서 비상하는 새의 영혼과 함께 지나간 우리의 삶도 날려 보내자. 그리고 불사조가 타고 남은 잿더미 속에서 부활하듯 우리 서로의 몸과 마음이 하나가 되는 완벽한 새 출발을 하자.

급한 마음에 한껏 서두르며 지수의 팔을 잡아 일으킨다. 삭을 대로 다 삭아 버렸는지 살포시 들리는 몸이 짚단처럼 가뿐하다. 겨드랑이 밑에 손을 넣어 부축하면서 딱딱하게 얼어붙은 논바닥 위로 허청허청 발걸음을 옮긴다. 마음만 앞서는 이인삼각 게임, 부상병을 지고 내달리는 전장의 병사. 밑동만 남은 벼그루터기가 무참한 발길에 짓밟히며 서걱서걱 비명을 내지른다.

자수를 하겠다는 지수의 생각이 옳을지도 모른다. 갈 곳이 없다. 세상은 한없이 넓은 것 같지만 사실 온갖 족쇄와 덫으로 가득 차 마음먹은 대로 움직이지 못한다. 게다가 사전 준비가 전혀 없는 허술한 도피 행각이 얼마나 오래 계속될 수 있을까. 어쩌면 내일 춘천까지도 가지 못하고 불심검문에 걸려들지도 모른다. 물론 가능성은 낮다. 접적지역인 이곳은 군 수사기관이 탈영병과 거동 수상자 색출에 온 신경을 집중하고 있는 곳이어서 일반 범죄자들에 대한 경계의 눈초리는 상대적으로 약하다. 그러나 지수와 나는 이미 유력한 살인 용의자로 지명수배 되어 있을 것이다. 경찰은 지수의 휴대폰 통화 내역을 조회한 후 새벽 한 시 통화 기록이 남아 있는 나를 참고인으로 소환하려다 행방이 묘연한 것을 알고 긴급히 수배령을 내렸을 것이다. 그렇다고 해서 걱정할 것은 없다. 내 행적은 천안에서 끝나 버리고 말았으니까.

어제 새벽 춘천에서 고속도로를 타고 원주를 지나 문막 휴게소에 이르렀을 때 휴대폰의 전원을 꺼 버렸고, 일부러 흔적을 남기기 위해 아침 여덟 시경 수원 아주대학 병원 근처에서 고등학교 동창이자 처남인 승기에게 전화를 걸어 사직 의사를 밝혔다. 이어 천안으로 내려가 은행에 들러 예금을 모두 인출했으며, 다시 수원으로 올라와 변두리 고층 아파트 지하 주차장에 차를 버렸다. 그 후 택시로 서울까지 올라와 평범한 잿빛 에스유브이를 렌트해서 방향을 북으로, 포천으로 내달렸다. 경찰은 아마 도주로를 원주·천안 축선 이남 지역으로 상정하고 연고지 파악에 총력을 기울이고 있을 것이다. 아무리 베테랑 형사라 해도 서울에서 차를 렌트해 경기 북부 지역으로 이동했으리라고는 상상하지 못할 것이다.

한 주일만 버티면 된다. 하룻밤에도 수십 건의 강력사건이 터지는데 기껏 한 사람이 죽은 단순 피살 사건, 그것도 우발적인 살인사건에 경찰이 수사력을 총동원할 까닭이 없다. 한 주 정도 지나면 담당 형사는 사건 파일을 미결 쪽으로 옮겨 놓고 다른 사건을 해결하기 위해 전념하고 있을 것이다. 그러면 앞으로의 일을 차분히 설계할 시간적 여유가 생기게 된다. 부산에 가면 일본이나 동남아로 밀항할 방법을 찾을 수 있을 것이다. 지수가 자수할 필요는 없다. 검거된다면 어쩔 수 없지만 버틸 수 있는 데까지 버티자. 한데 죽은 새들의 장례식이라……. 필요한 물건들을 마련하려면 어디로 가야 할까.

에스유브이에 시동을 걸어 놓고 망연히 어둠을 응시한다.

호수 아랫마을에? 그곳에는 조그만 슈퍼가 하나 있을 뿐이다. 석유는 커녕 장작조차도 살 곳이 없다. 적어도 장이 설 만한 읍까지는 나가야 한다. 이곳에서 가장 가까운 읍이 어딜까. 어제 이곳에 들어오면서 교통표지판에서 김화라는 지명을 본 것이 기억난다. 김화? 그래, 김화 쪽으로 나가 보자. 거리는 어느 정도일까. 10여 킬로미터? 아무리 멀어도 20킬로미터 안팎일 것이다.

차량 내비게이션으로 찾아보니 편도 16㎞. 그리 먼 길이 아니다. 아랫마을까지만 가면 아스팔트 도로가 이어지니까 한 시간 안으로 다녀올 수있는 거리다. 그렇다면 빨리 갔다 오자.

자갈길을 덜컹거리며 내려가는 동안 지수는 시트에 몸을 웅크린 채 말이 없다. 넓은 먼지 한복판에 구멍을 뻥 뚫어 놓은 듯 헤드라이트 불빛이어둠 속에 둥그런 공간을 만들어 낸다. 사후 세계로 들어가는 길이 이럴까. 지옥문을 지키는 케르베로스를 만나러 가는 길이 이러할까. 고개를흔들어 불길한 생각을 떨쳐 내며 핸들을 단단히 움켜쥔다.

텃새가 되어 버리는 철새가 있다. 왜가리나 백로 같은 여름 철새가 가을이 돼도 원래 제 살던 따뜻한 남쪽 지방으로 돌아가지 않고 혹독한 겨울추위를 견디며 텃새가 되어 버린다. 정확히 말하자면 그 새들은 돌아가지않는 것이 아니라 돌아가지 못하는 것뿐이다. 태어날 때부터 어딘가 모자란 바보 새들인 까닭에 가야 할 때를 알지 못하는 것이다. 당연히 죽었어야 할 그 새들이 살아남아 텃새가 되는 건 단지 운이 좋기 때문이다. 지구가 온난화하고 있어 예전에 비해 겨울철 기온이 상승하면서 생존할 수 있는 기회가 커졌을 테니까. 이런 과학적 근거를 외면한 채 지수는 그 새들이 죽음조차도 두려워하지 않을 만큼 황홀한 뭔가에 홀린 것이라고 했다. 사랑한다면 죽어도 좋다고 했다.

'죽음보다 깊은 사랑? 죽음을 초월하는 사랑이라고?'

정말 죽어도 좋다고 생각할 만큼 격렬한 사랑이 존재하는 걸까. 아니다, 없다. 그런 사랑은 없다. 신기루일 뿐이다. 그래도 때로 사람들은 눈이 멀어 그런 사랑이 실제 존재하고 있다고 굳게 믿곤 한다. 은우라는 사내가 아내에게 보낸 치졸한 사랑의 세레나데를 본 이후 한동안 내가 그랬듯이.

지난봄, 아내 은주가 문학 모임 열음의 정기 시 낭송회에 참석했다가 늦어지던 날, 내가 먼저 귀가한 데서부터 일이 벌어졌다. 그날 불문율을, 서로의 사생활은 간섭하지 않는다는 무언의 약속을 깨고 은주의 서재에 발을 들여놓은 게 잘못이라면 잘못이다. 자기 전에 한두 잔씩 마시던 위스키가 다 떨어져 은주가 즐겨 마시는 와인을 찾으러 서재에 들어섰는데, 그날따라 평범한 시집 한 권이 유난히 시선을 끌었다. 시집은 순백의 지면을 함박꽃처럼 활짝 열어젖힌 채 널따란 책상 한가운데에 삐뚜름히 앉아 있었다. 슬쩍 집어 들어 겉장을 보니 '끈끈이주걱'이라는 벌레잡이풀의 이름이 제목으로 달려 있었고, 그 밑에 은우라는 작가의 이름이 적혀 있었다. 은우? 모르는 이름이었다. 당연한 일이었다. 나는 은주가 사랑하는 꿈의 세계를 전혀 이해하지 못했으니까. 시집의 제목이 너무 독특했기 때문일까. 까닭 모를 호기심에 이끌려 겉장을 펼치자 미색 속표지 아랫부분에 거칠게 휘갈겨 쓴 메모가 눈에 들어왔다.

'당신의 달콤한 향기 속이라면 난 죽어도 좋아.
영원한 내 사랑 네펜테스, 당신에게 이 시집을 바친다. 우.'

저자의 친필 메모인 그것을 힐끗 보는 순간 나는 얼굴이 벌겋게 상기되며 숨이 막힐 것 같은 충격에 휩싸였다. 징그러운 벌레라도 되는 양 시집을 내팽개치자 은우라는 이름이 박혀 있는 한 무더기의 시집이 눈에 들어왔다. 은주의 책장 한가운데였다. 벽면을 가득 채운 은주의 책장 한 칸에 은우의 시집이 잔뜩 꽂혀 있었다. 허둥거리며 펼쳐 든 그 시집들의 속표지에는 어김없이 네펜테스 어쩌고 하는 넋두리가 가득했다.

『네펜테스(벌레잡이통풀, Nepenthes rofflesiana Jack): 남아시아와 마다가스카르 섬에 분포하고 있는 대표적인 식충식물. 크기가 25㎝나 되는 포유류까지 잡아먹는 것이 관찰되기도 했으나 주로 잡는 것은 작은 곤충들. 향을 풍기는 분비물을 내는데, 희생물들은 이 향에 취해 벌레잡이통 속의 부드러운 샘으로 자신도 모르게 서서히 빠져들어 감. 일단 샘에 빠지면 돌아 나오지 못하며, 소화효소에 의해 완전히 녹아 흡수됨.

*식충식물은 모두 진한 향기를 풍기며 아주 아름답다. '죽어도 좋아.'라는 말이 나올 정도로.』

은주가 책장 한쪽에 가나다순으로 가지런히 정리해 놓은 독서 카드에서 네펜테스 항목을 뽑아낸 후 나는 하얗게 폭발하는 분노에 휩싸였다. 게다가 거기에 달아 놓은 짤막한 주석은 은주와 은우의 사랑이 그 무엇으로도 돌이킬 수 없는 길로 들어섰음을 웅변하고 있었다.

나는 미치광이가 된 듯 정신을 놓고 말았다. 와인 한 병을 단숨에 비워 버리고 나서 함박꽃처럼 활짝 벌어져 있는 '끈끈이주걱'의 이파리를 갈가리 찢어발겼다. 만고역적을 거열형에 처하듯. 서재에서 얌전히 잠자고 있다 끌려 내려진 은우의 시집들은 모두 같은 운명을 맞이했다. 은주의 서재에 가득 꽂혀 있는 그 많은 시집들. 만리장성처럼 나와 은주의 사이를 가로막고 있는 그 시집들을 한 뭉텅이씩 집어 들어 바닥에 내팽개치면서 나는 그들을 단죄했다. 너희들을 분서의 형에 처하리라. 거짓된 행동을 사주하고 불륜을 방조하는 너희들을 한 줌의 재로 불태워 버리리라.

서로 상대에게 내면의 세계를 전혀 열지도 않았고, 또 어쩌다 열려진 틈이 있어도 짐짓 외면한 채 들여다보려 하지 않았던 우리의 관계가 마침내 파국을 맞게 된 것이었다.

은주가 느지막이 집에 돌아와 서재에 들어서는 순간 최정점에 달한 분노가 폭언을 쏟아 냈고, 폭언은 끔찍한 폭력으로 이어졌다. 그것으로 끝이었다. 불 꺼진 가로등처럼 아무 열기도 없던 무의미한 동거는 그날로 종말을 고하고 말았다.

갑자기 깊은 바닷속 같은 정적이 내려앉으며 귀에서 이명이 운다. 불에 덴 듯 화들짝 놀라 주위를 둘러보니 어느새 아스팔트 도로 위다. 지수는 깊은 생각에 빠진 사람처럼 눈앞에 펼쳐지는 어둠을 뚫어져라 응시할 뿐 말이 없다. 도로는 지렁이처럼 구불구불 휘어지며 가파른 고갯길로 접어든다. 경사각이 급하다. 핸들을 꽉 움켜쥐고 온 신경을 집중한다.

고개를 넘자 죽 뻗은 직선 도로가 눈앞에 펼쳐진다. 참았던 숨을 몰아쉬듯 막 가속을 하는 순간 헤드라이트 불빛 너머 어둠 속에 붉은 미등이 툭 불거져 있다. 도로 한복판에 차가 서 있는 모양이다. 무슨 일일까. 속도를 줄이며 자세히 살펴보니 검문소다. 호흡이 가빠지며 등줄기에 땀이 솟는다. 지수가 바싹 달라붙으며 내 팔을 움켜쥔다. 말똥가리에게 쫓긴 갈밭쥐가 바위 틈새로 스며들 듯이. 지수의 가슴에서 시작된 무거운 떨림이 내 어깨를 타고 몸 전체로 번져 온다.

어떻게 할까. 이 차선 좁은 도로라 단번에 유턴을 하기에는 무리다. 더구나 빤히 보이는 곳에서 유턴을 하면 검문소를 지키던 초병들이 죽기 살기로 뒤쫓아 올 것이다. 무차별적으로 자동소총을 난사할지도 모른다. 부딪쳐 보는 수밖에 없다. 일이 꼬인다 싶으면 급가속을 해 달려 나가자. 정면으로 내달린다면 충분히 승산이 있다.

검문소 바로 앞에서 도로는 왕복 4차선으로 넓어지고 각 차선 위에는 바리케이드가 지그재그로 길을 막고 있다. 미로에 빠진 실험 쥐처럼 바리케이드 사이를 돌아 나가 차를 세우자 소총을 어깨에 멘 헌병과 전투복 차림의 경찰이 다가온다. 한껏 여유를 부리며 느릿느릿 다가오는 발걸음과 달리 찌르듯 쏘아보는 눈빛이 날카롭다. 언제라도 튀어 나갈 수 있도록 배에 힘을 주며 심호흡을 한다. 헌병이 먼저 다가와 실내를 흘깃 들여다보고 물러선다. 대체 무엇을 보고 무엇을 찾는 걸까. 이어 다가온 경찰은 창문을 내리라고 손짓을 한다. 컥 숨이 막힌다.

"신분증을 제시해 주십시오."

경찰이 상체를 숙인 구부정한 자세로 거수경례를 하며 기계적으로 말한다. 소년티를 갓 벗어난 앳된 모습이다. 지갑에서 주민등록증을 꺼내 건네는 손끝이 파르르 떤다. 짐짓 정면만을 쳐다보고 있는 지수의 어깨가 가볍게 흔들린다. 주민등록증을 받아 든 경찰은 플래시 불빛을 비추며 휴대용 무전기로 조회를 한다.

"칠팔공이이구 하나공하나하나둘둘넷 이민영, 확인해 주십시오."

"찌지지직……."

경찰 손에 들린 휴대용 무전기는 잠시 질긴 천을 물어뜯는 것 같은 거친 잡음을 쏟아 낸다. 기소중지나 수배 여부를 검색하고 있는 모양이다. 귀에 닿는 소리의 파동 하나하나가 심장을 후벼 파는 듯 섬뜩하다.

무전기가 쏟아 내는 소음과 망연히 어둠을 응시하는 경찰의 몸짓 하나하나에 온 신경을 집중한다. 조금이라도 낌새가 이상하다 싶으면 부리나케 내달릴 준비를 하면서 핸들을 움켜쥔 손에 힘을 준다. 관자놀이에서 턱으로 땀방울이 주르륵 흘러내린다.

"칠팔공이이구 하나공하나하나둘둘넷 이민영, 이상 없습니다."

무전기의 스피커에서 이상 없다는 소리가 튀어나오자 지수가 손을 꽉 움켜쥐며 가볍게 한숨을 토해 낸다.

"협조해 주서서 고맙습니다."

경찰은 무표정한 얼굴로 거수경례를 하며 출발해도 좋다는 수신호를 한다. 좀 느리다 싶을 정도로 천천히 출발을 한다.

아직 지명수배는 안 된 모양이다. 사체가 발견되지 않았거나 사건 자체가 비상한 관심을 끌 만한 것이 아닌 때문일 것이다. 그렇다면 아직 여유가 있다. 일단 내일 아침 산정호수 쪽으로 자리를 옮기자. 인적이 드문 외진 곳에서 오래 머무르는 건 위험한 행동이다. 주목을 받게 되니까. 산정호수는 사시사철 관광객이 들끓는 곳이니 단기간 숨어 있기에는 안성맞춤이다. 거기서 사흘쯤 머물다 서울로 돌아가 차를 돌려주고 기차나 고속버스 편으로 부산으로 가자.

검문소를 지나 산모롱이를 돌아 나가자 보석을 깔아 놓은 듯 화려한 불빛이 펼쳐진다. 김화읍이다. 몇 달간 심산유곡에 묻혀 있었던 사람처럼 화사한 불빛에 마음이 설렌다. 읍내에 들어서니 기대와 달리 인적이 끊긴 거리가 묘지처럼 쓸쓸하기만 하다. 짙은 오렌지빛을 비처럼 뿌리는 나트륨 가로등이 처연함을 더해 주고 있을 뿐 세상은 월면처럼 적요하다. 턱없이 넓어 보이는 왕복 이 차선 도로 양편에 늘어선 가게들은 대부분 셔터를 내린 채 깊은 침묵에 싸여 있다. 사막에서 길을 잃은 듯 황망하다.

삼사십 분쯤 좁은 읍내를 구석구석 헤집고 돌아다닌 끝에 불을 밝힌 허름한 철물점 하나를 찾아낸다. 20리터들이 플라스틱 통 한 개와 마른 장작 한 더미를 사고 읍 입구에 자리 잡은 주유소에서 통에 휘발유를 채워 넣고 나니 대단한 일을 성취한 것처럼 가슴이 뿌듯하다.

김화읍을 떠나 마을로 돌아가는 길에 올 때처럼 아무 일 없이 검문소를 통과하자 말없이 어둠만 뚫어지게 바라보고 있던 지수가 그제야 비로소 마음이 놓인다는 듯 가볍게 한숨을 내쉬며 입을 연다.

"미안해요. 아무도 없었어요. 정신이 들자 눈앞에 당신 얼굴이 떠올랐지만 절대 안 된다고 생각했어요. 그렇지만 누군가가 필요했어요. 오랫동안 망설이다가 결국 당신에게 전화를 하고 말았죠. 그리고 나서 금방 후회했어요. 오지 마. 제발 오지 마. 와서는 안 돼. 당신이 오지 않기를 얼마나 바랐는지 몰라요. 오지 않을 거라고 생각했어요. 당연히 오지 말았어야죠. 당신은 정말 바보예요. 당신같이 멍청한 사람은 이 세상 어디에도 없을 거예요. 이런 모험을 무릅쓰다니. 전 당신을 몰라요. 제가 아는 건 당신 이름과 겉모습과 연락할 수 있는 핸드폰 번호뿐. 직장이 어딘지, 결혼을 했는지, 혼자 사는지, 그런 것들은 아무것도 몰라요. 당신이 저에 대해서 아무것도 모르듯이. 절 사랑하세요?"

'사랑? 사랑하느냐고?'

물론 몇 달간의 짧은 만남 동안 우리가 서로 사랑을 고백한 적은 없다. 사랑을 어떻게 말로 나타낼 수 있을까. 사랑한다고 말한다고 해서 상대방이 그 말에 전적으로 동의하는 것은 아니지 않은가. 사랑이란 논리적으로 설명할 수 없는 직감과 같은 것이며 말보다 행동에서 자연스레 풍겨 나오는 향기 같은 것 아니던가.

"사랑한 적 없죠? 그렇죠?"

내 입에서 아무런 말이 나오지 않자 자신의 생각이 옳았다는 듯 지수는 고개를 끄덕이다가 가만히 두 눈을 들어 내 옆얼굴을 응시한다. 아니, 그렇지 않아. 사랑하지 않는 사람을 위해서는 아무도 모험을 하지 않아. 힐끗 고개를 돌려 지수와 시선을 마주치며 나는 단호히 도리질을 했다.

지수는 더 이상 말이 없다. 모퉁이에 막혀 끊어지는가 하면 모퉁이를 도는 순간 다시 이어지는 검은 아스팔트 도로를 바라볼 뿐.

가파른 고개를 넘자 희끗희끗 안개가 내려앉기 시작한다. 헤드라이트 불빛은 두터운 안개에 부딪혀 멀리 가지 못하고 산산이 부서지며 눈앞에 뽀얀 빛무리를 만든다. 브레이크페달을 밟아 속력을 줄이며 길을 벗어나지 않기 위해 중앙선에 시선을 집중한다. 헤드라이트 불빛이 뚫어 놓은 조그만 구멍 주위에 달라붙은 하얀 안개가 차를 길 밖으로 밀어내려는 듯 거미줄 같은 촉수를 끊임없이 들이민다. 식충식물의 향처럼 미혹해서 길을 잃게 하는 하얀 어둠. 지금 나는 식충식물의 향에 취해 서서히 돌아오지 못할 길을 가고 있는 것은 아닐까.

지수를 처음 만난 건 지금처럼 짙은 안개가 뽀얗게 내려앉은 하얀 어둠 속에서였다. 은주가 분노에 몸을 떨며 집을 뛰쳐나간 그날 나는 잠을 이루지 못한 채 응접실에 꼿꼿이 앉아 있다가 새벽 어스름에 차를 몰고 강릉으로 내달렸다. 헝클어진 마음을 동해의 푸른 바닷물에 씻어 하얀 모래사장에 널어 말리고 싶었다. 원주를 지나면서부터 희끗희끗 내려앉기 시작한 안개는 횡성에 이르자 지척을 분간할 수 없는 농무로 변했다.

휴게소 광장에 진입해 차를 세우고 커피 한잔하려 두리번거리던 나는 그만 짙은 안개 속에서 길을 잃고 말았다. 어디가 어딘지 알 수 없었다. 어? 이런……. 낭패를 본 듯한 마음에 우뚝 멈춰 서서 주위를 두리번거렸다. 눈이 닿는 곳은 모두 하얀 어둠뿐 휴게소 건물은 윤곽조차 보이지 않았다.

'저기요, 저쪽으로 똑바로 가시면 돼요.'

어디선가 여인의 목소리가 들렸다. 몹시 지친 듯 낮고 힘없는 목소리였다. 소리의 방향을 좇아 시선을 돌리니 감청색 코트 차림의 여인이 벤치에 혼자 앉아 있었다. 안개가 워낙 짙어 아무 소리도 내지 않았다면 모르고 지날 터였다. 시선이 마주치자 여인은 잠에서 깨어난 사람처럼 천천히 몸을 일으키며 손가락 끝으로 하얀 어둠 너머 어딘가를 가리켰다.

'저도 거기로 가려는데 따라오시면 돼요.'

잠시 안개 너머 어딘가를 응시하던 여인이 자신이 가야 할 곳을 찾았다는 듯 서둘러 앞서 걸어 나갔다.

'강릉행 시외버스를 타고 가다가 안개가 너무 좋아서 그냥 내려 버렸어요. 원래 계획은 경포대 바닷가에서 오후를 보내고 밤에 설악산으로 들어갈 예정이었지만 어차피 제가 만든 일정인데 제 맘대로 하지 못한 채 구속받는다는 게 싫었고 그리고 사실 어디에 있던 마음이 중요한 거니까요. 안개가……. 안개가 너무 예뻐요. 안개를 좋아하세요? 전 어릴 때 큰 강가에서 살았어요. 거의 매일 아침 안개가 온 마을을 뒤덮곤 했죠.'

휴게소에서 커피를 마시며 지수는 혼자 안개 속에 앉아 있었던 이유에 대해 머뭇거리며 다소 비현실적인 대답을 했다. 선이 여린 갸름한 얼굴 위로 이따금 번지는 쓸쓸한 미소와 우울한 빛을 잔뜩 머금은 짙은 갈색 눈망울이 한데 어우러져 묘한 아름다움을 불러일으켰다. 세상일에 초연한 듯 차갑게 느껴지는 외모와 달리 낯선 사람을 대하는 태도는 조금도 스스럽지 않았다.

지수의 스스럼없는 행동이 내게 엉뚱한 용기를 불러일으켰는지 나 역시 정해 놓은 일정 없이 발길 닿는 대로 움직이고 있으니 동행하는 게 어떻겠냐고 불쑥 제안했고 지수는 흔쾌히 그것을 받아들였다.

고속도로를 빠져나가 지방 도로로 접어들어 열두 선녀의 속살 같은 하얀 안개를 헤집으며 대관령 아흔아홉 구비를 허청허청 돌아 내려갔다. 지수는 입을 꾹 다문 채 비석처럼 앉아 있었다. 천성이 소심하고 내향적인 듯했다. 햇빛이 눈부시게 튀어 오르는 쪽빛 동해 바다를 한쪽 어깨에 걸치고 북으로 내닫는 7번 국도에 접어들자 지수는 조금씩 말문을 열기 시작했다. 한번 입을 열기 시작하자 지수는 브레이크가 망가진 자동차처럼 쉼없이 말을 토해 냈다. 뜻밖에도 다변이었다. 상대방의 귀를 성가시게 하는 금속성의 수다는 아니었다. 자분자분 낮게 울려 퍼지는 조용한 음색이 듣는 사람의 마음을 편안하게 해 주는 아주 매력적인 목소리였다. 속초 물치 민박촌을 베이스캠프로 해서 울산바위와 권금성과 비선대를 오르내리다 보니 사흘이 훌쩍 지나고 말았다. 부모 몰래 물놀이 나온 악동들처럼 천방지축 맘대로 들쑤시고 다닌 유쾌한 시간이었다. 지수는 잠시 쉴 틈도 없이 재미있는 이야기를 끄집어내는 신기한 재주가 있었다. 그 사흘간 나는 내가 전혀 알지 못했던 이 시대를 주름잡는 유명 연예인과 스포츠 스타들의 면면과 그들이 훈장처럼 가슴에 달고 다니는 각종 스캔들에 정통하게 되었다. 영화와 가요와 티브이 드라마와 개그라고 하는 객쩍은 농담 등에 관해서도 거의 전문가와 같은 수준의 지식을 섭렵했다. 몇 년 동안 조금씩 토해 내야 할 웃음을 사흘 동안 다 소진해 버린 것 같았다. 두 사람 모두 신물 난 사랑에서 벗어나 대자연 속에서 모든 것을 잊고 싶었기 때문일까, 지수도 그리고 나도 서로의 몸에 대해서는 관심이 없었다. 아침부터 밤까지 모든 시간을 함께했지만 잠만은 따로따로 잤으니까.

사흘 후 지수를 동해시에 내려 주며 다시 만날 것을 기약하고 아쉬운 작별을 했다. 하지만 그 후 어찌 된 일인지 지수에게서는 아무 연락도 없었다. 지수가 내게 적어 준 핸드폰 번호를 누르면 지수를 전혀 알지 못하는 낯선 사람이 전화를 받을 뿐이었다. 내게 엉터리 전화번호를 가르쳐 준 걸까? 만일 그렇다면 왜? 까닭을 알 수 없어 답답하기만 했다. 상사병을 앓지는 않았지만 다시 보고 싶다는 생각만은 굴뚝같았다.

그로부터 두 달쯤 지난 오월 초, 지수에 대한 기억이 서서히 흐려지고 있을 무렵 지수에게서 연락이 왔다. 여의도에 있는 라이프 스포렉스라는 곳에서 수영 강사 자리를 잡았으며, 핸드폰을 분실해 그간 내게 연락을 할 수 없었다고 했다. 다행히 며칠 전 내 전화번호를 기억해 내 다시 연락을 할 수 있게 되어 천만다행이라며 목소리를 높였다.

잃어버린 기억이 그렇게 쉽사리 우연히 다시 되살아날 수 있는 걸까. 당연히 의심해 봐야 할 일이었다. 하지만 반가움 그리고 지수의 밝고 쾌활한 음성이 내 판단력을 마비시켜 나는 지수의 어색한 변명을 아무 의심 없이 그대로 받아들였다.

그날 이후 우리는 거의 매일 밤 멋진 분위기의 레스토랑과 카페를 찾아 헤맸고, 유명 가수나 연예인이 출연하는 나이트나 클럽을 탐방하는 꿈같은 시간을 보냈다. 시간이 가면서 우리 각각의 마음속에는 한 치의 오차도 허용하지 않는 완벽한 공감대가 형성되었고, 그 세계는 우리 서로의 경쟁적인 노력으로 폭과 깊이를 넓혀 갔다.

그러나 우리가 다시 만난 지 한 달쯤 되던 어느 날 지수는 아무런 말도 없이 아침 안개처럼 갑자기 사라져 버렸다. 내가 지수와의 피상적인 우정의 관계를 진정한 남녀의 관계로 재정립하겠다는 결심을 굳혀 가던 무렵이었다. 잠을 이루지 못하고 안절부절못했다. 전화번호부에 등재된 피트니스 클럽과 스포츠센터에 전화를 걸어 지수의 행방을 수소문했고, 저녁이면 낮에 전화를 걸었던 곳을 찾아가 지수를 알고 있을지 모르는 사람을 찾았다.

어디에도 지수는 없었다. 바람에 쓸려 삽시간에 흩어져 버린 안개처럼, 따뜻한 햇살에 녹아내린 고드름처럼 지수의 흔적은 세상 어디에도 없었다. 안타깝게도 나는 지수에 대해 아는 것이 아무것도 없었다. 고등학교 시절 수영 선수 생활을 했다는 것뿐. 이름조차 그것이 본명인지 가명인지 확신할 수 없었다. 지수와 나는 의도적으로 서로의 내면에 대해서만은 깊은 베일 속에 묻어 두었으며 그것을 드러내 보이려 하지 않았으니까. 내가 그 베일을 막 걷어 내려 할 때 지수도 자신의 베일을 벗으려는 모습을 보였다. 그러던 지수가 사라져 버린 것이다. 나는 지독한 열병에 빠져들었고, 결코 가라앉지 않을 것 같던 맹렬한 신열은 가을 찬 바람이 불기 시작하면서 조금씩 수그러들기 시작했다. 그렇게 반년이 지난 그제 밤늦은 시각 갑자기 지수에게서 연락이 왔다.

"와 주세요, 제발……. 지금 빨리. 제발 와 주세요."

막 잠이 들었을 때 울린 휴대폰에서는 실성한 듯 허둥대는 지수의 목소리가 터져 나왔다. 어디로, 어디로 오라는 말인가. 가까스로 목적지가 춘천시 자운동 성호아파트 102동 204호라는 것을 알아내고는 부리나케 달려 나갔다. 새벽 두 시경 도착한 성호아파트는 난장판이었다.

피가 흥건히 고인 거실 한복판에 건장한 사내의 사체 하나가 엎어져 있었다. 사체 옆에 피 묻은 주방용 칼이 하나 나뒹굴고 있었다. 사내는 칼에 찔린 게 분명했다. 가해자는? 부정하고 싶었지만 현장의 상황은 지수가 엄청난 일을 저질렀음을 명확히 증언하고 있었다.

지수는 침대 한구석에서 베개를 끌어안고 웅크린 채 멍하니 앉아 있었다. 붉은 피로 범벅인 잠옷은 갈가리 찢겨 있었다. 심하게 맞았는지 눈두덩이 벌겋게 부어올라 있었고 그 사이로 초점 없는 퀭한 눈빛이 파르르 떨고 있었다. 처참한 모습에 눈물이 왈칵 솟구쳤다.

나를 보는 순간 지수는 튀듯이 달려와 한 마리 작은 새처럼 가슴속으로 파고들었다. 가슴에 안긴 채 지수는 엉엉 소리 내며 눈물을 펑펑 쏟아 냈다. 무슨 일이냐는 물음에 대답도 없이 지수는 무턱대고 아무 데나 먼 곳으로 데려다달라는 말만 되풀이했다.

수건에 더운물을 적셔 얼굴과 손에 묻은 피를 닦아 내고 잠옷을 벗긴 뒤 스웨터와 코르덴바지를 입히고 눈에 띄는 배낭에 속옷과 세면도구를 챙겨 넣었다. 옷장에서 두터운 외투를 꺼내 들고는 차에 태워 방향도 없이 내달렸다.

유리알처럼 매끈한 아스팔트 도로가 툭 끊기고 좁은 자갈길이 펼쳐진다. 호수 아랫마을에 도착한 모양이다. 안개가 짙어 어디가 어디인지 알아볼 수가 없다. 조심스레 자갈길을 덜컹거리며 올라가는데 흐릿한 안개 사이로 희뿌연 형광등 불빛이 보인다. 슈퍼다. 슈퍼는 그때까지도 외로이 불을 밝히고 있었다. 불빛이 눈에 들어오자 명색이 장례식인데 게다가 지수와 내가 명실상부한 하나가 되는 경건한 의식이기도 한 기념비적 장례식인데 술이 없어서 되겠나 하는 생각이 불현듯 솟는다.

"술을 좀 사다 주시겠어요?"

길가에 차를 세우려 적당한 공간을 찾고 있는데 지수가 불쑥 입을 연다. 아마 둘이 같은 생각을 하고 있었던 모양이다.

소주 한 병과 맥주 여섯 캔들이 한 팩을 산 후 자갈길을 십여 분 정도 올라가 대충 어림짐작으로 논두렁길 옆 좁은 공간에 차를 세운다. 차에서 내려 짙은 안개 속을 헤매는 동안에도 지수는 말이 없다. 마치 부모의 상을 준비하는 사람처럼 침울하다.

무언극을 하는 배우들처럼 입을 꾹 다문 채 장작을 쌓아 올려 단을 만든다. 그리고 그 위에 독수리들의 사체를 올려놓는다. 휘발유를 뿌리고 불을 댕기니 화르륵 소리와 함께 삽시간에 붉은 화염이 솟는다.

살아 있다는 것이 얼마나 허망한 일인가. 저렇게 스러져 한 줌 재로 변하고 마는 것을. 저 새들의 영혼은 지수가 말했듯이 그들이 살았던 삶의 어느 한 순간으로 되돌아갔을까? 아니면 굶어 죽음으로써 전생의 죗값을 다 치렀을 저 새들은 이제 부처님 곁에서 홀가분한 마음으로 축생이라는 더러운 탈을 벗고 인간으로 환생할 준비를 하고 있을까. 인간으로 환생한다 해서 무엇이 달라질까. 고통과 번민 속에 괴로워하다 한 줌 재로 돌아가는 마는 것을. 인간으로 살아 있는 동안 선을 행하면 극락으로 간다고? 천만에, 개똥밭에 굴러도 이승이 좋다는 속담이 있다. 육체가 없는 영혼이 극락에 있다 한들 무엇이 즐거울 것인가. 게다가 변화가 없어 단조롭고, 괴로움과 아픔도 없어 무미건조한 그 세계 속에서 필연적으로 부딪힐 권태는 어떻게 이겨 낼 것인가.

지수가 맥주 캔 하나를 불쑥 들이민다.

캔을 서로 부딪고 맥주를 들이켠다. 장작불 열기 때문인지 맥주가 생명수처럼 달콤하다. 지수도 목마른 사람이 물을 들이켜듯 맥주 한 캔을 후딱 비워 버린다. 한 캔을 더 따 홀짝홀짝 마시며 지수가 말한다.

"미안해요, 공연히 저 때문에. 어찌 된 일인지 몰라요. 죽인다기에 부엌칼을 들고 저항하다가 목을 졸려서 의식을 잃었는데 눈을 뜨고 보니 그 사람이 피투성이가 되어 엎어져 있었어요. 의식을 잃는 순간 나도 모르게 칼을 휘두른 모양이에요. 그 사람……, 김영후라고 하는데……, 춘천에서 고등학교 다닐 때 만난 수영부 선배예요. 얌전하고 착실한 오빠였어요. 집안도 좋고요. 춘천에서는 내로라하는 갑부 집안 외동아들이에요. 공부보다 운동을 좋아해서 중학교 때부터 수영을 했는데 좋은 성적을 내지 못해 운동을 그만두게 되자 사람이 변했어요. 고등학교 졸업 후에는 같이 수영 강사도 하고 그랬는데 한군데에서 오래 버티지를 못해요. 좌절감이 너무 컸었던가 봐요. 다른 사람들과 어울리지도 못하고……. 어떻게 하든 마음을 돌려 보려고 무진 애를 썼는데 안 되더라고요. 입대한다는 소식에 마음이 아주 홀가분해졌어요. 그리곤 까맣게 잊어버렸어요. 그런데 지난해 여름 제대했다면서 제가 일하는 수영장으로 불쑥 찾아온 거예요. 춘천은 바닥이 좁으니까 금방 알아냈겠죠. 표정이 밝았고 성격도 활달해졌어요. 늦었지만 입시 공부를 다시 시작해서 대학에 진학하겠다고 했어요. 집안에서는 아버지가 내놓은 자식이라며 상종을 안 하는 바람에 들어갈 수가 없대요. 제가 사는 월세방에서 같이 지내기로 했죠. 다 거짓말이었어요. 진학은 무슨 진학……. 학원을 등록하고 한두 달쯤 열심히 다니더니 흐지부지하고 말더군요. 군대 삼 년간 배운 건 술밖에 없는지 하루가 멀다 하고 술에 취해 들어왔어요. 술을 마시고 들어오는 날이면 심하게 자기 자신을 학대했죠. 하는 일마다 제대로 되는 게 없으니 세상이 원망스러웠겠죠.

수영 강사로 받는 수당이 뻔한데 생활이 되겠어요? 혼자 생활하기도 빠듯한데……. 지난봄 독하게 마음을 먹고 도망을 쳤어요. 집 안 세간을 원주에 사는 언니 집에 맡겨 놓고 배낭에 간단한 짐만 꾸려 설악산으로 향했어요. 한 열흘간 설악산에 묻혀 있다 어디 먼 곳에서 일자리를 잡아 보자고. 그러다 휴게소에서 당신을 만난 거예요. 참 철딱서니 없는 철부지죠? 그때 왜 당신에게 말을 걸었는지 그리고 왜 당신을 따라나섰는지……. 당신과 헤어진 후 보름간 경주로 남해로 발 닿는 대로 돌아다니다가 원주 언니 집에 처박혀 있었어요. 영후 오빠와는 완전히 연락을 끊었어요. 핸드폰까지 해약해 버렸다니까요. 어느 정도 마음이 안정되자 서울에 올라왔어요. 취직도 금방 되었고요. 영후 오빠가 나타나지 않았으면 지금 어떻게 되었을까요. 당신과 같이 영화 보고 술 마시고 클럽에서 춤추고……. 아니 어떤 애를 새로 만나 철없이 방황하고 있을 거예요. 영후 오빠가 어떻게 알아냈는지 서울까지 찾아왔어요. 의지가 박약한 멍청이하고는 같이 살 수 없다며 그날로 청주로 도망갔어요. 그런데 열흘쯤 지나니 청주에 찾아왔어요. 하긴 제가 할 수 있는 일이라는 게 수영밖에 없으니 찾으려면 어려운 일이 아닐 테죠. 손이 발이 되도록 비는 거예요. 새사람이 되겠다. 용기를 갖고 착실히 살겠다. 어머니도 열심히 살아 보라며 아파트도 한 채 마련해 주셨다. 조만간 부모님께 인사를 드리고 되도록 빨리 식을 올리자. 그래서 같이 춘천으로 갔던 건데, 전혀 변하지 않았어요. 오히려 심해졌어요. 항상 감시하며 잠시라도 혼자 있게 놓아두지를 않았어요. 일도 할 수가 없었고 하루 종일 집 안에 갇혀 있을 때가 대부분이었어요. 설상가상으로 술을 마시고 들어오는 날이면 공연히 트집을 잡는 거예요. 누구를 만나고 돌아다녔냐. 내가 없는 동안 누구를 사귀었느냐. 그저께 밤에는 어디서 무슨 말을 듣고 왔는지 저는 얼굴밖에 모르는 선배 이름을 대면서 무조건 사실을 고백하라고 강요하더라고요. 거짓말쟁이는 죽어야 한다며 미친 듯 주먹을 휘두르다가 내 목을 졸랐어요. 미웠지만 죽어 버리기를 바란 적 한 번도 없어요. 누구 좋은 사람이 나타나 오빠 마음을 잡아 줬으면 하고 바라기도 했죠. 저는 도저히 어떻게 할 수가 없었으니까요. 그 오빠 좋다고 졸졸 따라다니던 여자애들도 여럿 있었는데 오빠는 나만 좋다는 거예요. 여태껏 여자 문제 때문에 속상한 적은 한 번도 없었어요. 당신에게 연락을 하지 말았어야 했어요. 뒷마무리를 깔끔히 하고 나서 제 갈 길을 정해야 했었는데……. 지금도 차가운 아파트 바닥에 쓰러진 채 그대로 있나 봐요. 아무도 찾아올 사람이 없으니 당연하겠죠. 그 생각을 하면 가슴이 아파요. 춘천 오빠네 집에 알려야 할까 봐요. 참 우습죠. 당신 앞에서 이런 말을 하다니. 다시 되돌아가고 싶어요. 선택할 수 있다면 고등학교 입학식 날로 돌아가고 싶어요. 그날 학교 운동장에서 영후 오빠를 처음 만났거든요. 고등학교 때 오빠하고 운동할 때가 제일 행복했어요."

지수는 빈 맥주 캔을 조금씩 사그라지는 불꽃 속에 내던지고 다시 새로운 캔을 집어 든다. 지수의 얼굴은 급히 마신 술로 취기가 올라 발갛게 상기되어 있다.

"이제 그만, 더 이상은 안 돼."

맥주 캔을 낚아채려는 손끝을 지수가 움켜쥔다. 두 눈에 가득 고인 눈물이 주르륵 뺨을 타고 흘러내린다. 가슴이 아리며 움켜쥔 손끝에서 힘이 빠진다.

"버틸 때까지 버티면서 차분히 계획을 세워 일본이나 동남아로 달아나자는 당신의 말 정말 고마워요. 전 그렇게 할 수가 없어요. 제가 당신을 사랑하지 않기 때문이에요. 사랑하지도 않으면서 도와달라고 연락을 하고……. 저 정말 형편없는 위선자, 철면피죠? 위기를 모면하기 위해 당신을 이용할 수도 있겠지요. 당신 없으면 죽고 못 사는 사람처럼 가장하면서. 그러다 보면 정말 당신을 사랑하게 될지도 모르죠. 전 그렇게 못 해요. 절대 그렇게 못 해요. 저는 노래하지 못하는 음치처럼 사랑하는 방법을 모르는 사랑치인가 봐요."

아, 지수는 영후라는 사람을 진정으로 사랑하고 있구나. 스스로 사랑치라고 말하고 있지만 지수는 사랑의 방법을 누구보다도 잘 알고 있다. 지수는 영후를 처음 만났던 시점으로 다시 돌아가 새로이 출발하고 싶다고 했다. 물론 실현성이 전혀 없는 아픈 바람일 뿐이다. 게다가 다시 그 시점으로 되돌아간다면 지수는 지난 몇 년간 자신이 겪었던 고통의 순간들을 고스란히 되풀이해야 되는 것 아닌가. 고통의 순간들도 세월이 흐른 뒤에는 다시 되풀이하고 싶을 만큼 아름다운 추억으로 남을 수 있는 것일까. 아니다. 결코 그렇지 않다. 아픔은 세월이 지나도 아픔일 뿐이다. 지수는 그 아픔의 시간을 다시 되풀이해도 좋다고 생각할 만큼 영후를 그리워하고 있다. 영후에 대한 지수의 사랑은 진정한 순애다. 내가 당신을 내 몸보다 더 사랑하니 당신은 내가 하자는 대로 따라야 한다며 강권해 볼까. 아니면 죽음은 그 누구도 되돌릴 수 없는 불가역적 물리현상이며 사후 세계라든가 과거로의 회귀라든가 그런 것은 없으니 모든 것을 잊고 나와 함께 새로운 삶을 개척해 보자고 설득해 볼까. 아니다. 영후가 지수의 마음속에 굳건히 자리 잡고 있는 한 그건 불가능하다. 그렇다면 유일한 해결책은 지수와 영후의 사랑을 내 것으로 만드는 방법뿐이다. 우리가 영원히 아름다운 우정을 함께할 수 있다면 그것이 가능하다. 지수와의 관계를 재정립하자.

결코 사랑한 일이 없으며 앞으로도 그러하지 않을 것임을 선언하자.

사랑하는 방법을 모르는 사람은 지수가 아니라 바로 나다. 타인의 사랑을 받아들이지 못하는 것, 그것 또한 지수의 말대로 사랑치가 아닌가. 은주는 나를 사랑하고 있다. 영원히 나를 독점하고 싶어 한다. 내가 자신을 이해할 것으로 확신하고 있다. 영후의 행패에 비한다면 아무것도 아닌 은주의 요구를 나는 왜 그토록 받아들이지 못했던 것일까. 사랑의 본질이 무엇인지 모른 채 허상을 좇으면서 비롯된 당연한 귀결이다.

'선생님! 정말 오랜만에 불러 보네요. 십 년도 더 되었지요? 미안해요. 화를 내고 튀어 나간 거, 용서해 주실 수 있죠? 손상된 자존심을 삭이느라 반년이라는 시간이 필요했어요. 잘 아실 거예요. 그 무엇도 못 말리는 제 자존심. 은우와 저와의 사이는 당신이 상상하듯 그렇게 불결한 관계는 아니에요. 일종의 유희라고 할까요. 롤플레잉 게임 같은. 은우라는 사람, 당신은 이름조차도 모르겠지만 글을 쓰는 사람들에게는 영웅 같은 굉장히 유명한 시인이에요. 쉰이 훨씬 넘었고요 독신이에요. 상처를 했거나 이혼을 한 건 아니고요 아예 결혼을 안 한 별난 사람이에요. 그 사람, 고질병 같은 못된 취미를 갖고 있어요. 이 여자 저 여자 집적거리는 악취미죠. 물론 곤충 채집하듯 지저분한 스캔들을 달고 다니며 그걸 자랑스럽게 내보이는 천박한 부류의 사람은 아니에요. 악의 없는 놀이예요, 그래서 결코 도를 넘지 않는. 그 사람, 거기서 창작의 에너지를 얻는가 봐요. 저도 재미있는 게임을 하는 가벼운 마음으로 가담했고요. 당신이 그렇게 화를 냈던 거 이해해요. 당신 의식 깊은 밑바닥에는 은주는 거짓말을 밥 먹듯 하는 몹쓸 아이야 하는 선입견이 뿌리 깊게 박혀 있을 테니까요. 제가 거짓말한 거 당신을 놓치지 않겠다는 얕은꾀에서 비롯된 거라는 거 당신도 잘 알고 있잖아요. 언젠가 시간이 지나면 절 이해할 거라고 확신하고 있어요. 불쑥 튀어 나간 거 정말 미안해요. 근데 정말 화가 났어요. 당신한테 맞은 건 처음이잖아요. 우리 처음 만난 날 생각나세요? 그때 제가 한 말 생각나세요? 선생님, 절 때려서 가르치려고 하지 마세요, 전 맞으면 더 안 해요. 이랬지요. 저는 그날 일 똑똑히 기억해요. 그때 당신은 부처님이 손바닥에서 뛰노는 손오공을 보듯 아주 여유 만만했어요. 당황하고 곤혹스런 표정을 지을 거라고 기대했는데 그런 반응이 나오니 솔직히 저 무척 당황했어요. 당신 그때 제 말을 듣고 나서 싱긋 웃으며 무슨 말을 했는지 알아요? 야, 인마. 때려 달라고 해도 안 때릴 테니까 걱정 마라. 아무리 찾아봐도 때릴 만한 데가 없는걸. 이랬지요. 생각나세요? 전 그때 일부러 아주 뾰로통한 낯빛을 하고 앉아 있었지만 속마음으로는 당신에게 기울고 있었어요. 결국 당신한테 완전히 빠져 버리고 말았죠. 놓치고 싶지 않았어요. 이리저리 머리를 굴리던 중학교 이 학년의 어린 소녀는 당돌하게 도발을 했고 당신은 그 소녀가 의도한 대로 무슨 일인지도 모르는 채 빠져들고 말았죠. 끈끈이주걱 속에 빠져드는 곤충처럼 말이에요. 미안해요. 은우가 연상되는 말은 하지 말아야 하는데. 임신했다는 거 새빨간 거짓말이에요. 우리 제주도로 신혼여행 갔을 때 용두암 앞에서 제가 한 말 생각나세요? 임신인 줄 알았는데 의사 선생님이 상상임신이라고 말했어요. 아마 제가 선생님을 너무 좋아하니까 그런 일이 벌어졌나 봐요. 그래도 잘되었죠. 그런 일이 있었으니까 지금 선생님하고 이렇게 같이 있잖아요. 이런 말을 했어요. 그것도 거짓말이에요. 당신도 잘 알다시피 상상임신, 그런 건 없었어요. 병원에도 가지 않았어요. 나중에 오빠에게서 이미 오래전

86

우리가 결혼하기 전에 당신에게 자초지종을 다 알려 줬다는 말을 듣고 용두암에서 그런 말을 한 걸 후회했지만 어쩔 도리가 없었죠. 얕은꾀를 부린다고 했는데 제 꾀에 제가 넘어간 격이 되고 말았죠. 그때 당신 표정이 어땠는지 알아요? 뭐랄까 겨울 산행 중에 눈 속에서 길 잃은 사람처럼 아주 침울했어요. 아마 그때 은주는 거짓말이나 하는 몹쓸 아이로구나 이렇게 생각했을 거예요. 맞죠? 그 이후 당신은 제게서 자꾸 멀어져 가려고만 했죠. 졸업하자마자 잘됐구나 하듯이 입대를 했고, 제대하고 나서는 밤늦도록 도서관에만 처박혀 있다가 절박한 필요성도 없는데 유학을 갔고……. 뉴욕에서 공부하는데 집중이 안 된다면서 칠 년이라는 세월을 홀로 보냈잖아요. 그 십 년간 저는 시에 몰입했고요. 저, 제법 알아주는 시인이에요. 당신은 전혀 모르지만. 지지난해 가을, 당신이 귀국하겠다는 연락을 했을 때 무척 두려웠어요. 당신과 내가 공유할 수 있는 세계가 있을까. 십 년간 서로 너무 다른 세계에서 살아왔다는 생각을 하니 눈앞이 캄캄했어요. 예상했던 대로 전 당신을 이해하지 못했고 당신 또한 절 이해하지 못했죠. 잘될 거예요. 우리가 처음 만나 혼연일체가 되어 몰입했던 삼 개월, 그때처럼. 그때나 지금이나 전 당신을 사랑하고 있어요. 당신을 독점하고 싶은 생각 또한 변함이 없고요. 전, 절대 안 가요. 당신이 아무리 험한 말을 해도. 결코……. 은주 올림.'

지난 주말 승기가 저녁을 함께하자며 불러낸 후 건네준 은주의 편지는 무슨 일이 있어도 우리의 사랑을 포기하지 않겠다는 단호한 의지가 담겨 있었다. 또 거짓말, 마음에도 없는 거짓말만 늘어놓는 형편없는 녀석, 나는 절대 네게 돌아가지 않아. 나는 그 편지를 대충 훑어본 후 일고의 가치도 없다고 생각하며 주머니에 쑤셔 박아 버렸다.

유치한 행동이었다. 누군가 나를 사랑한다면 그 자체로 아름답고 황홀한 것 아닌가. 찾으려고만 한다면 서로 공유할 수 있는 세계는 얼마든지 있을 것이다. 하늘과 땅만큼이나 서로 다른 세계 속에서 살아왔던 나와 지수가 공통의 세계를 만들어 냈던 것처럼. 불가능한 것은 없다. 단지 나는 은주와 그것을 만들어 보고자 노력조차도 하지 않았을 뿐이다. 지수에게 언제라도 되돌아가고 싶은 아름다운 사랑의 순간이 있듯이 나에게도 무엇과도 바꿀 수 없는 은주와 함께한 고귀한 추억이 있지 않은가. 돌아가자 은주에게로.

그러면 지수는? 돌아갈 곳 없는 지수는 어떻게 하지? 이대로 모르는 체 돌아설 수 있을까? 아니다. 그렇게 할 수는 없다. 지수와 은주와 나 세 사람 사이에 서로 충분히 공감할 수 있는 공통된 무엇인가를 만들어야 한다. 그리고 시간이 아무리 오래 걸린다 해도 지수와 은주 모두를 설득해야 한다. 그렇게 하려면…….

새의 날개처럼 펄럭이는 불꽃의 춤사위를 멍하니 바라보며 깊은 생각에 몰두해 있는데 느닷없이 시커먼 그림자 하나가 시야를 가린다.

지수다. 지수가 갑자기 일어선 것이다.

눈앞에 우뚝 선 지수의 모습이 어딘지 모르게 낯설다. 반짝이는 광채를 발하며 찌를 듯 내려다보는 눈빛이 섬뜩하다. 잠시 내 얼굴을 응시하던 지수가 천천히 몸을 틀더니 조금씩 사위어 가는 불가로 다가선다. 한 손에는 플라스틱 통이 들려 있다. 플라스틱 통에는 휘발유가 반 정도 남아 있을 것이다. 지수는 도대체 무슨 생각을 하고 있을 것일까. 아니 혹시……. 섬광처럼 떠오른 불길한 예감이 확신으로 바뀌며 숨이 컥 막힌다.

"지수야! 안 돼."

화들짝 놀라 외마디 비명을 토해 내며 벌떡 일어서 앞으로 다가서자 지수가 손사래를 치며 날카롭게 외친다.

"가까이 오지 마세요."

우뚝 걸음을 멈춘다. 불빛을 받아 벌겋게 상기된 지수의 얼굴이 낯선 사람처럼 생경하다. 눈동자에 비친 붉은 불꽃이 선연한 핏물처럼 일렁인다. 안 돼, 이건 미친 짓이다. 막아야 한다.

"그 통 내려놔. 어서. 그런다고 해결되는 건 아무것도 없어. 잠깐, 아주 잠깐만 나하고 더 이야기를 해 보자."

입안이 바싹 마르며 숨이 가빠진다. 무슨 말을 해야 마음을 돌릴 수 있을까. 외곬으로 빠진 생각은 무슨 말로도 되돌릴 수 없다. 일단 시간을 오래 끄는 게 최선이다. 시간을 끌다가 기회를 잡아 불에서 멀리 밀쳐 내야 한다.

"돌아갈 거예요. 영후 오빠와 처음 만났던 고등학교 입학식 날로요. 한 가지 부탁이 있어요. 춘천 영후 오빠네 집에 연락을 좀 해 주세요. 춘천에서 제일 큰 호텔 블루레이크 사장이 영후 오빠 아빠예요. 영후 오빠와 지수 문제로 상의할 게 있다고 하면 전화를 받을 거예요. 미안해요. 마지막까지 이런 부담을 드리게 되어서."

지수는 플라스틱 통을 머리 위로 들어 올려 휘발유를 쏟아붓는다.

"악, 안 돼, 지수야, 안 돼."

황급히 발걸음을 앞으로 내딛는 순간 펑 소리와 함께 폭발하듯 불꽃이 솟구친다. 다리가 꺾이며 베어 낸 통나무처럼 몸이 바닥으로 나뒹군다. 허겁지겁 몸을 일으키며 지수의 행방을 찾는다. 붉은 불덩어리가 이리저리 뒤뚱거리며 춤을 추듯 너울너울 흔들거린다. 그 속에서 뭐라는지 알아들을 수 없는 외마디 비명이 터져 나온다.

"안 돼, 지수야, 안 돼."

살갗을 도려내는 듯한 맹렬한 열기를 내뿜으며 요동치는 불덩이를 허겁지겁 두 팔로 끌어안으며 손바닥으로 불꽃을 털어 낸다. 덩실거리는 불덩이는 조금도 수그러들 줄을 모른다. 성난 불꽃이 오리털 파카의 소맷자락으로 옮겨붙는가 싶더니 삽시간에 파카 전체로 불꽃이 번진다. 황급히 파카를 벗어 땅 위에 내팽개친다. 매캐한 냄새와 함께 셔츠 이곳저곳에서 불꽃이 넘실댄다. 쿨룩거리며 비틀대다가 논바닥에 몸을 내던져 데굴데굴 구른다.

"지수야, 지수야, 안 돼."

빙그르르 맴도는 시선이 지수의 몸을 잡아낸다. 지수의 몸은 독수리의 사체를 태운 제단 위에 엎어져 미동도 하지 않는다. 헛바닥을 날름대는 시뻘건 불꽃 위로 검은 연기가 악마의 숨결처럼 거침없이 뿜어 나올 뿐 지수의 모습은 이미 형체를 알아볼 수가 없다. 안타깝게도 몸이 움직이지 않는다. 쥐어짜듯이 상체를 밀며 불꽃을 향해 기어가지만 시야가 흐릿해지며 초점이 잡히지 않는다. 안개가 짙어지는지 활활 타오르던 불꽃이 바람처럼 사라지고 하얀 어둠만이 눈앞을 가득 채운다.

푸드득 푸드득……. 한꺼번에 내달리는 새들의 거친 날갯짓 소리가 들리는가 싶더니 그마저 문득 사라지고 몸 전체가 깃털처럼 허공으로 떠오른다, 비상하는 새의 영혼처럼 가볍게.

거울 속의 사람

어딘지 알 수 없다. 사방은 바싹 마른 빵가루 같은 모래로 뒤덮여 있고 끝 간 데 없이 펼쳐진 지평선에 눈이 시리다. 사막 여기저기에 듬성듬성 섬처럼 떠 있는 이름을 알 수 없는 퇴색한 갈색 덤불들. 이따금 들리는 코요테의 음산한 울음. 지평선 너머로 칼날처럼 곧게 뻗은 회색빛 아스팔트 도로. 시선이 달리는 끝까지 움직이는 물체는 하나도 없다. 맹렬한 갈증으로 목구멍이 따갑다. 은빛 시보레 콜벳 컨버터블 운전석에 앉아 있는 나는 손가락뼈가 살갗을 비집고 튀어나올 정도로 핸들을 꽉 움켜쥔 채 발가락이 휘어지도록 무참히 액셀러레이터 페달을 밟아대고 있다. 속도계 바늘은 백 마일을 넘어섰고, 막 백이십 마일을 가리키려 하고 있다. 나는 대체 어디를 가고 있는 걸까? 왜 이다지 허둥거리고 있는 걸까? 아무것도 알 수 없다. 달리지 않으면 숨이 넘어가기라도 하듯 회전력이 떨어지면 땅바닥에 나뒹구는 자전거처럼 미친 듯 내달릴 뿐이다. 나는 지금 어디 있는 걸까? 화살처럼 스치는 풍경이 낯설지 않다. 언젠가 가 본 적이 있는 낯익은 풍경. 그렇다, 모하비사막이다. 시보레 콜벳이 맹렬히 내닫는 이곳은 시에라네바다 산맥과 샌버나디노 산맥 사이에 자리 잡은 모하비사막이 틀림없다. 돌연 먼 지평선 끝에서 뭉게뭉게 먹구름이 피어오른다. 검은 구름은 순식간에 하늘 전체로 번지고 사위는 칠흑 같은 어둠에 휩싸인다. 앞이 보이지 않는다. 이대로 달리면 위험하다. 차를 세워야 한다. 어, 왜 이러지? 액셀러레이터 페달을 꽉 밟고 있는 오른발이 강력 접착제의 세례를 받은 듯 떨어지지 않는다. 공포의 크레셴도 에다니만도. 핸들에서 떼어 낸 두 손으로 발을 움켜쥐고 용을 쓰지만 요지부동이다. 눈앞은 먹빛 어둠. 십 야드 앞에 커다란 웅덩이가 시커먼 입을 벌리고 먹이가 뛰어들기를 노리고 있는지도 모른다. 산비탈을 굴러 내리는 눈덩이처럼 시시각각 엄청난 속도로 불어나는 공포는 이미 통제 불능이다. 악! 비명을 질러 대는 사이 갑작스레 시야가 환히 터지며 부옇게 떠오르는 낯선 풍경. 초록빛 자리공 이파리가 색종이처럼 펼쳐진 평화로운 언덕 사이로 구불구불 이어지는 내리막길이다. 오른발은 여전히 액셀러레이터 페달에 붙어 떨어지지 않는다. 무한 쾌속 질주. 핸들을 움켜쥔 손이 빨리 돌리는 비디오 화면처럼 허둥댄다. 불안한 예감이 폭죽처럼 터지며 황당한 머릿속은 새가슴이다. 오른쪽 범퍼가 가드레일을 들이받자 폭발하듯 불똥이 튄다. 멋대로 급회전한 차체가 도로 왼편 가드레일을 들이받는다. 가드레일이 엿가락처럼 휘어지고 시보레 콜벳은 하늘로 솟구친다. 이어 급전직하. 쏜살같이 눈을 파고드는 지표면의 흉측한 자갈 더미.

비명을 질렀던 걸까. 알 수 없다. 비명에 놀라 눈을 떴을 거라고 짐작하지만 확실하지 않다. 잠이 들었던 걸까. 그리고 잠 속에서 악몽을 꾼 걸까.

벽시계는 자정이 훨씬 넘은 두 시 사십오 분을 가리키고 있다. 두 팔을 활짝 벌린 시곗바늘이 초겨울 들판에 홀로 남겨진 빛바랜 허수아비처럼 처량하다. 아내는 왜 돌아오지 않는 걸까. 조금 전 눈으로 아프게 파고들던 울퉁불퉁한 자갈 더미의 모습이 손에 잡힐 듯 또렷하다. 왜 이런 꿈을 꾸었을까. 초조하게 아내를 기다리는 마음이 그렇게 변형된 걸까. 아내에게는 대체 무슨 일이 일어난 걸까. 마음속 깊은 바닥에서 발갛게 불꽃을 일으키며 타오른 불안이 삽시간에 들불처럼 방 안 가득히 번진다.

툭, 관자놀이에서 와이셔츠 깃으로 굵은 땀방울 하나가 떨어진다. 허겁지겁 리모컨을 집어 에어컨을 켜니 쏴아아 매미 울음소리 같은 서늘한 바람이 부드럽게 얼굴을 감싼다. 헝클어진 머리카락을 손가락으로 쓸어 올리며 거울을 본다. 지친 표정의 낯선 사내 하나 사팔뜨기 같은 몽롱한 시선으로 멍하니 침대 위에 앉아 있다.

'아내는 대체 어떻게 된 걸까.'

아내의 미용실은 저녁 아홉 시에 문을 닫는다. 뒷마무리를 하고 전철을 타면 아내가 집에 도착하는 시각은 열 시에서 열 시 반 사이. 결혼 후 한 번도 어김이 없었던 정확성, 열차 시각표 같은. 그런데 어찌 된 걸까. 열한 시가 넘어도 아내는 돌아오지 않았다. 미용실에 전화를 넣어도 받는 사람이 없었다. 휴대폰도 연결이 되지 않았다. 아내에게서는 아무 연락도 없었다. 무슨 일일까. 안절부절못하다가 자정이 넘자 더 이상 참을 수가 없어 시경 상황실에 전화를 넣었다.

"혹시 교통사고로 다친 사람 중에 홍금희라는 여자가 없나요? 제 처인데요, 집에 들어올 때가 훨씬 지났는데 아직 아무 연락이 없어서 그럽니다."

"이름과 나이를 말씀해 주십시오."

"홍, 금, 희, 요. 서른둘입니다."

"잠깐만 기다려 주십시오……. 그런 사람 없습니다."

"없다고요? 혹시 불의의 사고를 당해 의식불명인 채 발견된 사람은 없나요?"

"여자는 없습니다."

"없다고요?"

"없습니다. 찾는 사람의 주민등록번호와 주소를 알려 주십시오."

"주민등록번호는 721208—2001234구요, 주소는 강동구 암사동 햇빛아파트 12동 208호입니다."

"찾는 사람의 직업은요?"

"미용사예요. 미용실은 대학로에 있어요."

"네, 잘 알았습니다. 내일 오전 중에도 아무 연락이 없으면 그때 관할 파출소에 가출인 신고를 내세요."

상황실에서 근무하는 젊은 순경은 예의 바른 목소리로 정중하게 응대하고 전화를 끊었다. 목소리와 달리 전화를 끊으며 순경은 심하게 이죽거리고 있었을 것이다. 뻔한 거 아니에요? 바람난 거라고요. 이런 전화는 하룻밤에도 대여섯 번씩 와요. 남자가 오죽 못났으면 이런 일이 일어날까? 남의 일 같지 않네. 순경은 대놓고 이렇게 말하고 싶었을지도 모른다.

조금만 더 기다려 보자. 조금만 더. 침대 위에 앉아 멍하니 기다리다 티브이 리모컨을 눌렀다. 화면이 심야 토론 프로그램을 비춰 냈다. 머리가 벗겨진 번들번들한 중년 사내와 코끝이 유난히 뾰족해 사나워 보이는 젊은 여인이 언쟁을 하고 있었다. 농축산 폐수 종말처리장이니 생물화학적 산소요구량이니 간척지니 알락도요니 하는 말들이 불쑥불쑥 튀어나왔지만 토론의 요지는 전혀 머릿속에 들어오지 않았다. 불안했고, 가을 신상품 판매 전략을 짜느라 며칠간 잠을 못 자 피로가 누적된 때문이기도 했다. 그것만이 아니다. 종말처리장이니 생물화학적 산소요구량이니 하는 것들이 무엇인지 알지 못했고 알고 싶지도 않았다. 알락도요가 황새처럼 길쭘한 다리로 성큼성큼 걷는지 까마귀처럼 죽은 동물의 몸을 뜯어먹고 사는지 알지 못했고 알고 싶지도 않았다. 신상품 판매 전략을 짜는 데 전혀 도움이 안 되는 일이었으므로.

늦은 시각 재미없는 티브이 프로그램이 서서히 눈까풀을 끌어 내렸다. '잠들어서는 안 돼. 금희가 올 때까지 기다려야 해.' 애를 썼지만 단속적으로 눈을 어지럽히는 화려한 빛살의 군무가 최면이라 건 듯 나도 모르게 잠에 빠져들고 말았다.

두 손바닥으로 얼굴을 세게 비벼 대니 머릿속이 조금 맑아지는 것 같다. 휴대폰을 집어 들어 아내의 전화번호를 누른다. 아내의 휴대폰은 세 시간 전과 마찬가지로 전원이 꺼져 있다. 무슨 일이 벌어진 게 틀림없다. 이대로 앉아 기다리고만 있을 수는 없다. 벌떡 일어서 냉장고 문을 열고 찬물을 벌컥벌컥 들이켠다. 차르르릉 가볍게 흔들리는 트라이앵글의 정갈한 음향 같은 쇄락함이 배 속 깊은 곳에서 피어오르며 온몸으로 번진다. 땀에 전 옷을 갈아입고 아파트를 나선다. 주차장에서 차를 꺼내 심야의 도로를 질주한다.

대학로에는 여전히 인파가 북적이고 주차할 공간이 없다. 때를 만난 야행성 동물들의 광란이다. 도로변에 차를 세워 놓고 아내의 미용실로 허둥지둥 발을 옮긴다.

'금희네 머리방' 간판 조명은 켜져 있는데 알루미늄 서터가 내려져 있다. 서터 틈새에 불빛은 없다. "금희야! 금희야!" 서터를 거칠게 두드리며 소리쳐도 응답이 없다. 아내는 미용실에 없는 게 분명하다. 그런데 서터까지 내렸으면서 왜 간판의 불은 끄지 않았을까. 광고를 위해? 아니면 뭔가 급한 일이 있어서? 주변의 점포들이 내건 간판들이 모두 어둠에 잠겨 있는 것으로 보아 급히 가게를 나서느라 불 끄는 것을 잊은 모양이다. 그렇다면 무엇이 아내를 그토록 급하게 다그쳤던 것일까.

하릴없이 인적이 끊긴 좁은 골목 안을 둘러본다. 갑자기 환호성이 길게 여운을 남기며 허공을 가르더니 이어 폭발하듯 터지는 드럼 소리가 귀를 때린다. 골목 좌우로 답답하게 늘어선 건물 틈새로 파르스름한 빛줄기가 마구 튀어 들어와 낙서를 하듯 어둠을 찢는다.

어떻게 할까. 망연자실하여 주변을 둘러보다 문득 움직임을 멈춘다. 셔터 아래쪽에 무언가가 있다. 함부로 물을 쏟아 버린 듯한 검은 자국. 아, 오줌이다. 젊음의 특권이라도 되는 양 철없는 아이들이 마구 지려 놓은 오줌이다. 다행히 토사물을 뱉어낸 흔적은 없다. 그런데 어디선가 낯선 비린내가 코를 찌른다. 뭐지? 긴장한 채 쪼그리고 앉아 바닥을 살펴보니 검은 자국은 오줌이 아니다. 물도 아니다. 검붉은 피, 피다. 끈적끈적한 점액질의 피가 실내 안쪽에서 흘러나와 셔터 아래 시멘트 바닥에 엉겨 있다.

파출소 순경과 문을 부수고 들어가 보니 피가 홍건한 미용실 바닥에 두 구의 사체가 엎어져 있다. 건장한 이십 대 사내들의 몸 두 개가 목에 깊은 상처를 입은 채 처참하게 널브러져 있다. 격렬한 싸움이 벌어졌던 듯 실내는 온통 아수라장이다. 네 다리를 허공에 치뻗은 채 꼴사납게 뒤집혀진 의자들, 수류탄 파편처럼 사방에 흩어져 배를 드러낸 가위와 빗과 브러시. 빨갛고 파란 헤어 롤과 펌 롯드가 봄바람에 흩날린 꽃잎처럼 사방에 널려 있다. 헤어스프레이와 샴푸와 바디 오일이 한여름 장마 끝에 쓸려 내려온 쓰레기 더미처럼 피의 바다 속에 점점이 떠 있다.

미친 악마가 손톱으로 마구 할퀴어 댄 듯 모든 것이 흐트러져 널브러져

있지만 정작 그 속에 있어야 할 아내의 모습은 어디에도 없다. "금희야! 금
희야!" 온 방 안을 헤집고 돌아다닌 끝에 아내의 흔적만을 찾아낸다. 렌즈
가 산산조각 난 아내의 은테 안경, 액정 화면이 깨진 채 심하게 일그러진
아내의 휴대폰, 줄이 끊어져 처참하게 분해된 진주 목걸이 그리고 아내가
아침 출근 때 입었던 상앗빛 원피스. 둘둘 말린 채 화장실 구석에 처박혀
있는 원피스는 더 이상 상앗빛이 아니다. 자줏빛이다, 막 베어 낸 고깃덩
이처럼 시뻘건 핏물이 뚝뚝 듣는.

어디가 어딘지 알 수 없다. 사방은 타오르는 초록빛으로 가득하고 끝
간 데 없이 펼쳐진 지평선에 눈이 시리다. 들판 여기저기에 야트막한 언덕
이 듬성듬성 섬처럼 흩어져 있다. 언덕은 모두 울창한 소나무 숲이다. 숲
안쪽 여기저기에는 어김없이 무덤이 흩어져 있고, 무덤 가장자리에는 고
추며 참깨며 호박 넝쿨 따위가 무성하게 자라고 있다. 산지가 없는 이곳에
서 낮은 언덕은 묏자리로 그리고 밭작물 터로 요긴하게 쓰이고 있다. 이따
금 털털거리며 지나가는 경운기 소리가 한가롭다. 곧게 뻗은 아스팔트 도
로 한 줄기, 29번 국도가 남에서 북으로 들판을 가로질러 지평선 너머로
사라진다. 별로 높지 않은 언덕이지만 내려다보는 시선은 거침없이 자유
롭다.

전라북도 김제시 부량면 대평리 금정마을. 어제 회사에 일주일 휴가원
을 내고 이리저리 아내의 흔적을 찾아 헤맨 끝에 방금 전에 들렀던 마을이
다. 발 끝자락 아래 조는 듯 누워 있는 마을의 모습이 단아하다. 논 한가운
데에 나지막한 언덕을 등지고 단정한 사각형 형태로 들어선 마을이다. 사
십여 채의 이층 벽돌 양옥이 그득하다. 최근에 주택 개량 사업을 벌인 듯

빨갛고 파란 기와지붕이 새로 산 크레파스처럼 선연하다.

"홍금희라구 했는가? 모르겠는디. 몰러. 우리 마을에 홍씨라고는 없응게. 가만있자, 홍 씨가 옛날에 한 사람 살기는 살았는디. 홍금희 부친 함자가 어떻게 되는감?"

금정마을 이장의 소개로 만난 마을의 고령자 박 노인은 갑자기 찾아온 낯선 사람을 경계하며 굼뜬 소리를 냈다.

"홍찬주라고 합니다."

노인의 게슴츠레한 눈에서 아주 짧은 순간 밝은 빛이 반짝였다.

"홍찬주? 찬주 말이여? 찬주라면 잘 알제. 찬주는 긍께 언제냐……. 그때가 스무 해도 더 된 거 같은디 식구들 다 델꼬 대처 나간다고 떠난 뒤로 감감무소식이여. 그럼 그때 국민핵교 다니던 쬐깐한 여식이 금희당가?"

"네, 맞습니다. 마을에 금희 친척 되는 사람이나 지금도 금희네하고 연락이 닿는 사람이 없겠습니까?"

뭔가 실마리를 잡을 수 있겠다. 바짝 긴장했지만 노인의 입에서 나온 말은 여전히 실망스런 것뿐이었다.

"글씨, 찬주는 동란 끝나고 흘러들어 온 뿌리를 알 수 없는 타지 사람인디……, 제각에서 삼시롱 이것저것 마을 사람들 허드렛일을 도와주다가 나이 마흔이 다 돼 결혼을 했지야. 김제에서 델꼬 온 여잔디……. 둘 다 뭐 하던 사람인지, 근본이 어찌 되는지 통 말을 안 해서 알 수가 없었구먼."

"그럼, 전혀 알 수 없다는 말씀이신가요?"

"그려."

그것으로 끝이었다. 노인에게서 더 이상 자세한 이야기는 나오지 않았다. 막연한 기대를 갖고 서울을 출발했던 것부터가 잘못인지 모른다. 떨어지지 않는 발걸음에 한동안 머뭇거렸지만 어쩔 도리가 없었다. 하릴없이 마을 뒤편 야트막한 언덕 위로 발걸음을 옮겨 망연히 광활한 벌판을 내려다보았다. 어디선가 아내가 불쑥 모습을 드러낼지도 모른다는 환상에 젖어.

팔베개를 하고 풀밭에 몸을 눕힌다. 투명한 쪽빛 하늘에는 마구 찢어발긴 솜뭉치 같은 흰 구름이 듬성듬성하다. 칼날처럼 쏟아져 내리는 햇살에 눈이 부시다. 한 팔을 이마에 얹어 손차양을 만들어 햇살을 가리고 눈을 감는다.

하루가 좀 지났을 뿐인 어제 일이 수십 년 전 일이라도 되는 양 기억에 멀다.

"빨리 좀 어떻게 해 보세요. 죽었는지도 모르잖아요. 피범벅이 된 옷을 보고도 모르세요? 아니, 아니, 아닙니다. 죽진 않았을 겁니다. 절대 죽지는 않았을 겁니다. 납치된 게 틀림없어요."

입에 게거품을 물며 다급하게 외쳐 댔지만 늙수그레한 수사 반장은 가타부타 말이 없었다. 원래 천성이 과묵한 것인지 아니면 할 말이 없었던 것인지 수사반장이라는 사람은 입을 꽉 다문 채 미간만 잔뜩 좁히고 있었다.

"신원 불상인 피살자의 신원을 파악하는 게 우선입니다. 피살자의 신원이 파악되면 사건의 윤곽이 저절로 드러날 테니까요. 미용실 주변에서 탐문수사를 하고 있고 인근 지역을 샅샅이 뒤지고 있으니 곧 무슨 소식이 있을 겁니다. 납치되었다면 연락이 오는 건 시간문제이구요. 너무 걱정하지 마시고 수사에 협조해 주십시오. 경황이 없으시겠지만 몇 가지 질문을 할까 하니 아는 대로 정확히 말씀해 주십시오."

마음씨 좋은 큰 형님같이 푸근한 인상을 한 형사 하나가 다독거리며 참고인진술조서를 작성하기 시작했다.

'피살된 두 명의 사내는 알고 있는 사람들이냐, 원한을 살 만한 사람은 없느냐, 처 홍금희가 사귀는 남자는 없느냐, 부부 관계는 원만하냐, 홍금희를 처음 언제 어디서 만났느냐, 미용실을 열 때 돈은 어떻게 마련했느냐, 한 달 수입은 어느 정도냐……'

'전혀 모르는 사람들이다, 한 번도 본 적이 없다, 원한을 살 만한 일은 하지 않았다, 모욕하지 마라 금희는 절대로 바람을 피우거나 하는 여자가 아니다, 결혼한 지 일 년밖에 안 되었는데 부부 관계가 원만하지 못할 일이 있겠느냐, 성격 차이도 없다, 금희는 재작년 겨울 강릉에 놀러 갔다가 경포해수욕장 바닷가에서 처음 만났다, 미용실은 금희가 그간 저축해 놓은 돈으로 열었다, 이것저것 경비 제하고 한 달에 오백 정도다……'

시시콜콜한 질문과 대답들이 지루할 정도로 오랜 시간 동안 이어졌다.

"고맙습니다. 댁에 돌아가셔서 좀 쉬십시오. 혹시 이상한 전화가 오거나 홍금희 씨한테서 연락이 오거나 하면 곧바로 알려 주십시오."

정오가 다 되어서야 참고인진술조서 작성이 끝났다. 파출소 문을 나서다가 발끝이 허청거려 자칫 계단에서 구를 뻔했다. 한낮의 태양이 마구 쏟아 내는 따가운 햇살이 포도에 부딪히며 분필 가루처럼 튀어 올랐다. 영화 한 편을 다 보고 극장 문을 나설 때처럼 눈이 아릿하며 자꾸 감겼다.

미용실은 현장 보존 조치가 되어 있어 들어갈 수 없었다. 먼발치에서 미용실 안쪽을 흘낏흘낏 들여다보다 이리저리 발길 닿는 대로 대학로를 헤매었다. 아내가 쓰러져 있을 것 같다는 불길한 예감에 수북이 쌓인 쓰레기 더미를 발끝으로 헤집어 보기도 하고 눈에 띄는 쓰레기통마다 뚜껑을 열고 안을 살폈다. 울창한 숲속 후미진 덤불 밑도 들여다보았다. 피투성이로 널브러진 아내의 사체가 그곳에 있을지도 모른다는 끔찍한 상상에 몸을 떨면서.

지친 몸으로 집에 돌아와 소파에 앉으니 눈까풀이 무겁게 내려앉았다. 밤새 한잠도 못 잔 몸이 맹렬히 잠을 탐했다. 막 잠이 들려는 찰나, 휴대폰이 울렸다.

"윤서 씨? 나야, 나. 금희."

아내의 목소리가 튀어나오자 눈물이 핑그르르 돌았다. 호흡이 거칠어지며 목소리가 떨려 나왔다.

"금희, 너 어떻게 된 거야? 지금 어디야? 무슨 일이 있는 거야?"

"윤서 씨, 미안해. 그간 정말 고마웠어. 날 찾으려 하지 마. 그냥 잊어버려. 미안해. 강릉 바닷가에서 내가 왜 윤서 씨한테 호들갑을 떨었는지 몰라. 이렇게 될 줄 잘 알고 있었으면서. 그냥 모르는 체 지나쳤으면 아무 일도 없었을 텐데. 미안해, 윤서 씨. 나한테서 전화 왔다는 말 아무한테도 하지 마. 경찰한테도. 부탁이야. 미안해. 정말 미안해. 정말……."

"금희야! 금희야!"

속절없이 통화가 끊어지며 휴대폰은 먹통이다.

무슨 일일까. 아내는 지금 어디 있는 걸까. 무슨 일이 있었기에 찾지 말라는 걸까. 뭐가 미안하다는 걸까.

옷장과 장롱 속을 뒤져 아내의 흔적을 찾았다. 낡은 수첩에 가득 적혀 있는 낯선 이름들과 전화번호. 하나하나 꼼꼼히 확인했다. 미용실 재료상이거나 종업원이거나 고객들의 연락처였다. 모두 다 아내를 안다고 볼 수 없는 사람들이었다.

아내는 친구가 없었다. 한 번도 아내의 친구를 만난 적이 없었다. 아내는 가족도 없었다. 한 번도 아내의 가족을 만난 적이 없었다.

　"오랫동안 요양을 했어요. 폐가 나빠서. 큰 수술도 했어요. 모두 다 죽을 거라고 했는데 어떻게 죽지 않고 살아났는지 몰라요. 동두천 근처에 있는 왕방산 중턱에 자리 잡은 한적한 요양원에서 거의 십 년을 보냈어요. 가을이면 비자루국화가 흐드러지게 피어나 온 산을 하얗게 덮던 아름답던 곳이에요. 저는 전생에 무슨 흉악한 짓을 저질렀던가 봐요. 같이 요양을 하던 또래 아이들이 정이 들어 친구가 되었다 싶으면 금세 죽어 버리는 거예요. 죽을까 봐 일부러 친구를 사귀지 않았어요. 죽어 버리면 다시 얼굴을 보지 못하니까요. 그래서 친구가 하나도 없어요. 동두천 시장에서 야채 행상을 하면서 병 수발을 하던 엄마도 제가 완치되는 것을 보지 못하고 숨을 놓고 말았죠. 그땐 병이 너무 깊어서 엄마 장례 치르는 데도 가지 못했어요. 엄마마저 돌아가시니까 몇 안 되던 친척들도 모두 연락을 끊고……. 당신을 만나기 전까지 전 늘 혼자였어요. 어린 시절에 대한 기억은 별로 없어요. 김제에서 초등학교를 다녔는데 오 학년 때 아버지가 폐결핵으로 돌아가셨어요. 돌아가신 아버지가 제게 남겨 준 재산은 결핵뿐이었죠. 그해 겨울에 발병을 하고 왕방산 요양원에 들어간 거예요. 완치가 되었는데도 갈 곳이 없었어요. 한동안 요양원에 머무르며 간호사 일을 도왔어요. 수간호사 언니가 보기에 딱했던지 어느 날 저를 부르더니 강릉에 가서 미용실 일을 배우지 않겠느냐고 했어요. 수간호사 언니의 절친한 친구분이 강릉에서 미용실을 하고 있다고요. 그래서 여기에 온 거예요. 미용사 자격증도 따냈어요. 전 열심히 살 거예요. 잃어버린 제 시간을 되찾기 위해서 정말 열심히 살 거예요. 다시는 비참하거나 외롭거나 쓸쓸하지 않을 거예요."

바다가 한눈에 내려다보이는 해변 커피숍에서 금희는 눈물을 뚝뚝 떨구며 자신의 이야기를 했다. 주말이면 강릉 문턱을 풀 방구리에 쥐 드나들 듯 찾아다니던 무렵이었다. 아, 이런 사람도 있구나. 세상에는 이런 사람도 있구나. 울지 마라. 이제 당신은 더 이상 눈물을 흘릴 일이 없을 것이다. 당신의 잃어버린 시간은 무슨 일이 있어도 찾아 주겠다. 뼈가 가루로 부서지는 한이 있더라도 찾아 주겠다. 눈물범벅인 얼굴로 금희의 어깨를 으스러져라 끌어안고 입을 맞추었다. 입안으로 스며들던 짭조름한 눈물의 맛. 흐느낌과 함께 마구 흔들리던 아내의 가녀린 어깨. 사랑이란 그런 것이 아니던가.

아내의 실체는 왕방산 요양원에 있을 것이다. 흐르는 눈물을 주먹으로 훔쳐내며 자리를 박차고 일어나 미친 듯 차를 몰았다. 이곳저곳에서 길을 물어 겨우 왕방산 입구에 찾아들었을 때는 어둑어둑 땅거미가 내려앉고 있었다. 요양원을 묻자 밭에서 고추를 따던 할머니가 허리를 펴며 방향을 가리켰다. 불도저가 마구 땅을 파헤치는 공사장 너머로 울창한 숲을 끼고 단아한 상앗빛 사 층 건물이 앉아 있었다. 희망요양원이라는 간판을 내건 건물은 결핵 요양원이 아니었다. 정신질환자 요양원이었다. 날이 선 하얀 와이셔츠를 단정하게 차려입은 젊은 수위는 희망요양원은 결핵하고는 아무 관련이 없다고 손사래를 쳤다. 사나운 독충을 몰아내려는 사람처럼. 수위는 우쭐대며 희망요양원은 개원한 지 다섯 해밖에 안 된 최신식 고급 요양원이라고 말했다. 왕방산 여기저기에 정신질환자 치료를 목적으로 한 기도원이 있기는 하지만 결핵 요양원은 없다고 했다.

'왕방산 결핵 요양소는 실존하지 않아. 그러면 금희가 거짓말을 한 걸까? 왜? 거짓말을 할 이유가 없잖아. 혹시 내가 혹시 잘못 기억하고 있는 것은 아닐까? 아니야. 금희는 분명히 왕방산이라고 했어. 처음 그 이름을 들었을 때 엉뚱하게 커다란 왕방울 하나가 산등성이에 숨겨져 있을 것 같은 느낌이 들었잖아. 내 기억은 틀림없어. 그렇다면 금희가 거짓말을? 왜? 그런 거짓말이 대체 누구에게 이익이 될까?'

밤잠을 설치며 뒤척이다가 부옇게 동녘 하늘이 터지는 것을 보고 자리에서 일어났다. 일단 아내가 어린 시절을 보냈다는 김제로 가자. 아내의 본적지 김제시 부량면 대평리에 가면 실마리가 있을 것 같았다.

금정마을에는 아내의 흔적이 분명히 남아 있다. 하지만 그것은 킬리만자로 산정에서 얼어 죽은 표범의 사체처럼 아내를 찾는 데 아무 도움도 되지 않는다. 아내에 대해 모든 것을 다 알고 있다고 생각했는데 사실 아는 것은 아무것도 없다. 지난 한 해 동안의 결혼 생활 그리고 결혼하기 전 반년간에 걸친 탐색과 몰입의 기간, 그 한 해 반의 세월 동안 나는 뭘 하면서 살았던 걸까. 바람을 움켜쥐고 살았던 것처럼 아내의 실체는 어디에도 없다. 아내는 내 머릿속에 내 손끝 마디마디에 뚜렷이 남아 있지만 거울 속의 풍경처럼 실체가 없다. 아내는 실제 존재했던 걸까. 아내는 결코 존재하지 않았고, 나는 지금 터무니없는 악몽을 꾸고 있는 것인지도 모른다.

오후의 햇살이 살갗을 벗겨 내기라도 하듯 따갑게 내리쬔다. 풀잎 사이를 비집고 지열이 온몸을 삶아 버릴 것 같은 맹렬한 기세로 솟아오른다. 견딜 수 없어 벌떡 몸을 일으킨다. 어떻게 할까. 이대로 빈손으로 돌아가야 하나.

이장 집 앞에 세워 놓은 승용차는 햇볕에 달궈져 손을 댈 수 없이 뜨겁다. 시동을 걸고 문을 활짝 열어 더운 공기를 빼낸다. 공교롭게도 붉은 먼지를 풀썩이며 하얀 스포츠카 한 대가 다가오더니 바로 옆에 멈춰 선다.

서둘러 창문을 올렸지만 붉은 흙먼지가 차 안 가득 밀려들면서 숨이 탁 막힌다. 선글라스를 낀 발랄한 모습의 남녀 한 쌍이 차에서 튀어 내린다. 힐끗 보니 남녀 모두 둥글넓적하고 평범한 얼굴에 이렇다 할 인상이 없다. 대처로 나간 이장 집 아이들인가? 시선을 돌린 순간 조금 전 그들이 잠시 멈칫하며 어색한 동작을 했던 것 같다는 생각이 들었다. 낯선 이방인에 호기심이 일었던 걸까. 확인하려 고개를 들어 보니 이장 집 문을 들어선 둘의 뒷모습은 평온하고 여유롭기만 했다. 잘못 보았던 걸까?

"사랑은 잠시 내게 머물다 말없이 떠나 버리고, 밀려오는 시련 속에 서 있어도 나는 울지 못하는 작은 새, 가슴엔 언제나 겨울바람이……."

대중가요를 웅얼웅얼 대며 비척비척 내딛던 오른쪽 무릎에 무언가가 스친다. 범퍼다. 하얀 스포츠카의 범퍼다. 아파트 정문 옆 으슥한 나무 그늘 아래 하얀 스포츠카 한 대가 숨바꼭질이라도 하는 듯 은밀히 숨어 있다. 범퍼가 무릎에 닿지 않았다면 차가 서 있는지도 모르고 지날 터였다. 아프지는 않지만 분통이 터진다. 오른발로 앞바퀴를 힘껏 내지른다. 주차장이 코앞인데 하필이면 이런 곳에 주차할 게 뭐람. 격한 객기에 사로잡혀 숨을 몰아쉬다가 차체에 다가서며 오줌을 내지른다. 예기치 못했던 행동의 돌출은 술 때문이다. 김제에서 돌아오자마자 빈속으로 마시기 시작했던 술. 게다가 철저한 익명을 보장해 주는 어둠도 시너지 효과를 불러일으켰을 것이다.

'빌어먹을 자식들…….'

욕지거리를 내뱉으며 차체를 힐끗 쏘아보는 눈길에 낯익은 무엇인가가 잡힌다. 한껏 뻗치던 오줌 줄기가 쪼로르륵 사그라든다. 아까 낮에 금정마을 이장 집 앞에서 보았던 차가 머리에 떠오른다. 같은 차인지 아닌지 알 수가 없다. 왠지 같은 차일 거라는 생각이 앞선다. 우연일까. 우연이라고 보기엔 뭔가 석연치 않다. 들불처럼 피어나는 불안. 술이 일시에 깨며 정신이 맑아진다. 망연히 주변을 둘러보는데 12동 208호 실내에서 작은 불빛이 하나 깜빡이더니 고대 사라지고 만다.

'아니, 우리 집에 누가 있는 거야?'

본능적으로 재빨리 나무 그늘에 몸을 숨기고 발코니 창 너머 어두운 실내를 살펴본다. 내부는 전혀 보이지 않는데 발코니 창 하나가 조금 열려 있는 게 시선을 붙잡는다. 지난밤 무더위 때문에 에어컨을 켰고 아침 이른 시각에 서둘러 집을 나섰다. 환기를 하려고 발코니 창을 열었던 기억은 전혀 없다. 도둑일까? 어쩐지 도둑인 것 같지는 않다는 생각이 든다. 금정마을 이장 집 앞에서 어색한 몸짓을 보이던 남녀의 모습이 눈에 선하다. 아파트 정문 옆에 주차한 스포츠카는 우연이 아니다. 그자들인가? 그렇다면 저들은 누구이며 무슨 목적으로 주인 없는 남의 집에 숨어 들어가 있는 걸까. 유심히 올려다보고 있자니 거실 안쪽에서 흐릿한 불빛이 흔들리다가 금세 사라진다. 사라진 불빛은 다시 살아나 잠시 반짝이더니 곧바로 사라진다. 이어 먹빛 같은 침묵.

두 시, 남녀 한 쌍이 12동 현관문을 나선다. 벤치 뒤쪽으로 깊게 우거진 철쭉 숲에 몸을 숨기고 차분히 살펴보니 금정마을 이장 집에서 스쳤던 바로 그 남녀가 확실하다. 전혀 서두르는 것 같지 않은데 발걸음이 얼음판을 지치듯 빠르다. 벤치 앞을 스쳐 지나는 그들은 아무 말이 없다. 잠시 후 그들이 녹아내리듯 사라진 어둠 속에서 빨간 미등이 돋는다. 이어 헤드라이트 불빛이 어둠을 찢으며 허공을 핥고 차량 한 대가 미끄러지듯 아파트 정문을 빠져나간다.

조심스레 아파트 정문 옆으로 다가선다. 역시 하얀 스포츠카는 사라지고 없다. 그렇다면 집으로 들어갈 수는 없다. 일단 이곳을 벗어나야 한다. 긴장 때문일까 몸이 <u>으스스</u> 떨린다. 어디로 갈까. 마침 택시가 아파트 정문에 술 취한 손님을 부려 놓는다. 우스꽝스런 큰 목소리로 택시를 부르며 허겁지겁 내달린다.

어디에 있는지 알 수 없다. 하늘은 온통 시뻘건 핏빛으로 물들어 있고 끝 간 데 펼쳐진 사막도 진홍빛이다. 지평선 끝자락에는 엄청난 크기의 붉은 태양이 한 뼘 높이로 걸려 있다. 바람 소리일까. 커다란 풍뎅이가 마구 날개를 치는 소리에 귀가 먹먹하다. 사막을 가로질러 곧게 뻗은 아스팔트 도로는 조그만 점이 되어 붉은 태양 바로 밑을 찌르며 처박혀 있다. 은빛 시보레 콜벳은 태양을 향해 맹렬한 속도로 질주하고 있다. 액셀러레이터 페달을 밟지 않았는데도 핸들을 움켜쥐지도 않았는데도 태양의 거대한 중력에 이끌린 시보레 콜벳의 질주는 거침이 없다. 태양은 시시각각 엄청난 속도로 부풀어 오르며 시야를 가득 메운다. 브레이크페달을 부러져라 밟아 대지만 속도는 조금도 줄어들지 않는다. 급격히 데워진 공기는 숨을 들이쉴 때마다 목구멍을 찢어발길 듯 날카롭게 긁어 댄다. 보닛에서 하얀 연기가 피어오르더니 금세 불꽃이 너울거린다. 프런트 윈도우가 부글부글 끓으며 녹아내리기 시작한다. 눈을 아프게 파고드는 진홍빛 파도 그리고 열기. 아, 결국 이렇게 증발해 버리고 마는 건가. 안 돼. 이건 말도 안 돼. 이렇게 허무하게 사라질 수는 없어. 이럴 수는 없어. 버둥거리다가 번쩍 눈을 뜬다.

태양이, 맥주 컵 받침만 한 조그마한 태양이 붉은 자줏빛 산등성이에 걸려 있다. 조금도 뜨겁지 않은 차가운 태양이 흐리멍덩한 붉은 빛을 흘리며 맥없이 산등성이에 걸려 있다. 흐릿한 태양이 걸려 있는 산등성이는 사각형의 프레임 속에 갇혀 있다. 프레임의 좌우 양측으로 잔잔한 녹색 물방울무늬가 흩어진 반투명 녹두 빛 커튼이 이어져 있다. 그 옆으로는 엷은 베이지색 벽지.

'여기가 어디지?'

눈을 끔벅이다가 두 손바닥으로 얼굴을 쓸어내리며 주변을 둘러보니 녹두 빛 커튼 아래로 작은 아몬드 빛 탁자, 티브이 수상기, 티브이보다 약간 큰 냉장고, 가분수처럼 커다란 거울을 달고 있는 투박한 화장대 등이 보인다. 그렇다. 모텔 안이다. 모텔 안 침대 위다. 그제야 지난밤 벌어진 일이 선명히 떠오른다. 집 앞에서 택시를 잡아탄 일 그리고 방향도 없이 내달렸던 일이.

'아무 데나 숙박업소가 많은 데 내려 주세요.'

택시 기사가 네온 불빛이 현란한 모텔 앞에 차를 세우자 나는 은신처를 찾는 상처 입은 한 마리 짐승처럼 허겁지겁 방으로 뛰어들었다. 그리곤 침대에 엎어져 곧바로 잠에 빠져들었다. 인상 깊은 영화의 한 장면처럼 손에 잡힐 듯 확연히 떠오르는 간밤의 행적들.

꿈을 꾼 것이다. 시체처럼 쓰러져 잠을 자다가 꿈을 꾼 것이다. 소리를 질렀을까. 알 수 없다. 혓바닥에 톱밥이 잔뜩 달라붙어 있기라도 한 듯 입안이 텁텁하다. 벌떡 일어나 냉장고에서 생수병을 꺼내 벌컥벌컥 차가운 물을 들이켠다. 청량함이 온몸으로 퍼진다, 고요한 호수 면 위로 떨어져 내린 나뭇잎 주위로 잔잔히 번지는 파문과 같은.

어젯밤 빈 아파트에 숨어들어 있었던 남녀의 정체는 뭘까. 그들은 왜 금정마을에 나타났을까. 그들이 금정마을 이장의 아들딸이 아닌 것만큼은 분명하다. 그렇다면 그들은 누굴까. 그들 역시 금희의 흔적을 찾고 있는 걸까. 그렇다면 왜? 그들은 금희의 미용실에서 피살체로 발견된 두 사내와 같은 일행일까? 모든 것이 혼돈이다. 분명한 것은 아무것도 없다. 다만 한 가지 확실한 것은 혼자 아파트에 들어가서는 안 된다는 점이다. 어제 아침 대학로 파출소에서 참고인진술조서를 작성했던 수더분한 인상의 형사 얼굴이 떠오른다. 이름이 뭐였더라? 전혀 기억에 없다. 몇 시일까? 여섯 시가 조금 지났을 뿐이다. 형사들이 출근하기에는 아직 이른 시각이다.

욕조에 뜨거운 물을 가득 채우고 몸을 담근다. 고개를 젖혀 눈을 감고 칡넝쿨처럼 헝클어진 머릿속을 정리해 본다. 여전히 혼돈이다. 무엇을 해야 할지 알 수가 없다. 우선 대학로 파출소 형사와 의논을 한 뒤 그다음 일의 방향을 정하자. 그 수밖에 없다.

아침 열 시 모텔을 나선다. 어디 먼 곳인 줄 알았는데 집에서 그리 멀지 않은 천호 사거리 인근 지역이다. 눈에 띄는 커피숍에 들어가 뜨거운 커피 한 잔을 마시고 대학로 파출소로 전화를 넣는다. 미용실 살인사건의 담당 형사를 바꾸어 달랬더니 '네, 주 형삽니다.' 수더분한 목소리가 터져 나온다. 마음씨 좋아 보이던 인상이 손에 잡힐 듯 삼삼하다.

"아, 최윤서 씨, 그렇지 않아도 오전 중으로 연락을 하려던 참이었습니다. 홍금희 씨한테서는 무슨 소식 없습니까?"

형사는 금희의 소식부터 묻는다. 정직하게 대답을 해야 할까. 금희는 경찰에 말하지 말라고 당부했다. 망설이다가 금희의 말을 따르기로 작정한다.

"네, 없었습니다."

스피커 너머에서 다소 실망한 듯 가벼운 한숨 소리가 흘러나온다.

"지금 어디십니까? 댁이신가요?"

"아니오. 집에는 안 들어갔어요. 아니, 못 들어갔습니다. 어젯밤 집에 들어가려는데 안에 누군가가 있더라고요. 무서워서 못 들어가고 모텔에서 밤을 보냈습니다."

형사의 목소리가 갑자기 하이 톤이 되며 빨라진다.

"그래요? 제가 그리로 가죠. 지금 계신 곳이 어딥니까?"

"천호동 현대백화점 옆에 있는 모닝 글로리아라는 커피숍입니다."

"알았습니다. 바로 가겠습니다."

비상등이라도 켜고 달려왔는지 삼십 분 남짓한 시간밖에 지나지 않았는데 주 형사가 상기된 표정으로 모닝 글로리아의 문을 들어선다. 긴장한 듯, 자리에 앉는 형사의 얼굴이 뻣뻣하다.

"집에 누군가가 침입했었다고요? 얼굴은 봤습니까?"

"네, 새벽 한 시경 집 앞에 도착했는데 발코니 안쪽에서 불빛이 새어 나오더라고요. 두 사람이었어요. 이십 대의 젊은 남녀 한 쌍이었어요. 제 뒤를 밟는 것 같기도 하고……. 제 처의 뒷조사를 하는 것 같기도 하고……. 어제 제 처를 찾을 방법이 있지나 않을까 해서 처의 고향인 김제에 갔었는데 거기서 그 두 사람을 처음 보았어요. 새벽 두 시경에 제 집에서 빠져나갔는데, 무서워서 집 안에 들어갈 수가 없었습니다."

"잘하셨습니다. 이번 사건과 관련이 있는 사람들일 겁니다. 다시 보게 되면 제게 즉시 연락을 주세요. 우선 알려드릴 게 있습니다. 홍금희 씨는 살아 있고 납치되지도 않은 게 분명합니다."

"네? 어떻게 그렇게 단정적으로?"

110

"목격자가 있어요. 사건이 나던 날 밤 열 한 시경 백운산 처녀 보살이라는 점쟁이가 홍금희 씨를 보았답니다. 미용실로 들어가는 골목 모퉁이에 앉아 점을 봐 주는 아가씬데, 아홉 시 반이면 칼같이 골목을 빠져나가던 홍금희 씨가 그날따라 열한 시가 넘어 나가기에 웬일인가 싶었답니다. 그 처녀 보살 아가씨는 홍금희 씨 가게에 자주 머리를 하러 다니면서 친해져 홍금희 씨와는 서로 언니 동생 하는 사이랍니다. '언니, 지금 가? 늦었네.' 반갑게 인사를 했는데 평소와 달리 '응, 응…… 일이 좀 있어서…… 나 먼저 갈게.' 건성건성 대답하고는 골목을 빠져나가더랍니다. 얼이 좀 빠져나간 듯 멍해 보였고, 안경도 끼지 않은 데다 옷차림도 전에 한 번도 입은 걸 본 적이 없는 진바지와 청재킷을 걸치고 있어 어딘가 이상하다고 생각했답니다. 술을 좀 마셨는지 발걸음도 갈지자로 비틀비틀하더랍니다. 별일이다 싶어 한동안 뒷모습을 쳐다보았는데, 큰길가에서 택시를 잡기에 집에 가는가 보다 했답니다. 이상하죠? 홍금희 씨는 왜 최윤서 씨에게 아무런 연락도 하지 않았던 걸까요. 그리고 왜 잠적한 걸까요? 이런 경우 제일 먼저 남편에게 연락하는 게 상식적이지 않습니까? 이상하다고 생각지 않으세요? 뭐 마음에 짚이는 거 없습니까?"

아내는 납치된 것이 아니다. 게다가 아내는 의미를 알 수 없는 전화를 걸어왔다. 아내는 미안하다고 했으며 잊어버리라고 했다. 아내는 잠적한 것이다. 그러면 피살된 두 사내는? 아내가 그 둘을 살해한 것일까? 천만에 그럴 리가 없다. 연약한 여인의 몸으로 어떻게 건장한 두 사내를?

"글쎄요, 뭐 특별한 건 별로……. 그런데 피살자의 신원은 밝혀졌습니까?"

"그게 이상해요. 전혀 알 수가 없어요. 홍금희 씨와 피살자들은 서로 잘 아는 사이인 것 같아요. 현장에 깨어진 커피 잔이 세 개 나왔는데 거의 마시지 않았는지 깨진 잔 주변이 커피로 흥건히 젖어 있었습니다. 그리고 미용실 바닥에서 담배꽁초가 일곱 개 나왔습니다. 꽁초의 타액을 감식해 보니 죽은 두 사람이 피운 것으로 나왔습니다. 홍금희 씨는 담배를 피우지 않죠?"

"네, 피우지 않아요."

"홍금희 씨와 피살자들이 커피를 앞에 놓고 한동안 무슨 문제인가를 논의한 것 같아요. 두 사람이 담배 일곱 대를 피웠다면 적어도 반 시간 이상 서로 대화를 하고 있었다고 볼 수 있죠. 면식범이거나 아니면 뭔가 같은 문제에 깊이 얽혀 있는 관계자들이 분명해요. 두 사람 모두 신원을 확인할 만한 소지품은 하나도 갖고 있지 않더군요. 지문 조회에서도 신원확인 불능으로 나와요. 우리나라 사람들이 아닐 가능성이 커요."

"그렇다면……."

"전에도 이런 경우가 있었는데……. 일본 야쿠자나 홍콩에서 온 삼합회 나부랭이일 가능성이 크죠. 아니면 중국이나 러시아 쪽에서 온 조선족일 수도 있고요. 조직범죄단이 개입한 냄새가 나요. 홍금희 씨는 최근에 무슨 운동을 하죠?"

"운동이라뇨?"

"태권도라던가 뭐 그런……."

"주 형사님! 제 처를 의심하는 겁니까? 제 처가 그 사람들을 죽이지나 않았을까 의심하는 겁니까? 제 처가 조직범죄단의 꼬붕이라도 된다는 겁니까?"

눈썹을 치켜올리며 언성을 높이는 예민한 반응에 주 형사가 머쓱해져 얼버무린다.

"아, 아니. 그런 건 아닙니다."

"수영을 하고 있어요. 아침에 올림픽 수영장에 들러 수영을 하고 바로 미용실로 출근합니다."

주 형사의 눈이 반짝인다. 주 형사는 수첩에 올림픽 수영장이라고 적고 그 밑에 굵은 줄을 두세 번 긋는다. 중요한 단서라도 되는 것처럼.

아내는 오랫동안 병치레한 사람치고 체력이 좋았다. 설악동에서 대청봉까지 반나절 만에 오르면서도 숨을 헐떡이거나 지친 표정을 짓지 않았다. 한여름 뙤약볕 아래에서 가파른 비탈을 오르면서도 땀을 거의 흘리지 않았다.

"강릉에 온 뒤로 일요일마다 설악산을 찾았어요. 처음엔 비선대까지 가는 것도 힘에 겨웠는데 이제는 하루 만에 대청봉까지 올라갔다 내려올 수 있어요. 다 연습하기 나름이에요. 윤서 씨도 일주일에 한 번씩은 꼭 산에 오르세요. 그러면 곧 저와 같게 될 거예요."

처음 함께 설악산을 오르던 날 아내는 자꾸 뒤처지는 내 모습이 안쓰러웠던지 이렇게 말했다.

그러고 보니 아내의 몸은 유난히 단단했다. 한 손아귀에 쏙 들어오는 작은 젖가슴은 바람이 가득 든 튜브처럼 팽팽했다. 허벅지와 팔도 살 속에 돌이 박혀 있는 것처럼 딱딱했다. 그렇다면 오랫동안 폐를 앓았다는 건 거짓말일까. 아니다, 그럴 리가 없다. 아내의 왼쪽 가슴 밑에는 한 뼘쯤 되는 크기의 상처 자국이 있다. 울퉁불퉁 튀어나온, 손가락만 한 굵기의 붉은 자줏빛 흉터이다. 그것은 한쪽 폐를 잘라 낸 명확한 흔적이다. 아내가 폐를 앓았다는 건 움직일 수 없는 사실이다.

"외국의 조직범죄단이 개입했다면……. 그럼 제 집사람은 영 찾기 어렵단 말인가요?"

"아직 그렇게 비관적으로 보실 필요는 없습니다. 단서는 꼭 나오게 마련입니다. 벌써 단서가 나오고 있지 않습니까? 홍금희 씨를 만난 게 일 년 반 전쯤이라고 했는데 그동안 이상한 일은 없었습니까? 자주 외출을 한다든가, 낯선 전화가 온다든가, 마약을 한다든가 하는."

"마, 마약이요? 이거 왜 이러십니까? 없었어요. 전혀 없었다고요. 딱히 이상하다 할 만한 점은 아무것도 없었어요."

주 형사의 입에서 마약이라는 말이 튀어나오자 갑작스레 목이 마르며 언성이 높아진다. 입안 가득 모래를 물고 있는 것처럼 깔끄럽다. 주 형사의 시선이 날카롭게 각을 세운다. 아내를 의심하고 있는 것이다. 왜? 왜 주 형사는 아내를 의심하는 걸까. 아내는 피해자가 아닌가.

"그렇게 불쾌하게 생각하지 마시고 잘 생각해 보세요. 기억나는 게 있으면 아무 때라도 좋으니 전화로 알려 주세요. 그럼, 일단 올림픽 수영장에 들렀다가 댁에 같이 가서 무슨 일이 있었는지 살펴봅시다. 틀림없이 단서가 있을 겁니다."

올림픽 수영장으로 가는 내내 주 형사는 말이 없다. 사건의 윤곽을 그려 보고 있는 모양이다. 주 형사의 의중에 아내는 비중 있는 용의자로 자리 잡아 가고 있음에 틀림없다.

"아, 이 언니요? 이 언니 정말 캡이에요, 캡."

올림픽 수영장 부설 에어로빅 강습소 강사 김지훈은 주 형사가 들이민 금희의 얼굴 사진을 보자마자 엄지손가락을 세우며 탄성을 발한다.

"캡이라니? 뭐가 캡이란 말이야?"

"와, 이 언니 정말 대단해요. 몸매도 끝내주구요. 사람이 아니에요. 사이보그예요, 사이보그."

주 형사가 참다못해 미간을 좁히며 언성을 높인다.

"이봐, 우린 자네처럼 한가한 사람 아냐. 잡소리 그만 집어치우고 뭐가 어떤지 자세히 말해."

김지훈이 쭈뼛쭈뼛하면서 눈치를 보더니 풀이 죽는다. 수영을 하다가 불려 왔는지 물이 뚝뚝 듣는 허여멀건 몸매가 눈부시다. 앞이 툭 불거진 새빨간 삼각팬티가 보기에 민망하다. 나이 스물이 갓 넘었을까. 쭉 빠진 늘씬한 체형에 딱 벌어진 어깨. 군살이라곤 하나도 없다.

"사십 킬로짜리 바벨을 들어요. 그것도 한 번에 오십 회는 기본이에요. 트레드밀에서는 시속 이십 킬로를 놓고 거의 한 시간은 달린다고요. 이 정도면 웬만한 남자는 저리 가라예요. 그 언닌 보디빌더는 아니고요……. 철인삼종경기라도 준비하는지 운동에 아주 열심이에요."

"야, 그 언니 언니 하는 소리 그만두지 못해? 멀쩡한 사내자식이 그게 뭐 하는 짓거리야?"

주 형사가 악을 바락 썼다. 김지훈이 머쓱해져 얼굴이 붉어지며 입술을 삐죽 내민다. 주 형사는 심기가 몹시 불편한 모양이다. 먹기 싫은 음식을 억지로 떠먹는 사람처럼 오만상을 잔뜩 그리고 있다.

"갑시다."

뭐라 한마디 할 만한데도 주 형사는 말이 없다. 묵묵히 바닥만 내려다보며 걷는다. 갈증이, 목구멍을 찢어 버릴 듯 맹렬한 목마름이 울컥울컥 치민다. 마음속 깊은 바닥에서 발갛게 불꽃을 일으키며 타오른 불안이 삽시간에 주위로 번진다. 퉁, 관자놀이에서 셔츠 깃으로 떨어지는 땀방울.

아내는 병을 앓은 일이 없다. 교묘히 감춰졌던 아내의 실체가 서서히 제 모습을 드러내고 있다. 아내는 조직범죄단의 일원이다. 아니, 조직범죄단의 일원이었을 것이다. 무슨 연유인지 모르나 아내는 조직범죄단을 이탈했고 그래서 그들에게서 추적을 받고 있는 것이다. 아내는 다가올 위험을 예측하고 있었으며 그때를 대비해 피눈물 나는 체력 단련을 하고 있었던 것이다. 그리고 위험이 현실로 다가오자 그것을 효과적으로 제거한 것이다.

그러면 나는 그동안 무엇을 했으며, 아내에게 있어 나라는 존재는 무엇이었을까. 나는 아내를 사랑했고 사랑하고 있다. 하지만 아내는 나를 사랑했을까. 아니다, 아내는 나를 이용한 것이다, 철저하게. 정말 그럴까. 아니다, 그럴 리가 없다. 그간 아내가 보여 준 사랑은 결코 연극이라고 볼 수가 없다. 아니다, 그건 연극이었다. 아내는 처음부터 치밀한 계산을 하고 접근했으며 철두철미하게 속여 온 게 틀림없다.

엉터리, 못된 녀석……. 배신감에 몸이 부르르 떨리며 얼굴이 벌겋게 달아오른다.

아내는 바람을 타고 날아온 새처럼 갑자기 내 눈앞에 나타났다. 재작년 겨울, 강릉 경포대 바닷가 모래밭에 아내는 한 마리 겨울새처럼 내려앉았다. 금방 눈물이 흘러나올 듯 우수를 가득 머금은 커다란 검은 눈망울, 바람을 받아 마구 흔들리던 치렁치렁한 검은 머리칼 그리고 검은 빛 오리털 파카와 검은색 바지를 걸친 무거운 옷차림을 하고. 온통 검은색 일색이었다, 운동화마저도. 바람이 미친 듯 거세게 불어 대고 있었고, 그때 나는 바닷가 모래 둔덕에 몸을 기댄 채 하염없이 파도를 보고 있었다. 산더미처럼 밀려와 해변에 내동댕이쳐져 악을 쓰며 부서지는 파도를 멍하니 바라보며 깊은 생각에 잠겨 있었다.

'나는 무엇인가. 어떻게 살 것인가. 앞으로 무엇을 해야 하나. 이제는 그만 어리석은 꿈을 버려야 하는 걸까. 아니야, 그럴 수는 없어. 더 이상 이렇게 살 수는 없어. 하지만, 사람이 꿈을 먹고 살 수 있는 것은 아니지 않은가.'

차가운 바람이 옷깃을 파고드는데도 추운 줄도 몰랐다. 대학을 마치고 직장에서 보낸 오 년간의 세월이 너무 허망했다. 자신의 살을 베어 내 시장에 내다 팔며 연명하는 처참한 시간의 연속. 매일매일 되풀이되는 똑같은 일의 무한한 반복. 무의미한 노정, 끝없이 바위를 밀어 올리는 시시포스의 노역과 같은.

휴가를 얻어 강릉 바닷가를 찾은 것은 중대한 결정을 내리기 위해서였다. 앞으로 직장 생활을 계속할 것인가 아니면 꿈을 포기할 것인가 하는. 아침에 집을 나설 때만 해도 앞으로 더 이상 무의미한 꿈을 찾는 짓은 하지 않겠다는 쪽으로 마음이 기울고 있었다. 바쁜 시간 중에 틈틈이 그려 낸 이백여 장의 디자인을 가방에 담아 온 것도 바닷가 모래밭에서 그 모두를 태워 버리고 재를 바닷물에 띄워 보내겠다는 비장한 각오에서 비롯된 터였다. 비장한 결심을 하고 바다를 찾았으나 아무래도 용기가 나지 않았다.

초점을 잃고 배회하는 멍한 눈앞으로 검은 옷을 입은 여인이 바람에 허청이며 스쳐 지나는 듯했다. 왜 그랬을까. 자석에 끌리는 쇠붙이처럼 해를 무작정 따라가는 해바라기처럼 나는 여인이 지나간 방향으로 고개를 틀었다. 여인은 가던 걸음을 멈추고 고개를 비스듬히 돌려 우울한 빛을 가득 머금은 커다란 눈망울로 내 얼굴을 찌르듯 응시하고 있었다. 어디선가 본 듯 낯이 익으면서도 전혀 본 적이 없는 얼굴. 나도 모르게 손끝에서 힘이 빠졌는지 십여 장의 그림이 떨어져 내려 바람을 타고 데구루루 모래밭

위를 구르기 시작했다. 허둥거리며 일어서던 나는 동작을 멈췄다. 어차피 다 버릴 거 집어 들 이유가 없다. 하얗게 흩어진 종이는 재빠른 다람쥐처럼 데굴데굴 구르며 파도가 깊숙이 밀려드는 물가로 달려가고 있었다. 검은 옷을 입은 여인이 잠시 망설이더니 이리저리 빠르게 움직이며 종이를 집어 들었다. 개구리를 잡는 아마존 퓨마처럼 세렝게티 고원에서 치타에게 쫓기는 아프리카 톰슨가젤처럼 팔짝팔짝 튀어 오르며. 여인이 초점을 잃은 내 눈 밑으로 주워 모은 종이를 불쑥 들이밀었다. 나는 엉겁결에 받아 들며 사례를 했다.

"고맙습니다."

"천만에요. 어머, 전부 다 옷 그림이네. 패션 디자이너신 모양이죠?"

우울한 눈빛과 달리 여인의 목소리는 아주 밝았다.

"디자인은 그저 취미로 하고 있어요."

"저도 디자이너예요."

"아, 그래요? 어떤 분야를?"

"머리요, 헤어디자이너예요."

"헤어디자이너?"

"쉽게 말해 미용사지요. 어머, 이런 옷을 입는 사람도 다 있어요?"

볏짚을 소재로 한 거대한 나비 날개 모양의 디자인을 가리키며 여인이 눈을 동그랗게 떴다. 검은 눈동자가 호수처럼 맑고 그윽했다.

"입을 옷만을 디자인하지는 않아요. 이미지를 만드는 거죠."

"이미지요? 어머, 아까워라. 이건 물에 젖어 번져 버렸어요."

"상관없어요. 모두 태워 버릴 거니까요."

"어머, 왜요?"

"이제 의상디자인은 더 이상 하지 않을 생각이에요."

"왜요?"

"재능이 없어서요."

"……디자이너들은 모두 검은색을 좋아하나 봐요?"

"글쎄요. 왜요?"

"보세요. 거기 옷이 온통 검은색이잖아요. 제 옷도 전부 검은색이구요."

그것이 첫 만남이었다. 아내는 유난히 호들갑을 떨었다. 같은 디자이너라는 점을 강조했고, 물에 젖어 없어져 버릴 귀중한 디자인들을 모두 구해냈으니 뭔가 보답을 해야 하지 않겠느냐며 차를 한잔 사라고 강요했다. 찻집에서 아내는 이백여 장이나 되는 디자인을 꼼꼼히 들여다보았다. 모두다 아주 멋있으며 아이디어가 기발하다고 했다. 버리기에는 너무 아까우니 무슨 일이 있는지 모르지만 좀 시간을 두고 다시 생각해 보라고 했다.

그것이 모두 연극이었을까. 그 모든 것이 연극이라면 아내는 정말 타고난 배우일 것이다. 아카데미 여우주연상을 연거푸 받아 낼 만한. 그것이 연극이라면 가슴을 적시던 아내의 뜨거운 눈물과 짭조름한 첫 키스의 추억도 모두 환상이란 말인가. 실제 존재하지 않는, 보이지만 결코 실재하지 않는 거울 속의 세계와 같은. 아내 또한 거울 속의 사람처럼 결코 실재하지 않는 것일까. 결코 실재하지 않았다면 아내를 다시 만나지 못할지 모른다. 아내에 대한 배신감과 분노가 눈 녹듯 사라지고 그리움이 울컥 치밀어오르며 가슴을 저민다. 눈물이 거침없이 흘러나온다.

핸들을 움켜쥐고 전면도로만을 응시하며 운전에 몰두해 있던 주 형사가 티슈 몇 장을 뽑아 건네준다. 티슈를 받아 들자 참고 있던 오열이 끝내 터져 나온다. 어깨를 들썩이며 울음을 터트린다. 부끄럽게도 길 잃은 어린아이처럼 목 놓아.

실내는 어제 아침 집을 나설 때의 모습 그대로이다. 아파트 발코니의 창문도 모두 닫혀 있다. 베테랑인 주 형사의 기질이 어김없이 드러난다. 아파트에 들어서자마자 주 형사는 아파트 전체를 세밀히 조사하기 시작한다. 바닥에 굴러다니는 미세한 먼지까지도 손가락으로 훑어 자세히 들여다보고 냄새를 맡는다. 벽면의 긁힌 자국도 하나하나 손가락으로 짚어가며 자세히 관찰한다.

"녀석들 정말 대단하네. 흔적이 하나도 남아 있지 않아요. 이런 일에 이력이 붙은 전문가예요. 정밀 감식반이 뭔가 찾아낼지 모르겠지만 지금으로서는 이렇다 할 게 없네요. 홍금희 씨는 중요한 물건을 어디에다 보관합니까?"

냉장고에서 꺼낸 주스를 들이켜며 주 형사가 묻는다.

"서재 안쪽에 소형 철제 금고가 있는데 거기다 두는 것 같아요. 열쇠는 제 처가 갖고 다니기 때문에 열 수 없을 거예요."

주 형사를 서재로 안내해 책장을 밀어내고 금고를 꺼낸다. 어젯밤 침입한 정체불명의 남녀는 금품이 목적이 아니었던 듯 금고에 손을 댄 흔적이 없다. 주 형사가 금고를 이리저리 들여다보더니 주머니에서 자그마한 열쇠 뭉치를 꺼낸다. 작은 바늘 같은 것을 자물쇠 구멍에 집어넣고 이리저리 헤집어 대자 자물쇠가 싱겁게 열린다. 주 형사가 겸연쩍은 듯 싱긋 웃는다.

놀랍게도 금고 안에는 권총 한 자루와 소음기가 누워 있다. 주 형사가 허겁지겁 권총을 집어 들어 자세히 살핀다.

"어, 이거, 토카레프네. 웬 토카레프가 여기에 있을까. 게다가 소음기까지. 언제라도 쏠 수 있게 장전까지 되어 있네."

120

주 형사의 얼굴에 먹구름이 낀다.

"토카레프? 토카레프가 뭡니까?"

"러시아에서 생산하는 자동권총인데 파괴력이 대단합니다. 주로 북한의 남파공작원들이 사용하는 무기인데……. 정말 탐나는 무기예요. 그나저나 이거 사건이 만만치 않아요."

골동품 애호가가 오래된 토기를 매만지듯 총을 집어 드는 주 형사의 손이 조심스럽다. 눈동자에 선망의 빛이 가득하다.

"홍금희 씨가 총을 갖고 있다는 사실을 알고 있었습니까?"

주 형사가 토카레프를 번쩍 쳐들고 보이지 않는 표적을 향해 조준을 하며 묻는다.

"아니오. 전혀 몰랐어요."

"홍금희 씨는 평범한 조직범죄단과 연계된 게 아닌 것 같군요. 조직범죄단이라면 기껏해야 사제 총이나 콜트 정돈데 아무래도……."

"아무래도 뭡니까?"

"쉿."

주 형사가 갑자기 집게손가락으로 자신의 입을 가리며 눈짓을 한다. 문에서 달그락 소리가 들린다. 주 형사가 다급하게 속삭인다.

"놈들이오. 총을 쏴 본 적이 있습니까?"

"아니오, 군에서 소총 사격은 해 봤지만 권총은 전혀."

"어려운 일이 아닙니다. 소총 사격과 방법은 같아요. 여기가 가늠쇠, 그리고 여기가 가늠자……. 두 손으로 이렇게 손잡이를 잡고 오른쪽 검지로 방아쇠를 뒤로 당기면 됩니다. 한 가지만 주의하세요. 팔을 쭉 뻗고 총구를 표적과 일치시켜야 합니다. 가늠자와 가늠쇠를 표적에 일치시키면 더 좋고요. 팔을 뻗지 않으면 총알이 의도하는 방향으로 나가지 않습니다. 그리고 또 하나 절대 팔에 힘을 주지 마세요. 힘이 들어가면 총구가 튑니다. 가까운 거리에서는 총이 흔들리지만 않으면 대충 맞아요. 최윤서 씨가 총을 쏘는 일이 없기를 바랍니다마는 상대가 상대인지라……. 내가 튀어 나가는 즉시 바닥에 납작 엎드려 총구를 문 쪽으로 겨누세요. 그리고 일이 잘못되어 간다 싶으면 그냥 방아쇠를 당기세요. 알겠지요? 팔 쭉 펴는 거 잊으면 안 됩니다."

주 형사가 철컥 소리를 내며 토카레프를 조작한다.

"이제 쏘기만 하면 됩니다. 팔 쭉 펴는 거, 힘 빼는 거 잊지 마세요."

토카레프를 받아 드는 손끝이 떨린다. 생각보다 무겁다. 주 형사는 점퍼 안쪽에서 손바닥만 한 권총을 꺼내 들고 조심스레 문밖을 살핀다.

달그락거리던 소리가 사라지고 철제문이 조용히 안쪽으로 밀린다. 이어 두 명의 남녀가 미끄러지듯 실내로 들어와 문을 닫는다.

"움직이지 마. 움직이면 쏜다."

주 형사가 재빨리 거실로 튀어 나가 총을 현관 쪽으로 겨누며 천둥처럼 소리친다. 주 형사가 지시한 대로 나는 바닥에 배를 납작 깔고 엎드려 총을 든 팔을 앞으로 주욱 뻗는다. 주 형사가 벌린 다리 사이로 움찔하며 동작을 멈추는 두 남녀의 모습이 보인다. 하지만 그 순간은 오래가지 않는다. 두 남녀의 몸이 격렬히 흔들리는가 싶더니 콰과광 천지가 진동하는 굉음이 터진다. 정신이 멍하고 이마에서 식은땀이 흐른다. 방금 전까지 눈앞에 버티고 서 있던 주 형사의 모습이 온데간데없다. 현관문을 들어서던 사내는 신발장에 비스듬히 등을 기댄 채 옆으로 처박혀 있고, 여인은 한쪽 무릎을 구부린 낮은 자세로 총을 앞으로 겨누고 있다. 쾅, 엄청난 굉음과 함께 여인이 들고 있는 총이 불을 토한다. 이어 여인이 들고 있는 총이 급격히 아래로 방향을 튼다. 총구는 서재 문 아래쪽 내가 엎드려 있는 곳을 향하고 있다. 여인의 의도는 분명하다. 망설일 시간이 없다. 방아쇠를 당긴다. 콰광, 요란한 파열음과 함께 눈앞이 아득하다. 웬일인지 한겨울 알몸으로 문밖에 나선 것처럼 한쪽 어깨가 시리다. 이어 커다란 바윗덩어리에 짓눌린 듯 가슴이 갑갑해지며 숨이 콱 막힌다. 힘겹게 숨을 몰아쉰다. 갑자기 현관이 어둑어둑해지며 아무것도 보이지 않는다. 온 세상이 핑그르르 돌면서 점점 어둠이 짙어 간다. 무엇이 어떻게 된 것인지 알 수가 없다. 단지 팔이 여전히 앞으로 주욱 뻗어 있고 집게손가락 끝에 매끄러운 방아쇠의 촉감이 살아 있다는 사실만이 분명하다. 화들짝 놀라며 마구 방아쇠를 당긴다. 그것만이 어두운 세계를 벗어나는 유일한 출구라도 되는 양. 한 번, 두 번, 세 번, 네 번……. 연거푸 터지는 굉음. 갑자기 아무 소리도 들리지 않는다. 왜 소리가 들리지 않는 걸까. 안타까운 마음으로 계속 방아쇠를 당긴다.

어디선가 방향을 알 수 없는 곳에서 새소리가 들려온다. 무슨 새가? 단조로운 음향은 조그마한 참새가 지저귀는 소리 같다. 소리에 귀를 기울인다. 새소리가 점차 증폭된다. 철컥, 철컥, 철컥……. 새소리가 아니다. 엿장수가 흔들어 대는 가위 소리다. 아니다, 가위 소리가 아니다. 뭘까, 이 이상한 음향의 정체는? 갑자기 시야가 환하게 터지며 시커먼 쇠붙이가 눈앞을 가득 메운다. 총……. 새소리가 아니었다. 가위 소리도 아니었다. 집게손가락에 걸린 방아쇠가 내는 소리였다. 얼마나 오랜 시간이 흘렀는지 모르나 내가 그동안 계속 방아쇠를 당기고 있었던 것이다. 불에 덴 듯 황급히 손가락의 움직임을 멈춘다.

움직이는 것은 아무것도 없다. 사내는 비스듬히 신발장에 등을 기댄 자세 그대로 목을 아래로 꺾고 있다. 그 옆에 여인이 길바닥에 내팽개친 헝겊 인형처럼 나뒹굴고 있다. 주 형사는? 고개를 들어 거실 안쪽을 살핀다. 거실 한가운데에 주 형사가 모로 쓰러져 있다. 부릅뜬 눈이 현관을 노려보고 있다. 이마에 동전만 한 구멍이 움푹 패어 있다. 주 형사는 미동도 하지 않는다. 주 형사의 가슴에서 흘러나오는 피가 거실 바닥을 흥건히 적시고 있다. 온통 피의 바다다. 소파와 벽면에도 피가 낭자하다. 두 팔로 바닥을 짚고 일어서려는 순간 왼쪽 팔이 힘없이 꺾이며 팽그르르 몸이 회전한다. 악, 불로 지지는 것 같은 격심한 통증에 외마디 비명이 터져 나온다. 이어 누군가가 목을 죄는 듯 숨이 막힌다. 힘겹게 숨을 들이쉰다. 어디선가 꾸르륵하는 소리와 함께 대숲을 가르는 바람 소리가 들린다. 울컥, 목구멍으로 비릿한 무엇인가가 올라온다. 피다. 피를 토하고 있는 것이다. 온통 피범벅인 와이셔츠에서는 연방 핏물이 듣는다. 바닥은 붉은 피로 흥건히 젖어 있다. 어떻게 된 걸까. 어디를 맞은 걸까. 몸 전체가 찢어지는 듯 아프다. 식은땀이 돋으며 머릿속이 혼미하다. 이대로 죽고 마는 게 아닐까. 이렇게 허무하게 끝나고 마는 것인가. 아, 그럴 수는 없다. 안 돼. 이대로 죽을 수는 없다. 어디로 가야 할지도 모르는 채 무작정 기어가기 시작한다.

어디가 어딘지 알 수 없다. 머리 위로는 붉은 태양이 이글거리며 화톳불처럼 타오르고 있다. 엄청난 열기에 살 껍질이 통째로 벗겨질 듯 따갑다. 바싹 마른 빵가루 같은 모래가 주위에 가득하고 끝 간 데 펼쳐진 하얀 지평선에 눈이 시리다. 타는 듯한 갈증, 목구멍을 찢어 버릴 듯 맹렬한 갈증이 울컥 치민다. 시린 모래 사이로 검은 아스팔트 도로가 날카로운 칼날처럼 곧게 뻗어 있다. 맨발이다. 반짝이는 아스팔트 도로 위를 걷는 발은 맨발이다. 열기에 녹아내린 아스팔트는 진흙처럼 끈적인다. 걸음을 옮길 때마다 아스팔트 위로 앙증맞은 발가락 문양이 선명한 자국을 남긴다. 걸어갈수록 발을 떼어 내기가 힘들다. 발이 떨어지지 않는다. 꼼짝도 하지 못하고 멍하니 서서 하얀 지평선 끝을 응시한다. 파르스름한 태양이 떠오른다. 태양이 떠오르는 데 따라 몸이 서서히 아스팔트 속으로 빨려들어 간다. 끈끈이주걱에 갇힌 파리처럼 두 팔을 마구 휘저어 대지만 그럴수록 몸은 점점 더 빠른 속도로 가라앉는다. 입과 코가 아스팔트 속으로 빠져들어가자 숨을 쉴 수가 없다. 허리가 끊어져라 마구 몸을 비틀어 대지만 아무 소용이 없다. 시커먼 아스팔트가 눈 밑으로 바싹 다가온다. 지평선 끝에서 떠오른 푸른 태양은 어느새 높이 솟아 하늘 한쪽 면을 가득 채우고 있다. 무참히 내리꽂히는 푸른빛의 화살. 이어 눈앞을 가득 메우는 파란 어둠.

비명을 질렀던 걸까. 알 수 없다. 비명에 놀라 눈을 떴을 거라고 짐작하지만 확실하지 않다. 푸르스름한 빛살에 눈이 부시다. 그간 잠이 들었던 것인가. 잠 속에서 꿈을 꾼 걸까. 파란 하늘빛 커튼이, 아무런 무늬도 없는 반투명 하늘빛 커튼이 시선을 가로막는다. 어디선가 울리는 낮은 음향이 속삭이듯 귓등을 간질인다. 소리의 근원을 찾아 고개를 돌린다. 하얀 벽면뿐 아무것도 보이지 않는다. 끝없이 이어진 듯 보이는 하얀 벽면을 따라가는 시선에 문득 달덩이 같은 물체가 잡힌다. 링거팩이다. 노란 수액을 가득 머금은 링거팩이 공중에 매달려 있다. 몸을 일으키려는 순간 격심한 통증이 가슴 한쪽에서 솟구쳐 등짝으로 번진다.

"그대로 계셔요. 움직이려 하지 마세요."

부드러운 여인의 음성이 방향을 알 수 없는 곳에서 울린다. 고개를 외

로 트니 초록빛 가운을 걸친 여인의 모습이 눈에 들어온다. 간호사인 모양
이다. 여인이 벙싯 웃음을 터트리며 브이 자로 접은 손가락을 눈앞에 들이
민다.

"이제 정신이 드셨어요? 이게 몇 갠지 말씀해 보세요."

"……둘."

"그러면 이거는요?"

여인이 손가락 하나를 더 펴며 말한다.

"셋."

여인이 환하게 웃는다.

"물……. 물을 좀……."

"안 돼요. 참으셔야 해요."

눈매가 서글서글한 여인이 해맑은 미소를 지으며 어린아이를 달래는
엄마처럼 다정하게 말한다. 여인이 젖은 수건을 입술에 대어 준다. 혀끝
에 닿는 습기가 꿀처럼 달다.

"많이 아프시죠? 수술은 성공적으로 잘 끝났어요. 금세 아물 거예요.
걱정하지 마세요."

"수술? 어디를 수술했나요?"

"총알이 왼쪽 폐를 관통했어요. 폐가 너무 상해서 일부를 절제할 수밖
에 없었어요. 걱정하지 마세요. 아주 조금 잘라 냈으니 완치되면 아무 지
장도 없을 거예요."

폐를? 아내의 왼쪽 가슴 밑에 있는 커다란 상처 자국, 울퉁불퉁 튀어나
온 손가락만 한 굵기의 붉은 자줏빛 흉터가 눈앞에 또렷이 떠오른다. 아내
는 폐의 일부를 잘라 내고도 설악산을 하루 만에 오르내릴 정도로 건강하

126

다. 아니다, 아내는 폐를 잘라 내지 않았다. 아니다, 아내는 폐를 앓았었고 그 흉터는 움직일 수 없는 명확한 증거이다.

"스무 시간 만에 깨어나신 거예요. 처음 병원에 도착했을 때는 너무 출혈이 심해서 아주 위중한 상태였어요. 이나마도 정말 다행이에요."

그래, 총격전이 벌어졌다. 그러면 주 형사는? 크게 부릅뜬 주 형사의 눈망울이 눈에 선하다.

"같이 있던 주 형사는 어찌 되었나요?"

여인은 말이 없다. 티 없이 맑은 얼굴에 어두운 빛이 깃들인다.

"죽었군요. 그렇죠?"

여인이 가만히 고개를 끄덕인다. 마음씨 좋은 큰 형님같이 수더분한 주 형사의 얼굴이 눈앞에 떠오르며 눈물이 핑그르르 솟는다. 병실 문이 열리는 소리가 들리고 이어 몇 개인지 모를 투박한 발자국 소리가 침대 곁으로 다가온다.

"시경 대공수사관 김석철입니다. 고생 많으셨습니다. 몸이 아직 불편하시겠지만 몇 가지 질문을 드리고자 합니다. 괜찮겠습니까?"

덩치가 우람한 곰 같은 사내가 괄괄한 목소리로 자신을 소개하고는 눈썹을 날카롭게 세우며 침대 옆에 의자를 끌어당겨 엉덩이를 걸친다. 비슷한 모습의 사내 하나가 바로 옆에서 손에 든 녹음기의 스위치를 조작한다.

대공수사관이라면…….

'러시아에서 생산하는 자동권총인데 파괴력이 대단합니다. 주로 북한의 남파공작원들이 사용하는 무기인데……. 정말 탐나는 무기예요. 그나저나 이거 사건이 만만치 않은데.' 서재 철제 금고에서 나온 권총을 보고 어두운 낯빛으로 중얼대던 주 형사의 목소리가 귀에 선하다. 그렇다면 금희는 남파공작원과 무슨 관계를 갖고 있었던 걸까. 그들에게 포섭되었다가 배신한 걸까? 뭐가 어찌 된 일인지 도무지 알 수가 없다.

"김 형사님! 십 분밖에 안 됩니다. 딱 십 분입니다."

흰 가운을 입은 중년 사내가 불쾌한 표정을 지으며 퉁명스런 목소리를 토해 낸다. 담당 의사인 모양이다.

주 형사를 언제 왜 만났으며 함께 아파트에 들어간 이유는 무엇이냐. 아파트에서 죽은 남녀는 북한 공작원임이 판명됐다. 대학로 미용실에서 살해된 두 명의 사내도 북한 공작원인 것으로 추정하고 있다. 홍금희는 언제 어떻게 어디에서 만났느냐. 같이 사는 동안 홍금희에게서 이상한 점을 눈치채지 못했느냐. 홍금희가 잠적해 있을 만한 곳은 어디냐. 가까운 친구들의 이름을 말해 달라. 홍금희로부터 연락은 없었느냐…….

김 수사관은 마치 피의자를 신문하듯 위압적인 태도로 꼬치꼬치 캐묻는다. 현기증이 일며 이마에서 땀이 돋는다. 속이 메슥메슥해지며 헛구역질이 난다.

"김 형사님! 더 이상은 안 됩니다. 벌써 십오 분입니다. 세 시간 후에 면회 시간을 한 시간 드리겠습니다. 그만 중단해 주세요."

담당 의사가 언성을 높이자 김 수사관이 마지못해 미적미적하며 의자에서 몸을 일으킨다. 너무 심했다는 걸 깨달았는지 거칠게 튀던 김 수사관의 목소리가 낮아진다.

"죄송합니다. 몸도 불편하신데……. 그러면 세 시간 후에 다시 뵙겠습니다. 최윤서 씨, 이건 아주 중요한 문젭니다. 이따 다시 뵐 때까지 홍금희와 같이 생활하는 동안 뭔가 특이한 일이 없었는지 잘 생각하셨다가 말씀해 주시기 바랍니다. 죄송합니다. 몸조리 잘하십시오."

수사관들이 병실 문을 나서자 담당 의사는 한동안 알아들을 수 없는 목소리로 투덜댄다. 이어 담당 의사는 침대 가까이 다가와 내 몸 상태를 살핀다.

"수술은 성공적으로 잘 끝났습니다. 푹 쉬다 보면 금세 일어나게 될 겁니다."

"폐를 절제했다고 들었는데……. 폐를 절제하면 몸에 어떤 상처가 남습니까?"

담당 의사는 질문의 요지를 알지 못하겠다는 듯 눈을 둥그렇게 뜬다.

"흉터가 어느 정도 남게 되나요?"

담당 의사가 빙그레 미소를 짓는다.

"흉터요? 제법 클 겁니다. 그렇다고 너무 걱정하지는 마세요. 시간이 지나면 점차 작아지면서 그다지 눈에 띄지 않게 될 거예요. 게다가 항상 옷 속에 감춰져 있는데 뭐 어떻겠습니까?"

"폐를 잘라 내면 운동을 하는 데 지장이 있겠지요?"

"아무래도 온전한 폐를 갖고 있는 것과는 다르지요. 과격한 운동……. 축구라던가 농구 같은 건 자제해야 되겠지요. 하지만 일상생활에는 아무 지장이 없을 겁니다. 아무튼 너무 걱정하지 마시고 맘 편히 가지세요."

담당 의사는 간호사에게 몇 가지 할 일을 지시하고 병실 문을 나선다.

흉터가 제법 크지만 시간이 지나면 점차 작아진다고? 과격한 운동은 삼가는 게 좋다고? 오래된 듯 보이는 금희 왼쪽 가슴의 상처는 한 뼘 정도 크기로 몹시 거칠고 울퉁불퉁하다. 하지만 폐결핵을 앓은 적 없고 과격한 운동을 해도 숨이 차거나 하는 일이 없으니 폐를 잘라 낸 흔적은 절대 아니다. 그렇다면 그 흉터는 어떻게 해서 생겨난 걸까. 알 수 없다. 금희를 다시 만나기까지는 전혀 알지 못할 것이다.

금희야, 너는 지금 어디에 있니? 금희야, 금희야……. 아내에 대한 그리움이 밀물처럼 솟아오르며 눈시울이 뜨거워진다.

보름쯤 지나자 화장실 거동에 불편이 없을 정도로 상처가 많이 아물었다. 소나기처럼 질문 공세를 퍼붓던 시경 수사관들도 더 이상 찾아오지 않는다. 수사는 미궁에 빠져든 모양이다. 김 수사관은 금희를 찾아내는 데 최선을 다하고 있다고 했다. 금희가 미용실에서 두 사내를 살해했다고 확신하고 있다고 했다. 정황을 종합해 보건대 금희는 북한 공작원으로 남파되었다가 어떤 알 수 없는 이유로 배신한 게 틀림없다고 했다. 이런 경우 자수를 하고 정착하는 게 보통인데 왜 잠적한 것인지 알 수 없다고 했다. 금희를 찾아내 보호하는 것이 자신들이 해야 할 최우선적 과제라고 침을 튀기며 말했다.

정말 그럴까? 금희가 최선의 방법이라고 생각했다면 이미 오래전에 자수를 했을 것이다. 하지만 금희는 잠적하는 편을 택했다. 잠적하던 중에 금희는 나를 만났고, 두 사람을 살해한 후 또다시 잠적했다. 명쾌한 이유를 남기지 않고 수수께끼처럼. 금희는 나에게 영원히 거울 속의 사람으로 남기로 작정한 것이다. 왜일까? 틀림없이 뭔가 말할 수 없는 이유가 있을 것이다. 그렇다면 금희가 원하는 대로 놔두는 게 옳은 일 아닐까.

무덥던 한여름의 폭염도 서서히 고개를 숙이고 아침저녁으로 서늘한 게 가을의 문턱으로 접어드는 모양이다. 열흘간 전혀 찾아오지 않았던 시경 대공수사관 김석철이 모습을 나타냈다. 병원 안뜰을 조심조심 걸으며 몸을 추스르고 있을 때였다.

"최윤서 씨, 오랜만입니다. 많이 나아지셨군요."

우락부락한 인상과 달리 목소리가 차분하다. 그동안 미운 정이 들었는지 반가운 마음에 발걸음이 빨라진다.

"김 형사님! 또 뭐 괴롭힐 일이 생긴 모양이죠? 이젠 더 대답할 게 아무것도 없습니다."

"오늘은 반가운 소식을 하나 갖고 왔습니다."

"반가운 소식이요? 혹시 금희가 있는 곳을 알아내셨나요? 그렇다면 그건 조금도 반갑지 않은 소식인데요."

마음 한구석에서 어두운 먹구름이 피어오른다.

"아닙니다. 홍금희 씨가 수사본부로 편지를 보내왔습니다. 최윤서 씨에게 전해 달라는 메모가 붙어 있더군요. 이겁니다."

김 수사관이 흰 편지 봉투 하나를 불쑥 내민다.

"저희들이야 홍금희 씨를 빨리 확보하고 싶지만……. 시간이 오래 걸릴 것 같네요. 혹시 연락이 닿으면 꼭 알려 주십시오. 그게 홍금희 씨를 위한 일이니까요. 아무튼 저는 제 할 일을 끝냈으니 돌아가겠습니다. 부디 몸조리 잘하십시오."

김 수사관이 투박한 손을 불쑥 내밀어 악수를 청한다. 김 수사관은 힘껏 손을 흔들며 싱긋 웃고는 성큼성큼 병원 문 쪽으로 걸음을 옮긴다.

등나무가 울창한 벤치에 앉아 편지 봉투를 연다.

옅은 푸른색 바탕에 엷은 청록빛 장미꽃 문양이 촘촘히 박힌 편지지에 깨알 같은 글자가 가득하다.

"윤서 씨! 티브이 뉴스에서 봤어요. 흰 붕대에 칭칭 감겨 병원 침대에 누워 있는 당신 모습에 너무 가슴이 아팠어요. 경과가 좋다니 정말 다행이에요. 미안해요. 저 때문에. 설마, 그런 일이 벌어지리라고는 꿈에도 생각지 못했어요. 제가 생각이 짧았던 거예요. 무슨 말을 해야 당신에게 위안이 될지……. 전 전생에 무슨 큰 죄를 저질렀었던가 봐요. 왜 그때……. 강릉 경포대 바닷가에서 당신이 제 눈에 띄었던가요. 온통 검은 옷을 입고 모래 둔덕에 바위처럼 웅크리고 앉아 바다를 하염없이 바라보고 있던 당신의 모습이 왜 제 가슴에 파고들었던 걸까요. 힐끗 올려다보던 당신의 눈빛. 왜 그때 당신이……. 당신의 모습이 제 마음속에 또렷이 각인되어 버린 걸까요. 그런 게 운명이라는 걸까요. 한시도 마음 편히 다리를 뻗지 못하고 조그만 바람 소리에도 가슴을 졸이던 그 긴박한 때에 왜 나는 한가하게 당신을 눈여겨보았던 걸까요. 그때 이런 생각을 했어요. 어쩌면 전 전생에 당신에게 큰 빚을 지고 있는지 모른다, 지금은 이렇게 생각해요. 빚을 진 사람은 제가 아니라 당신일 거라고요. 그렇지 않았다면 제가 왜……. 그렇게 긴박하던 시간에 왜……. 결코 영원히 지속될 수 없다는 걸 뻔히 알면서도 왜 당신을 제 가슴속에 깊이 간직하기로 마음먹게 되었던 걸까요. 그게……. 그게 사랑인가요. 그게 운명일까요. 당신을 사랑하도록 예정되어 있었고 전 단지 정해진 그 길을 그대로 밟아 간 것뿐일까요.

전 홍금희가 아니에요. 김순희, 이게 제 이름이에요. 조선민주주의인민공화국 대남 공작국 소속 검열 공작원 김순희, 이게 저의 실체예요. 공화국의 남파공작원 가운데 배신자가 생기면 그들을 철저히 추적해 숙청하고, 공화국의 발전에 방해가 되는 남조선의 반북 인사를 가차 없이 처단하는 살인 기계 김순희, 이게 저의 실체예요. 김제에는 한 번도 가 본 적이 없고, 폐를 앓은 적도 없어요. 가슴에 남아 있는 흉터는 작전 중 칼에 찔려

생긴 상처예요. 홍금희는 제 손에 숨이 끊어져 땅속에 묻혀 있어요. 미아리 텍사스 윤락가에서 은신하고 있을 때 만난 아가씨인데……. 저를 언니 언니 하며 무척 따르던 아가씨인데……. 너무 많은 죄를 지었어요. 손에 너무 많은 피를 묻혔어요. 결코 용서받을 수 없는……. 미제의 쇠사슬 아래 신음하는 남조선 동포 그들을 구해 내지 못한다면, 미제의 매판자본 아래 번성한 남조선 자본주의의 허상을 까부수지 못한다면 조국의 미래는 없다. 처음 남조선 땅을 들락거릴 땐 엄청난 사명감에 불탔었지요. 모두 잘못된 거였어요. 얼마 지나지 않아 남조선 동포들 가운데 미제의 쇠사슬 아래 신음하는 사람은 아무도 없다는 것을 알게 되었어요. 남조선 자본주의는 허상이 아니었어요. 오히려 까부숴야 할 것은 북조선의 심장부라는 생각이 들면서 번민하다가 결국 귀환하지 않았지요. 벌써 다섯 해 전 일이에요. 원주에서 배신한 공작원을 처단하고 땅에 묻었는데 그 와중에 왼편 가슴 아래를 깊이 찔렸어요. 상부에 중상으로 귀환 불능이라는 교신을 띄우고 잠적했어요. 공작 중에 사망한 것으로 기록되기를 바라면서. 차라리 그때 죽었어야 했는데……. 그때 죽어 버렸다면 당신에게 아픈 상처를 주지 않았을 텐데.

꿈이 많았답니다. 지금은 아스라이 먼 추억일 뿐이지만. 가끔 수업을 빼먹고 대동강 변에서 친구들과 어울려 다니며 수다를 떨고 발동이 나면 몰래 남자아이들도 만나고……. 어버이 수령님을 받들고 좋은 남편 만나 아이들 많이 낳고 그렇게 평범하게 살 거라고 생각했어요. 그런데 그렇게 되지 않았어요. 공부는 안 하고 놀기만 좋아하던 꿈 많던 소녀가 공작원으로 선발된 것은 다른 아이들보다 체력이 강하고 운동을 잘한다는 거 단 한 가지 이유 때문이었어요. 공화국의 부름을 받고 나면 아무도 거부할 수 없어요. 당신은 이해하지 못하겠지만…….

당신과 첫 키스를 나누었던 커피숍 바로 그 자리에 앉아 바다를 내려다 보며 이 편지를 씁니다. 자꾸 눈물이 나와요. 울지 않으려 하는데도…….
미안해요. 당신에게 거짓말을 하고 당신을 엄청난 위험 속에 빠트린 것. 어떻게 용서를 빌어야 할지. 당신과 함께 열심히 살고 싶었어요. 잃어버린 제 시간을 되찾기 위해서 정말 열심히 살고 싶었어요. 다시는 외롭고 쓸쓸한 생활로 돌아가지 않겠다고 다짐했어요. 당신이 패션 디자이너로 세상에서 가장 아름다운 옷을 그리고 가장 멋진 이미지를 만들어 내는 걸 옆에서 지켜보고 싶었어요.

다섯 해 동안 아무 일도 없었기에 공화국에서도 김순희라는 존재를 완전히 잊어버렸구나, 김순희가 작전 중에 장렬히 전사했다고 결론 내렸구나 마음 편하게 생각했어요. 그러나 그들은 속지 않았고 잊지도 않았던 거예요. 미용실 뒷정리를 마치고 막 문을 나서려는데 낯선 남자 둘이 나타났어요. 한눈에 그들이란 걸 알았어요. 무기를 지니지 않고 있어서 어떻게 위기를 벗어나나 잔뜩 긴장하고 있는데 의외로 상대방이 부드럽게 나오더군요. 그들에게 부여된 과업은 절 처단하는 게 아니라 대동 월북하라는 거였대요. 그들은 말했어요. 위대한 영도자 동지께서 동무의 과오를 용서하시었다. 조국의 품으로 돌아와 남조선 해방을 위해 최선을 다하라. 그리하여 영도자님의 광폭적인 은덕과 인민의 은혜에 철저히 보답하라. 믿을 수가 없었어요. 그들은 본때를 보이려는 거예요. 공화국으로 데려가 공개 처형해서 다른 공작원들에게 경각심을 불러일으키겠다는 거죠. 철모르고 저지른 과오를 용서해 주신 영도자님의 광폭한 은덕에 몸 둘 바를 모르겠다. 뼈아프게 참회하고 있다. 조국 통일을 위해 이 한 몸 뼈가 가루가 되도록 헌신하겠다. 그들 앞에서 눈물을 펑펑 쏟으며 신랄한 자아비판을 했어요. 그러면서 기회를 노렸어요. 마침내 그들이 방심하자 커피를 끓여 내오며 싱크대 서랍 속에 숨겨 두었던 잭나이프를 집어 들었어요. 틈이 보이자 선제공격을 했죠. 정말 힘든 상대였어요. 가까스로 제압했지만 저도 옆구리에 깊은 상처를 입었어요. 혼자 상처를 소독하고 꿰맸어요. 지금은 많이 아물었어요. 거친 솜씨로 꿰맸으니 보기 흉한 흉터가 또 하나 생기겠지요. 당신이 폐 수술 자국으로 생각하고 있는 흉터만큼 흉측한.

그들은 틀림없이 다시 찾아와요. 그게 제가 윤서 씨와 같이 있을 수 없는 이유예요. 제가 실종된 사실이 신문에 대서특필되었으니까 북에서도 당분간은 당신에게 접근하지 않을 거예요. 하지만 그들은 틀림없이 당신을 찾아올 거예요. 당신을 모질게 닦아세우면서 제 행방을 알아내려 할 거예요. 아무도 당신을 지켜 주지 못해요. 잠적하세요. 상처가 다 아물고 병원에서 퇴원을 하면 수사 당국과 의논해서 완전히 다른 사람으로 변신하세요. 성형수술을 하고 사망한 행려병자라던가 하는 사람의 신분으로 위장하면 될 거예요. 그리고 당신이 오래전부터 꼭 하고 싶었던 일, 의상디자이너로 다시 새 출발 하세요. 파리 같은 데 가서 공부를 하세요. 제가 권총을 보관해 두었던 금고 아랫간에 돈이 조금 들어 있는 저금통장이 있어요. 거기에 미용실을 처분한 돈을 보태면 넉넉하지는 못해도 당신이 하고 싶은 걸 할 수 있을 거예요.

너무 많은 죄를 지었어요. 손에 너무 많은 피를 묻혔어요. 이게 제가 자수할 수 없는 이유예요. 죽을 때까지, 언제까지 도피를 계속할 수 있을지 모르겠지만, 그 순간까지 참회하는 마음으로 살 거예요. 그리고 다신 아무도 사랑하지 않을 거예요. 당신마저도 제 기억 속에서 지워 버릴 거예요.

잊어버리세요. 끔찍한 악몽을 꾸고 깨어났다고 생각하세요. 찾으려 해도 결코 찾을 수 없을 거예요. 윤서 씨! 정말……, 정말 미안해요.”

안 돼, 안 돼. 이건 말도 안 돼.

이마에 식은땀이 맺히며 어찔어찔 현기증이 인다. 등나무 벤치를 중심으로 주변이 빙글빙글 맴을 돌기 시작한다. 아프도록 눈을 끔뻑이며 고개를 뒤로 젖힌다. 벤치 등받이에 고개를 얹고 하늘을 응시한다. 하늘이 붉게 물들기 시작하더니 투명한 색유리판을 덮어놓은 듯 온통 진홍빛이다. 풍뎅이 날갯짓 같은 가벼운 소리가 귓등을 간질인다.

나는 지금 어디에 있는 걸까. 둘러봐도 어디가 어딘지 알 수가 없다. 사방은 온통 진홍빛 모래로 뒤덮여 있고 끝 간 데 없이 펼쳐진 지평선에 눈이 시리다. 사막 여기저기에 듬성듬성 섬처럼 떠 있는 이름을 알 수 없는 퇴색한 검자줏빛 덤불들. 이따금 들리는 코요테의 음산한 울음. 저녁 노을빛을 받은 칼날처럼 눈부신 황금빛을 토해 내며 지평선 너머로 곧게 뻗은 아스팔트 도로. 시선이 달리는 그 끝까지 움직이는 물체라고는 하나도 없다. 갈증이, 목구멍을 찢어 버릴 듯 맹렬한 목마름이 울컥울컥 치민다. 나는 지금 어디에 있는 걸까. 어디로 달려가고 있는 걸까. 나는 지금 꿈을, 터무니없는 끔찍한 악몽을, 영원히 깰 수 없는 무서운 악몽을 꾸고 있는 걸까.

비

그날 아침 혜영은 오랜만에 늦잠을 자며 한껏 게으름을 피우고 싶었다. 그래서 지난밤 일부러 자명종 시계의 알람을 풀어 놓고 잠자리에 들었다. 그러나 몸에 밴 습관의 힘은 어쩔 수 없는가 보다. 혜영은 새벽 여섯 시 정확하게 눈을 떴다. 창밖에선 후드득후드득 굵은 빗방울 소리가 들고 있었다.

침대에 누운 채 혜영은 빗방울 소리에 귀를 기울였다. 비가 이제 시작되는 것인지 아니면 간밤에 내렸던 빗줄기가 잦아들고 있는 것인지 소리만 듣고는 전혀 가늠할 수 없었다. 혜영은 침대 곁에 있는 창문의 커튼을 가볍게 젖혔다.

비가 제법 많이 온 듯 정원의 잔디와 키 작은 나무들이 흠뻑 물에 젖어 있었다. 에나멜 칠이라도 한 듯 매끄럽게 반들거리는 나뭇잎마다 보석 같은 물방울이 대롱대롱 매달려 있었다. 정원의 바위 틈새로 물안개가 낮게 피어오르고 있었다. 새벽하늘에는 수채화 물감을 마구 풀어놓은 듯 흐트러진 젖빛 구름이 서쪽으로 빠르게 밀려가고 있었다.

비가 많이 내릴 것 같지 않아 혜영은 적이 마음이 놓였다. 어제 아침 고등학교 이 학년인 현주와 중학교 삼 학년인 민수를 여름 캠프에 보내 놓고 혜영은 불안한 마음에 일기예보에 귀를 기울였다. 지난밤 아홉 시 티브이 뉴스 시간에 기상캐스터는 이동성저기압의 영향으로 곳에 따라 약간의 비가 내릴 거라고 예보했다. 예보대로 밤사이 몇 차례 빗줄기가 쏟아져 내린 모양이었다.

'이 정도의 비라면 여름 캠프에 큰 지장을 주지는 않았을 테지. 텐트 안에서 듣는 빗소리라……. 아이들에게 아마 불편함보다 좋은 추억거리로 남게 될 거야.'

다시 잠이 올 것 같지 않지만 그렇다고 침대에서 일어나고 싶은 생각도 없었다. 혜영은 몸을 편하게 눕히고 빗방울 소리에 귀를 기울였다. 그새 빗발이 조금 거세어졌는지 정원에서 여러 마리의 새들이 한꺼번에 깃을 치며 퍼덕이는 소리가 났다. 물받이 홈통으로 흘러내리는 물줄기가 얼추 깊은 산속의 개울물 소리를 내고 있었다. 혜영은 빗소리가 슈베르트의 연가곡 겨울 나그네에 들어 있는 하염없이 솟아오르는 눈물이라는 노래의 피아노 반주음 같다고 생각했다. 그것은 또 한여름 밤 먼 논두렁에서 한꺼번에 울어 대는 개구리 울음소리 같기도 했다.

'그날 나는 분명히 비 오는 소리를 들었어.'

빗소리를 듣다가 혜영은 남편을 만났던 첫해 그와 함께 낙산 해수욕장 모래밭에 텐트를 쳐 놓고 보냈던 사흘간의 여름휴가를 생각해 내며 자신도 모르게 중얼거렸다.

그 바닷가에서 보낸 첫날, 혜영과 남편은 다음 날 새벽 의상대에 올라 동해의 일출을 보기로 약속하고 일찌감치 잠자리에 들었다. 잠결에 혜영은 빗소리를 들었다. 주르륵주르륵 계곡을 빠르게 흐르는 물살 같은 빗소리를 들었다.

"혜영아, 그만 일어나. 의상대에 가서 해 뜨는 거 봐야지."

그날 아침, 남편이 혜영의 몸을 마구 흔들면서 잠에서 덜 깬 목소리로 일어나라고 채근하는 소리를 듣고 혜영은 퉁명스럽게 대답했다. 눈도 뜨지 않은 채 볼멘소리를 했다.

"형준 씨, 조금 전에 비 오는 소리를 들었어. 오늘 일출을 보기는 틀린 것 같아."

"뭐라고? 비가 왔다고? 이런, 오늘은 운이 없는 날이군. 할 수 없지 뭐, 잠이나 더 자야지."

남편은 투덜거리며 혜영을 그의 가슴 속으로 단단히 끌어안았다.

텐트 사이를 비집고 들어온 아침 햇살에 눈이 부셔 혜영은 잠에서 깨어났다. 텐트를 젖히니 쪽빛 하늘엔 구름 한 점 없었고, 높다랗게 솟은 태양 빛에 바다는 구겨진 은박지처럼 바삭거렸다. 바싹 마른 빵가루처럼 푸석푸석한 백사장은 사람들로 그득했다.

"어머, 형준 씨. 비가 오지 않았나 봐."

그 소리에 남편은 오뚝이처럼 벌떡 일어나 텐트 바깥을 내다보더니 깔깔거리며 웃음을 터트렸다.

"아니, 이 아가씨가 벌써부터 치매가 시작되나. 이거 정말 큰일인데. 늦기 전에 빨리 딴 길을 찾아야겠어."

혜영은 부끄러움으로 어쩔 줄 몰라 하면서 남편의 가슴팍을 주먹으로 마구 두들겼다.

"어이구, 사람 죽네. 이봐, 아가씨. 난 아가씨를 무척 사랑하지만 이렇게 맞으면서까지는 죽어도 같이 못 살아."

남편은 익살을 떨었고, 혜영은 그렇게 익살을 부리는 남편의 가슴을 정말 아플 정도로 때려 대면서 그에 대해 말할 수 없는 깊은 애정을 느꼈다.

'아아, 공연히 또 헛된 생각을 하고 있구나.'

혜영은 가볍게 한숨을 내쉬었다.

'한가하기 때문이야. 한가하기 때문에 헛된 생각이 떠오르는 거야. 혜영아, 그만 일어나자. 이제는 그만 일어나야 할 때야.'

침대에서 일어나 일을 시작해야 한다고 생각했지만 마음만 그럴 뿐 혜영은 모처럼 오랜만에 갖는 아침 시간의 여유와 느긋함을 떨쳐 내기 싫었다. 게다가 아이들마저 없는 이런 이른 아침에는 사실 특별히 할 일도 없었다. 혜영은 이불 속에서 몸을 뒤채며 창밖에 귀를 기울였다.

옆집에서 컹컹 개가 짖더니 이어 대문이 덜걱거렸다. 우유 배달부가 쇠창살 너머에 매달린 주머니를 꺼내 우유 팩을 담는 소리일 것이다. 십 분쯤 지나면 툭탁거리는 발걸음 소리를 내며 부지런한 신문 배달 소년이 담 너머로 조간신문을 던져 넣을 것이다. 조금 있으면 삐걱삐걱 앞집 차고 문이 열리고 출근길의 사내를 태운 승용차가 경마장의 말처럼 우르르쿵쾅 달려 나갈 것이다. 그러고 나면 골목은 다시 잠시 동안 적막에 휩싸일 것이다.

어제까지만 해도 부엌에서 아침 준비를 서두르며 들었던 모든 소리들을 침대에 누워 편안히 들으며 혜영은 마치 점쟁이가 미래의 일을 예언하듯 앞으로 일어날 일들을 순서대로 생각했다. 그리고 모든 일이 생각한 대로 일어나는지 확인하면서 주의 깊게 귀를 기울였다.

하루 종일 물속처럼 조용한 골목이지만 아침 일곱 시부터 여덟 시 사이에는 꽤나 요란스레 북적인다. 이 시간에는 철 대문이 삐걱거리는 금속성과 함께 출근길을 나서거나 등교하는 사람들의 발자국 소리가 투벅투벅

자박자박 골목 안을 가득 채운다. 방학을 했기 때문일까, 발자국 소리가 그렇게 많지 않았다.

골목에서 울리는 발자국 소리를 들으며 혜영은 자신도 모르게 또 남편을 떠올렸다. 미아동 고지대에서 신접살이를 차렸던 가난했지만 솔잎처럼 푸르렀던 시절의 남편 모습이다. 혜영은 얼굴을 찌푸리며 그의 모습을 떨쳐 내려 고개를 가로저었다.

미아동에서 보낸 신혼 시절은 혜영이 지금도 되돌아가고 싶은 가장 아름다운 추억의 한때이기 때문일까. 한번 떠오른 남편의 모습은 쉽사리 사라지려 하지 않았다.

그 집 앞에는 사람 서넛이 함께 지나가면 어깨가 처마에 닿는 좁은 골목이 있었다. 골목은 삼십 미터쯤 되는 곳에서 왼쪽으로 꺾이면서 급격한 내리막 비탈로 이어졌다. 남편이 출근할 때마다 혜영은 대문에 서서 남편이 골목길을 돌 때까지 배웅했다. 골목길을 포장한 시멘트 보도블록에 부딪혀 울리던 남편의 발자국 소리는 상큼하게 아름다웠다. 남편은 골목길 모퉁이에 이르러서는 언제나 고개를 혜영에게 돌리고는 손을 흔들며 싱글거렸다. 혜영은 남편의 그 싱싱한 웃음이 무척 좋았다. 철부지 어린 소년처럼 때 묻지 않은 그 순진한 웃음을 무척 사랑했다.

남편이 퇴근할 무렵이면 혜영은 저녁 밥상을 준비해 놓고 온 신경을 골목길에 집중했다. 남편의 발자국 소리는 빠르고 힘이 가득했다. 남편이 그 집에서 출근하기 시작한 지 얼마 되지 않아 혜영은 남편이 초인종을 누르기도 전에 대문을 열 수 있었다. 그때 남편이 지어 보였던 놀란 표정은 혜영이 사랑하는 남편의 여러 모습 가운데 하나가 되었다.

"아니, 어떻게 알았어? 정말 발자국 소리만 듣고 난 줄 알았단 말이지?

이건 감격인데. 우리 신부님, 멋진 신부님. 소리를 그렇게 잘 들으니 별명을 하나 지어 드려야겠어."

남편은 수다를 떨다가 혜영에게 뽀삐라는 강아지 이름을 별명으로 붙여 주었다. 남편은 그 후 둘만이 있을 때에는 혜영을 늘 뽀삐라고 불렀고, 혜영은 그에게 뽀삐라고 불리는 게 싫지 않았다.

지난해 봄, 남편이 혜영의 곁을 떠났을 때 현주가 엄마의 상심한 마음을 달래 주겠다고 제 친구 집에서 푸들 새끼 한 마리를 얻어 온 적이 있었다. 현주가 푸들을 집에 데려오던 날을 생각하다가 혜영은 자신도 모르게 공에서 바람이 빠지듯 피시식 웃음을 터트리고 말았다.

"누나, 이놈 말이야 암놈이니까 이름을 뽀삐라고 짓자." 민수가 좋아서 어쩔 줄 모르며 호들갑을 떨었고, "뽀삐? 뽀삐… 뽀삐……. 얘, 참 예쁜 이름이다." 현주도 좋다며 그러자고 했다.

가만히 있다가는 아이들이 시도 때도 없이 불러 대는 뽀삐 소리를 들어야 할 판이었다.

버르장머리 없는 녀석들, 제 엄마 별명을 개 이름에 붙이려 하다니. 혜영은 아이들에게 아름다운 우리말 이름도 많고 많은데 하필이면 외국 이름이냐며 복희라는 이름을 지어 주자고 했다. 아이들은 개 이름이 촌스러우니 어쩌니 하다가 처음부터 보키 보키 하면서 애매하게 부르더니 나중에는 아예 영어식으로 포키 포키라고 불러 대었다.

남편은 애들 앞에서 혜영을 뽀삐라고 부르지 않았다. 현주가 막 말을 배우기 시작하면서 혜영을 뽀삐야 뽀삐야라고 부르는 것을 들은 후로는 남편은 애들 앞에서 한 번도 혜영을 뽀삐라고 부르지 않았다. 현주와 민수가 강아지를 뽀삐라고 부르려 한 것은 딴 뜻이 있었던 건 아니고 단지 우연일 것이다.

몇 달 전, 집 안에서만 기르던 복희를 문밖으로 내놓기 시작했는데 며칠 되지 않아 그만 잃어버리고 말았다. 개가 집을 못 찾았을 리는 없을 텐데 아마 누군가에게 잡혀간 게 틀림없었다.

'털만 부스스할 뿐 변변한 살점도 없었을 텐데 그걸 잡아가다니 참 모진 사람도 다 있구나.'

혜영은 그 불쌍한 강아지가 불에 그슬려져 누군가의 식탁에 올랐으리라는 생각에 가슴이 아팠다. 그래서 다시는 강아지를 기르지 않기로 작정했다.

찌르륵찌르륵 새소리가 들려 혜영은 밖을 내다보았다. 어디서 날아왔는지 찌르레기 두 마리가 연못가 감나무 가지에 앉아 재잘거리고 있었다. 비는 이미 완전히 그쳐 있었다. 혜영은 침대에서 몸을 일으켜 창문을 활짝 열어젖혔다. 물기를 머금은 청량한 아침 공기가 방 안으로 가득 밀려 들어왔다.

혜영은 기지개를 켜고 심호흡을 하면서 뜰을 내다보았다. 정원이 턱없이 을씨년스러웠다. 남편이 아침마다 몸을 다듬던 운동기구는 정원 한구석에서 빨갛게 녹이 슨 채 비에 젖어 있었다. 복희의 아담한 무지갯빛 집은 조그마한 아가리를 벌리고 흉가처럼 비스듬히 기울어진 채 빛이 바래가고 있었다. 남편이 끙끙대며 역기를 들어 올리던 모습과 복희가 잔디밭 위를 깡충거리며 뛰놀던 모습이 눈에 선했다. 불현듯 개를 한 마리 구해 길러 보고 싶다는 생각이 떠오르자 혜영은 단호히 고개를 저었다.

'아냐, 아직은…….'

혜영은 창문을 닫고 침대에 다시 몸을 눕혔다.

개를 너무 오랫동안 집 안에만 가두어 두었던 게 잘못이었는지 모른다. 한번 문밖에 나가 세상 구경을 하고 돌아온 복희는 뭐가 그리 좋았던지 계속 밖으로만 나돌려 했다. 낑낑대며 칭얼거리는 게 안쓰러워 혜영은 문을 열어 주곤 했다. 녀석은 모험을 하고 싶었겠지. 골목을 돌 때마다 새로이 펼쳐지는 신천지를 탐험하면서 자신의 영역을 넓히고 싶었겠지. 남편이 그랬던 것처럼.

민수가 태어난 해 겨울 어느 날, 밤늦게 돌아온 남편이 술 냄새를 풍기며 상기된 표정으로 혜영에게 자신의 새로운 결심을 이야기했다.

"뽀삐야, 이건 모험이야. 모험을 하지 않으면 잃는 것은 없겠지. 그렇지만 얻는 것도 없어."

남편은 그동안 다니던 회사를 그만두고 두 명의 친구와 함께 새로운 사업을 시작하겠다는 거였다. 그동안 모은 저축과 퇴직금과 얼마 정도의 빚을 기반으로 삼우컨설팅이라는 부동산 전문 회사를 만들겠다는 거였다. 혜영은 그때 뭐라 꼭 집어 말할 수 없는 애매한 불안을 느꼈다. 그렇다고 남편을 적극적으로 막지 않았다. 혜영이 막무가내로 반대했다 하더라도 남편은 혜영을 설득해 자신이 하고 싶은 대로 했을 것이다.

일은 다행히 순조롭게 진행되어 십 년이 지난 후 남편은 강남 신흥 상업지구에 몇 채 인가의 대형 빌딩을 소유하게 되었고 강남 일대 사채시장에서는 이름만 대면 누구나 알아주는 큰손으로 변신하였다.

'오늘이 며칠이지?'

혜영은 침대맡 장식장에 놓인 달력을 집어 들었다. 칠월의 마지막 주가 시작되고 있었다. 앞으로 열흘 안에 남편은 혜영에게 전화를 할 것이다. 그리고 매번 되풀이되는 같은 말을 순서대로 반복할 것이다.

"아, 뽀삐. 나요. 오랜만이오, 그간 잘 있었소? 생활비는 잘 받았소? 양품점은 잘되어 가고 있고? 현주 미술 공부는 잘되오? 민수 학교 성적은 좀 나아지고 있소?"

"네, 네……."

혜영은 남편의 단답식 질문에 늘 짤막한 긍정의 대답으로 일관했다. 아니라고 대답하면 대화가 길어질지도 모른다는 두려움 때문이었다. 왜 내게 전화를 하는 걸까. 혜영은 남편의 의중을 헤아릴 수가 없었다. 생활비는 은행의 온라인을 통해 혜영의 예금통장으로 들어오므로 확인할 필요가 없다. 양품점 일도 그렇다. 잘되든 못되든 그것은 남편과 전혀 관계가 없는 일이다. 게다가 남편은 현주와 민수를 혜영 모르게 밖에서 자주 만나고 있지 않은가.

"뽀삐, 끊겠소. 미안하오. 건강하시오."

한 달에 한 번씩 걸려 오는 남편의 짧은 전화는 늘 이렇게 끝나곤 했다. 도대체 무엇이 미안하다는 걸까. 혜영은 수화기를 내려놓을 때마다 여운으로 길게 남겨지는 그 말의 의미를 생각해 보곤 했다.

남편은 왜 지금도 나를 뽀삐라고 부르는 걸까. 습관 때문일까. 그래, 습관 때문일 거야. 십수 년을 그렇게 불러왔으니 고치기에는 시간이 필요하겠지. 혜영은 예전에 내렸던 결론을 다시 한번 다짐하듯 되뇌었다.

푸르르릉.

응접실에서 전화벨이 울었다.

혜영은 깜짝 놀라며 끝 간 데 없이 펼쳐지던 상념의 날개를 접어 내렸다. 이렇게 이른 아침에 무슨 전화까. 혜영은 망설였다. 응접실로 나가면 다시 침실로 되돌아올 수 없을 것만 같았다. 아이들을 찾는 전화거나 아니면 잘못 걸려 온 전화일 것이다. 잘못 걸려 온 전화로 인해 포근한 게으름을 방해받기 싫었다.

한 번, 두 번, 세 번……

전화벨 소리는 혜영의 게으름을 질타하듯 계속해서 날카로운 비명을 내질렀다. 전화벨이 열 번을 울자 혜영은 마지못해 침실을 나서 수화기를 집어 들었다.

"어머, 너 집에 있었구나. 하도 안 받는 바람에 막 끊으려던 참이었다. 얘는 도대체 뭐 하느라고 이제야 받는 거니?"

윤주였다. 고등학교와 대학 동창인 윤주는 혜영이 강남에 소유하고 있는 양품점 솔레이유 디베의 운영을 맡고 있었다.

"윤주? 미안해. 샤워를 하고 있었어. 웬일이니? 이렇게 이른 아침부터."

"웬일이냐고? 얘, 너 오늘 가게에 좀 나와야겠다. 아니 명색이 사장이라는 사람이 그렇게 무심할 수가 있니? 오늘부터 세일 시작하잖아. 오후 세 시에 특별 사은 행사하는 거 알지? 멋지게 차려입고 나와. 그리고 겨울 상품 기획도 해야 하고."

"알고 있어. 세 시까지 가면 되지? 알았어, 나갈게. 그리고 겨울 상품 기획은 네가 알아서 하고 나중에 나한테 결과만 알려 줘."

"얘, 얘는 정말 또……. 내 마음대로 했다가 나중에 무슨 욕을 들으라고. 잔소리 말고 이따 꼭 나와, 알겠지?"

"그래, 알았어."

정말 오랜만에 한가한 시간이 생겼으니 양품점 일에 좀 더 신경을 써야겠다. 혜영은 전화를 끊으며 애들이 돌아올 때까지 며칠 동안만이라도 가게에 붙어 있어야겠다고 생각했다.

양품점은 남편이 혜영에게 준 크리스마스 선물이었다.

"아, 뽀삐. 나야 나, 형준이라고, 형준이."

지난겨울 크리스마스이브, 자정이 가깝던 시각에 남편이 전화를 걸어 왔다. 술을 마셔도 좀처럼 취한 모습을 보인 적이 없던 남편의 목소리는 혀를 잘 가누지 못하며 어눌했다.

"뽀삐, 크리스마스 선물을 샀어. 제발 받아 줘. 뽀삐? 듣고 있어? 강남에 있는 팔백 평짜리 이층 매장인데 양품점을 열기에 최적지야. 뽀삐……, 뽀삐? 듣고 있는 거야? 내일 집으로 사람을 보낼게. 뽀삐? 듣고 있는 거지? 제발 받아 줘."

혜영은 남편의 전화가 끊어질 때까지 한마디 말도 하지 않았다. 그렇게 신경 쓰지 않아도 돼. 매달 보내 주는 생활비만으로도 충분해. 남편의 풀어진 목소리를 들으며 그렇게 말해야 한다고 생각하면서도 한마디 말도 하지 못했다. 어떻게 말을 해야 할지 마땅한 방법이 떠오르지 않았다. 남편이 말하는 대로 반말로 대꾸해야 할지 자신만이 혼자 경어를 써야 할지 결정을 내리지 못해 망설이는 사이 전화가 끊기고 말았다. 그해 봄, 남편이 혜영의 곁을 떠나면서 십수 년간 혜영과 남편이 공유했던 둘만의 언어 방식도 함께 가져가 버렸기 때문이었다. 결국 혜영은 자신의 마음과는 달리 무언의 승낙을 한 게 되어 버렸다.

다음 날 남편이 보낸 김 비서가 집에 찾아왔고, 혜영은 그의 도움을 받아 지난 일월 양품점을 오픈했다. 김 비서는 그 분야의 베테랑인 장 마담이라는 여자를 실무 경영자로 영입하는 등 세심한 주의를 기울여 주었다. 그렇다고 해도 장사를 처음 시작하는 혜영에게는 모든 게 여간 두려운 일이 아니었다. 그래서 아이들도 없이 집에서 빈둥대는 윤주를 불러들였다.

"애, 하필이면 궁상맞게 디베가 뭐냐 데테로 하자."

"디베면 어떻고 데테면 어때. 뜻을 알고 있는 사람이 몇이나 되겠니? 발음하기에는 디베가 더 좋잖아?"

윤주가 상호가 나쁘다며 트집을 잡았지만 혜영은 겨울 태양이라는 그 이름을 고집했다. 처음 몇 달간 혜영은 윤주와 함께 발바닥이 닳도록 부지런히 양품점을 드나들며 장 마담에게서 경영 기술을 배웠다. 당초의 계약대로 석 달 만에 장 마담이 떠나자 혜영은 양품점 운영을 전적으로 윤주에게 맡겼다. 양품점에 매어 있다 보니 아이들에게 소홀해져 안 되겠다 싶었다. 윤주는 그 분야에 남다른 재능과 열정을 갖고 있었다. 그래서 혜영은 얼마 전부터 가게에는 일주일에 한두 번 정도 얼굴을 내비치고 있을 뿐이었다.

윤주의 전화를 받고 나니 다시 침대로 돌아가고 싶은 생각이 사라졌다. 그렇다고 마땅히 할 일도 없었다. 시계를 보니 겨우 아홉 시가 넘었을 뿐이다. 아침 식사 때가 훨씬 지났지만 전혀 허기가 느껴지지 않았다. 혜영은 응접 테이블에 놓여 있는 티브이 리모컨을 무심코 집어 들었다.

스위치를 켜니 죽은 듯 잠자고 있던 암녹색 화면이 찰칵하는 투명한 금속성과 함께 잠에서 깨어나 수다를 떨기 시작했다. 혜영은 망연히 소파에 앉아서 현란하게 반짝이는 빛의 군무를 응시했다. 무슨 드라마를 하고 있었다. 안개가 피어오르는 새벽 호숫가에서 창백한 얼굴을 한 여인이 눈물을 글썽이며 굳은 표정의 사내에게 무엇인가를 애타게 호소하고 있었다. 혜영은 리모컨의 볼륨 스위치를 눌러 소리를 조금 키웠다.

"처음부터 그렇게 생각하고 있었어요. 당신은 언젠가 내 곁을 떠날 거라고요. 세월이 흘러가면 결국 당신은 당신을 기다리는 당신의 아내 곁으로 돌아가고 말 거라고요. 그날 절망하지 않기 위해 나도 돌아갈 곳을 만들어야 한다고 생각했어요. 하지만 그럴 수 없었어요. 바보같이 나는 그렇게 할 수가 없었어요. 왜인 줄 알아요? 당신은 내게 전부이기 때문이에요. 당신을 사랑하기 때문이에요. 아 아……, 당신은 돌아갈 곳이 있지만 나는, 나는……, 돌아갈 곳이 없어요."

혜영은 허겁지겁 리모컨을 집어 들어 채널 스위치를 눌렀다. 방 안을 맴돌던 소리가 일시에 사라지고 사위는 깊은 바다 밑 같은 정적에 빠져들었다. 서두르는 바람에 채널 스위치 옆에 붙은 음량 소거 스위치도 함께 눌린 모양이었다.

혜영은 자신의 손끝이 파르르 흔들리고 있는 것을 보면서 한숨을 내쉬었다. 왜 티브이 드라마는 이런 이야기를 자꾸 반복하는 것일까. 그것이 이 시대의 보편적인 삶의 형태이기 때문일까. 상한 음식을 잘못 먹었을 때처럼 속이 메슥거렸다. 혜영은 소파의 등받이에 고개를 젖혀 기대고 눈을 감았다.

지난해 사월, 겨우내 앙상한 가지를 드러내고 있던 목련이 막 하얀 꽃망울을 터트리던 무렵이었다. 자정이 넘은 늦은 시각에 혜영은 앳된 목소리의 낯선 아가씨에게서 전화를 받았다. 술을 많이 마셨는지 말에 조리가 없고 발음이 분명치 않았다.

"안녕하세요? 죄송해요. 저는 말이죠, 지희예요. 마리안느의 지희예요……. 김 회장님 사모님이시죠? 이렇게 늦게 전화를 해서 정말 죄송해요. 술을 조금, 아주 조금 마셨어요. 술을 마시지 않고서는 도저히 전화를 할 수가 없었거든요. 미안해요. 아, 무슨 말을 어떻게 해야 할지……. 미안해요, 정말 미안해요……. 우선, 형준 씨, 김형준 씨 좀 바꿔 주세요."

혜영은 전혀 생각지 못한 일이어서 몹시 불쾌했다. 당돌하게 남편의 이름을 부르는 여자가, 그것도 아직 어린 소녀티를 채 벗지 못한 듯 목소리가 여린 여자가 남편의 이름을 부르고 있다는 사실이 믿어지지 않았다. 게다가 마리안느라면 남편이 자주 가는 술집의 이름의 아닌가. 혜영은 당시 남편의 양복을 손질하다가 주머니에서 마리안느라는 상호가 인쇄된 성냥갑이나 라이터를 발견하곤 했기 때문에 지희라는 아가씨가 그 술집에서 일하는 아가씨임에 틀림없다고 확신했다. 혜영은 허둥대며 전화를 끊었다. 그리고 다시 벨이 울리자 수화기를 아에 바닥에 내려놓았다.

　'아, 또 헛된 생각을 하고 있구나. 과거란 지나간 일이 않은가. 다시 돌이킬 수도 바꿀 수도 없어.'

　혜영은 소파에서 가볍게 몸을 움직이며 눈을 떴다. 반짝이는 빛살이 화살처럼 몰려들었다. 아, 티브이가 켜져 있었지. 혜영은 티브이 화면을 가만히 응시했다.

　채널이 바뀐 티브이 화면에서는 음악회 연주가 한창이었다. 소리는 들리지 않았지만 바이올린 협주곡인 듯했다. 동양인인지 서양인인지 구별되지 않는 모습의 여인이 짙은 검은빛 머리칼을 치렁치렁 늘어뜨린 채 찡그린 얼굴을 바이올린에 처박고 막 울음을 터트리려는 기이한 표정을 지으며 연주에 몰입하고 있었다. 여인의 배경에는 수십 개의 바이올린 활들이 일시에 치켜든 시위 군중들의 주먹처럼 일사불란하게 튀어 오르며 허공을 찌르고 있었다. 혜영은 리모컨의 볼륨 스위치를 눌렀다. 생각했던 대로 바이올린 협주곡이었다. 처음 발표했을 때 사람의 손으로는 연주가 불가능한 작품이라는 평을 받았다는 차이코프스키의 바이올린 콘체르토 일 악장 중간 부분이었다. 티브이 속의 연주는 한창 절정으로 치달아 지휘

자의 경련하는 손끝에 따라 모든 악기가 폭발하듯 소리를 가루로 부수고 있었다. 혜영은 소파에 등을 기대고 눈을 감은 채 흐르는 음악 소리에 귀를 기울였다.

'혜영아, 다른 생각은 아무것도 하지 마. 다른 생각은 아무것도 하지 말고 흐르는 음악 소리에 몸을 실어.'

혜영은 자신을 달래며 모든 신경을 음악에 집중했다. 자주 듣곤 하던 디스크의 음악과 달리 티브이 속 바이올린 주자의 연주 스타일은 무척 격렬했다. 애절하게 호소하듯 흐느끼던 바이올린 독주가 한꺼번에 터지는 현악기와 관악기의 소리에 휩싸이면서 마지막 악장이 끝나자 혜영은 눈을 떴다.

광고가 시작되자 혜영은 티브이 채널 스위치를 눌렀다. 채널이 바뀐 화면에서는 무슨 대담 프로그램이 진행되고 있었다. 얼굴이 잘 알려진 코미디언이 나와 사회를 보고 있는데 무슨 이야기를 하는 것인지 귀에 닿지 않았다. 낄낄거리는 웃음소리만이 공허하게 방 안을 맴돌았다. 혜영은 티브이를 껐다.

어느새 열 시가 넘어 있었다. 특별히 할 일은 없었다. 세 시까지는 집에 있어야 할 것이다. 혜영은 무엇을 해야 할까 잠시 망설였다. 그래, 우선 커피를 한 잔 마시자. 혜영은 커피포트에 물을 채워 전기 코드를 꽂았다. 웅웅거리며 낮은 신음 소리를 내던 포트는 곧이어 불만이 가득한 심술꾸러기처럼 몸을 부르르 떨며 발을 동동 구르다가 제풀에 나가떨어지고 말았다. 포트에서는 이슬에 젖은 낙엽 같은 부드러운 향이 피어올랐다.

구수한 커피 향이 코끝을 간질이자 혜영의 머릿속에 처음 남편을 만났던 그날이 어제 일처럼 눈앞에 또렷이 떠올랐다. 그날 남편이 커피를 마시지 않았더라면 혜영은 평생 김형준이라는 사람이 존재한다는 사실조차 몰랐을 것이다. 결국 사람의 운명이 그런 사소한 우연을 계기로 결정되는 것일까. 남편이 혜영을 만나지 않았다면 혜영은 다른 미지의 남자를 만나 결혼했을 것이며, 남편 또한 미지의 여인을 만나 결혼을 했을 것이다. 당신을 처음 만난 순간 제 마음속에는 어떤 운명의 힘이 우리를 만나게 해주었다는 확신이 자리 잡았습니다. 그건 뭐랄까 운명의 신의 암시라고나 할까요. 우리는 몇 겁의 긴 시간 동안 계속하여 되풀이되는 윤회의 삶 속에서 늘 같은 시간에 태어나 같은 순간에 죽음을 함께하는 필연의 사랑일 겁니다. 어쩌고저쩌고하면서 남편은 열에 들뜬 목소리로 그 미지의 여인에게 혜영에게 했던 말을 그대로 되풀이했을 것이다. 그리고 각각의 아이들을 낳았을 것이며 아무 부족함이나 아쉬움 없이 잘 살고 있을 것이다.

혜영이 남편을 처음 만난 것은 대학 불문과를 졸업하고 홍영물산이라는 대기업에 입사하여 홍보실에서 근무를 시작한 지 석 달쯤 되던 날이었다.

"최혜영 씨, 미안하지만 내 책상에 있는 결재 서류 좀 실장실로 갖다주세요."

서류를 잔뜩 들고 서둘러 실장실로 가던 과장이 복도에서 혜영을 보자 반가운 듯 말했다. 혜영은 순간적으로 그날 아침 자신이 기안해서 과장의 결재를 받았던 서류를 갖고 오라는 것으로 판단했다. 몇 발자국 걸음을 옮기던 혜영의 머릿속에 그 서류는 실장의 결재가 필요 없다는 생각이 떠올랐다. 그러면 무슨 결재 서류를 갖고 오라는 걸까. 혜영이 몸을 돌리니 과장은 복도 모퉁이를 돌아가고 있었다. 혜영은 종종걸음으로 과장의 뒤를 따라갔다.

막 복도 모퉁이를 도는 순간 혜영은 남편과 정면으로 마주치고 말았다.

남편은 그때 자판기에서 커피를 뽑아 제 사무실로 돌아가던 참이었다. 남편과 혜영은 서로 급히 몸을 틀었는데 충돌을 피하기에는 이미 늦었다. 남편의 팔꿈치가 혜영의 가슴에 닿으면서 커피가 쏟아져 혜영의 블라우스 앞자락을 적셨다. 혜영은 터져 나오는 비명을 간신히 참으면서 아득해지는 정신을 추슬렀다. 남편의 와이셔츠 소맷자락도 쏟아진 커피로 엉망이었다. 부끄러움으로 혀라도 깨물고 싶은 참담한 심정이었다.

"아, 미안합니다. 다치지는 않으셨나요? 저런……, 블라우스가 엉망이 되고 말았군요."

남편은 재빨리 손수건을 꺼내 혜영의 블라우스에 묻은 커피를 닦아 냈다. 혜영은 간신히 '죄송해요' 한마디 쏟아 내고는 손으로 입을 가린 채 얼어붙어 버렸다. 마구 눈물이 쏟아져 나왔다.

"어, 어……. 그렇게 미안해하실 필요 없어요. 그럴 수도 있는 거죠. 전 아무렇지도 않아요."

남편은 당황해서 어쩔 줄 몰라 했다. 다행히 같은 사무실에서 근무하는 선배가 그곳을 지나다가 곤경에 처한 혜영을 사무실로 데려다주었다. 혜영은 가볍게 목례를 하고 그 자리를 벗어났는데 사무실까지 어떻게 갔는지 모를 정도로 얼이 빠져 있었다.

커피가 알맞게 식어 있었다. 남편은 언제나 커피를 차게 식혀서 마셨다. 커피는 뜨거울 때 마셔야 한다는 고정관념이 박혀 있던 혜영은 식은 커피를 마시는 남편이 무척 이상했다. 냉랭한 커피를 도대체 무슨 맛으로 마신담. 커피를 타 놓으면 거들떠보지도 않다가 한 오 분쯤 지나면 입에 대기 시작해서 조금씩 마시는데, 다 마시기까지 보통 이십여 분 정도가 걸리곤 했다. 그러다 보니 남기는 경우가 다반사였다. 남편은 커피를 무척 좋아했다. 하루에 보통 다섯 잔 이상은 마시는 편이었다. 그것도 설탕은 하나도 넣지 않고 크림만 한 스푼 넣어 마셨다. 바싹 마른 사람이 단 음식이라면 독약이라도 되는 양 질색하는 바람에 혜영은 무척 애가 타기도 했었다. 도대체 무슨 맛으로 커피를 저렇게 마실까.

부부는 서로 닮아 간다던가. 어느새 혜영의 커피 기호도 남편을 따라가고 있었다. 어쩌면 남편은 지금 책상에 앉아 서류를 들여다보며 식은 커피를 찔끔찔끔 마시고 있는지도 모른다.

커피를 마시면서 혜영은 일단 샤워를 하고 맑은 정신으로 오후까지 책을 읽기로 작정했다. 샤워를 마치고 욕탕을 나서던 혜영은 책보다는 오래만에 피아노를 치고 싶다는 생각이 들었다. 머리칼에서 흐르는 물기를 대충 털어 낸 다음 혜영은 피아노의 뚜껑을 열었다.

"그 겨울이 지나 또 봄은 가고 또 봄은 가고 그 여름날이 가면 또 세월이 간다 세월이 간다 아 그러나 그대는 내 님일세 내 님일세 내 정성을 다하여 늘 고대하노라 늘 고대하노라 아……."

혜영은 눈을 지그시 감고 피아노 건반을 누르면서 솔베이지의 노래를 부르기 시작했다. 한참 동안 노래를 하지 않아서 소리의 끝이 자꾸 갈라지면서 음이 불안정해졌다. 혜영은 마음에 드는 소리가 나올 때까지 한 소절한 소절을 여러 번 되풀이하면서 노래 속으로 빠져들었다.

혜영은 노르웨이의 음악가 그리그가 입센의 의뢰를 받아 서른한 살의젊은 나이에 작곡한 페르 귄트 모음곡에 들어 있는 애절한 음조의 독창곡솔베이지의 노래를 무척 좋아했다. 혜영은 고등학교에 입학한 후 첫 음악시간에 그 노래를 배웠다. 진기영이라는 젊은 남자 선생님에게서 그 노래를 배웠다.

진 선생님은 키가 훤칠하고 몸이 호리호리했는데 고운 테너의 목소리를 갖고 있었다. 철없는 아이들은 그 선생님을 피노키오라고 부르곤 했다. 키가 크고 마른 데다가 날카로운 코끝이 삐죽 튀어나와 영락없는 피노키오였다.

'그 선생님은 지금 무얼 하고 있을까. 흰 머리칼이 희끗희끗하고 거친 잔주름이 가득하겠지. 몸이 조금 뚱뚱해졌을지도 몰라. 그 선생님은 지금도 어린 소녀들에게 페르 귄트의 이야기를 해 주고 있을까.'

혜영은 첫 음악 시간에 솔베이지의 노래를 가르쳐 주고 나서 페르 귄트의 이야기를 해 주던 진 선생님의 모습이 눈에 선했다. 백발이 성성한 솔베이지가 먼 방황 끝에 돌아온 페르 귄트를 가슴에 안고 그의 임종을 지키는 마지막 장면을 이야기할 때 진 선생님의 눈가에는 아침 이슬처럼 반짝이는 눈물로 촉촉했다. 혜영은 학교가 파하자 집에 돌아와서 그 노래를 되풀이하여 연습했다.

두 번째 음악 시간이었다. 모두 진 선생님의 피아노 반주에 맞춰 솔베이지의 노래를 제창했다. 첫 소절도 부르지 못했는데 진 선생님은 피아노 반주를 멈추고 간곡히 타일렀다.

"자……, 자. 조금씩 음을 낮추고 귀로 다른 사람의 음을 들으면서 자신의 음을 거기다 맞추도록 노력하세요. 노래란 악을 쓰는 거하고는 다른 거예요. 자, 다시 한번 잘해 봅시다."

다시 시작한 노래는 한 소절도 나가지 못했다. 진 선생님이 쾅쾅쾅 피아노 건반을 거칠게 눌러 불협화음을 내면서 벌떡 의자에서 일어선 것이다. 무척 답답하다는 듯 잠시 얼굴을 찡그리고 있던 진 선생님이 교탁 위에 올라서서 지휘봉을 집어 들었다.

"피아노 반주 없이 해 봅시다. 될 수 있으면 고운 소리가 나올 수 있도록 노력해 보세요."

첫 음을 잡아 주고 지휘를 하던 진 선생님은 교탁에서 내려와 우리들 앞으로 다가와 노랫소리에 귀를 기울였다. 한 손으로 지휘를 계속하면서 몸을 이리저리 틀며 노랫소리를 듣던 진 선생님은 혜영의 앞에서 걸음을 멈추었다. 그리고는 혜영의 가슴에 달린 이름표를 자세히 들여다보았다. 한차례 제창이 끝나자 교탁으로 되돌아간 진 선생님은 혜영을 앞으로 불러내었다.

"최혜영, 앞으로."

무척 부끄러웠다. 가슴이 콩콩 방망이질을 하고 얼굴이 홍당무처럼 붉게 물들었다. 다리가 떨려 곧 쓰러질 것만 같았다. 호흡이 거칠어져 긴 음을 악보대로 낼 수 없었고 생각과 달리 음이 심한 바이브레이션을 일으켰다.

진 선생님은 혜영의 독창을 듣고 무척 만족한 표정을 지었다.

"아, 참 잘했어요. 여러분, 나는 여러분들의 제창이 지금 최혜영 학생이 부른 노래처럼 들렸으면 합니다. 모두가 작고 고운 소리를 내려고 노력한다면 곧 그렇게 될 수 있을 겁니다. 자, 다시 한번 해 봅시다."

수업이 끝난 후 진 선생님은 혜영을 따로 불러 합창단에 들어오라고 권유했다. 혜영은 진 선생님이 창단한 합창단에 들어갔고, 진 선생님에게서 성악과 피아노를 배웠다. 음대에서 성악을 전공하고 혜영이 다니던 고등학교에 첫 교사 발령을 받은 진 선생님은 교사 초년생답게 교직에 남다른 열정을 갖고 있었다. 혜영은 합창단 활동을 하면서 자신도 모르게 진 선생님의 열렬한 팬이 되었다. 처음으로 누군가에 대한 그리움을 느꼈다. 그러한 것을 사랑이라고 하던가. 혜영은 자신의 얼굴이 발갛게 상기되고 있음을 느꼈다. 공연히 가슴을 두근거렸던 애틋한 사모의 정, 그러면서도 마음껏 접근해 보지도 못했던 답답함.

피아노 옆에 놓아둔 휴대폰에서 벨이 울렸다. 혜영은 꿈에서 깨어난 듯 잠시 멍하니 앉아 있다가 휴대폰을 집어 들었다.

"안녕하세요? 영훈이에요. 밤사이 비가 많이 내렸나 봐요."

현주 과외 선생 이영훈이었다. 현주가 중학교 이 학년 때 현주 담임선생님의 소개로 현주를 맡았다. 그때 영훈은 대학 영문학과 이 학년에 재학 중이었는데 현주에게 영어와 수학을 일주일에 사흘씩 가르쳐 주기로 했다. 차분하고 성실한 데다가 아이들이 무척 따르고 있어 지금은 과외 선생님이라기보다는 한 식구 같다. 혜영은 며칠 전 영훈에게 현주가 방학을 하고 여름 캠프에 가니 내친김에 한 주 휴가를 다녀오라고 말했다.

"이 선생이구나. 웬일이야. 아직 여행을 떠나지 않은 모양이네."

"네, 그냥 집에 있었어요. 졸업논문도 준비해야 하고……. 저, 오늘 저녁에 시간 좀 내주실 수 있으시겠어요?"

스피커 저편에서 울리는 영훈의 목소리가 감기라도 걸린 듯 탁하게 잠겨 있었다. 목소리가 가볍게 떨리는 것 같기도 했다. 웬일일까. 어디 아프기라도 한 걸까.

"아니 저녁엔 왜? 무슨 일이라도 있어?"

"네, 있어요. 저녁 사 주실래요? 오늘이 제 생일이거든요."

"아, 그렇구나. 그래, 그러면 그렇게 하기로 하지. 내가 이따가 세 시에 양품점에 나가 봐야 하니까 그 이후 여섯 시나 일곱 시쯤이면 어떨까?"

영훈의 목소리가 갑자기 빨라지며 높이 튀었다.

"정말, 저녁 사 주시는 거죠? 일곱 시에 대학 정문 앞에 있는 레스토랑

탑에서 기다릴게요. 그때까지는 대학 도서실에 있을 거예요. 혹시 일이 빨리 끝나시면 도서실로 오세요."

전화를 끊고 나자 혜영의 마음속에는 그동안 영훈에게 너무 무심했다는 자책감이 일었다. 혜영은 해마다 영훈의 생일에 조촐한 만찬을 집에 마련했다. 남편과 함께 온 가족이 모여 케이크를 자르고 혜영의 피아노 반주에 맞춰 노래를 부르며 저녁 한때를 보내곤 했다. 그러던 것이 지난해에는 혜영의 마음이 너무 상심해 있어서 언제인지도 모르게 지나가 버리고 말았다. 생일이 한참 지난 후에야 넥타이 하나를 선물로 마련해 주었을 뿐이었다. 혜영은 서둘러 외출 준비를 했다. 양품점에 들르기 전에 백화점에서 조그만 선물을 하나 사고 싶었다.

혜영이 솔레이유 디베에 가기 전에 들른 백화점에서는 여름 대 바겐세일을 하고 있었다. 백화점은 입구부터 입추의 여지가 없이 사람들로 북적대고 있었다. 강력한 냉방장치가 뿜어 대는 찬 바람이 한여름의 무더위를 잊게 했지만 스치는 사람들의 몸에서 발산하는 열기와 끈적끈적한 습기가 몸에 닿을 때마다 혜영은 불쾌감으로 눈살을 찌푸렸다. 도대체 왜 이렇게 사람이 많을까. 아무리 바겐세일 기간이라고 해도 사람이 너무 많았다. 혜영은 매장 한 옆에 설치된 자판기에서 청량음료 캔을 하나 뽑아 마시면서 거대한 파도처럼 밀리고 있는 인파를 가만히 응시했다. 비슷한 높이에서 이리저리 흔들리는 검은 머리통들이 한데 어우러져 마치 먹이를 찾는 거대한 벌레 한 마리가 징그럽게 몸을 뒤치는 것 같았다.

'아, 그래. 오늘이 일요일이구나.'

한동안 머리를 갸웃거리던 혜영은 문득 오늘이 휴일이라는 것을 생각해 냈다.

남성 의류 코너는 그다지 붐비지 않았다. 혜영은 이곳저곳을 기웃거리다가 마침내 마음에 드는 물건을 하나 찾아냈다. 장미꽃 문양이 있는 진홍빛 색상의 티셔츠였다. 혜영은 그 티셔츠가 한눈에 마음에 쏙 들었다. 가격을 치르고 시계를 보니 양품점에 가기에는 너무 일렀다.

혜영은 여성 의류 코너로 발길을 꺾었다. 백화점에서 파는 여성 의류의 디자인과 가격은 물론 요즘 여인네들이 어떤 종류의 옷가지를 선호하는지 알고 싶었다. 유명 디자이너들의 여름 의상이 40~50% 정도 할인 판매되고 있지만 워낙 고가여서 할인 가격도 무척 높았다. 젊은 여성들이 무더기로 몰려 있는 곳에서는 짧은 반바지와 티셔츠를 팔고 있었다. 백화점 기획 상품이라는 것인데 디자인을 극도로 단순화시켰고 색상도 간색을 위주로 한 단색이 주조를 이루고 있었다. 가격이 싸기 때문인지 아니면 디자인이 좋기 때문인지 사무원 타입의 젊은 아가씨들이 까르륵까르륵 재잘대며 호들갑을 떨다가 몇 벌씩 사 가곤 했다. 가격과 디자인 모두에서 만족을 얻었기 때문이리라. 혜영은 기획 상품을 눈여겨보았다.

한쪽 코너에는 한여름인데도 겨울 모피가 진열되어 있었다. 지난겨울 완전히 판매하지 못한 재고 상품인 것 같았다. 건전한 사고를 가진 사람이라면 도저히 사 입을 것 같지 않은 비싼 가격이었다. 가격이 비싼 만큼 이윤도 많이 남을 것이다. 올겨울 상품으로 모피를 시작하는 게 어떨까. 혜영은 모피의 종류와 가격을 주의 깊게 들여다보며 윤주를 만나면 의논해보리라 작정했다.

모피 매장 안쪽 깊은 곳에서 여인 하나가 자신이 막 고른 코트를 걸치고 거울에 이리저리 몸을 비추고 있었다. 머리를 짧게 자른 이십 대의 호리호리한 젊은 여성이었다. 혜영은 일반적으로 모피를 찾는 사람은 온몸이 투실투실한 비만형의 사오십 대 여인네들일 거라는 생각을 막연히 갖고 있었다. 혜영은 호기심이 일어 그 여인을 향해 발걸음을 내디뎠다. 몇 걸음 발을 옮기던 혜영은 그 자리에 얼어붙듯 우뚝 서고 말았다. 거울 한 모퉁이에 얼핏 비친 얼굴은 혜영이 잘 알고 있는 사람의 것이었다. 머리를 짧게 자르고 화장기가 없는 맑은 얼굴이었지만 그것은 분명 마리안느의 지희였다.

혜영이 서둘러 막 고개를 돌리려는 순간 거울 속에 비친 지희의 눈이 혜영의 눈과 마주쳤다. 지희가 불에라도 덴 듯 황급히 몸을 틀었다. 지희의 두 눈이 구슬처럼 동그래졌다. 지희는 한 손으로 입을 가리며 당황한 표정을 짓다가 혜영에게 무슨 말인가를 하려는 몸짓을 했다. 혜영은 황급히 시선을 거두고 몸을 돌렸다.

"형님……."

낮게 들려오는 가냘픈 지희의 목소리를 못 들은 체하고 혜영은 서둘러 매장을 빠져나왔다. 계단을 내려가다 돌아보니 지희의 눈은 그때까지도 혜영이 뒤를 쫓고 있었다.

지하 주차장에서 차를 몰고 나오다 혜영은 벽을 들이받을 뻔했다. 손끝이 파르르 떨리며 숨이 가빴다. 액셀러레이터 페달을 밟고 있는 발이 남의 발처럼 느껴졌다. 백화점 앞 사거리 교차로에서 혜영은 망설이지 않고 직진했다. 시간에 맞게 양품점에 도착하려면 그 교차로에서 왼쪽으로 꺾어야만 했다. 양품점에 갈 마음이 아니었다. 어디 먼 곳으로 무작정 달려가고 싶었다.

혜영은 뚜렷한 목적지도 없이 마구 차를 몰았다. 한강 고수부지 공원 입구라는 팻말이 눈에 띄자 혜영은 그곳으로 꺾어 들어갔다. 급히 회전하는 바람에 차바퀴가 미끄러지며 예리한 비명 소리를 냈다.

둔치 주차장에 차를 세워 놓고 혜영은 청동 조각처럼 정면에 눈을 고정시킨 채 미동도 하지 않고 한동안 앉아 있었다. 조수석에 던져 놓은 휴대폰에서 몇 번인가 벨이 울렸지만 무시했다. 잠시 시간이 흐르니 팔은 더 이상 떨리지 않았지만 아릿한 서글픔이 밀물처럼 밀려오며 가슴을 파고들었다.

혜영이 마리안느의 지희라는 아가씨를 처음 대면한 것은 지희의 당돌한 전화를 받은 지 일주일이 지난 어느 날이었다. 지희가 전화를 걸어 꼭 한번 만나고 싶다고 애원해서였다. 밤늦게 지희에게서 갑작스런 전화를 받았던 날, 혜영은 남편에게 아무런 내색도 하지 않았다. 어떻게 해야 할지 마음을 가눌 수가 없었다. 별일도 아닌데 공연히 긁어 부스럼을 만드는 게 아닐까. 상대는 술집 여자일 뿐이다. 차라리 모르는 체하는 것이 현명한 일 아닐까. 울화가 치밀기는 했지만 일단 접어 두자고 마음을 먹고 있는데 지희에게서 만나고 싶다는 연락이 온 것이었다.

아름다웠다. 그건 젊음의 아름다움이었다. 자신으로서는 도저히 어찌해 볼 수 없는 반짝이는 젊음의 아름다움이었다. 이 정도 미모를 갖춘 아가씨가 왜 술집에 있는 것이며 왜 이제는 시들기 시작하는 중년의 사내에게 열정을 갖는 것일까. 혜영은 이해할 수 없었다. 대체 이 아가씨가 남편에게 원하는 건 무엇일까. 그건 남편이 젊은 시절 고뇌 속에 이루어 놓은 경제적 여유일 것이다. 그 이상 아무것도 없을 것이다. 그렇다면 네가 원하는 만큼 해 주리라. 원하는 대로 얼마든지 다 주마. 말없이 고개를 숙이고 다소곳이 앉아 있는 지희를 마주 보며 혜영은 그렇게 단정했다.

그런데 잠시 침묵이 이어진 후 지희의 입에서 튀어나온 말은 전혀 뜻밖으로 혜영의 생각과는 아주 거리가 먼 것이었다.

"저는 형준 씨를 빼앗으려는 게 절대 아니에요. 저같이 더러운 여자가 어떻게 감히 그럴 수가 있겠어요. 단지, 형준 씨를 하루라도 안 보면 죽어 버릴 것만 같아요. 형준 씨의 마음 한 부분만 제가 가질 수 있도록 허락해 주세요. 평생 서초동에서 형님 그늘 밑에서 살아도 좋아요. 아니, 그렇게 살게 해 주세요. 밥을 지으라면 밥을 짓고 빨래를 하라면 빨래를 하겠어요. 제발 부탁이에요."

혜영은 가슴이 덜컥 내려앉았다.

아, 이 아가씨는 남편을 사랑하고 있구나. 남편을 위해서라면 팔이라도 자를 만큼 남편을 사랑하고 있구나. 그렇다면 조금이라도 빈틈을 보여서는 안 된다. 처음부터 매몰차게 거절해서 다시는 이런 문제를 생각하지 못하게 해야 한다.

혜영은 모질게 마음을 다잡으며 차갑게 대꾸했다.

"아가씨, 그 일이 아가씨 생각대로 그렇게 간단한 문제일까? 그건 말도 안 돼요. 그리고 그 생각……. 김 회장님도 그렇게 생각하고 있나요?"

"아니에요. 형준 씨하고는 이런 이야기 한 적 없어요. 형님에게 전화를 한 것도 이렇게 만나고 있는 것도 전혀 몰라요. 물론 평생을 속이고 살 수도 있겠지요. 그렇게 하면서 평생토록 죄책감 속에서 괴로워하느니 이렇게 만나 뵙고서 무슨 방법이든 찾아내야 한다고 생각했어요. 그래서……."

불쾌했다. 속이 메슥메슥하면서 토할 것 같았다. 어쩌면 세상에 이렇게 맹꽁이 같은 아가씨가 다 있을까. 이 아가씨는 그런 일을 받아 줄 사람이 정말 있을 거라고 생각하고 있는 것일까.

162

"안 돼요. 돌아가세요. 이번 일은 없었던 걸로, 듣지 않았던 걸로 할 테니 어서 돌아가세요. 사랑이란 환상이에요. 아가씨처럼 젊은 사람에게 김회장님은 너무 어울리지 않는 상대예요."

혜영은 감정이 극히 절제된 목소리로 지희에게 간결한 한마디 말을 던지고는 그 자리를 일어섰다.

"제발…… 제발…… 제 이야기를 조금만 더 들어주세요. 제가 잘했다는 건 결코 아니에요. 단지 저는…… 아, 아……."

혜영이 벌떡 자리에서 일어서자 지희는 다급하게 따라 일어서며 소리치다가 양손에 얼굴을 파묻고 오열하기 시작했다. 혜영은 뒤도 돌아보지 않고 그 자리를 떠났다. 도대체 내게 왜 이런 일이 일어난 걸까. 악몽이라도 꾸고 있는 걸까. 혜영은 정신이 몽롱했다.

집에 돌아오자마자 혜영은 욕탕에 들어가 온몸이 피부가 벗겨지도록 문질러 대며 오랜 시간 목욕을 했다. 남편의 몸을 통해 자신에게 옮아 온 지희라는 여인의 체취가 사라지도록 비누질을 수도 없이 해댔다. 그날, 혜영은 침실 문을 안에서 걸어 잠그고 홀로 뜬눈으로 밤을 새웠다. 남편이 무슨 일인지 알지 못해 여러 번 침실 문을 두드렸으나 혜영은 그때마다 몸이 아프다는 핑계를 대며 문을 열지 않았다. 혜영은 자신과 남편과의 관계가 이로써 종말을 고하리라는 불안한 예감을 가졌다. 아니, 그건 확신이라고 말하는 편이 옳을 것이다. 혜영은 남편을 잘 알고 있었다. 남편은 한갓 장난이나 육체적 쾌락의 탐닉을 위해 여인네를 농락하는 비열한 부류의 사람이 아니었다. 적어도 남편이 지희라는 여인을 사랑하기로 마음먹었다면 남편은 영원히 지희를 포기하지 않을 것이다. 게다가 어릴 때부터 유난히 수줍음 많고 고집 센 아이였던 혜영은 남보다 도가 심하다 싶은 결벽

성을 갖고 있어 자존심을 버려 가면서까지 타협하는 성격은 아니었다. 똑각똑각 부러질지언정 결코 구부러지지 않았다.

혜영이 지희를 만난 지 사흘째 되던 날이었다. 남편이 아무런 연락도 없이 집에 들어오지 않았다. 다음 날 아침 열 시경 김 비서에게서 남편을 찾는 전화가 걸려 왔다. 그때까지 출근하지 않았으며 휴대폰도 연락이 안 된다는 거였다. 혜영이 지난밤에 들어오지 않았다는 말을 하자 김 비서는 무슨 사고가 일어난 게 틀림없다며 남편을 수소문해 보겠다고 말하고 전화를 끊었다. 삼십 분 후 김 비서가 혜영에게 다시 전화를 했다.

"사모님, 걱정하지 마십시오. 회장님께서는 지금 속초에 계십니다. 친구분이 갑작스레 입원을 해서 그곳 병원에 계시다고 하십니다. 어젯밤에 비행기 편으로 혼자 급히 가시는 바람에 연락이 끊겼던 모양입니다. 많이 걱정하셨죠? 회장님께서는 오후……."

혜영은 더 듣지 않고 전화를 끊었다. 핑계다. 남편은 지희라는 여인과 같이 있는 게 틀림없다. 혜영은 단언했다. 피치 못할 사정이 있어 집에 들어올 수 없었다면 남편의 성격으로 보아 어젯밤 아무리 늦더라도 틀림없이 전화 연락을 했을 것이다.

혜영의 생각은 틀리지 않았다. 그날 저녁, 지친 표정으로 속초에서 돌아온 남편은 오랫동안 숨겨 왔던 비밀을 털어놓았다.

"미안해, 뽀삐. 지희가……, 지희가 약을 먹고 자살을 기도했어."

아니, 이럴 수가. 이렇게 뻔뻔할 수가. 혜영은 온몸의 피가 머리 위로 역류하는 것 같은 분노에 얼굴이 발갛게 상기되면서 자신도 모르게 소리를 질렀다.

"형준 씨, 도대체 무슨 이야기를 하는 거야? 지희가 누구야? 아무 연락도 없이 밖에서 하룻밤을 보내고 와서 한다는 얘기가 겨우 그거야? 형준 씨, 내가 밤새 얼마나 걱정했는지 알아?"

남편의 지친 얼굴이 일순 딱딱하게 경직되었다. 남편은 말없이 주방으로 걸어가 위스키병과 술잔을 들고 왔다. 스트레이트로 두 잔을 연거푸 마신 후 남편은 퉁명스럽게 말을 꺼냈다.

"이봐, 뽀삐. 내가 미안하다고 그랬잖아. 아니, 사람이 죽을 뻔했다는데 그런 식으로 말할 수 있어? 지희가 쓴 유서를 보고 알았어. 지희가 당신 만났다는 거. 미안해. 당신에게 모든 걸 말했어야 했는데 결국 이렇게 되고 말았군. 밤늦게 대청봉에서 내려오던 등산객들이 발견했기에 망정이지 그렇지 않았다면 죽었을 거야. 지희 걔, 정말 불쌍한 아이야."

"지희라는 그 아가씨, 불쌍한지 어쩐지는 모르겠으나 현명하긴 하군요. 불륜의 종말이 죽음뿐이라는 걸 알고 그걸 실행에 옮겼으니."

혜영의 냉소적인 말을 듣자 남편은 술잔을 탁자 위로 거칠게 내려놓으며 언성을 높였다. 술잔이 깨지며 엷은 갈색 빛깔의 위스키가 탁자를 적셨다.

"아니 혜영아, 도대체 무슨 말이야? 지희가 죽어 없어지지 않아 유감이라 그 말이야? 지희가 죽어 없어져야 속이 시원하겠다 그 말이야? 어떻게 사람이 그렇게까지 잔인할 수가 있지?"

남편의 날카로운 눈빛이 찌르듯 혜영의 얼굴로 파고들었다. 혜영도 지지 않았다. 남편의 따가운 눈빛을 똑바로 마주 보며 혜영은 이를 악물었다. 기가 막혔다. 도대체 이 남자는 무슨 생각을 하고 있는 걸까. 이 남자도 지희처럼 내가 그들의 관계를 인정해야 한다고 생각하고 있는 걸까. 참을 수가 없었다.

"형준 씨, 지희라는 그 아가씨가 죽든 말든 그게 도대체 나하고 무슨 상관이지? 울며불며 지금 당장 속초로 달려가 병문안이라도 해 드릴까? 당신이 원하는 게 그거야?"

남편이 가볍게 신음을 토하며 시선을 거두었다. 그리고는 취하기 위해 일부러 술을 마시는 사람처럼 연거푸 위스키를 따라 마셨다. 피로 때문인지 근심 때문인지 눈이 붉게 충혈되어 있었다. 한동안 말없이 술을 마시던 남편이 손가락으로 머리칼을 쓸어 올리며 자조적인 음성으로 독백이라도 하듯 낮게 중얼거렸다.

"사람이 죽으려 했다는데…… 당신은 결국 그 정도 수준의 여자밖에 아니었던가."

"수준? 당신 수준은 어떻고. 정말 장한 일을 하셨군요. 어쩌면 그럴 수가 있지? 그건 배신이야. 어떤 가치 기준으로도 용납될 수 없는 배신행위야. 당신이야말로 정말 그 정도 수준의 남자밖에 아니었던가? 당신의 새로운 사랑을 위해 내가 죽어 드릴까? 여기서 목이라도 맬까? 속초에 달려가서 약이라도 먹을까?"

"닥쳐. 그만두지 못하겠어?"

남편이 벌떡 일어서는가 싶었는데 왼쪽 뺨에 엄청난 충격이 오며 눈앞이 아득했다. 주르륵 눈물이 쏟아져 내렸다. 아픔 때문이 아니었다. 억울했다. 이 남자가 한때 내게 그렇게 필사적으로 사랑을 고백했던 바로 그 남자던가.

혜영은 자존심 때문에 손으로 입을 막았다. 터져 나오려는 소리는 막을 수 있었지만 걷잡을 수 없이 쏟아지는 눈물은 어쩔 수가 없었다. 혜영은 소파에 얼굴을 묻었다. 남편에게 눈물을 보이기가 싫었다.

'정 기사, 나요. 지금 즉시 오시오……. 집이야……. 집이라니까…….

166

그래, 지금. 지금 즉시 와 줘야 하겠어.'

남편은 휴대폰으로 운전기사에게 즉시 집으로 오라고 지시했다. 그리고는 따지 않은 위스키병을 주방에서 들고나오더니 와이셔츠 차림 그대로 현관으로 향했다. 구두를 신고 나서 남편은 깊은 한숨과 함께 낮게 중얼거렸다. 짧은 시간 동안 급히 마신 독주가 서서히 그의 의식의 끈을 풀기 시작한 모양이었다.

"나는 그런 놈이야. 배신을 밥 먹듯 하는 놈이야. 나는 신뢰성이라던가 그런 거 몰라. 당신이 그런 말을 하는 건 날 아직까지 모르기 때문이야. 나는……. 나는 그런 놈이야. 나는 쓰레기야……. 나는 쓰레기만도 못 한 놈이야."

남편은 비척대며 현관문을 열고 정원으로 나갔다. 혜영은 현관문이 닫히는 소리와 정원에서 질질 발을 끌며 대문으로 향하는 발자국 소리를 들으며 꼼짝도 하지 않았다. 정 기사가 오려면 택시를 타고 온다 해도 이삼십 분은 족히 걸릴 것이다. 남편은 문 옆에 주저앉아 위스키를 찔끔찔끔 마시면서 혜영이 나오기를 기다리고 있을지 모른다.

혜영은 꼼짝도 하지 않았다. 네가 빌기까지 나는 너를 용서하지 않으리라. 네가 저 골목 끝에서 무릎을 꿇고 기어와 내 발밑에 엎드려 눈물로 애원할 때까지 나는 너를 용서하지 않으리라. 혜영은 정 기사가 찾아와 남편을 차에 태우고 떠나는 소리가 들려도 문밖을 내다보지 않았다.

이마에서 흘러내린 땀방울이 눈에 스며들며 눈이 쓰렸다. 차 안은 온통 찜통이었다. 혜영은 그제야 비로소 자신이 시동이 꺼진 차 안에서 창문도 열지 않은 채 정신없이 앉아 있었다는 사실을 깨달았다. 온몸이 땀으로 흠뻑 젖어 있었다. 혜영은 문을 열고 밖으로 나섰다.

쏴아……. 서늘한 강바람이 몰려왔다. 곤충의 애벌레가 허물을 벗듯 온 몸을 감싼 옷들이 한 꺼풀 한 꺼풀 벗겨져 나가는 것 같은 쇄락함에 혜영은 팔을 벌리고 심호흡을 했다. 하늘은 뿌옇게 흐려 있었고, 오래된 유리창처럼 퇴색한 강물은 죽은 듯 굳어 있었다. 둔치에 조성된 체육공원에는 사람들이 가득했다. 고등학생쯤 되어 보이는 건장한 소년들이 한데 얼려 배구를 하고 있었다. 한껏 질러 대는 외침 소리에 간간이 날카로운 호루라기 소리가 섞여 들었다. 축구장에는 중년의 사내들이 비만한 몸통을 뒤뚱거리며 어린아이들처럼 뛰어다니고 있었다.

강변에 늘어선 미루나무에서는 매미들이 와그르르 목청을 한껏 높여 울어 대고 있었다. 수많은 매미들이 일시에 울어 대면서 만들어 내는 합창은 파도 소리처럼 바람을 타고 일정한 간격을 두면서 고조되었다가 잦아들곤 했다.

미루나무 숲가에 작은 간이매점이 하나 서 있었고, 그 옆에 자판기가 놓여 있었다. 커피를 마시고 싶었다. 혜영은 자판기를 향해 천천히 발걸음을 옮겼다.

커피를 찔끔거리며 마시면서 혜영은 시계를 들여다보았다. 이미 네 시가 넘어 있었다. 솔레이유 디베에서는 사은 대잔치가 한창 진행 중에 있을 것이다. 전화라도 해 줄까. 핸드폰을 꺼내 든 혜영은 망설이다가 고개를 저었다. 너무 늦은 것이다.

한 달 전 혜영은 윤주에게서 사은 행사 계획서라는 기안 서류를 받아 보았다. 혜영은 그 서류의 내용을 대충 훑어보고 좋은 계획이라고 말했다. 혜영의 반응이 시원찮았던지 윤주가 열에 들떠 보충 설명을 해 주었다.

"혜영아, 이 아이디어 어때? 판촉을 담당하고 있는 미스 박 아이디어야.

오후 세 시에 사은 대잔치를 시작하는 거야. 두 시 반부터 문을 닫아 놓았다가 세 시 정각에 다시 문을 여는 거야. 우리 식구들은 모두 출입구 주위에 죽 늘어서서 들어오는 고객들에게 정중히 인사를 하는 거야. 그러면서 고객들의 수를 세는 거지. 백 번째 입장하는 손님이 그날의 주인공이 되는 거야. 백 번째 손님이 매장에 들어서면 팡파르를 울리고 폭죽을 터트리고 삼십 분간 60% 깜짝 세일을 하는 거야. 어때 좋은 아이디어지? 삼십 분 후 깜짝 세일이 끝나면 백 번째 입장한 행운의 고객에게 선물을 증정하고 혜영이 네가 감사의 연설을 하는 거야. 그리고 조촐한 음식 접대를 하는 거야. 어때 근사하지?"

지금쯤은 이미 행운의 백 번째 고객이 선정되었을 것이다. 요란한 팡파르와 함께 폭죽이 터졌을 것이다. 아무것도 모르는 고객들은 눈을 휘둥그레 뜨고 어리둥절했을 테지. 솔레이유 디베를 찾아 주신 고객 여러분 정말 감사합니다. 오늘 당 점포에서는 고객 여러분들에게 보답하고자 하는 마음으로 몇 가지 행사를 마련했습니다. 우선 첫째, 지금 막 입장하신 저 손님을 행운의 고객으로 모시겠습니다. 그리고 지금부터 딱 삼십 분간만 저희 매장에 진열된 모든 상품을 60% 할인한 가격으로 모시는 깜짝 세일을 시작하겠습니다. 세일 가격의 60%입니다. 잊지 마십시오. 지금부터 딱 삼십 분간입니다. 윤주의 인사말을 듣고 매장을 가득 채운 사람들은 허겁지겁 진열된 상품에 몰려들고 있을 것이다.

아, 아……. 도대체 나는 무엇을 하고 있는 걸까. 모든 사람들이 삶의 조그마한 기쁨 속에 자신을 내던지며 살아가는데 나는 무엇을 하고 있는 걸까. 나는 무엇 때문에 여기 홀로 와서 텅 빈 강물을 바라보고 있는 걸까. 이미 모든 것은 끝나 버리지 않았던가. 남편에 대한 미련도 지회에 대한 증오도 이미 오래전에 사위어 버리지 않았던가. 가자, 돌아가자. 이건 아무 의미 없는 빈 몸짓일 뿐이다.

혜영은 무엇인가에 쫓기듯 차를 향해 달려갔다. 액셀러레이터 페달을 밟는 발에 힘이 들어갔는지 타이어가 지면을 긁어 대며 굉음을 내었다. 어디에라도 차체를 부딪쳐 찌그러트리고 싶은 충동이 치밀어 올랐다. 혜영은 마구 거칠게 차를 몰았다.

혜영이 솔레이유 디베에 도착한 것은 다섯 시가 훨씬 넘어서였다. 사은 대잔치는 이미 끝나 버렸고 매장 한구석에 음식 찌꺼기와 그릇 나부랭이가 쓰레기 더미처럼 쌓여 있었다. 종업원들이 뒷정리를 하느라 분주하게 이리저리 왔다 갔다 하고 있었다. 실내에 짙게 밴 음식 냄새가 심한 허기를 불러일으켰다. 그제야 혜영은 아침부터 커피 몇 잔을 마셨을 뿐 아무것도 먹은 게 없다는 걸 깨달았다.

"아니, 얘 혜영아. 이제 오면 어떻게 하니? 도대체 무슨 일이야? 전화 연락도 안 되고……. 나는 무슨 사고라도 난 줄 알았다."

윤주가 다가와 질책하는 목소리로 말했다. 무슨 말인가를 더 하려던 윤주가 말을 삼키며 혜영의 얼굴을 자세히 살폈다.

"혜영아, 너 어디 아프니? 얼굴이 영 말이 아니다."

윤주의 고운 얼굴에 근심이 가득했다.

"아니, 아무렇지도 않아. 좀 피곤한 것뿐이야. 그나저나 음식 남은 것 좀 있으면 줄래? 아직 점심 전이야."

목에 가시라도 걸린 듯 목소리가 갈라져 나왔다. 혜영은 초췌한 몰골을 보이게 된 것이 부끄러워 양손으로 얼굴을 쓸고 머리카락을 매만지면서 애써 태연한 모습을 보이려 했다.

"너……, 무슨 일 있지? 무슨 일이야? 나한테 이야기해 줄 수 없니?"

"얘는 일은 무슨 일."

혜영은 감정이 복받쳐 말을 이을 수가 없었다. 자꾸만 눈물이 터져 나오려 했다. 윤주는 더 이상 캐묻지 않았다. 아무리 묻는다 해도 혜영이 자신의 일을 지금 말하지 않을 거라는 사실을 윤주는 너무 잘 알고 있는 까닭이다. 혜영은 늘 그랬다. 무슨 걱정거리가 있을 때면 혼자서 꿍꿍 앓다가 스스로 결론을 내리고 감정이 어느 정도 삭은 다음에야 비로소 남의 이야기를 하듯 윤주에게 털어놓곤 했었다. 남편이 곁을 떠났을 때도 혜영은 두 달인가 지난 후에야 윤주에게 그 이야기를 했다.

윤주가 시루떡과 수정과를 내왔다. 시루떡은 아직 온기가 남아 있었다. 생각 같아서는 순식간에 먹어 치울 것 같았는데 입안이 모래알로 가득 찬 듯 버석거려 넘어가지 않았다. 혜영은 서너 입 베어 물다 손을 놓고 말았다.

"혜영아, 도대체 무슨 일이니? 형준 씨가 이혼이라도 하자고 그러던?"

윤주가 곁으로 바싹 다가와 손을 움켜쥐며 물었다.

"아냐, 그런 건 아냐."

도리질 치는 혜영을 무시하며 윤주는 단호한 목소리로 말했다.

"혜영아, 너…… 이혼하자고 해도 절대 들어줘서는 안 된다. 살다 보면 그런 때가 있어. 참아. 참는 게 제일이야. 참고 견디다 보면 결국 모든 게 제자리로 돌아오는 법이야. 물론 견디기 어려운 일이라는 건 나도 잘 알아."

"얘는 그런 일이 아니라니깐. 왜 알지도 못하면서 자꾸 엉뚱한 소릴 하고 그러니?"

혜영은 빙그레 미소를 지으며 일부러 경쾌한 목소리로 말했다. 미소가 아주 어색했던지 윤주의 눈가가 촉촉이 젖고 있었다.

"얘, 그렇담 정말 다행이다. 난 너만 보면 불안해서 아찔아찔하고 조바심이 나. 별일 없다니 정말 다행이다. 너, 이따 저녁때 바쁜 일 없으면 나하고 같이 저녁 먹으러 가자. 얼마 전에 가 본 곳인데 정말 괜찮더라. 분위기가 아주 고급스러운데 음식값은 싸."

"윤주야, 고맙다. 나한테 그렇게 신경 쓰지 않아도 돼. 그냥 집에 들어가 쉬겠어. 미안해. 그리고 오늘 사은 잔치 결과하고 겨울 상품 기획 문제는 내일 이야기하기로 하자. 그래도 괜찮지?"

윤주는 말없이 고개만 끄덕였다. 윤주의 얼굴에 깊이 드리운 우수의 그림자를 보면서 혜영은 자리에서 일어섰다.

'아, 정말 좋은 친구. 윤주야, 정말 고마워.'

마음속 깊이 감사하며 혜영은 솔레이유 디베를 떠났다.

혜영이 영훈과 만나기로 약속한 레스토랑에 도착하니 약속 시각이 십 분이나 지나 있었다. 도시는 넘치는 차량으로 거대한 주차장이었다. 보통 때 삼십 분이면 가는 길이 한 시간 넘게 걸렸다. 게다가 주차할 곳이 없어 빙빙 도느라 삼십 분을 또 허비했다. 혜영은 나무 계단이 쿵쿵 소리가 나도록 거칠게 밟으며 지하 레스토랑으로 뛰어 내려갔다.

희미한 불빛으로 어스름한 레스토랑은 겨울 바다처럼 텅 비어 있었다. 한구석에 앉아 있는 영훈의 모습이 추수가 끝난 들판에 서 있는 허수아비처럼 쓸쓸했다. 영훈의 체구가 유난히 작아 보였다. 작은 촛불을 밝힌 테이블에 놓인 재떨이에 서너 개의 꽁초가 담겨 있었다. 혜영은 약속 시각을 지키지 못한 게 미안했다.

"미안해. 오래 기다렸지? 오는 도중에 어찌나 길이 막히던지."

"아니에요. 별로 오래 기다리지 않았어요. 이런 일이라면 하루 종일이

172

라도 기다릴 수 있다고요."

영훈의 싱글거리는 표정이 해맑았다. 혜영은 쾌활한 모습을 보이려 애
썼다.

"무척 피곤해 보이시네요. 공연히 제가 힘들게 해 드린 거나 아닌지 몰
라요."

흐린 불빛 아래에서도 얼굴에 드리운 초췌한 그림자가 확연히 드러나
보였던지 영훈의 목소리가 낮게 가라앉았다.

"힘들기는……. 아주 즐거운걸. 모처럼 총각과 데이트를 하니 말이야.
양품점에서 사은 행사를 벌이느라 한참 서 있었더니 그런 모양이야. 그나
저나 생일 축하해. 그리고 이거 생일 선물. 티셔츠를 하나 샀는데 마음에
들지 모르겠어. 아무튼 미안해. 까맣게 잊고 있었다니까. 말을 해 주지 않
았으면 올해도 작년처럼 그냥 지나가 버리고 말았을 거야."

"아이참, 저녁만 사 달라고 했지 누가 선물 사 달라고 했나요?"

영훈이 투정 부리는 아이처럼 톤을 높이며 뾰로통한 목소리를 냈다. 겉
으로만 그럴 뿐 속마음은 무척 기쁜 모양이었다. 옷을 손에 들고 싱글거리
며 이리저리 살펴보다가 갑자기 입고 있던 옷을 벗어 버리고 새 옷을 입었
다. 알몸이었다. 갓 구워낸 빵처럼 보드랍고 매끈한 알몸이 잠시 나타났
다가 사라졌다. 혜영은 너무 어이없는 그의 행동에 그만 까르륵 웃음을 터
트리고 말았다. 전통 서구 스타일의 옷차림을 한 종업원 소녀 둘이 손으로
입을 가리며 킥킥거렸다.

"아유, 참 성미도 급하기는. 어때 마음에 들어? 내가 보기에는 썩 잘 어
울리는데."

"아, 참 멋있어요. 감사합니다."

영훈은 패션쇼를 하는 모델처럼 몇 차례 몸을 회전시키다가 혜영에게 옛 서양의 기사들처럼 한쪽 무릎을 땅에 대고 오른손을 앞으로 뻗치면서 과장된 제스처를 취했다. 혜영의 입가에서 벙실벙실 웃음이 터졌다. 아, 이렇게 유쾌한 시간을 가져 본 게 언제였던가.

"저……. 여기서는 간단히 차나 한잔 마시고 식사는 어디 야외에 나가서 강바람이라도 쐬면서 하고 싶어요. 그래도 괜찮겠지요? 운전은 제가 할게요."

"그럼, 괜찮고말고. 덕분에 오랜만에 기사가 모는 차를 타고 드라이브를 해 볼까? 그런데 어디 눈여겨보아 둔 곳이라도 있어?"

"팔당이나 양수리 쪽으로 나가 보고 싶어요. 기차를 타고 그곳을 지나가다 강변에 늘어선 음식점들을 보면서 언젠가 한번 저런 곳에서 누군가와 둘이서 강물을 바라보며 술을 마시고 싶다는 생각을 하곤 했어요. 그러면서도 아직 한 번도 가 본 적이 없어요."

그래, 강바람을 쐬면 마음이 한결 나아질 거야. 혜영은 어릴 적 소풍 가기 전날처럼 마음이 들떴다. 우울하던 마음이 가라앉으며 혜영은 조금씩 장난기가 발동했다.

"술을 마시면 돌아올 때는 어떻게 하지?"

"술을 마시면 저……. 술 못 마시는 분이 운전하면 되죠."

영훈이 마땅한 호칭을 찾지 못해 망설이는 모습에 혜영의 입에서 피식 웃음이 터져 나왔다. 처음 영훈이 현주를 가르치러 왔을 때 영훈은 혜영을 보고 사모님이라고 불렀다. 아유, 학생도 참 사모님이 뭐예요? 그냥 아줌마라고 불러요. 혜영이 그렇게 말한 후 영훈은 혜영을 불러야 할 때는 현주 어머님이라는 애매한 삼인칭을 썼다. 혜영도 영훈을 현주 선생님이라고 불렀다. 그런데 얼마 전부터 영훈의 입에서 현주 어머님이라는 호칭이 불리지 않았다. 무인칭이었다. 아무래도 한 가족처럼 친해지니까 너무 거리감이 느껴지는 호칭이 싫어진 거겠지. 혜영은 그렇게 생각했다.

"나는 술 마시지 말라고?"

혜영은 포도주 한 잔만 마셔도 얼굴이 빨개지고 숨이 가빠 오는 바람에 술은 전혀 입에도 대지 못한다. 혜영은 농담을 하고 싶었다.

"술 못 하시잖아요."

"오늘은 내가 술을 좀 마시고 싶은데 어쩌지?"

"할 수 없죠, 뭐. 그러면 돌아오지 않으면 되는 거죠."

가볍게 말하면서도 영훈은 뭔가 불안한 듯 얼굴이 발갛게 상기되며 어색한 몸짓을 했다. 혜영은 농담을 진지하게 받아들이는 영훈의 태도가 무척 재미있었다. 오후 내내 혜영의 온몸을 무겁게 짓누르고 있던 우울한 분노는 어느새 슬며시 사라지고 그 자리를 밝고 유쾌한 즐거움이 독차지했다. 정말 이대로 어디 먼 곳에 가서 며칠간 푹 쉬었다가 오고 싶었다.

망우리 고개를 넘어가면서 혜영은 환하게 터진 서쪽 하늘이 낙조로 붉게 물들어 있는 것을 보았다. 내일부터 또다시 불볕더위가 시작될 모양이다.

영훈은 무척 들떠 있었다. 쉼 없이 콧노래를 흥얼거리고 있었다. 핸들을 잡은 몸놀림이 무척 경쾌했다. 너무 과속하고 있어서 혜영은 내심 불안했다. 때때로 브레이크를 밟은 후에도 차가 앞차의 뒤꽁무니로 곤두박질치다가 가까스로 충돌을 피하고 멈추는 바람에 혜영은 가벼운 비명을 지르며 자신도 모르게 브레이크페달을 밟는 발동작을 취하곤 했다. 그럴 때마다 영훈은 혜영을 쳐다보며 깔깔거리며 웃음을 터뜨렸다.

"하하, 놀라셨어요? 불안하세요? 걱정하지 마세요. 운전이라면 자신이 있거든요. 달릴 때는 마구 달리지만 서야 할 때는 꼭 알맞게 서거든요."

"운전에 자신은 금물이야. 수십 년간 운전을 하던 사람들도 한순간에 정면충돌을 하기도 하잖아."

"염려하지 마세요."

영훈은 혜영이 바짝 긴장해 있다가 깜짝깜짝 놀라는 모습이 무척 재미있는 모양이었다. 짓궂은 개구쟁이 아이처럼 영훈은 혜영을 마구 괴롭혔다. 영훈은 얼마 전에 새로 만든 널찍한 왕복 사 차선 도로를 피해 한적한 이차선 국도로 진입했다. 국도에는 지나다니는 차량이 거의 없었다. 덕소를 지나면서 영훈은 반대 차선으로 차를 몰기도 했다. 그럴 때마다 혜영은 영훈의 어깨를 주먹으로 마구 두드리며 조심하라고 소리 질렀다. 처음의 불안했던 마음은 어느새 사라지고 혜영은 영훈의 장난기 그 자체가 무척 즐거웠다.

팔당댐에 도착했을 때에는 이미 땅거미가 짙게 내려앉았다. 영훈은 팔당댐이 한눈에 들어오는 매운탕 집 앞에 차를 세웠다. 영훈이 송어 회 한 접시와 소주 한 병을 주문했다. 불그스레한 빛깔의 싱싱한 송어 회를 보자 혜영은 맹렬한 식욕이 돋아났다. 혜영은 허겁지겁 음식을 탐했다. 송어 회는 녹말가루를 끓여 만든 사탕 포장지처럼 입안에 들어가자마자 사르르 녹아내렸다. 정신없이 회를 집어 먹던 혜영은 영훈이 송어 회를 거의 입에 대지 않고 있는 것을 알았다. 영훈은 혜영의 모습을 지켜보며 소주만 마시고 있었다. 영훈은 소주 한 병을 혼자서 순식간에 해치우고 술 한 병을 더 주문했다. 그러한 영훈의 모습은 혜영에게 무척 낯설었다. 혜영이 알기로 영훈은 술을 많이 하는 사람이 아니었다. 어쩌다 남편이 술을 대접할 때도 영훈은 늘 사양하곤 했다. 남편이 몇 차례 재촉을 하면 그제야 마지못해

한 모금씩 마셨다. 대개 한두 잔 정도 마셨고, 아주 가끔 세 잔을 마셨다. 게다가 여느 때와 달리 영훈은 술을 마시기 시작하면서 입을 꾹 다문 채 강물만 바라보고 있었다. 웬 술을 이렇게 많이 마시는 걸까. 혹시 무슨 좋지 않은 일이라도 있었던 게 아닐까. 혜영은 조심스레 질문을 했다.

"한 가지 알고 싶은 게 있는데 물어봐도 될까?"

이미 어둠이 짙은 잉크 빛 강물을 바라보며 담배를 피우고 있던 영훈이 혜영을 향해 얼굴을 돌렸다. 눈 가장자리가 아이섀도라도 칠한 듯 술기운이 올라 발갛게 물들어 있었다.

"왜 오늘 같은 날 이렇게 혼자 보내고 있지?"

영훈이 가만히 혜영의 눈을 들여다보았다. 무엇인가를 갈구하는 듯 영훈의 눈동자는 가늘게 떨고 있었다. 그런 영훈의 얼굴에는 짙은 우수가 가득했다.

"혼자라니요? 제 앞에 앉아 계신 분은 사람이 아니신가요?"

"아니, 그런 말이 아니라 내 말은……."

"알아요. 무슨 말씀을 하시려는 건지. 전 그런 사람 없어요."

영훈이 혜영의 말을 중간에서 가로채고는 날카롭게 소리쳤다. 혜영은 갑작스레 돌변한 영훈의 태도에 머쓱해졌다. 눈치도 없이 남의 아픈 상처를 건드렸구나. 혜영은 자신의 행동을 후회했다. 혜영은 무안해져 강으로 시선을 옮겼다.

팔당댐은 수문을 모두 열어 놓았다. 한강 상류 지역에 많은 비가 내린 것이다. 도도히 쏟아져 내리는 물줄기는 마치 빨랫줄에 널려 바람에 흔들리는 흰 빨래 같았다. 그것은 또 부서지는 달빛을 받으며 흐드러지게 피어 있는 배꽃 같기도 했다. 쏟아지는 물소리는 플랫폼을 질주해 들어오는 지하철의 바퀴 소리 같았다. 물소리에 섞여 간간이 풀벌레 소리가 들렸다.

아, 저 강물은 어디서 흘러와 어디로 가는 것일까. 저 강을 이루는 작은 물방울들은 서로 어떻게 만났으며 또 서로 헤어져 각기 어디로 가게 될까. 한번 헤어진 물방울들이 서로 다시 만나려면 얼마나 많은 시간을 기다려야 할까.

혜영은 흐르는 강물을 바라보며 깊은 상념에 빠졌다. 그때 영훈이 낮게 속삭였다.

"저도 한 가지 알고 싶은 게 있어요."

무엇을 알고 싶은 것일까. 혜영은 궁금한 마음에 영훈의 눈을 가만히 들여다보았다.

"혜영 씨, 혜영 씨는 왜 재혼을 하지 않으시는 겁니까? 아직도 남편을 사랑하고 계신가요? 혜영 씨는 남편께서 다시 돌아오기를 기다리고 계시는 겁니까? 남편이 다시 돌아올 거라고 생각하고 계시는 겁니까?"

혜영은 자신의 귀를 의심했다. 영훈이 갑작스레 딱딱한 어조로 혜영의 이름을 부른 까닭이었다. 게다가 영훈은 자신과 남편에 관한 문제를 화제에 올리고 있는 것이 아닌가. 여태껏 없었던 일이었다. 남편이 혜영의 곁을 떠나는 것을 옆에서 지켜보면서도 영훈은 전혀 아는 체하지 않았다. 너무 뜻밖이었다. 당황해서 무어라고 대꾸해야 할지 갈피를 잡지 못하는데 영훈의 말이 이어졌다.

"놀라게 해 드렸다면 사과합니다. 오래전부터 이름을 부르고 싶었어요. 그리고 혜영 씨……. 혜영 씨의 입에서 제 이름이 불리는 걸 듣고 싶었어요. 혜영 씨, 혜영 씨는 제가 왜 이곳에 머무르고 있는지 그 이유를 생각해 보신 적이 있으신가요? 유학을 떠나라는 아버지의 닦달을 견뎌 내면서 제가 이곳에 머무르려 하는 까닭이 무엇인지 아세요? 그건 혜영 씨 바로 당신 때문입니다. 이곳에 혜영 씨가 있기 때문입니다. 당신을 사랑하기 때문입니다. 혜영 씨, 당신을 사랑합니다."

숨을 헐떡이며 말을 마친 영훈이 빈 잔에 소주를 가득 따랐다. 갈증을 달래기라도 하듯 영훈은 허둥대며 몇 잔인가의 소주를 연거푸 입안에 털어 넣었다. 소주를 따르는 그의 손끝이 심하게 떨고 있었다.

혜영은 그러한 영훈의 모습을 망연히 바라보았다. 머릿속에서 커다란 장수풍뎅이 한 마리가 붕붕거리며 날아다니고 있었다. 머리의 사고 기능이 완전히 정지한 듯 혜영은 아무런 생각도 할 수가 없었다. 혜영 씨 사랑합니다. 혜영 씨 사랑합니다. 그 두 마디의 말만이 고삐 풀린 두 마리 거친 망아지처럼 혜영의 머릿속을 마구 헤집으며 내닫고 있었다.

"혜영 씨를 만난 후 제 삶은 번민의 연속이었습니다. 왜 나는 이제야 당신을 만난 걸까. 왜 당신이라는 사람은 그토록 깊은 곳에 숨어 있다가 이제야 내 눈앞에 모습을 드러낸 걸까. 밤마다 당신에게 사랑을 고백하는 꿈을 꾸었습니다. 잠에서 깨어나 당신에 대한 사랑의 고백이 허망한 환상이었음을 알고 제가 느꼈던 그 절망의 깊이를 당신은 만 분의 일도 헤아리지 못할 겁니다. 당신의 남편이 당신을 떠나려 할 때 제가 얼마나 기뻐했는지 아십니까? 오, 하느님. 제발 혜영 씨의 남편이 혜영 씨를 떠나게 해 주십시오. 그가 다시 혜영 씨를 사랑할 수 없도록 하여 주십시오. 혜영 씨의 마음에 그에 대한 증오가 반석처럼 자리 잡게 해 주시옵소서. 저는 하느님께 기도했습니다. 악마가 나타나 영혼을 팔라고 했다면 저는 기꺼이 그렇게 했을 겁니다. 혜영 씨, 사랑합니다."

사랑, 사랑……. 아, 이 사람은 나를 사랑하고 있구나. 한 남자가 나를 사랑한다고 말하고 있다. 이 사람은 왜 내게 사랑을 느끼고 있는 것일까. 나의 어디를 이 사람은 사랑하고 있는 걸까. 남편은 늙어 가는 내 모습이 싫어 새로운 젊은 여인을 찾아 떠났는데 왜 이 사람은 이제는 늙어 희망이 없는 내게 열정을 갖고 있는 걸까. 왜 세상일이 이렇게 불공평한 걸까.

혜영의 머릿속은 혼돈이었다. 전혀 갈피를 잡을 수 없는 혼돈이었다. 술을 마시고 싶었다. 술을 마시면 뒤엉킨 머릿속이 깨끗이 정돈될 것만 같았다. 식탁 위에 놓인 술잔이 버림받은 아이처럼 맹한 눈초리로 혜영을 올려다보고 있었다. 혜영은 술잔을 집어 들었다. 생각보다 술이 그렇게 쓰지 않았다. 혜영은 반 잔의 술을 음미하듯 천천히 마시고 나서 입을 열었다. 숨이 가쁘고 목소리가 자꾸 떨렸다.

"나는……, 나는 여태껏 이 선생을 현주 선생님 이상으로 생각해 본 적이 없어. 때로 이 선생이 내 동생이었으면 하는 생각을 한 적은 있었지만. 현주 선생님이 나를 그 정도로 생각해 주는 건 정말 고마운 일이야. 그런데…… 나는 현주 선생님에겐 너무 어울리지 않는 상대가 아닐까. 아마, 아무도 이해하지 못할 거야. 게다가 나는 새로운 변화를 찾아 거기에 적응해 나가기에는 너무 나이가 많아."

두 손으로 턱을 괴고 고개를 숙인 채 묵묵히 혜영의 말에 귀를 기울이고 있던 영훈이 고개를 번쩍 치켜들며 싸움이라도 하려는 사람처럼 언성을 높였다. 그의 눈은 이상한 열기로 가득했다.

"혜영 씨, 저는 대학을 졸업하면 유학을 떠날 겁니다. 공부를 계속하고 그리고 학위를 받아 그곳에서 영원히 머무를 겁니다. 다시 이곳으로 돌아오지 않을 겁니다. 그곳에서는 어느 누구도 다른 사람의 생활 방식에 대해 이러쿵저러쿵 이야기하지 않습니다. 그곳에서 저는 누구의 눈치도 보지 않고 평생을 혜영 씨와 같이할 겁니다. 혜영 씨, 같이 떠나고 싶습니다. 저와 함께 떠나 주십시오."

혜영은 무척 답답했다. 사람이 사랑에 빠지면 왜 이다지도 비논리적인 사고를 하게 되는 것일까. 그래, 이곳을 떠나면 모든 것이 저절로 해결될 수 있다고 하자. 그러나 그건 마치 손바닥으로 두 눈을 가리고 온 세상이 짙은 어둠이라고 생각하는 것과 다름없는 착각일 뿐이다. 아직 젊기 때문이야. 시간이 좀 더 있어야 하겠지. 조금 시간이 지나 마음이 진정되면 사람이 열정만을 먹고 살 수는 없다는 걸 깨닫게 되겠지.

혜영은 영훈에게 깊은 연민을 느꼈다. 어떻게 할 것인가. 이런 철부지 사랑을 받아 주어야 할 것인가. 그것은 백번 생각해도 잘못이다. 영훈과 자신에게 치유될 수 없는 깊은 상처만 남기고 끝나 버릴 비련이 될 것이다. 또한 사랑이란 환상일 뿐이지 않은가. 비 온 뒤 잠시 나타났다 스러지는 무지개 같은 것 아니던가. 그것을 알면서 나 또한 함께 미쳐 버릴 수는 없는 일이다. 광기는 한 사람으로 족하다. 아, 가엾은 사람……. 자, 이제 돌아가자. 이건 꿈과 같은 헛된 이야기일 뿐이다.

혜영은 일단 영훈과의 이야기는 이 정도에서 중단해야 한다고 생각했다.

"잘 알았어요. 현주 선생님이 그렇게까지 날 생각하고 있다니 참 고마워요. 아무튼 내가 현주 선생님의 마음을 잘 알았고, 오늘은 너무 늦었으니 이만 일어서고 내일 다시 같이 이야기하도록 해요. 너무 갑작스런 이야기라 나도 혼자 차분하게 생각할 시간이 있어야 하고."

영훈의 얼굴빛이 침울해졌다. 영훈은 말없이 담배에 불을 붙여 물고 쏟아져 내리는 팔당댐의 물줄기만 바라다보았다. 영훈은 중간쯤 피우다 만 담배를 강물로 던져 버렸다. 붉은 담뱃불이 차량 미등처럼 긴 포물선을 그으며 강물로 빠져들었다.

"저는 취하지 않았습니다. 아직 얼마든지 더 마실 수 있습니다. 혜영 씨, 제가 술 때문에 헛소리를 하고 있는 거라고 생각하지 마십시오. 제 의식은 얼음처럼 아주 냉정합니다. 처음부터 이 싸움은 힘겹고 오랜 시간이 걸리는 지루한 공방전이 될 거라고 생각하고 있었어요. 이건 시작일 뿐입니다. 그래요. 가요. 오늘은 가겠습니다. 혜영 씨가 분명히 알아 두셔야 할 건 저는 틀림없이 이 싸움에서 이길 거라는 사실입니다. 가겠습니다. 올 때처럼 운전은 제가 하겠습니다. 저는 조금도 취하지 않았으니까요."

영훈은 말을 마치기가 무섭게 자리를 박차고 일어섰다. 혜영이 음식값을 치르고 주차장에 나와 보니 영훈은 벌써 운전석에 들어가 앉아 있었다. 혜영은 어떻게 할까 망설였다. 정말 영훈이 제대로 운전을 할 수 있을까. 영훈은 시동을 걸고 막 안전벨트를 매고 있었다. 혜영은 불안한 마음을 떨쳐 버리지 못하고 영훈의 옆 좌석에 앉았다.

매운탕 집 앞에서 영훈은 오른쪽 깜빡이의 스위치를 넣었다. 혜영은 의아했다. 서울로 가려면 왼쪽으로 꺾어야 하기 때문이었다. 영훈이 술 때문에 방향감각을 잃고 있는 거였다.

"아니, 그 길이 아냐. 서울로 가려면 왼쪽으로 꺾어야 해."

"알아요. 집으로 가려는 게 아닙니다. 저는 혜영 씨로부터 대답을 듣기 전에는 절대로 집에 돌아가지 않을 겁니다."

기가 막혔다. 도대체 이 사람은 무슨 생각을 하고 있는 걸까. 나를 사랑하니까 나 또한 당연히 그를 사랑해야 한다는 것인가. 이것은 독선이며 철부지 장난과 같은 일이다. 혜영은 슬며시 부아가 치밀어 올랐다.

"아니, 도대체 왜 이러는 거야? 왜 이렇게 서두르는 거지? 나한테도 생각할 여유를 줘야 하는 거 아닐까? 현주 선생님이 이렇게 독선적인 사람인 줄은 정말 몰랐어. 실망했어. 자, 고집부리지 말고 어서 차를 돌려요."

"현주 선생님. 현주 선생님. 아직도 현주 선생님입니까? 저는 영훈입니다. 이, 영, 훈. 이영훈이라고요."

영훈은 상처 입은 짐승처럼 으르렁거렸다. 식식거리며 숨을 몰아쉬던 영훈은 달려오는 차가 뜸해진 틈을 이용해 급가속을 하며 도로로 뛰어들었다. 차가 한쪽으로 쏠리며 타이어에서 날카로운 마찰음이 울렸다. 혜영은 입을 다물었다. 영훈이 지나치게 흥분하고 있었고 길의 굴곡이 아주 심했기 때문이었다. 영훈은 미친 듯 액셀러레이터의 페달을 밟아대고 있었다. 검은 강물이 휘청거리며 혜영의 눈앞으로 다가왔다가 사라지곤 했다. 술 탓인지 현기증이 일었다. 혜영은 시트의 등받이에 머리를 기대고 눈을 감았다.

아, 이 남자가 나를 사랑하고 있다. 나를 사랑하는 만큼 내가 그를 사랑해 주기를 바라고 있다. 혼자인 줄 알았는데 나를 사랑하는 사람이 이 세상에 있다. 나로 인해 고뇌하며 애태우는 사람이 있다.

오랜만에 혜영은 실로 가슴 벅찬 환희를 느꼈다. 그러나 곧이어 혜영은 자신의 생각을 잘라 버리기라도 하듯 단호히 고개를 가로저었다. 나는 이미 마흔이 넘은 중년의 여인이 아닌가. 모든 사람이 다 이해한다 하더라도 나에 대한 영훈의 사랑이 영원히 지속될 수 있을까. 그렇지 못할 거라는 것은 불을 보듯 빤하다. 영훈이 내 나이가 되었을 때 나는 환갑을 눈앞에 둔 추한 노인의 모습을 하고 있을 것이다. 피부는 탄력을 잃고 거칠게 늘어질 것이며 얼굴과 목 주위로는 깊은 주름이 잡힐 것이다. 내가 지금 육십이 다 된 노인과 같이 산다고 할 때 내가 그를 진정으로 사랑할 수 있을까. 물론 그런 일이 있을 수도 있겠지만 그 가능성은 매우 낮다.

'절대 그럴 수 없어. 나는 그럴 수 없어. 그렇게 하지 못해.'

혜영은 고개를 저었다.

열린 차창을 통해 들어오는 강바람이 몸에 차가웠다. 혜영은 차창의 유리문을 밀어 올렸다. 강을 따라 달리는 도로는 완만하게 휘어져 있었다. 도로 저편으로 양수리 철교와 다리가 가까이 다가오고 있었다. 흐릿한 철교의 실루엣과 진홍빛 가로등이 사열병처럼 줄지어 늘어선 콘크리트 다리가 광대한 바다와 같은 어두운 강 위를 외롭게 달리고 있었다.

어디까지 달려가야 이 사람의 상처받은 마음이 다스려질 것인가……. 혜영은 영훈의 얼굴을 쳐다보았다.

영훈은 입을 꾹 다문 채 정면을 노려보고 있었다. 혜영은 계기판을 들여다보았다. 속도계는 70㎞와 80㎞를 표시한 눈금 사이를 왔다 갔다 하고 있었다. 영훈은 차량 통행이 거의 없는 한적한 국도를 달리면서도 감속하고 있었다. 아마 마음이 조금씩 진정되어 가고 있는 모양이었다. 조금 기다리면 영훈이 다시 말을 시작할 것이다. 그때 영훈의 사랑이 어떻게 잘못된 것인가를 차근차근 설명해 주자. 혜영은 일단 기다리기로 했다.

혜영은 등받이에 편하게 몸을 기대고 눈을 감았다. 어둠의 저편 깊은 곳에서 무엇인가가 아지랑이처럼 피어오르고 있었다. 그건 남편의 얼굴이었다. 지금의 남편이 아닌 멀고 먼 젊은 날의 모습이었다. 부스스하게 일어선 머리카락, 붉게 충혈된 눈, 그리고 열에 들떠 쉴 새 없이 움직이던 입술, 절망 속에서 막 울음을 터트리려는 기이한 표정……. 그러한 것들이 마구 한데 섞이며 선명하게 떠올랐다.

남편이 내게 남겨 준 모든 사랑의 말과 추억들은 지금도 변하지 않은 채 기억 속에 그대로 남아 있는데 왜 남편은 그토록 변해 버린 것일까. 혜영은 눈을 감고 회상에 잠겼다. 아무리 오랜 세월이 흘러도 결코 퇴색하지 않고 보석처럼 빛날 아름다운 추억이리라고 믿었던 그 기억을 다시 떠올리며 혜영은 가슴을 저미는 아픔에 몸을 떨었다.

남편과 커피 사건이 벌어졌던 그다음 날이었다. 점심 식사를 마치고 사무실 문을 들어서는데 자신의 책상 위에 붉은 카네이션 한 다발이 놓여 있는 게 눈에 띄었다. 카네이션 꽃송이 사이에는 카드가 한 장 끼어 있었다. 펼쳐 보니 그것은 뜻밖에도 남편이 보낸 것이었다.

"안녕하세요? 김형준입니다. 어제 오후, 복도에서 대충돌 사건을 일으켰던 장본인입니다. 정말 실례가 많았습니다. 무척 놀라셨죠? 사과하는 뜻에서 저녁 식사를 같이하고 싶습니다. 퇴근 후, 명동성당 정문 앞에 있는 타임이라는 다방에서 뵙고 싶습니다."

혜영은 얼굴이 화끈거리며 달아올랐다. 사과해야 할 사람은 혜영 자신이기 때문이었다. 경망스런 데다가 예의까지 갖추지 못한 여자가 되고 말았다는 생각에 혜영은 무척 부끄러웠다.

퇴근 후, 혜영은 약속 장소에 나갔다. 조명이 낮은 실내는 당시 한창 유행하던 귀를 찢듯 쿵쾅거리는 록 음악과 매연 같은 담배 연기로 가득 차 있었다. 빈자리가 없을 정도로 사람들이 북적대고 있었다. 한쪽 구석에서 미리 자리를 잡고 있던 남편이 혜영에게 손을 번쩍 치켜들었다.

"선배님, 미안합니다. 그렇지 않아도 사무실에 찾아가 정식으로 사과를 드리려 했는데 이렇게 자리를 마련해 주셔서 뭐라고 감사해야 할지 모르겠습니다. 사과하는 뜻으로 오늘 저녁은 제가 사겠습니다."

"뭐라고요?"

"오늘 저녁은 제가 사겠다고요"

"아닙니다. 혜영 씨를 초대한 사람은 접니다. 오히려 제가 무리하게 일방적인 약속을 하고 시간을 빼앗아서 죄송합니다."

"뭐라고요?"

"제가 저녁을 사겠다고요."

시끄러운 음악 소리 때문에 혜영과 남편은 악을 써 가며 이야기를 하다가 서로의 모습이 너무 우스워 깔깔거리며 웃고 말았다. 인근 레스토랑으로 자리를 옮긴 다음에야 차분히 서로의 이야기를 들을 수 있었다.

"혜영 씨, 미안합니다. 타임 저 다방은 제가 대학 다닐 때만 해도 클래식 음악을 틀어 주던 고급스런 찻집이었는데 몇 년 새 아주 이상하게 변했어요. 혼자만 타이를 맨 정장 차림으로 앉아 있자니 아주 어색하고 이상하더라고요. 용서해 주십시오, 장소를 잘못 잡은 점. 아무튼 어제저녁 전 무척 고민을 했습니다. 혹시 혜영 씨가 회사를 아예 그만두어 버리지나 않을까 해서 말입니다. 그런데 이렇게 만나 뵙고 보니 제 걱정이 기우일 뿐이어서 무척 마음이 놓이는군요."

남편은 다변이며 화제가 풍부했다. 혜영은 거의 듣기만 하고 있었는데 전혀 지루한 줄을 몰랐다. 남편은 상대방의 마음속에서 관심거리를 헤아려 뽑아낼 줄 아는 좋은 재주를 갖고 있었다. 알고 보니 남편은 혜영과 대학 동문이며 입사 동기였다. 상경대 경영학과를 혜영보다 삼 년 앞서 졸업한 남편은 군 복무를 마치고 혜영과 같은 해 입사해 자금부에서 근무하고 있었다.

"굳이 저녁을 사시겠다면 그렇게 하십시오. 그렇지만 다음번에 제가 식사 대접할 기회를 꼭 마련해 주셔야 합니다."

혜영은 그날 저녁값을 냈고 그럼으로써 큰 짐을 벗은 안도감을 느꼈다. 남편은 재미있고 성실한 사람이었다. 혜영이 남편에 대해 느낀 첫인상은 그것이었다. 단지 그뿐 더 이상 다른 생각은 아무것도 들지 않았다.

사흘인가 지난 주말 오후 혜영은 남편을 다시 만났다. 남편에게 식사 대접을 할 기회를 주겠다고 한 약속을 지키기 위한 것이었다. 식사를 마친 후 극장 앞을 지나다 갑자기 남편이 표를 두 장 사면서 같이 보자고 했다. 불란서 샹송 가수 에디뜨 피아프의 일생을 극화한 뮤지컬이었다. 에디뜨 피아프의 노래를 익히 잘 알고 있는 혜영은 남편의 제의를 흔쾌히 수락했다.

늦은 시각 남편은 혜영을 집 앞까지 바래다주었다. 버스 정류장에서 집 앞으로 이르는 가파른 언덕길을 오르며 남편은 혜영에게 에디뜨 피아프가 노래한 〈사랑의 찬가〉를 불러 주었다. 투박하고 거친 목소리였지만 최선을 다하는 열정을 느낄 수 있었다. 특히 가사를 원어로 완벽하게 암기하고 있어 의외라는 느낌을 가졌다. 혜영은 남편의 친절이 고마웠다. 그러나 혜영에게 있어 남편은 그저 좋은 사람 그리고 예절 바른 사람이었을 뿐 그 이상도 이하도 아니었다. 그때는 그랬었다. 단지 혜영은 그날 남편에게 빚을 갚았다는 기분에 마음이 홀가분했을 뿐이었다.

그 후 일주일쯤 지나 남편이 혜영을 음악회에 초대했다. 혜영은 바쁜 일을 핑계로 그의 제의를 받아들이지 않았다. 혜영에게서 몇 차례인가 거절을 당한 남편은 하루가 멀다 하고 일방적인 약속을 통보해 왔다. 자신이 정한 약속 장소에서 남편은 몇 시간 동안 혜영이 오기를 기다리곤 하는 모양이었다. 혜영은 그의 제의를 받아들이지 않았다. 만나야 할 이유가 없었다. 집요하게 계속되던 남편의 연락이 열흘 만에 뚝 끊어졌다. 혜영은 모처럼 평온한 마음을 되찾을 수 있었다.

그러한 평온함 속에서도 혜영의 마음 한구석에서는 이유를 알 수 없는 섭섭함이 문득문득 솟아나곤 했다. 점심시간 후 사무실에 들어서면 자신도 모르게 눈길이 다급하게 책상으로 향하곤 했다. 잠자리에 들면 남편의 싱글거리며 웃는 모습과 그와 나누었던 이야기들과 그가 최선을 다해 불렀던 에디뜨 피아프의 〈사랑의 찬가〉가 불쑥불쑥 떠오르곤 했다. 어쩌면 그와 좋은 친구가 될 수 있을 거라는 생각을 하기도 했다. 혜영이 남자에 대해서 그런 생각을 한 것은 그때가 처음이었다. 대학에 다니면서도 혜영은 남자 친구를 사귀지 않았다. 여행길에서, 길거리에서 그리고 교정에서 우연한 부딪힘을 계기로 집적거렸던 많은 사람들에게 혜영은 한 번도 호의를 보이지 않았다. 그들이 무슨 버러지처럼 징그러웠다거나 그들을 하잘것없는 쓰레기 같은 사람이라고 생각한 데 따른 행동은 결코 아니었다. 그건 혜영 자신도 어쩔 수 없는 과도한 부끄러움과 수줍음 때문이었다. 본의 아니게 혜영은 같은 과 남학생들 사이에 콧대 높은 거만한 여자로 인식되고 있었다.

그 후 한 달쯤 지난 어느 날이었다. 그날 혜영은 회사 일이 늦게 끝나는 바람에 귀가가 늦어졌다. 어두운 언덕길을 오르고 있는데 뒤에서 누군가 혜영의 이름을 불렀다. 뒤돌아보니 남편이었다. 혜영은 놀라움보다 반가움으로 가슴이 마구 뛰었다. 가로등 불빛에 비친 남편의 모습은 부스스한 머리칼 하며 비틀린 넥타이 하며 마구 흐트러진 모습이었다. 혜영은 그때 남편에게 깊은 연민의 정을 느꼈다. 그리고 자신이 남에게 못 할 짓을 하고 있다는 후회를 했다. 혜영은 그다음 날 만나자는 남편의 제의를 흔쾌히 받아들였다.

다음 날 혜영은 아침부터 마음이 설레었다. 너무 야한 빛깔이라서 입사한 이후 한 번도 입은 적이 없던 붉은 원피스를 입고 조금 짙다 싶을 정도로 화장을 했다. 혜영이 시각에 맞춰 약속 장소에 나가 웨이터의 안내를 받아 테이블에 앉을 때까지 남편은 혜영을 외면했다. 혜영이 자리에 앉자 남편은 전혀 표정이 없는 얼굴로 혜영을 힐끗 쳐다보고는 웨이터에게 일방적으로 식사와 술을 주문하고서 담배를 하나 꺼내 피워 물었다. 담배 한 대를 다 피울 동안 남편은 말이 없었다. 혜영과 남편은 서로 외면한 채 침묵의 시간의 태웠다. 담배를 다 피우고 나서 남편이 냉소적인 목소리로 말했다.

"혜영 씨, 방탄조끼를 입고 오셨나요? 전 부비트랩 같은 사람입니다. 조금만 잘못 건드리면 터지면서 당신에게 깊은 상처를 입힐지도 몰라요."

혜영은 남편이 너무 딱딱하게 굳어 있어 짐짓 장난기 가득한 목소리로 밝게 말했다.

"염려 마세요. 건드리지 않을 거니까요. 저는 이 자리에서 일 센티도 가까이 가지 않을 거예요."

남편이 낮은 신음 소리를 내며 혜영의 말을 중간에서 잘랐다.

"이봐요, 혜영 씨. 나는 농담을 하고 있는 게 아닙니다. 나는 지금 전혀 웃을 기분이 아니에요. 웃고 떠들려고 혜영 씨를 이 자리에 나오라고 한 게 아닙니다. 혜영 씨, 나를 놀리려 하지 마십시오."

혜영은 남편의 모습이 너무 무서워 입을 다물고 가만히 앉아 있었다. 웨이터가 주문받은 음식을 날라 올 때까지 식탁 위에는 무거운 침묵만 내려앉았다. 혜영은 음식을 먹을 수가 없었다. 남편은 맥주를 몇 잔 연거푸 마시고 나서 싸움이라도 하려는 사람처럼 거친 목소리로 말했다.

"혜영 씨, 지난 한 달간 밤잠을 이루지 못하며 깊이 생각했습니다. 내 몸 어디에서 악취가 나는 걸까, 내 몸 어디에 가시가 달려 있는 걸까 하고 말입니다. 그리고 다짐했습니다. 악취가 난다면 그 악취가 없어질 때까지 몸을 씻고 또 씻자 살가죽이 벗겨지도록 박박 문질러 그 악취를 없애 버리자 가시가 있다면 그 가시를 모조리 뽑아 버리자 라고 말입니다. 당신이 내게서 맡은 악취는 대체 어디에서 비롯된 것이던가요? 내 몸 어느 곳에 가시가 붙어 있나요? 혜영 씨, 제발 말씀해 주세요."

남편의 얼굴이 막 울음을 터트리려는 아이처럼 일그러졌다. 혜영은 마구 울음이 터져 나올 것만 같았다. 한 손으로 입을 가리고 혜영은 기어들어가는 목소리로 겨우 중얼거렸다.

"그런 건 아니었어요. 단지……, 단지 두려웠을 뿐이에요. 무서웠어요. 그게 그렇게 당신의 가슴을 아프게 했었다니 미안해요. 용서해 주세요."

"무서웠다고요? 뭐가요?"

남편은 혜영의 대답이 아주 의외였던지 잠시 바보처럼 멍한 표정을 지었다. 한동안 말없이 혜영을 바라보며 남편은 자신이 너무 흥분했다는 생각을 한 모양이었다. 남편의 감정이 조금씩 수그러들었다.

"혜영 씨, 미안합니다. 언성을 높인 점 사과합니다. 저는 무서운 사람이 아닙니다……. 당신을 처음 만난 순간 제 마음속에는 어떤 운명의 힘이 우리를 만나게 해 준 거라는 확신이 자리 잡았습니다. 그건 뭐랄까 운명의 신의 암시라고나 할까요. 우리는 몇 겹의 길고 긴 시간 동안 계속하여 되풀이되는 윤회의 삶 속에서 늘 같은 시간에 태어나 같은 순간에 죽음을 함께하는 필연의 사랑일 것입니다. 저는 당신을 놓치지 않을 겁니다. 당신이 아무리 먼 곳으로 떠난다 하더라도 저는 끝까지 당신을 따라갈 겁니다. 혜영 씨, 사랑합니다. 당신에 대한 제 사랑은 영원히 변하지 않을 겁니다."

190

남편이 혜영의 어깨를 양손으로 가볍게 짚었다. 그리고는 가만히 자신의 가슴 쪽으로 혜영을 끌어당겼다. 혜영은 저항하지 않았다. 두 사람 사이에 놓여 있는 테이블이 밀리며 혜영의 배를 찔렀다. 접시가 덜그럭거리는 소리와 함께 술잔이 엎어지며 바닥으로 굴러 깨지는 소리가 들렸다. 무언가 축축한 것이 가슴을 적셨다. 토마토케첩이거나 소스일 것이다. 혜영은 몸을 뒤로 빼내려 힘을 주었다. 남편이 끌어당기는 힘은 혜영으로서는 감당할 수 없을 만큼 강했다. 혜영이 옷이 젖고 있다는 말을 하려는 순간 남편의 입술이 가볍게 혜영의 입술을 덮었다. 그것은 따뜻함과 부드러움이었다. 아, 사람의 입술이 이렇게도 감미로운 것이었던가. 머릿속에서는 수많은 새들이 날개를 퍼덕이고 꼭 감은 눈앞으로는 반짝이는 빛들이 마구 부서져 내렸다. 온몸의 힘이 한꺼번에 빠져나간 듯 혜영은 꼼짝도 할 수가 없었다. 남편의 입술을 받아들이며 혜영은 그때 엉뚱하게도 피노키오 선생님의 얼굴을 떠올렸다. 삐죽한 코와 바짝 마른 피노키오 선생님의 싱글거리며 웃는 모습이 눈앞에서 맴돌았다. 도리질을 칠수록 그의 여러 얼굴 표정들은 확대되어 겹쳐지면서 혜영의 머릿속을 가득 채웠다. 남편이 도리질 치는 혜영의 얼굴을 강하게 휘어잡으며 귀에 입술을 대고 낮게 속삭였다.

"당신을 사랑합니다."

달리던 차가 스르르 멈췄다. 혜영은 눈을 뜨며 등받이에서 고개를 들었다. 주유소였다. 혜영은 주위를 둘러보았다. 주유소 옆에 네덜란드풍의 거대한 풍차를 전면에 장식한 모텔이 서 있는 게 눈에 들어왔다. 붉고 푸른 네온으로 장식한 풍차가 느릿느릿 회전하고 있었다.

'어느새 양평 가까이까지 온 모양이구나.'

혜영은 가볍게 한숨을 내쉬었다. 사위는 검은빛 물감을 풀어 놓은 듯 짙은 어둠이었다. 밤하늘에도 구름이 잔뜩 끼어 별 하나 보이지 않았다. 휘발유를 채우는 동안 혜영은 자판기에서 캔 커피를 두 통 뽑았다. 혜영이 건네준 캔 커피를 무표정하게 받아 마신 영훈은 자동차가 두터운 어둠의 벽을 가르며 빈 도로를 질주할 때까지 혜영에게 한마디 말도 하지 않았다. 혜영은 하릴없이 차창 밖을 응시했다. 길 위로 조금씩 안개가 내려앉고 있는지 전조등 불빛이 멀리 나아가지 못하고 뿌연 수증기처럼 피어올랐다.

　혜영은 등받이에 머리를 기대고 눈을 감았다. 도대체 이 이상한 여행은 언제 어떻게 끝나게 될까. 혜영은 깊은 잠을 자고 싶었다. 죽음처럼 깊은 잠을 자고 싶었다. 한겨울 깊은 어둠 속에서 동면하는 파충류처럼 깊고 짙은 잠을 자고 싶었다. 바람과 달리 잠은 오지 않았다. 붕붕거리는 자동차 엔진음이 발하는 미세한 떨림만이 머릿속을 바이올린 현처럼 팽팽히 잡아당기고 있었다.

　혜영은 눈을 떴다. 그리고 시디의 스위치를 눌렀다. 페르 귄트 모음곡 가운데 들어 있는 〈오제의 죽음〉이라는 곡의 우울한 첼로 음이 퍼져 나오기 시작했다. 혜영은 눈을 감고 음악에 귀를 기울였다.

　'혜영아, 다른 생각은 아무것도 하지 마. 음악에만 귀를 기울여.'

　혜영은 흐트러지려는 마음을 가다듬으며 음악 소리에 온 신경을 집중했다. 무반주 첼로 합주가 점차 고조되어 죽음을 상징하는 비장미를 더하면서 마음을 뒤흔드는 순간 갑자기 음이 낮게 가라앉아 버리고 말았다. 영훈이 볼륨 스위치를 누른 것이다. 혜영이 눈을 뜨고 영훈의 얼굴을 쳐다보자 영훈은 시선을 전면에 고정시킨 채 혜영에게 말했다.

　"혜영 씨, 미안합니다. 음악을 듣고 있을 기분이 아니에요. 그리고 벨트

192

를 매십시오. 제게는 살아서 숨 쉬는 혜영 씨가 필요한 거지 사진처럼 추억으로 간직되는 혜영 씨가 필요한 게 아닙니다."

'벨트를 매라고?'

어느 정도 술이 깨며 그동안 흔들렸던 영훈의 마음이 점차 안정되어 가는 모양이었다. 혜영은 안전벨트의 끈을 채우면서 이젠 영훈을 설득해서 돌아가야 할 때라고 생각했다. 그러기 위해서는 무슨 말이든 시작해서 실마리를 잡아야 한다. 대화가 없는 상태에서는 서로 반감만 커질 뿐이다. 혜영은 되는 대로 말을 끌어냈다.

"추억……, 추억이라고?"

"네, 추억이요. 추억으로 간직되는 혜영 씨는 필요하지 않습니다."

"추억이란 아름다운 게 아닐까. 아무리 큰 괴로움과 아픔이라도 시간이 지나면 아름다움으로 기억되는 게 아닐까?"

"네, 그럴지도 몰라요. 그렇지만 저는 빛바랜 낡은 추억을 반추하며 살고 싶지는 않아요. 그건 너무 비참한 일이에요."

비참한 일이라고? 그래, 그건 너무 비참한 일이야. 남편과의 추억이 아름다움으로 기억될 수 있을까. 아무리 오랜 시간이 지난다 해도 슬픔은 슬픔으로 기억될 뿐이지 결코 즐거움으로 바뀌지 못한다. 혜영은 마음 한구석에서 자신이 영훈을 설득하지 못할 거라는 불안한 생각이 고개를 들고 있음을 느꼈다.

"현주 선생님, 이제 그만 돌아가요. 더 이상 이런 식으로 나를 강요하려고 하지 말아요. 현주 선생님 마음이 무엇인가를 이제 충분히 알았으니까."

혜영은 자신의 말이 영훈에게 아무런 영향도 미치지 못할 공허한 것임을 뻔히 알면서도 단호한 목소리로 말했다. 예상대로 영훈은 물러서지 않왔다.

"혜영 씨는 제 마음을 알고 있다고 하시지만 아직 변한 건 아무것도 없어요."

"내가 현주 선생님의 프러포즈를 받아들일 수 없는 건 남편과 내 관계가 아직 지속되고 있기 때문이야. 나는 아직 남편과 이혼하지도 않았어."

뜻밖의 사실이었는지 영훈은 말이 없었다. 한동안 바위처럼 정면만을 응시하던 영훈이 풀이 죽은 힘없는 목소리로 더듬거리며 말을 이었다.

"남편과의 관계가 지속되고 있다는 말씀은 혜영 씨가 아직도 남편을 사랑하고 있다는 말씀이신가요?"

"남편을 사랑하고 있느냐고? 글쎄, 증오가 사랑의 또 다른 표현이라고 한다면 그렇다고 말할 수도 있겠지. 물론 지금은 그 증오의 감정마저도 이미 사라진 지 오래야. 남편에 대해서는 사랑의 감정도 증오의 감정도 없어. 이미 모든 게 다 사라져 버렸어."

"그러면 왜 이혼을 하지 않으시는 겁니까?"

왜 이혼을 하지 않느냐고? 정말 왜 나는 여태껏 이혼을 하지 않았을까. 혜영은 정신이 멍했다. 머릿속이 백지장처럼 텅 비어 버린 듯 아무런 생각도 떠오르지 않았다. 혜영은 한동안 허둥거리다가 되는 대로 대꾸했다.

"남편은 아직 내게 이혼을 요구하지 않았어."

"이혼을 요구하지 않았기 때문이라고요? 단지 그 이유 하나뿐입니까? 사랑하지도 않으면서. 말도 안 돼요. 더구나 이건 혜영 씨 남편이 이혼을 요구할 문제가 아니에요. 혜영 씨는 남편이 다시 돌아오리라고 확신하면서 그날을 기다리고 있군요. 그렇죠? 그건 어리석은 짓이에요. 정말 바보 같은 짓이라고요."

혜영을 힐끗 쳐다보는 영훈의 눈에서는 파란 인광이 번득였다. 혜영은 자신이 경솔하게 대답한 것을 후회했다.

"아니, 그렇지 않아. 남편은 다시 내게 돌아오지 않아. 아니, 남편이 다시 돌아온다 해도 내가 그를 받아들이기까지에는 참 오랜 시간과 갈등이 있어야 할 거야. 내가 그 갈등을 온전히 극복해 낼 수 있을까. 전혀 자신이 없어. 나는 남편을 다시 받아들이지 않을 거야."

"혜영 씨는 지금 거짓말을 하고 계십니다. 지금이라도 남편이 돌아온다면 혜영 씨는 버선발로 마당을 뛰어나가 그를 끌어안고 돌아온 탕아를 받아들이는 어머니처럼 기쁜 마음으로 그를 맞이할 겁니다. 오, 내 사랑 아가야. 이제야 엄마 품에 돌아왔니? 다신 엄마 곁을 떠나서는 안 된다. 오, 귀여운 내 아가야."

영훈은 헐떡이며 경멸하는 목소리로 비아냥거렸다.

"아냐, 아냐. 나는 절대 안 그래."

혜영은 자신도 모르게 얼굴을 발갛게 상기시키면서 날카롭게 소리쳤다.

"그렇다면 혜영 씨, 혜영 씨가 저를 거부하는 이유가 뭔가요? 그 까닭을 말씀해 주세요. 삶의 방식은 한 가지가 아닙니다. 한 가지 방법이 잘못되었다고 생각되면 다른 방향을 찾아야 합니다. 제가 혜영씨보다 나이가 어리기 때문인가요? 그래서 망설이고 계시는 건가요? 서로 사랑한다면 그런 건 아무 문제가 되지 않아요. 사랑으로 극복하지 못할 것은 아무것도 없습니다."

"나는……, 나는 사랑을 믿지 않아."

영훈이 갑자기 급브레이크를 밟으며 차를 길가로 붙여 세웠다. 길섶의 비포장 자갈밭으로 바퀴가 빠져들면서 차체가 심하게 요동했다. 코스모스 줄기가 차체에 부딪히며 와스스 바람에 쏠리는 갈대 소리를 냈다.

"저는 보여 드릴 겁니다. 이 세상에 사랑이 존재한다는 걸, 그리고 어떤 일이 있어도 변하지 않는 진실한 사랑이 분명히 존재한다는 걸 혜영 씨에게 증명해 보일 겁니다."

영훈이 전조등과 스몰 라이트의 불을 껐다. 사위는 일시에 먹물을 빨아들인 창호지처럼 짙은 어둠으로 뒤덮였다. 갑작스런 영훈의 태도에 심한 공포를 느끼며 혜영이 허겁지겁 시트에서 몸을 일으키려는 순간 영훈의 거친 손이 혜영을 내리눌렀다. 그리고 성급하고 허둥대는 입술이 혜영의 눈두덩에 닿았다.

혜영은 움직이지 않았다. 소리를 지르지도 않았다. 혜영의 눈 주위를 맴돌며 허둥대던 영훈의 입술이 떨어졌다가 곧이어 살포시 혜영의 입술을 감싸며 내려앉았다. 달착지근한 젖내 같은 술 냄새와 젖은 나무를 태우는 듯한 담배 냄새가 났다. 혜영은 아무런 반응을 보이지 않은 채 얼음 조각처럼 꼼짝도 하지 않았다. 아무런 느낌도 닿지 않았다. 그저 하나의 입술이 자신의 입술에 닿았다는 것뿐. 물가에선 헤엄 못 치는 아이처럼 영훈은 어찌할 바를 모르고 있었다. 그저 싱겁게 자신의 입술을 혜영의 입술에 대고만 있을 뿐이었다. 혜영은 눈을 감았다.

웅웅거리는 자동차의 엔진음이 거미줄에 붙잡힌 잠자리의 절망적인 날개 소리를 내고 있었다. 나 역시 거미줄에 걸린 한 마리 잠자리인지도 모른다. 아, 이대로 멀리 가 버릴 수만 있다면. 아무도 나를 알지 못하는 곳에서 새로운 익명의 삶을 시작할 수 있다면. 어쩌면 그곳에서는 영훈이 말하듯 새로운 희망이 있을지 모른다. 누구도 나이 든 여인이 어린 사내와 같이 산다는 걸 트집 잡아 비난하지 않는 희망의 땅. 새로운 시작과 약속의 땅. 그래, 양품점을 처분하면 영훈이 공부를 마칠 때까지 넉넉하지는 못하다 하더라도 궁핍한 생활을 하지는 않을 거야. 아이들은? 처음엔 큰 충격을 받겠지만 이미 자랄 만큼 다 자란 아이들이니 곧 모든 걸 긍정적으로 받아들이지 않을까.

여기까지 생각이 미치자 혜영은 자신의 생각에 깜짝 놀라 강하게 도리질을 쳤다. 혜영의 도리질에 놀란 영훈이 혜영에게서 입술을 떼더니 자신의 얼굴을 혜영의 가슴에 파묻었다. 부드러운 머리칼이 턱을 가볍게 간질였다. 영훈의 머리카락에서는 향기로운 아카시아꽃 냄새가 났다.

"현주 선생님이 내게 증명해 보이려는 사랑이 바로 이런 것이던가?"

혜영은 정색을 하고 날카롭게 쏘아붙였다.

"아니에요. 아니에요. 이건 아니에요. 미안합니다. 용서해 주세요."

영훈의 머리가 가볍게 떨고 있었다. 영훈의 눈에서 흘러내린 눈물이 혜영의 옷으로 스며들어 가슴을 뜨겁게 적셨다. 영훈은 애써 오열을 참고 있었다. 소리는 들리지 않았지만 영훈의 온몸은 한겨울 찬 바람에 흔들리는 나뭇가지처럼 심하게 흔들리고 있었다.

아, 가엾은 사람. 혜영은 영훈의 머리를 가볍게 감싸 안았다. 영훈이 고개를 들어 젖은 눈으로 혜영을 쳐다보다가 상체를 혜영에게 내던지며 가슴에 안겼다. 그의 한 손이 혜영의 가슴을 가볍게 움켜쥐었다. 영훈은 자꾸만 몸을 움츠렸다. 새우처럼 둥그렇게 등을 굽힌 그의 몸은 마치 작은 공 같았다. 엄마 품속에 안긴 아기처럼 영훈의 혜영의 가슴 안으로 자꾸만 파고들었다. 혜영은 영훈의 몸을 힘껏 끌어안았다. 사시나무처럼 떨던 영훈의 몸이 차츰 진정되면서 거칠던 호흡도 점차 가라앉기 시작했다.

어쩌면 이 사람은 내게 모성을 갈구하고 있는 것인지도 모른다. 외로움을 달래 주고 상처를 치유해 주고 지친 몸을 감싸 주는 따뜻한 어머니의 품을 내게서 발견한 것인지 모른다. 혜영은 그의 아픈 마음의 상처를 달래 주고 싶었다. 그를 위해 엄마와 같은, 그리고 누이와 같은 따뜻한 품을 만들어 주고 싶었다.

"현주 선생님, 이대로 한잠 자도록 해요. 내가 재워 줄 테니까. 한잠 푹 자고 나면 모든 일이 다 잘될 거야."

잠이 든 듯 미동도 하지 않던 영훈이 갑자기 몸을 일으켰다. 그리곤 스몰 라이트와 전조등의 불을 켜며 단호하게 소리쳤다.

"아닙니다. 저는 갈 겁니다. 혜영 씨에게서 저를 받아들이겠다는 말을 듣기 전에는 절대로 멈추지 않을 겁니다. 가다가 길이 막히면 저는 바닷물 속으로라도 뛰어들 겁니다."

도대체 어쩌자고 이렇게 고집을 피우는 걸까. 왜 이렇게 무의미한 일에 집착하는 것일까. 답답했다. 혜영은 아무런 대꾸도 하지 않고 자세를 꼿꼿이 세웠다.

혜영과 영훈은 침묵의 벽을 쌓은 채 정면만을 내다보며 어두운 밤길을 내달렸다. 잠시 후 차는 양구를 지나 소양호를 옆에 낀 가파른 벼랑길을 휘청거리며 오르기 시작했다. 사위는 짙은 안개의 바다였다. 소양호에서 피어오른 뿌연 안개가 도로를 뒤덮어 차창으로 보이는 풍경이 마치 우윳빛 유리창을 통해 보는 것처럼 몽롱했다. 전조등 불빛에 부딪힌 안개는 한여름 가로등에 몰려드는 하루살이 떼처럼 시야를 현란하게 가로막았다. 한 치의 앞도 보이지 않는 하얀 어둠이었다. 그 안개를 바라보며 혜영은 심한 우울을 느꼈다.

왜 내 삶의 미래는 저 안개처럼 한 치의 앞도 예측할 수 없는 걸까. 지금의 내 삶은 왜 이렇게 파행적인 것이 되어 버렸으며 장래의 삶을 전혀 알 수 없게 되어 버리고 만 걸까. 그것이 내 잘못으로 인한 걸까, 아니면 예정된 운명이라는 길을 그대로 따라가고 있는 걸까. 나는 잘못한 것 없어. 잘못한 게 없어.

가슴이 심하게 아리고 코끝이 찡하며 눈물이 솟았다. 혜영은 눈물을 보이지 않으려 고개를 강하게 옆으로 저었다.

왜 이혼을 하지 않느냐고? 정말 왜 나는 여태껏 이혼을 하지 않았을까. 왜 난 남편과 이런 어정쩡한 관계를 지속하고 있는 걸까. 남편을 사랑하고 있으며 그가 다시 돌아올 날을 기다리고 있는 걸까. 그래, 한때 그런 적이 있었지. 그러나 지금은 아냐. 이젠 너무 늦었어.

남편이 정 기사를 불러 차를 타고 혜영의 곁을 떠난 다음 날 혜영은 남편이 출장을 떠날 때 늘 그러했듯이 몇 벌의 양복과 속내의와 세면도구를 여행 가방에 챙겨 정 기사를 통해 남편에게 보냈다. 그리곤 남편이 돌아와 미안했다는 말을 해 주기를 바랐다. 밤늦은 시각까지 잠자리에 들지 못하고 대문에 귀를 기울이며 지나는 바람 소리에도 가슴을 설레었다. 때로 골목 입구에 들어서는 자동차 바퀴 소리가 들리면 안절부절못하고 정원에서 서성이기도 했다.

남편에게서는 전화 한 통 없었다. 무의미한 기다림의 시간이 열흘을 넘자 혜영은 집 안에 있는 남편의 물건을 모두 골라내어 남편의 서재에 처박았다. 신혼여행 사진첩이나 침구처럼 나눌 수 없는 물건들은 모조리 태워 버렸다. 그리고 남편에게 이혼을 요구했다.

남편은 혜영에게 이혼을 요구하지도 않았고, 혜영의 이혼 제의를 수락하지도 않았다. 혜영이 남편과 이혼 문제를 구체적으로 의논한 적은 한 번도 없었다. 혜영이 김 비서를 통해 몇 번인가 이혼하고 싶다는 자신의 전갈을 남편에게 보낸 적이 있었는데 그때마다 남편은 묵묵부답이었다. 간통죄로 고소하겠다는 공갈에도 남편은 꿀 먹은 벙어리였다. 혜영과의 법적인 결혼 관계를 유지하려는 남편의 의도가 무엇인지 혜영은 전혀 헤아릴 수 없었다.

지희가 남편에게 결혼 관계를 지속하라고 설득하고 있었던 까닭이었다. 남편이 혜영의 곁을 떠난 지 한 달쯤인가 되던 날 지희가 혜영의 집으로 찾아온 적이 있었는데 그날 혜영은 지희가 남편과 혜영과의 관계를 지속시키려 무진 애를 쓰고 있다는 것을 알게 되었다.

"저 지희예요. 문 좀 열어 주세요. 말씀드릴 게 있어요."

인터폰에서 들려오는 지희의 목소리를 듣는 순간 혜영은 피가 역류하는 분노를 느꼈다. 혜영은 아무 대답도 하지 않고 인터폰의 수화기를 거칠게 내려놓았다. 딩동 딩동. 조심스레 울리는 초인종 소리에도 혜영은 꼼짝하지 않았다. 지희를 만날 일은 전혀 없었다. 혜영과 남편과의 문제라면 김 비서를 통해 모든 일을 의논할 수 있었다. 삼십 분 후 초인종이 다시 울려 인터폰을 들어 보니 그때까지도 문 앞에 있던 지희의 목소리가 울려왔다.

"죄송해요. 꼭 드릴 말씀이 있어요. 제발."

"이것 봐요, 아가씨. 난 아가씨하고 할 말이 아무것도 없어요. 할 이야기가 있으면 김 비서를 통해 말하도록 해요."

혜영은 인터폰을 끊었다. 거실 유리창을 통해 대문을 내다보니 쇠창살 사이로 지희의 모습이 어른거렸다. 곧 가겠지. 혜영은 소파에 주저앉아 흥분된 마음을 가라앉히며 대문 밖을 주의 깊게 살펴보았다. 삼십 분이 지나도 문 앞을 서성이는 지희의 모습은 사라지지 않았다. 흥분된 마음이 어느 정도 진정되자 혜영은 일단 지희를 만나 보는 것도 괜찮을 거라는 생각이 들었다. 혜영은 대문을 열었다.

"형님, 미안해요."

"아가씨, 나보고 그렇게 형님 형님 하지 말아요. 나는 아가씨하고 아무 관계도 없는 사람이에요. 그래 내게 하고 싶은 이야기가 뭔가요? 간단히 요점만 말씀하세요."

혜영은 지희를 정원에 세워 두고서 차갑게 말했다.

"아, 미안해요. 형님, 저는 형준 씨가 언제까지나 제 곁에 머물 거라고는 생각하지 않아요. 언젠가는 다시 형님 곁으로 돌아올 거예요. 그때가 되면 저는 아무 미련 없이 형준 씨 곁을 떠나겠어요. 저는 지금도 형준 씨에게 제발 집으로 돌아가라고 말하고 있어요. 하지만 형준 씨가 제 말을 전혀 귀담아들으려 하지 않아요."

"이봐요, 아가씨. 아가씨는 정말 그게 가능할 거라고 생각하고 있어요? 아마 또 자살 소동을 벌이겠지."

"제가 죽으려 했던 것은 제가 죽으면 잘못된 모든 일이 제자리로 돌아갈 거라고 믿었던 때문이었어요. 동정을 받아 형준 씨를 영원히 제 곁에 묶어 두려는 생각에서 그렇게 한 건 절대 아니에요. 이것만은 제발 꼭 믿어 주세요. 형준 씨는 형님에게 꼭 돌아올 거예요. 형준 씨가 뭐라던 절대 이혼 같은 건 생각하지 마세요."

"아가씨, 그 사람은 다시 내게 돌아오지 않아. 그리고 다시 돌아온다고 해도 내가 그 사람을 받아들일 수가 없어."

"그건 형님이 아주 잘못 생각하고 있는 거예요. 사랑이란……, 죄송해요. 너무 주제넘은 이야기를 한다고 욕하지는 마세요. 사랑이란 무한한 용서와 인내라고 생각하고 있어요."

혜영은 그때 충격과 함께 아주 강한 부끄러움을 느꼈다. 혜영은 그때까지 남편의 사랑을 아주 당연한 것으로 받아들이고 있었다. 남편은 아내를 무조건적으로 사랑해야 하며 남편에 대한 아내의 사랑은 그러한 남편의 사랑을 전제로 할 때에만 이루어질 수 있는 거라고 생각하고 있었다.

"아가씨, 아가씨는 내게 사랑이란 말을 할 자격이 없어요. 됐어요. 이제 돌아가세요."

혜영은 내색을 않고 일부러 과장해서 불쾌한 표정을 지으며 지희를 돌려보냈다. 충격적인 지희의 말은 이후 되풀이하여 혜영의 머릿속에서 불쑥불쑥 떠오르곤 했다.

한계령 정상에는 비가 내리고 있었다. 구불구불한 한계령 내리막길로 접어드니 빗줄기는 맹렬한 폭우가 되어 쏟아져 내렸다. 전조등 불빛에 온몸을 드러낸 빗줄기는 빼곡히 들어찬 대나무 숲처럼 한 치의 앞을 구분할 수 없을 만큼 시야를 막고 있었다. 장대 같은 빗발이 내리꽂히자 차체는 마구 때려 대는 꽹과리 소리를 내었다. 한계령을 넘어 동해안에 이르도록 빗발은 조금도 기세를 누그러뜨리지 않고 양동이로 퍼붓듯 쏟아져 내렸다.

영훈은 입이 얼어붙기라도 한 듯 침묵으로 일관했다. 저단기어로 과부하 된 엔진의 윙윙거림, 쉼 없이 빗물을 닦아 내는 윈도우 브러시의 거친 소음 그리고 사물놀이 패의 타악기 소리처럼 차체를 진동시키는 요란한 빗소리만이 현기증이 일도록 차 안을 헤집고 다닐 뿐이었다.

속초를 지나 간성에 도착했을 때에야 비로소 빗발이 듬성듬성해지며 동녘 하늘이 훤하게 밝아 오기 시작했다. 차는 간성에서 더 이상 나아갈 수가 없었다. 도로를 바리케이드로 막아놓고 헌병이 출입을 통제했다. 영훈은 차를 유턴하면서 신음하듯 속삭였다.

"더 이상 갈 곳이 없군요. 종점이에요. 목적지를 놓쳐 버린 채 결국 여기까지 오고 말았군요. 어제 아침 혜영 씨에게 전화를 걸며 저는 한계령을 넘으리라고는 꿈에도 생각하지 않았어요. 최악의 경우 양평까지는 가게 될지도 모른다고 생각했죠. 결국 여기까지 오고 말았군요. 이제는, 이제는 돌아가야 하는 건가요? 혜영 씨, 혜영 씨는 너무 잔인한 사람입니다."

혜영은 아무 말도 하지 않았다.

'지금은 이야기를 할 때가 아니야. 조금 있으면 영훈이는 자신의 철부지 행동을 크게 후회할 거야. 틀림없어.'

혜영은 며칠 후 격렬한 감정의 앙금이 사라지면 조용한 시간을 만들어 차분히 영훈을 설득해 나가리라 결심했다.

송지호에 이르렀을 때 영훈은 바다가 한눈에 들어오는 해변의 울창한 송림 사이에 차를 세웠다. 푸른 새벽 미명 속에 희미하게 보이는 모래사장은 사막처럼 텅 비어 있었다. 송림 사이사이에 쳐놓은 텐트는 대부분 불이 꺼진 채 깊이 잠들어 있었다. 백열전등을 걸어놓은 매점에도 사람의 모습은 보이지 않았다. 갑자기 중성자탄이 터져 생명체를 모두 소멸시키기라도 한 듯 온 세상은 황량했다.

영훈이 문을 열고 매점을 향해 뛰어가더니 소주를 한 병 사 들고 돌아왔다. 영훈은 심한 갈증을 달래려는 사람처럼 소주를 병째 들고 마시기 시작했다. 마치 콜라를 마시는 것처럼 영훈은 소주를 꿀꺽꿀꺽 삼켰다. 순식간에 소주 한 병을 마셔 버린 영훈은 쿨룩쿨룩 기침을 하다가 현기증이 나는지 두 팔로 핸들을 감싸고는 그 위로 머리를 떨어트렸다. 클랙슨이 눌리며 날카로운 경적음이 울리자 영훈은 깜짝 놀라 고개를 쳐들었다. 얼굴과 눈이 붉게 충혈된 영훈의 모습은 무척 낯설었다. 영훈은 담배를 하나 꺼내 물었다. 입에 물린 담배가 가늘게 떨고 있었다. 영훈의 허둥거리는 손끝은 라이터의 불을 켜지 못하고 있었다. 혜영은 영훈의 손에서 라이터를 빼앗아 불을 붙여 주었다.

"혜영 씨, 저는 여기서 돌아가지 않을 겁니다. 혜영 씨가 제 사랑을 받아 주지 않는다면 저는 다시 돌아가지 않을 겁니다. 도대체 무엇을 망설이고 있는 겁니까. 제가 당신을 사랑하는데 무엇이 더 필요하다는 겁니까. 당신을 위해서 제가 할 수 있는 모든 것을 다 하겠다는데 당신이 저를 거부하는 이유가 무엇입니까. 더 이상 저는 참을 수가 없어요. 저는 무척 오랜 시간을 기다려 왔습니다. 당신이 당신의 남편의 가슴에 안겨 누워 있는 모습을 상상하며 제가 질투심으로 얼마나 괴로워했었는지 아십니까. 당신의 남편이 당신을 떠난 후 저는 많은 번민을 했습니다. 이제 나는 당신에게 갈 수 있다. 만일 당신이 나를 이해하지 못한다면. 그때 내가 당신을 설득할 수 있을까. 당신을 설득하지 못하면 난 어떻게 해야 할까. 혜영 씨, 전 이제 더 기다릴 수가 없어요. 혜영 씨, 대답해 주세요. 저를 사랑하며 함께 떠날 거라고 말씀해 주세요. 그리고 제 이름을 불러 주세요."

영훈은 완전히 취해 있었다. 혀가 꼬부라져 외국인이 우리말을 하듯 발음이 분명치 않았다. 몸을 제대로 가누지 못해 자꾸만 기우뚱거리며 옆으로 쓰러지려 했다.

"현주 선생님, 현주 선생님이 그걸 정말 그렇게 원한다면 바라는 대로 해 주겠어요. 뭐라고 하면 되나요? 이름을 부르고 사랑한다고 말하면 되나요?"

영훈은 혜영의 두 눈을 쏘듯이 쳐다보다가 갑자기 실성한 사람처럼 자조적인 웃음을 터트렸다.

"아니에요. 그렇게 간단한 문제가 아니에요. 그렇게 간단한 게 아니라고요. 현주 선생님, 현주 선생님……. 아직도 현주 선생님이로군요."

"현주 선생님은 너무 취했어요. 이렇게 취한 상태에서는 서로 간에 솔직한 이야기를 할 수 없는 것 아니겠어요? 이제 운전은 내가 할 테니까 현주 선생님은 좀 쉬도록 하세요. 한잠 푹 자고 나서 그때 다시 이야기하도록 해요."

"졌습니다. 그래요. 졌어요. 완전히…… 완전히 제가 졌어요. 인정합니다. 미안합니다. 혜영 씨, 아니 현주 어머님. 현주 어머님은 이제 돌아가세요. 서울까지 모셔다드리지 못해 정말 죄송합니다. 저는 돌아가지 않을 겁니다. 저는 혼자 갈 곳이 있어요. 저는…… 저는 저 바다로 갈 겁니다. 저 바닷물에 누워 부끄러운 기억을 모두 지울 겁니다."

영훈은 차 문을 열고 밖으로 나가더니 비틀거리며 바다를 향해 걸어가기 시작했다. 파르스름하게 밝아 오는 새벽 미명 속에서 비틀거리며 걸어가는 그의 애잔한 실루엣을 바라보며 혜영은 가슴을 저미는 연민의 정을 느꼈다.

혜영은 꼼짝도 하지 않았다.

'곧 돌아올 거야. 바닷물에 얼굴을 씻고 몇 차례 심호흡을 하고 나면 마음이 좀 풀리겠지.'

혜영은 영훈의 뒷모습을 조용히 응시했다. 영훈이 모래사장을 지나 얕은 둔덕을 넘어 앞으로 걸어가는가 싶었는데 그의 모습이 시야에서 사라졌다. 혜영은 차창 밖으로 고개를 길게 빼고 바닷가를 살폈다. 납빛 바다에는 길게 이어진 파도의 흰 포말만이 줄지어 다가오고 있을 뿐 사람의 그림자는 어디에도 없었다.

순간 혜영은 영훈이 수영을 전혀 하지 못한다는 사실이 생각났다. 어느해 여름인가 바닷가로 피서를 갔을 때 영훈은 큰 고무 튜브를 타고 어린아이처럼 얕은 물가에서 물장구를 치며 하루를 보내지 않았던가.

'아, 저 사람은 죽으려고 작정을 한지도 모른다.'

혜영은 허겁지겁 차에서 뛰어내렸다. 하이힐의 뒤축이 모래에 빠져 자꾸만 넘어질 듯 몸이 비틀거려 마음먹은 대로 달릴 수가 없었다. 혜영은 달려가며 하이힐을 벗어 던졌다.

둔덕을 넘어가니 바닷가에 쪼그리고 앉아 있는 영훈의 모습이 보였다. 영훈은 토하고 있었다. 상체를 새우처럼 구부린 채 용수철 인형처럼 고개를 심하게 앞으로 주억거리며 토하고 있었다. 구토가 어느 정도 가라앉았는지 영훈이 비척비척 몸을 세웠다. 영훈은 금방이라도 쓰러질 듯 휘청거리며 텀벙텀벙 바닷물 속으로 걸어 들어갔다. 물속에서 영훈은 또 토하기 시작했다. 고개를 연신 앞으로 주억거리며 토하면서도 영훈은 적의 토치카를 향해 무모한 돌격을 감행하는 병사처럼 앞으로 걸어 나갔다. 바닷물은 어느새 영훈의 허리 위를 적시고 있었다.

혜영은 사방을 둘러보았다. 도움을 청할 사람이 아무도 없었다. 영훈은 정말 죽으려고 작정한 것이다. 시간이 없다. 한 발자국 앞에 가파르게 깎인 경사면이 있어 순식간에 영훈이 바닷물 속으로 삼켜질 것만 같았다. 혜영은 제지해야 한다고 생각했다. 어떻게 막아야 하나. 잠시 망설이던 혜영은 크게 소리치며 둔덕을 달려 내려가 바닷물 속으로 뛰어들었다.

"영훈 씨, 영훈 씨. 돌아와. 위험해 영훈 씨. 어서 돌아 나와. 영훈 씨, 영훈 씨……."

　바닷물을 헤치며 힘겹게 조금씩 전진하던 영훈이 얼어붙은 듯 우뚝 멈
춰 섰다. 잠시 미동도 않고 꼿꼿이 서 있던 영훈이 천천히 몸을 돌렸다. 울
고 있었던지 어두운 납빛 얼굴이 온통 물기로 뒤범벅이었다. 혜영은 코끝
이 찡해지며 눈물이 마구 솟구쳤다. 자신도 모르게 혜영은 두 팔을 활짝
벌리고 영훈을 향해 걸음을 옮겼다. 영훈이 양팔을 허우적거리며 바닷가
로 달려 나오기 시작했다. 눈물로 범벅인 그의 입가에 기이한 미소가 피어
올랐다. 그러한 영훈의 모습을 보는 혜영의 눈앞으로는 엉뚱하게도 먼 옛
날 애틋한 사모의 정을 가졌던 피노키오 선생님의 얼굴이 뿌옇게 떠오르
고 있었다.

미드나이트 블루

따닥 따다닥.

턱이 마구 흔들리는가 싶더니 아니나 다를까 이가 또 서로 맞부딪는다. 화들짝 놀라 입을 크게 벌리지만 아무 소용없다. 한껏 당겼다 놓아 버린 용수철 인형처럼 제물로 방아를 찧어 대는 아래턱의 움직임은 막무가내다.

한숨을 내뱉으며 형섭은 두 손으로 힘껏 턱을 움켜쥐었다. 흔들림은 걷잡을 수가 없다. 턱에서 비롯된 떨림이 팔목에 이어 어깨로 그리고 등줄기로 번져 가더니 급기야 온몸이 자갈길을 지나는 경운기처럼 마구 뒤틀리기 시작한다. 형섭은 황급히 히터를 켜고 스위치를 빨간색 칸 끝으로 밀어 젖혔다.

히터의 팬이 맹렬히 회전력을 증가시키자 자갈을 부리는 듯 거친 굉음이 일며 귀가 먹먹하다. 송풍구가 쏟아 내는 열기는 좁은 운전석을 삽시간에 찜통으로 만든다. 겨드랑이가 눅눅해지고 손바닥에도 땀이 흥건하다. 이어 툭, 이마에서 땀방울이 떨어져 내린다.

한번 시작한 떨림은 좀처럼 가라앉으려 하지 않는다. 밤공기가 차갑기는 하지만 떨림은 그 때문에 시작된 것이 아니다. 푹푹 찌는 열기에 아랑곳하지 않고 몸은 비 맞은 강아지처럼 속절없이 떨어 대기만 한다.

끙, 형섭은 숨을 멈추고 힘껏 힘을 주어 배를 부풀려 본다. 떨림이 조금 가라앉는 듯하다. 되풀이해서 힘을 주니 떨리던 몸이 신기하게도 진정된다. 떨림이 사라지자 기다렸다는 듯 아랫배가 무엇인가에 눌린 듯 무지근해진다. 과도한 긴장을 견뎌 내느라 몸이 몸살을 앓고 있는 모양이다.

'이대로 그냥 튀고 말아?'

욱하고 미친 생각이 솟는다.

'아니지, 아냐. 그럴 순 없어. 잠깐 눈 딱 감으면 되는 일인데 이까짓 일로 물러설 수는 없어.'

약해지려는 마음을 다잡으며 형섭은 이를 악물었다.

갑자기 아랫배가 저릿저릿하다. 봄눈 녹듯 사라진 떨림이 몸 안으로 숨어든 모양이다. 속이 뒤틀리며 명치 아래로 둔한 통증이 뻗친다. 느닷없이 터져 나온 배설 욕구다. 형섭은 황급히 양손을 허리춤에 쑤셔 넣었다. 힘껏 뱃살을 움켜쥐었지만 기대와 달리 아랫배의 둔통은 수그러들려 하지 않는다. 지저분한 사태를 막으려면 당장 화장실에 가야 한다.

형섭은 눈살을 찌푸렸다.

'십 분 거리에 소사 휴게소가 있다. 그렇다면……. 몇 시나 되었을까.'

힐끗 내려다보니 잔뜩 찌푸린 눈 속으로 디지털시계의 녹색 자판이 튀듯이 달려든다.

'한 시? 이제 겨우 한 시밖에 안 되었어?'

시간의 흐름이 징글맞게 더디다. 둔내 톨게이트를 지난 게 열두 시 사십 분이니 겨우 이십 분밖에 지나지 않았다. 약속 시각까지는 아직 한 시간이 남아 있다. 그렇다면 시간은 충분하다. 소사 휴게소를 왕복하는 데 이십 분, 거기서 화장실에 들러 일을 보는 데 십 분. 삼십 분이면 충분하다.

클러치페달을 밟고 기어 시프트 레버 손잡이를 움직이려던 형섭은 잠시 망설이다 생각을 접었다. 소사 휴게소에서 되돌아 나오는 길이 마땅치 않은 데다 돌아와서도 유턴하기가 만만치 않은 탓이다.

'어떻게 하든 되돌아올 수는 있을 테지. 하지만 예상치 못한 변수로 조금이라도 지체되면 약속을 지키지 못하게 될 가능성이 크다. 어쩔 수 없다. 여기서 해결할 수밖에.'

형섭은 운전석 옆 콘솔박스에서 담뱃갑과 휴지를 집어 들고 트럭을 나섰다.

숲으로 발걸음을 내딛으려던 형섭은 우뚝 멈춰 섰다. 너무 어둡다. 어두컴컴한 숲 그늘에 살쾡이나 곰이 한 마리 숨어 있을 것 같다. 잠시 망설이던 형섭은 뒷바퀴 끝에서 바지를 내리고 주저앉았다.

마음과 달리 배설은 시원찮다. 한동안 앉아 있자니 등줄기를 적신 땀방울이 찬바람에 식으며 한기가 엄습한다. 쪼그린 종아리가 푸들푸들 떨기 시작한다. 밤공기가 생각보다 차갑지만 그것 때문만은 아니다. 도대체 육체란 놈은 믿을 게 못 된다. 주인의 의지를 무시하고 제멋대로 행동하는 게 한두 번이 아니다. 한숨이 터져 나온다. 당장 몸을 일으키고 싶지만 아랫배에 진흙이라도 뭉쳐 있는지 묵직한 게 영 찜찜하다. 끙끙거리다 하릴없이 담배에 불을 붙여 문다.

희끄무레한 불빛이 소나무 우듬지를 훑더니 어느새 어깨로 내려온다. 힐끗 돌아보니 멀리서 차량 한 대가 두 눈을 부릅뜨고 달려오고 있다.

'이런 제기랄, 하필이면 이런 때에⋯⋯.'

숲과 차체 적재함 사이 그늘에 몸을 숨기려 허여멀건 엉덩이를 쳐들고 뒤뚱뒤뚱 황망히 오리걸음을 내딛던 형섭은 자신의 꼴이 말이 아니다는 생각에 우뚝 움직임을 멈췄다. 에라 모르겠다. 볼 테면 얼마든지 보라지. 가까이 다가오는 불빛을 무심히 바라보며 담배 연기를 몇 모금 빨아들이는 사이 굉음과 함께 회오리바람을 일으키며 차량 한 대가 무작스레 스쳐 지난다. 들소처럼 상체가 우람한 컨테이너 운반 트럭이다.

환한 헤드라이트 불빛이 머리 위를 스쳐 지나가는 짧은 순간 모락모락 피어오르던 담배 연기가 불빛을 받아 어둠 속에 불쑥 모습을 드러내며 낯익은 형상을 만들어 낸다. 수미, 수미다. 달덩이처럼 불거진 하얀 얼굴은 불빛이 회오리바람과 함께 사라지자 삽시간에 흩어지며 어둠 속으로 녹아 버린다.

'수미야!'

형섭은 눈을 감고 수미의 얼굴을 떠올리며 나직하게 이름을 불러 본다. 고향 뒷산 무덤가에서 처음 수미를 안았던 여름밤, 모기가 유난히 극성을 떨던 그날 밤, 안타까울 정도로 몸을 떨던 자신의 모습이 눈에 선하다. 성급하고 서툰 첫 행위가 끝난 뒤 한참 동안 얼굴이 발갛게 상기되어 마음을 진정시키지 못했다. 아, 수미가 나를 받아 주었다. 앞으로 내 삶은 오로지 수미 너를 위해서만 존재할 것이다. 감격과 환희와 다짐이 다 함께 범벅이 되면서 정신이 아뜩했다.

달이 뜨지 않은 한밤의 고속도로는 묘지처럼 고요하다.

'그 친구, 시간 하나는 정말 끝내주게 잡았네.'

바지춤을 추스르며 멍하니 어두운 고속도로를 응시하던 형섭은 히죽 웃음을 터트리며 낮게 중얼거렸다.

도로는 마냥 잠에 빠져 있지는 않다. 이삼 분 간격으로 대형트럭이 헤드라이트 불빛을 길게 끌며 유성처럼 질주하고 있다. 예상했던 것보다 지나는 차량이 많다. 그렇다고 마음을 졸이며 걱정할 건 없다. 언제나 그랬듯 두 시가 되면 지나는 차량은 거의 없을 테니까.

고지대여서 그런지 겨울이 빠르다. 바지를 뚫고 들어오는 찬 기운이 바늘처럼 따갑다. 따닥 따다닥. 턱이 흔들리면서 이가 또 서로 맞부딪는다. 형섭은 어깨를 웅크리며 트럭으로 기어 올라갔다.

한껏 켜 놓은 히터가 내뿜는 열기로 차 안은 따뜻하다. 어린 시절 동네 친구들과 밤참을 먹던 한겨울 사랑방 같은 포근함에 얼었던 뺨이 녹으며 화끈한 열기가 피부를 간질인다. 잠시 앉아 있자니 등짝이 땀으로 흥건히 젖는다.

형섭은 히터의 스위치를 두 단계 아래로 밀었다. 따뜻한 공기가 수면제처럼 몸속으로 퍼지며 눈꺼풀이 무겁게 내려앉는다. 한잠 푹 자고 나면 몸이 개운할 듯하다.

잠들어서는 안 된다. 잠을 떨치려 카스테레오의 스위치를 누르고 볼륨을 한껏 높이니 유리창을 부숴 버릴 듯 엄청난 하드록의 소음이 스피커에서 튀어나온다. 형섭은 요행히 규칙적인 리듬을 만들어 내는 소음에 맞춰 엉덩이를 들썩이고 머리를 까닥인다. 뭐라는지 전혀 알아듣지는 못하지만 하도 많이 들어 대충 제멋대로 꿰고 있는 가사를 신나게 따라 부른다. 한동안 악다구니를 치르니 긴장이 가라앉는다. 카스테레오의 스위치를 누르자 툭 내려앉는 정적에 귀가 놀라며 이명이 운다.

긴장이 사라지자 텅 빈 머릿속에 버릇처럼 수미가 자리 잡는다.

'수미야.'

형섭은 나직하게 수미의 이름을 불러 본다. 휘파람처럼 입술을 벗어난 음향은 가볍게 날아올라 살포시 귓등에 내려앉는다. 아무리 불러도 결코 싫증 나지 않는 이름. 부름에 답하는 수미의 속삭임이 귀를 간질인다.

'난 멀리 있지 않아. 그렇게 먼 길을 돌아오려고 하지 마. 나는 늘 네 곁에 있어.'

환청인 줄 알지만 귀는 언제나 그 소리를 불러낸다.

허우대가 멀쑥한 게 화근이었다. 고등학교에 진학하자 형섭의 멀쑥한 허우대가 핸드볼 팀 코치의 눈에 들고 만 거였다. 키가 조금만 작았더라면 운동을 하지 못했을 것이다. 여느 아이들처럼 열심히 대학입시 준비에 몰두했을 것이며, 어느 대학인가를 졸업하고 큰 기업체 사무실에서 빳빳한 와이셔츠 깃을 세우고 앉아 있을 것이다. 하루 종일 운동장에서 살다시피 하는 수미를 알게 되는 일은 더더욱 없었을 것이다. 물론 어쩌다 운동장에서 '아, 핸드볼 팀이구나. 연습 중이로구나.' 생각하며 예사롭게 스쳐 지나 갔을 것이다. 먼발치에서 수미의 모습을 보았을 테지만 별 관심을 갖지 않았을 것이다. 모든 게 중학교 삼 학년 겨울방학에 멀쑥하게 커 버린 키 때문이었다. 코치의 집요한 설득을 견뎌 내지 못하고 형섭은 결국 핸드볼 팀에 들어갔다. 그때 수미는 삼 학년 졸업반으로 여자 핸드볼 팀 주장을 맡고 있었다.

운동을 처음 시작하던 날, 운동장에서 검게 그을린 얼굴로 사납게 후배들을 닦달하고 있던 수미를 보는 순간 형섭은 감전이라도 된 듯 꼼짝할 수 없었다. 어디가 그렇게 예뻤던지 딱 꼬집어 말할 수는 없다. 분명히 기억하는 건 그때 '아, 저렇게 예쁘게 생긴 여자도 운동을 하는구나.' 감탄을 하며 넋을 놓고 있었다는 사실이다. 선머슴처럼 남자아이들에게도 함부로 욕지거리를 해대는 바람에 쭈뼛쭈뼛 소름이 돋곤 했지만 예쁜 건 예쁜 거였다. 제 눈에 안경이니 어쩌니 하는 말은 옳지 않다. 수미는 나중에 미스 핸드볼에 선발될 정도로 미모를 인정받았으니까. 단지 그 당시에는 아무도 그 미모를 깨닫지 못했을 뿐이다. 지금은 아무짝에도 쓸모없는 게 되어 버렸지만 아무튼 핸드볼을 열심히 한 건 전적으로 수미 때문이었다. 수업이 끝나면 하루도 빠짐없이 운동장으로 뛰어나가 맹연습에 돌입했다. 수미가 보이는 위치에 자리 잡고는 수미의 모습을 곁눈질해 가면서 미친 듯 운동에 몰입했다.

어떻게 마음을 전할 수 있을까. 공연히 속마음을 말했다가 웃음거리나 되는 게 아닐까. 어쩌면 엉덩이에 사정없이 야구방망이 세례를 받을지도 모른다. 형섭은 속을 태우며 수미의 모습을 가까운 곳에서 볼 수 있다는 것 하나만으로 만족하자며 애써 자신을 달랬다.

'그해 가을 핸드볼 팀의 주왕산 등반 계획이 없었다면 수미는 한때의 서글픈 짝사랑의 추억으로 남아 버렸을까? 서글픈 한때의 짝사랑의 추억이라……. 그럴까? 정말 그럴까? 내게 수미가? 아니, 그렇지 않아. 그럴 리가 없어. 그때가 아니더라도 언젠가는 다시 만났을 거야. 지금 다시 만난 것처럼. 단언하건대 수미와 나와의 사랑은 거역할 수 없는 숙명이야.'

형섭은 단호히 고개를 저었다.

주왕산 등반 계획은 삼 학년 선배들 몇몇이 실업팀에 선발된 것을 축하하는 뜻에서 마련되었다. 환송회도 겸한 것이었다. 수미도 부산의 태양 실업팀 입단이 확정된 상태였다. 물가에 텐트를 쳐 놓고 저녁을 지어 먹은 후 나뭇등걸을 모아 놓고 캠프파이어를 밝혔다. 질펀한 술잔치는 광란의 디스코 춤판으로 이어졌고 모두가 사냥에 나서는 아프리카 토인들처럼 목청껏 괴성을 토해 내며 기괴한 몸짓을 했다. 땀을 뻘뻘 흘리며 디스코를 추다 주위를 둘러보니 방금 전까지만 해도 미친 듯 몸을 뒤틀던 수미의 모습이 보이지 않았다. 수미는 땀이라도 식히는지 텐트에서 조금 떨어진 바위 위에 오도카니 앉아 있었다. 형섭은 슬며시 춤판을 빠져나와 수미곁으로 다가갔다. 형, 왜 여기 혼자 있는 거야? 졸업하려니 뒤숭숭한 모양이네. 어쩌고저쩌고 애교를 떨다가 본색을 드러냈다.

"나 말이야 형을 처음 봤을 때 무슨 생각을 했었는지 알아?"

"알아. 기껏해야 선머슴 같다고나 생각했겠지."

훼방꾼이 못마땅한지 수미의 대답이 영 심드렁했다.

"아니. 이티라고 생각했어."

"이티? 그 못생긴 우주 괴물?"

호기심이 이는지 수미의 표정이 밝아지며 두 눈이 반짝였다.

"그래 이티."

"야, 너 너무했다. 하필이면 이티냐? 요술 공주 세리나 오로라 공주라고 하면 어디가 덧나?"

수미가 깔깔거리며 웃음을 터트렸다.

"형, 그렇게 웃지 마. 난 농담하자는 게 아냐. 바라볼 수는 있지만 결코 가까이 다가갈 수 없는 먼 별나라의 이방인이라고 생각했었다는 말이야."

"먼 별나라의 이방인?"

수미의 입에서 웃음이 사라졌다. 당돌한 말의 의미를 뒤늦게 깨달은 것이다.

"너 참 재미있다. 벙어린가 했더니 제법 말을 재미있게 할 줄도 아네.

그래 나한테 가까이 와서 뭘 어쩌겠다고?"

"뭘 어쩌자는 게 아니라 그저 형하고 다른 사람들과는 다른 특별한 관계를 갖고 싶어. 누나라던가 뭐 그런……."

"특별한 관계? 누나? 너 솔직히 말해. 내가 바본 줄 알아? 나도 오래전부터 네 눈빛이 다른 애들하고는 영 다른 걸 눈치채고 있었어. 네가 그 정도로 날 생각하고 있는 줄은 꿈에도 몰랐는걸. 감격이야. 충격적인 감격이라고. 그래, 좋았어. 받아 주겠어. 이제 됐니?"

그날 이후 수미는 더 이상 먼 외계의 존재가 아니었다. 수미가 부산으로 내려간 후 형섭은 발바닥이 닳도록 부산을 들락거렸다. 일주일 내내 모습을 떠올리며 애를 태우다가 주말이 가까이 다가오면 안절부절못했다.

"너, 자꾸 형 형 하지 마. 쪽팔린다. 다른 사람들이 들으면 뭐라고 생각하겠어? 내 이름 있잖아. 수미, 박수미……. 수미야, 이렇게 불러."

광안리 바닷가 어둠 속에서 첫 키스를 나눈 후 수미는 형섭과의 관계를 재정립했다. 형섭은 아무 말도 못 하고 타는 듯한 시선으로 수미의 얼굴만 응시했다. 수미가 나를 사랑하기로 한 것이다. 수미가 나를 사랑한다. 내가 수미를 사랑하는 만큼 수미도 나를 사랑한다. 감정이 복받쳐 눈물까지 글썽이며 몸을 떨었다.

영원한 것은 존재하지 않는 것일까. 모든 것은 시간이 지남에 따라 변하고 마는 걸까. 수미의 태도가 변하기 시작했다. 수미와 핸드볼을 빼면 이렇다 할 추억거리가 없는 학창 시절이 끝나 가는 마지막 겨울방학 때였다. 인천 시청팀 입단이 확정되었기에 한껏 게으름을 피우다 주말이 되면 부산으로 부리나케 달려 내려가던 때였다. 태양 실업팀은 선수 관리가 엄격했다. 주중에는 일체 외부와 연락을 끊어 버렸고, 주말 오후에만 외출과

외박을 허용했다. 실내에서만 운동을 하게 되자 수미의 모습은 예전과는 아주 딴판으로 깔끔하게 변해 갔다. 햇볕에 시커멓게 그을려 선머슴만큼이나 거칠던 얼굴은 어느새 목화송이처럼 뽀얗게 바뀌었다. 발그레한 뺨이 촉촉이 젖은 유리구슬처럼 광택을 발했고, 커다란 검은 눈의 윤곽이 뚜렷해지면서 보는 이의 가슴을 설레게 했다. 행동도 아주 조심스러웠고 의젓했다.

새해가 시작되고 두 번째 맞이한 주말, 수미가 아무 연락도 없이 약속 장소에 나오지 않았다. 무슨 급한 일이 생겼나 보다 대수롭지 않게 생각하며 발을 돌렸다. 하지만 그 뒤로 수미는 한 번도 얼굴을 비치지 않았고, 결국 마지막 결별의 편지를 보내는 것으로 길지 않은 사랑의 기간을 마감했다. 형섭이 고등학교를 졸업하고 인천 시청 핸드볼 팀 후보선수로 선인고등학교 체육관에서 합숙 훈련을 시작한 무렵이었다.

"형섭아, 그동안 많은 생각을 했어. 우리 사이는 처음부터 시작이 잘못되었다는 생각을 떨쳐 버릴 수가 없다. 사랑한 적 없어. 단순한 호기심이었을 뿐이야. 다시는 찾아오지 마."

이별을 선언하는 편지치고는 너무 짧았다. 전후 사정이 생략되어 있는 짧은 편지는 갑작스런 결별의 이유를 전혀 밝히지 않았다. 무슨 일일까. 도대체 무엇이 잘못된 것일까. 정신을 집중하고 긴장을 해도 실수하게 마련인 훈련 시간에 넋을 놓고 허깨비처럼 흐느적거렸다. 운동이 끝나면 밤을 새워 가며 대답 없는 편지를 소낙비처럼 써 대었다. 결국 형섭은 한 달 만에 훈련장을 무단이탈하고 수미가 머무르고 있는 태양 실업 체육관 숙소를 찾았다. 수위는 엄격히 출입을 통제했다. 전화 연락도 불가능했다.

형섭은 어쩔 수 없이 토요일 외출 시간에 맞춰 체육관 숙소를 찾았다.

오후 한 시, 화사한 옷차림으로 숙소를 나서는 수미의 모습이 보였다. 눈이 마주치자 수미는 징그러운 벌레라도 맞닥뜨린 듯 황급히 몸을 돌려 숙소 안으로 모습을 감추어 버렸다. 다시 나올 거다. 기다리고 있는 걸 뻔히 아는데 틀림없이 나올 거다.

수미는 다시 나오지 않았다. 수미의 마음이 변한 것이다. 왜? 왜 변한 것일까. 발길이 떨어지지 않았다. 돌아갈 수가 없었다. 체육관 숙소 담벼락 아래에 쪼그리고 앉아 밤을 지새웠다. 매서운 바닷바람을 받아 사시나무처럼 떨면서 하룻밤을 하얗게 밝혔다. 무의미한 고행의 시간이었을 뿐 아무런 소득도 얻을 수 없었다.

형섭은 주말마다 체육관 주위를 서성였다. 한 달 만에야 수미를 다시 볼 수 있었다. 수미는 피하지 않았다. 고개를 바짝 쳐들고 찌를 듯 날카로운 눈빛을 하면서 곧바로 다가왔다. 그리고 경멸을 가득 담은 목소리를 낮게 토해 냈다.

"미친 자식, 돌아가. 다시 찾아오지 마."

정말 수미가 한 말인가. 눈앞이 아득했다. 차갑게 등을 돌리고 멀어져 가는 수미의 모습을 멍한 시선으로 뒤쫓으며 형섭은 입술을 깨물었다.

'미친년, 더러운 개 같은 년…….'

형섭은 신병 교육대에서 혹독한 훈련을 견뎌 내며 이를 갈았다. 박수미, 너를 학대하리라. 다시 너를 만나면 상상할 수 있는 가장 잔인한 방법으로 널 학대하리라. 네 뼈를 산산조각 내어 가루로 빻아 마셔 버릴 것이다. 미친 자식, 다시 찾아오지 마……. 수미의 마지막 말이 뇌리에 깊이 각인되어 지워지지 않았다. 지워지기는커녕 시간이 갈수록 그 말은 점점 증폭되어 천둥소리처럼 온통 머릿속을 헤집고 다녔다. 복수하리라. 복수하고 말리라. 증오가 삶 자체였고, 분노는 황폐한 영혼과 육체를 지탱하는 자양분이었다.

그러나 증오와 분노는 시간이 갈수록 퇴색하고 그 빈자리를 점차 자학과 절망이 채워 나갔다. 야전 수송 교육대에서 운전 교육을 마치고 원통에 자대 배치를 받던 무렵에는 자학이 극에 달해 죽음만을 생각했다. 가파른 절벽에 옹색하게 뚫어 놓은 구불구불한 고갯길을 오르내리며 최후의 장소를 물색했다. 죽을 것이다. 언젠가 저 내리막길에서 브레이크 오일을 빼내고 시위를 벗어난 화살처럼 달려 내려가 보잘것없는 삶의 종지부를 찍으리라. 다시 태어나 새로 시작하리라. 죽어 다시 태어나는 그 순간까지 수미의 곁에 머무르리라.

그해 초가을 전출 병력을 춘천으로 이송하고 귀대하던 날, 때 이른 첫눈이 내렸다. 첫눈치고는 지독한 함박눈이 시계를 거의 차단하며 푸짐하게 쏟아졌다. 가을이 막 시작되던 무렵이어서 트럭에는 미처 월동 장구가 갖추어지지 않았다. 자칫하다간 눈길에 처박혀 오도 가도 못할 처지였다. 눈이 많이 쌓이기 전에 부대에 들어가자. 고개를 두 개만 넘으면 부대에 다다를 수 있다는 생각에 형섭은 욕심을 냈다.

커브 길을 돌아내려 오며 브레이크페달을 밟아 감속하는 순간 이미 발목 깊이만큼 쌓인 눈에 타이어가 미끄러졌다. 차체가 서서히 회전하기 시작했다. 브레이크페달을 밟아도 핸들을 꺾어도 아랑곳하지 않고 차체는 자석에 끌리는 쇠붙이처럼 벼랑 쪽을 향해 점점 빠르게 회전을 계속했다. 깎아지른 절벽 아래 즐비한 바윗덩이들이 휘청거리며 둥실 떠올랐다.

'아, 이젠 죽고 마는구나. 이렇게 허망하게 죽고 마는구나.'

그토록 기다렸던 죽음의 순간이 눈앞에 다가오자 어이없게도 형섭은 절망과 공포에 휩싸였다. 헌신짝처럼 내던지리라 다짐했던 삶에 집착하면서 몸을 떨었다. 그 절망의 순간에 할 수 있는 일이라곤 아무것도 없었다. 단지 브레이크페달을 부서져라 밟아 대는 것뿐.

'악, 안 돼. 멈춰, 멈춰.'

귀를 찢는 굉음과 함께 허술하게 세워진 가드레일이 수수깡처럼 꺾이며 차체가 기우뚱 한쪽으로 기울기 시작했다. 눈앞의 풍경이 맴을 도는가 싶었는데 그다음에는 아무것도 볼 수가 없었다. 단지 수미의 흰 얼굴과 수줍은 듯한 모습에서 터져 나오는 환한 미소와 매몰찬 차가운 표정이 한데 어울려 눈앞을 빠르게 스쳐 지나는 것을 망연히 바라보다가 푸르륵 시동이 꺼지듯 의식을 잃고 말았다.

눈을 뜨니 병원 침대였다. 중대장의 얼굴이 눈에 들어와 몸을 일으키려는데 허리에 납덩이라도 매단 듯 꼼짝도 할 수 없었다. 이어 살갗 하나하나를 예리한 칼날로 저며 대는 통증에 자신도 모르게 비명을 터트렸다.

"아, 괜찮아. 그냥 그대로 있어. 내가 누군지 알아보겠나?"

"넷. 일병 이형섭. 중대장님이십니다."

"흠, 이만하기가 정말 다행이다. 하도 오랫동안 의식이 돌아오지 않아 서울로 이송하려던 참이었다. 천만다행이다."

사흘 만에 의식을 회복한 것이다. 수도 통합 병원으로 이송하기 위해 헬기 수배가 한창일 때 눈을 뜬 것이다. 온몸이 한 군데 성한 곳 없이 멍투성이인 데다가 이마가 터지고 왼쪽 쇄골과 대퇴골이 부러져 나갔다.

몸이 회복되는 동안 형섭은 죽음의 본질에 대해서 생각했다. 사흘 만에 의식을 회복했다지만 그 사흘의 기억은 어디에도 남아 있지 않았다. 사흘간 의식이 육체를 떠나 있었던 것이다. 꿈조차 꾸지 않고 깊은 잠에 빠져 있던 그 사흘이 바로 죽음이 아닐까. 잠이 꿈을 통해 부단히 생명의 존재를 증명하고 있는 것만 다를 뿐. 영혼이라든가 사후 세계라든가 그런 것은 없다. 죽음은 그 자체로 무일 뿐이다. 살자. 살면서 다시 기회를 만들자. 매달리자. 애원하자. 수미는 틀림없이 돌아온다.

월동 대책을 때맞춰 지시하지 못한 부대장이 경고를 받는 선에서 사건은 마무리되었다. 계곡의 얼음이 녹아내리고 양지바른 산비탈에서 여린 풀잎들이 고개를 내밀 때 깁스를 풀었고, 아카시아꽃이 발정 난 짐승처럼 미친 듯 향기를 뿜어낼 무렵 지루하던 병실 생활을 마감했다.

그해 여름, 일주일 휴가 명령을 받자 고향에 내려가 수미를 만나 보았다. 운동을 그만두고 결혼 준비에 여념이 없던 수미는 대여섯 번의 전화 공세를 받은 끝에 마지못해 한 시간의 틈을 내주었다. 아름다웠다. 일 년 반 만에 만난 수미의 얼굴은 눈부시게 아름다웠다.

"제발 날 편하게 해 줄 수 없니? 난 널 사랑하지 않아."

약속 장소인 찻집에 삼십 분이나 늦게 모습을 드러낸 수미는 자리에 앉자마자 표독하게 쏘아붙였다. 애원하여 마음을 되돌려 보자던 생각은 눈 녹듯 사라지고 형섭의 입에서는 자신도 모르게 거친 말이 튀어나왔다.

"거짓말. 마음에도 없는 그런 말 하지 마."

"마음에 없는 말? 오해하지 마. 난 널 사랑한 적 한 번도 없어."

"뭐? 말해. 왜 내가 싫어진 거야?"

"그냥 싫어. 이유 없이 싫어."

"이유가 없다니? 그게 말이나 돼? 날 사랑한다고 한 말은 그럼 대체 뭐야?"

"언제? 내가 언제? 몰라. 그런 말 한 기억 없어."

"기억이 없다고?"

"몰라, 그랬을지도 모르지. 그게 그렇게 중요한 일이야? 내가 변했어. 지금은 내가 변했어. 내 마음이 중요한 거 아냐?"

서로 눈을 부라리며 싸움닭처럼 악을 바락바락 썼다. 한차례 폭풍이 지난 후 한동안 서로 말이 없었다. 얼굴을 빗긴 채 헐떡이며 숨을 몰아쉬었다. 이렇게 싸워 봤자 감정만 상할 뿐 해결책은 나오지 않는다. 이건 무의미한 짓이다. 이런 식으로는 설득할 수가 없다. 금방이라도 폭발할 듯 무거운 마음을 진정시키며 차분히 말을 이어 나갔다.

"수미야, 미안하다. 내가 뭘 잘못했는지 차근차근 말해 주면 고칠 수 있잖아. 다시 생각해 봐. 우리 다시 시작하자."

"뭘, 뭘 다시 시작해? 나 결혼한단 말이야. 제발 내 앞에서 사라져."

딱딱하게 굳은 얼굴에서 튀어나오는 수미의 말들은 여전히 차가웠다. 그 서늘한 말들이 가슴을 파고들자 맥이 탁 풀렸다. 어떻게 하나. 어떻게 해야 수미가 다시 돌아올 수 있을까. 그저 애원하는 수밖에 다른 방법이 없었다.

"내가 널 사랑하는데……."

"사랑? 넌 이런 걸 사랑이라고 생각하니? 이런 건 사랑이 아냐. 미친 짓이야. 정말 사랑한다면 사랑하는 사람이 잘되도록 빌어 주어야 하는 것 아냐. 더 이상 할 말 없어. 시간이 없어. 들어가야 해."

"수미야, 다시 한번 차분히 생각해 보자."

"또, 또, 그 소리. 뭘 생각해? 이젠 다 끝났다니까. 제발 그만둬. 다시는 이렇게 찾아오지 마."

아, 이 여자가 내가 그토록 사랑하며 한때는 내게 사랑을 이야기했던 바로 그 여자인가. 찬바람을 날리며 수미가 매몰차게 떠나 버린 찻집에서

222

형섭은 비 오듯 흐르는 땀으로 얼굴을 적시며 비석처럼 굳은 채 두 시간을 앉아 있었다. 개 같은 년, 죽여 버린다. 갈기갈기 찢어 발로 짓밟아 버리고 말 테다. 읍내 작부 집에서 술에 떡이 되도록 절어 밤새 죄 없는 작부를 학대하면서 배신감에 치를 떨었다.

이후 형섭은 웃음과 말을 잃고 미라처럼 바싹 여위어 갔다. 밥을 먹으면 토하거나 설사를 했다. 신병훈련을 마칠 무렵 70킬로그램을 상회하던 몸무게가 55킬로그램으로 줄어들고 나서야 몸이 조금씩 음식을 받아들였다. 제대를 일 년여 남겨 두고 병장을 달자 미친개처럼 날뛰었다. 고참들이 붙여 주었던 별명 무말랭이는 고참이 되고 보니 신참들에게 피말랭이로 바뀌어 불려졌다. 철저히 짓밟으리라. 네놈들의 피를 말려 허깨비처럼 바람에 떠돌아다니게 하리라. 어리석은 광기와 가학이었다. 그것이 현실의 고통을 벗어날 수 있는 유일한 탈출구라도 되는 양 미쳐 날뛰었다.

제대를 하자마자 형섭은 등산용 칼을 사서 가슴에 품고 수미가 신접살이를 꾸민 수유리를 찾았다. 짙은 녹음이 터널처럼 우거진 숲길을 돌아가니 웅장한 연립주택 몇 동이 동화 속의 그림처럼 서 있었다. 정문이 한눈에 내려다보이는 언덕바지 바위에 앉아 수미가 나오기를 기다렸다. 하루 종일 집 안에 처박혀 있지는 않겠지. 언젠가는 나오겠지. 나오기만 하면 네 뒤를 따라가 저 숲길에서 목을 자르리라.

그러나 수미의 모습을 보는 순간 형섭의 마음속에 반석처럼 자리 잡고 있다고 믿었던 증오와 분노는 눈 녹듯 사라져 버렸다. 만삭의 몸으로 뒤뚱거리며 정문을 나서는 수미의 모습이 눈에 들어오자 애잔한 그리움이 밀물처럼 피어올랐다. 형섭은 반가운 마음에 눈물을 글썽이며 허겁지겁 언덕길을 뛰어 내려갔다.

우뚝 멈춰 선 수미의 얼굴에는 전혀 당황한 빛이 없었다. 그렇다고 해서 옛 연인을 반기는 환한 표정도 아니었다. 갑작스런 출현이 놀라웠던지 그저 무뚝뚝한 얼굴로 망연히 바라보기만 할 뿐이었다. 등나무 아래 벤치에 나란히 앉았지만 한동안 서로 입을 떼지 못했다.

"네가 인천 시청팀을 그만두고 바로 자원입대했다는 소식을 들었어. 벌써 제대한 모양이구나. 세월 참 빠르다. 고생 많았지?"

수미의 표정이 어두웠고, 낮게 속삭이는 목소리에서는 힘이 느껴지지 않았다.

"고생은 뭐 누구나 하는 일인데. 운동을 해서 그런지 그럭저럭 견딜 만했어."

수미가 피시식 맥 빠진 웃음소리를 내었다.

"몇 년간 안 본 사이에 거짓말쟁이가 되어 버렸나 보네. 솔직히 말해. 마음고생이 심했잖아? 언젠가는 네가 찾아올 거라고 생각하고 있었어. 그동안 나도 편하진 않았고……. 미안해."

결혼 생활에 문제가 있는지 수미는 풀이 죽어 있었다. 남자 후배들의 엉덩이를 야구방망이로 때려 대던 수미의 활달한 모습은 어디에도 없었다. 도대체 무슨 일이 있는 걸까. 차라리 고개를 바짝 세우고 바락바락 악을 써 댔으면 불쾌하기야 하겠지만 마음이 아프진 않을 걸 하는 생각이 들었다.

"널 사랑하지 않는다고 말했지? 정말 미안해. 그럴 수밖에 없었어. 넌 나보다 두 살이나 어리잖아. 그리고 정말 가난이 지긋지긋했어. 내가 너에게 아무런 이유도 말하지 못하고 그저 싫다고만 한 건…… 나 자신이 너무 싫었기 때문이었어. 공양미 삼백 석에 팔려 가는 심청이 기분이었으니

깐. 아니, 심청이에 비유할 수는 없지. 돈에 몸을 파는 창녀일 뿐이야. 너는 어떻게 생각하고 있는지 모르겠지만 너에 대한 내 감정은 네가 생각하는 것 이상이야. 행복하다는 게 뭘까."

"수미야, 너 무슨 일 있지?"

"아니, 아무 일도 없어."

"거짓말."

수미는 더 이상 부정하지 않았다. 타는 듯 뜨거운 눈길로 쏘아볼 뿐이었다. 두 눈에 물기가 촉촉이 번져 가고 있었다.

"수미야, 우리 다시 시작하자."

"너무… 너무 늦었어. 이렇게 아이까지 있는데."

"그런 건 아무래도 괜찮아. 사랑만 있으면 극복하지 못할 건 없어. 지금 당장 같이 떠나자고 할 수는 없어. 내 몸 하나 추스르지도 못하니까. 다시 올 거야. 번듯한 집이라도 한 칸 마련하면 그때 다시 올 거야. 수미야, 기다려 주겠지?"

수미의 눈에서 눈물이 방울져 흘러내렸다. 아, 수미야. 넌 나를 사랑하고 있구나. 사랑으로 이겨 내지 못할 건 아무것도 없다. 앞으로 내 삶은 너를 위해서만 존재할 것이다. 수미의 두 손을 꼭 움켜쥐고 형섭은 땅거미가 어둑어둑 내릴 때까지 굳게 다짐했다.

"찍찍…… 찌지지지직……."

어디선가 나일론 천을 찢는 듯한 불길한 음향이 들려온다. 무슨 소리일까. 낯선 음향의 정체를 파악하고자 형섭은 신경을 곤두세우며 주위를 훑어보았다. 모토로라다. 까맣게 잊고 있었던 구형 무전기 모토로라가 작동하려 하는 것이다. 시각은 한 시 삼십 분. 예상보다 접선이 빠르다. 모토로

라를 움켜쥐고 귀를 기울인다. 시커먼 몸체에 모토로라라는 영문 상호가
은빛 글자로 박혀 있는 골동품이다. 태백산맥의 험준한 봉우리들이 죽순처
럼 버티고 있는 이런 곳에서 이런 구닥다리 골동품으로 통화가 가능할까.

"포인트 에이, 포인트 에이…… 감잡히는가. 여기는 포인트 비이."

사내의 목소리다. 제대로 작동하기는 하는 모양이다. 형섭은 허겁지겁
통화 버튼을 눌렀다.

"포인트 에이. 예정대로 대기 중."

"사업은 계획대로 진행. 예정 시각 변동 없음. 차후 연락 시까지 현 위
치 대기."

툭, 소리가 끊기자 철삿줄처럼 팽팽히 조여 있던 긴장의 끈도 함께 풀
어진다.

'그래, 앞으로 길어야 한 시간이다. 망설일 필요 없어. 눈 딱 감고 해치우
는 거다. 그놈은 인간쓰레기, 망종일 뿐이야. 미안해할 건 아무것도 없어.'

형섭은 시트에 등을 기대 몸을 편안히 하고 담배에 새로이 불을 붙여
물었다. 지나는 차량은 거의 없다. 어둠만이 두터운 장막처럼 덮여 있을
뿐. 형섭은 먹이를 노리는 야행성 조류처럼 발톱을 세우며 정면을 뚫어져
라 바라보았다.

아, 이 길을 얼마나 다녔던가. 활어를 싣고 일주일에 세 번씩 동해와 서
울을 오르내렸던 지난 반년간의 허무한 세월. 생존을 위해 버텨 낸 치욕의
시간들. 밤 열 시 동해시 수산 시장 출발, 영동고속도로 질주, 새벽 노량진
수산 시장 도착, 오후 한 시 서울 출발, 저녁 여섯 시 동해 도착, 포장마차
아주 가끔 단란주점, 아홉 시부터 열한 시 사이 귀가, 잠……

처음 한두 달은 기를 쓰고 돈을 모으려 했다. 하지만 아무리 절약을 해

도 워낙 수입이 적다 보니 모이는 게 없었다.

자포자기한 심정으로 되는 대로 살아가고 있을 때 사내에게서 연락이 왔다. 보름 전이었다. 여느 때와 같이 포장마차에 들러 소주 한 병을 마시고, 썩은 통나무처럼 나뒹굴고 있던 때였다.

"대성통운에서 일하는 이형섭 씬가요?"

감기가 심한 듯 탁하게 잠긴 목소리가 튀어나왔다. 기억을 더듬어 보았으나 전혀 알 수 없는 목소리였다.

"네, 그렇습니다만."

"나, 조동수라고 하는 사람입니다. 이형섭 씨는 날 잘 모르시겠지만, 난 이형섭 씨를 잘 알고 있습니다."

조동수? 전혀 모르는 사람이었다. 사내의 목소리에 불온한 무엇인가가 숨어 있기라도 한 듯 예감이 좋지 않았다.

"돈이 필요하시죠?"

돈이 필요하냐고? 무슨 뚱딴지같은 소리야? 생면부지의 사내가 돈이 필요하냐고 묻고 있다. 아닌 밤중에 홍두깨였다. 도대체 무슨 의도로 이런 말을 하는 걸까. 사내의 의도를 종잡을 수가 없었다. 단지 자신의 이름을 분명히 말하고 있으므로 잘못 걸려 온 전화가 아닌 것만은 분명했기에 형섭은 잠자코 귀를 기울였다.

"사람을 하나 손봐 주시오."

"사람을? 미안합니다만 전화를 잘못 거신 것 같네요. 전 트럭 운전사이지……."

"아, 알고 있소. 그러기에 부탁하는 건데…… 영동고속도로에서 충돌사고를 일으켜 달라는 말이오."

"뭐, 뭐요? 고의로 사고를 일으키라는 말입니까?"

말도 안 되는 소리였다. 별 미친 녀석이 다 있구나. 불쾌한 마음에 거칠게 수화기를 내려놓으려던 순간이었다.

"사례로 일억을 드리겠소."

일억? 일억……. 사내의 입에서 일억이라는 말이 튀어나오자 형섭은 얼어붙은 듯 꼼짝도 할 수 없었다. 풀 죽은 모습으로 눈물을 글썽이던 수미의 얼굴이 눈앞에 불쑥 떠올랐다. 일억……, 일억이라면 먹이를 찾아 헤매는 쥐새끼처럼 늦은 밤 고속도로를 달리지 않아도 된다. 돈은 처음 목돈을 쥐기가 어려운 거지 일단 목돈이 만들어지면 스스로 알아서 제 몸을 눈덩이처럼 불린다. 일억을 종잣돈으로 해서 몇 억을 만들면 당당히 수미를 만나러 갈 수 있다. 그래, 참 좋은 기회다. 이 기회를 놓친다면 수미를 영영 만날 수 없을지도 몰라. 아무리 그렇다고 해도 어떻게 사람을…….

마음의 동요를 읽고 있는 듯 사내가 유들유들한 목소리로 말을 이었다.

"승용차 하나를 박살 내 주시오. 운전자가 죽지 않을 만큼……. 상대방 차는 박살이 나겠지만 당신 차는 기껏해야 조금 찌그러지는 정도일 거요. 운이 나쁘면 조금 다칠 수도 있겠지만 그리 대단한 게 아닐 거요. 물론 최악의 경우에는 한 일 년 정도 감옥 생활을 해야 할지도 모르지. 그 정도야 참을 수 있지 않겠소? 어떻소? 한번 해 보지 않겠소? 물론 지금 당장 대답을 해 달라는 건 아니오."

"글쎄……, 생각을 좀 해 봅시다."

"좋습니다. 사흘 후 다시 전화할 테니 그때 자세한 이야기를 하기로 합시다."

사내의 전화가 끊어진 뒤 한동안 형섭은 수화기를 내려놓지 못하고 멍하니 앉아 있었다.

'돈 때문에 사람을 다치게 하다니……. 안 돼. 그런 무자비한 일은 할 수 없어. 다시 전화가 오면 절대 못 한다는 말을 하자.'

허나 그런 결심을 무참히 깨어 버리려는 듯 형섭의 머릿속 한구석에서는 또 다른 생각이 끊임없이 솟아올라 마음을 뒤흔들었다.

'지금은 아주 좋은 기회야. 영동고속도로와 십오 톤 트럭이 지겹지도 않니? 이렇게 평생을 보내다가는 일억은커녕 천만 원도 모으지 못한다. 더구나 수미는? 수미는 어떻게 할 참이냐.'

잠이 이미 멀리 달아나 버려 형섭은 밤새 뒤척이다가 새벽을 맞았다.

사흘 동안 번민에 휩싸였으나 이렇다 할 결론을 내리지 못했다. 사흘 후 사내가 다시 전화를 하자 형섭은 못 먹는 감 찔러나 보자는 심정으로 무리한 요구를 했다.

"그 돈 가지고는 못합니다."

"사례가 더 필요하시오? 얼마나?"

"오천 더."

"오천? 알겠소. 드리리다."

사내가 이러쿵저러쿵 말꼬리를 물고 늘어졌다면 없었던 일로 하자며 끝낼 생각이었다. 아니, 사내가 그렇게는 할 수 없다며 화를 내며 전화를 끊기를 바랐다. 맥 풀리게도 사내는 형섭의 반응을 예상하고 있었다는 듯 한순간 망설임도 없이 흔쾌히 수락했다.

"찌지직……, 찌지지지지……."

모토로라가 다시 신호를 발한다.

"포인트 에이. 현 위치 소사 휴게소. 작전 개시."

벌써? 황급히 시계를 들여다본다. 두 시 십 분. 앞으로 십 분 내로 일이 시작된다. 등줄기가 찌릿하며 소름이 돋는다.

"잘 알았다. 준비 완료."

따다 따다닥. 턱이 마구 떨리며 이가 또 서로 맞부딪는다. 다리가 후들 거린다. 이를 앙다물고 아랫배에 힘을 넣어 보지만 소용이 없다. 머리 전 체가 마구 흔들리는 바람에 정신이 혼미하다. 아랫배에서 둔중한 통증이 인다. 제대로 해 낼 수 있을까. 자신이 없다. 이대로 그냥 튀어 버릴까. 머 리를 핸들에 처박고 눈을 질끈 감는다.

어젯밤 집에 들어와 불을 켜니 식탁 위에 낯선 가방이 하나 놓여 있었 다. 가방 안에는 현찰 일억이 들어 있었다. 어떻게 방에 들어왔을까 의아 해하고 있는데 전화벨이 울렸다.

"이형섭 씨, 돈은 잘 받았소? 내일 사업을 벌이겠소."

약간 허스키하며 느릿느릿하게 이어지는 기분 나쁜 목소리였다. 목소 리만으로는 그의 얼굴뿐 아니라 나이도 가늠할 수 없었다. 엉뚱하게 그의 얼굴을 한번 보고 싶다는 생각이 들었다.

"나머지 오천은?"

"일이 성공적으로 끝나면 바로 보내지."

"실패한다면 주지 않겠다는 겁니까?"

"당신이 지금 튀어 버리지만 않는다면 그 돈은 틀림없이 전달될 거야."

"어떻게 믿지?"

"하하하, 그렇게 의심해서야 어떻게……. 만일 내가 약속을 지키지 않 는다면 피해자의 가족에게 사고가 아니었다고 슬쩍 귀띔해 주시오. 그러 면 내가 무척 곤란해지니까."

찜찜한 마음이 없지는 않았지만 사내의 말을 믿기로 작정했다. 어차피 오천은 꼭 받아 내려 한 건 아니었으니까.

　"일을 벌일 곳은?"

　"둔내 톨게이트와 소사 휴게소 사이의 구간이오."

　"둔내와 소사 사이 구간?"

　"물론 잘 알겠지만, 거기에는 완만한 오르막이 직선으로 뻗다가 오른쪽으로 크게 휘어지는 곳이 있지. 그 위로는 구불구불한 급경사 도로가 이어지고, 고개를 넘으면 바로 소사 휴게소야. 운전자들은 대개 그 고개를 내려오며 무수히 브레이크페달을 밟아 대면서 짜증을 내지. 그러다가 탁 트인 직선 도로가 펼쳐지면 막힌 봇물이 터지듯 신이 나서 마구 가속을 하게 돼. 차 한 대 보이지 않는 깊은 밤이라면 더 말할 필요도 없지. 불을 보듯 뻔한 일 아니겠어? 안 그런가, 이형섭 씨. 게다가 거기는 중앙분리대도 없어."

　영동고속도로는 눈을 감고도 다닐 수 있을 만큼 익숙하다. 그런 형섭에게 둔내에서 소사로 이어지는 영동고속도로의 한 부분이 또렷이 눈앞에 떠올랐다. 영동고속도로가 사 차선으로 확장되기 전 그곳은 끔찍한 정면충돌사고가 자주 일어나는 교통사고 다발 지역이다. 재작년 여름 장마 때에도 과속으로 달리던 승용차가 중앙선을 넘어 마주 오던 고속버스의 밑바닥으로 기어들어 가 일가족이 몰살하는 참사가 벌어진 곳이다. 얼마 전 영동고속도로가 사 차선으로 확장되면서 그곳에도 단단한 중앙분리대가 설치되었다. 그 이후 사고는 거의 일어나지 않았다. 그런데 확장공사가 잘못되었는지 한 달 전부터 중앙분리대를 모두 걷어 내고 이곳저곳을 뜯어내더니 지난주 금요일 공사를 마감했다. 길이 다시 똑바로 뚫리고 차선도 새로 그려졌지만 중앙분리대는 아직 세워지지 않았다.

그곳이라면 충돌사고를 일으킨다고 해도 의심을 받지 않을 것이다. 하지만 깊은 밤중에 표적을 어떻게 구분해 낼 수 있을까.

"나는 놈 뒤로 사오백 미터쯤 떨어져 뒤따라 내려오겠어. 고개 위에서 내리막길로 접어드는 순간 비상 라이트를 켤 테니 불빛이 보이는 즉시 출발하시오. 놈이 직선 도로로 들어서거든 그때 가속을 하시오. 놈이 접근하면 급브레이크를 밟으며 핸들을 급히 꺾으시오. 차가 중앙선을 넘었다 싶거든 즉시 핸들을 오른쪽으로 꺾으며 가속을 하시오. 놈은 피하지 못하고 당신 차의 왼쪽 옆구리 밑바닥에 처박힐 것이오."

"그러면 죽을 수도 있는데……."

"죽어도 상관없어."

"아니 이건 말이 다르지 않습니까? 사람이 죽는다면 문제가 달라지지요. 들통나면 무거운 벌을 받게 된다구요."

"그건 걱정하지 마시오. 단순한 사고니까. 도로변에서 무엇인가가 갑자기 튀어나온 거야. 커다란 짐승이었지. 언뜻 보기에 멧돼지 같았어. 노루나 고라니일지도 모르지. 형섭 씨는 단지 본능적으로 핸들을 옆으로 꺾은 거야. 그런데 정면에서 차가 달려오고 있는 거야. 그래서 급히 오른쪽으로 핸들을 꺾으며 피하려 했는데 너무 늦었어. 상대방 차가 과속을 하는 바람에 피할 여유가 없었던 거지. 상대방 운전자가 운이 나빴던 거야. 아니, 상대방 차의 과실이지. 상대방 차가 과속하지 않았다면 충분히 피했을 테니까. 형섭 씨는 최선을 다했어. 그자가 형섭 씨의 차와 부딪힌 건 단지 우연일 뿐이지. 안 그렇소? 갑자기 차가 나타난다든가 해서 형섭 씨에게 불리한 증언을 할 목격자가 끼어든다면 작전은 곧바로 취소할 테니 안심하시오. 내가 취소하지 않더라도 형섭 씨가 판단하기에 불리하다 싶으면 즉각 중단하시오."

그래, 밤늦은 시각이라 지나는 차만 없다면 목격자는 없을 것이다. 만일 지나는 차가 있다면 사내의 말대로 다음으로 미루면 될 일이다. 정황으로 미루어 볼 때 단순한 충돌사고로 결론 날 것이다. 그러나 이 정도 사고라면 상대방 운전자는 십중팔구 죽고 만다. 어떻게 사람을 죽게 한단 말인가. 단지 돈 때문에. 사람의 목숨만큼 중요한 것은 없다. 아무리 하잘것 없는 목숨이라 할지라도 그 나름대로 가치와 의미가 있는 법이다. 그렇다면……, 불현듯 멋진 아이디어가 떠올라 형섭의 머릿속이 환해졌다. 정면충돌을 피하자. 정면충돌만 아니라면 상대방이 죽지는 않을 것이다. 충돌 시각을 약간만 조정해서 비스듬히 부딪히도록 하자.

"내일 중으로 연락용 무전기를 보내겠소."

"무전기는 필요 없습니다. 제 휴대폰으로 연락해 주십시오."

"휴대폰은 사용하지 마시오. 모든 연락은 무전기로 할 것이오. 내일 새벽 두 시경 내가 연락을 할 때까지 먼저 신호를 보내는 일이 없도록 하시오. 그리고 한 가지 더. 스키드마크를 꼭 남기도록 하시오. 그게 당신에게 유리할 테니까. 내일 새벽 두 시 둔내 톨게이트를 지나 바로 나오는 야생 동물 생태통로 부근에서 산등성이가 잘 보이는 갓길에 차를 세우고 기다리시오."

형섭이 동해 수산 시장에서 활어를 가득 채운 트럭에 앉아 막 출발하려는 순간 허름한 작업복을 입은 소년 하나가 문을 두드리더니 검은 비닐 봉투를 건네주었다. 묵직했다. 들여다보니 구형 무전기였다. 누가 보낸 것이냐고 물어보려 고개를 드니 소년은 이미 어둠 속으로 사라지고 난 뒤였다. 사내는 증거를 남기고 싶지 않은 것이다. 무척 용의주도한 녀석임이 분명했다.

먼 산등성이에서 헤드라이트 불빛이 나타나더니 이어 노란 불빛이 깜빡이기 시작한다. 작전이 개시된 것이다. 끙, 형섭은 신음을 토하며 아랫배에 힘을 주고 차를 서서히 출발시켰다. 완만한 직선 경사 도로 끝에 헤드라이트 불빛이 나타나자 형섭은 액셀러레이터 페달을 힘껏 밟았다. 알피엠이 오르며 엔진 룸에서 대형항공기가 이륙하는 듯한 굉음이 터져 나온다. 거리는 약 1킬로미터. 룸미러를 희뜩 올려 본다. 먹지를 덮어씌운 듯 아무것도 알아볼 수 없다. 300미터, 200미터, 100미터…… 이때다. 형섭은 급브레이크를 밟으며 핸들을 좌측으로 꺾어 반대 차선으로 뛰어들었다.

육식공룡의 포효 소리 같은 타이어 마찰음이 정적을 찢는다. 눈앞으로 헤드라이트 불빛이 쏜살같이 파고든다. 황급히 브레이크에서 발을 떼어 내고 핸들을 우측으로 급격히 틀며 액셀러레이터 페달을 부러져라 밟아 댄다. 빙그르르 회전하는 헤드라이트 불빛에 머리가 벗어진 퉁퉁한 중년 사내의 얼굴이 또렷이 돋아난다. 아, 충돌 각이 너무 크다. 핸들을 좌측으로 꺾어 차체의 방향을 튼다. 순간 엄청난 굉음이 울리며 차체가 흔들린다. 강한 충격에 눈앞이 아득해지며 아무것도 보이지 않는다. 핸들을 꽉 움켜쥐고 차체를 안정시키려고 방향을 틀어 보려 하나 핸들이 마음먹은 대로 움직여 주지 않는다. 차체가 좌우로 휘청거리며 금방이라도 뒤집어질 듯 요동한다. 차체 오른쪽이 가드레일에 부딪히더니 차체가 급격히 중앙선 쪽으로 튀어 나간다. 이러다간 도로 바깥으로 튕겨 나가 버릴지도 모른다. 핸들을 틀어 보려 하나 바퀴 틈새에 바위라도 끼어 있는지 핸들이 움직이질 않는다. 어, 어, 하는 사이 왼쪽 차체에 둔중한 충격음이 오면서 차체가 급격히 오른쪽으로 방향을 튼다. 몇 차례 갈지자걸음을 한 뒤에 가까스로 핸들이 통제력을 회복한다. 차체가 안정되자 급가속을 해 소사 쪽으로 내달린다.

턱이 덜덜 떨리며 이마에 식은땀이 돈다. 액셀러레이터 페달을 밟은 발이 푸르륵 경련을 일으킨다. 상대방 차는 어떻게 됐을까. 힐끗 올려다본 룸미러에 잡히는 것은 아무것도 없다. 입을 쩍 벌린 채 당황하던 중년 사내의 마지막 모습이 눈앞에 선명하다. 사내는 죽었을까. 죽진 않았을 것이다. 사내는 트럭의 옆구리에 정면으로 처박히지는 않았다. 비스듬히 부딪혔을 뿐이다. 충격의 강도로 가늠해 보건대 단언할 수 있다. 그저 보닛이 뭉개진 정도로 찌그러져 갓길에 처박혀 있을 것이다. 다리가 부러졌거나 가슴에 심한 타박상을 입었을 것이다. 그러면 다행이다. 제발 죽지는 말아라. 누군가가 사고 현장을 지나가다 경찰에 신고를 하고 응급 구조대가 오기까지 제발 죽지만 말아라. 제발 죽지만 말아다오. 넋 나간 광신도가 읊어 대는 주문처럼 웅얼거리는 순간 헤드라이트 불빛 속에 드러난 도로가 급격히 툭 끊어져 보이지 않는다.

'어, 무슨 일이지.'

형섭은 브레이크페달을 밟아 속도를 줄였다. 어찌나 당황했던지 충돌 시각부터 단 한 번도 브레이크페달을 밟지 않았다는 생각이 불현듯 떠올랐다. 길은 끊어진 게 아니었다. 단지 왼쪽으로 급격히 꺾였을 뿐이다. 속도를 줄이며 왼쪽으로 돌아 나가니 비상 주차구역 표지판이 눈에 들어온다.

형섭은 갓길에 차를 세우고 차창 밖으로 고개를 삐죽이 내밀고 주변을 살폈다. 저 멀리 아래쪽 도로 한쪽에서 환한 불꽃이 너울대고 있다. 충돌한 차량에서 화재가 발생한 모양이다.

'사내는 어떻게 되었을까. 탈출했을까. 아니면 의식을 잃고 시트에 쓰러져 있을까.'

너무 먼 거리이어서 알아볼 수가 없다. 사내는 탈출하지 못했을 것이다. 부서진 차체에 다리가 끼었거나 뒤틀린 문이 열리지 않아 용을 쓰고 있을 것이다. 되돌아가야 한다. 늦기 전에 끌어내야 한다. 트럭을 돌리려는 순간 환한 불꽃이 폭죽처럼 터지며 굉음이 울린다. 차량이 폭발한 것이다. 너무 늦었다.

'아, 공연한 짓을 했구나.'

눈앞이 아득해지며 캄캄한 절망감이 밀려든다. 심장이 금방이라도 터질 듯 쿵쾅거리며 머릿속이 혼미해진다. 속이 메슥메슥하더니 울컥 구토가 치밀어 오른다.

형섭은 허겁지겁 트럭 문을 열고 입안에 가득 찬 시큼한 토사물을 길바닥에 내뱉었다. 찔끔찔끔 솟은 눈물이 눈가를 촉촉이 적신다. 흐릿한 어둠 속에서 수미의 하얀 얼굴이 목화송이처럼 부옇게 돋는다.

** 두이노의 비가

앞서가던 은빛 메르세데스 벤츠의 붉은 미등이 장벽처럼 길게 뻗은 검은 산자락 뒤로 사라지자 눈앞은 다시 먹빛 어둠이다. 길은 왼쪽으로 완만한 곡선을 그리며 크게 휘어지고 있었다. 너무 멀리 떨어지면 곤란하다. 동수는 액셀러레이터 페달을 밟은 발에 힘을 주었다.

차체가 가볍게 앞으로 튀었다. 삐죽이 솟은 산등성이 사이를 휘돌며 오르는 가파른 비탈길이지만 운전석에서는 오르막이라는 게 조금도 실감 나지 않는다. 포드 익스플로러의 터보 엔진이 뿜어내는 추력은 예상보다 강하다. 선택이 옳았다는 생각에 동수의 입가에 흡족한 미소가 피어올랐다.

아침까지만 해도 동수는 차를 바꿀 마음이 없었다. 고속도로에 들어서면 도착할 때까지 시속 140㎞를 오르내리는 벤츠의 뒤를 따르는 데는 지난여름부터 타고 다니는 중형 스포츠 세단 정도면 충분하다고 판단했다.

아파트 주차장에서 스포츠 세단의 문에 손을 대는 순간 동수의 머릿속에 일이 제대로 마무리되지 않을지도 모른다는 어두운 예감이 스쳐 지났다. 예감 때문에 망설이거나 일을 망친 적은 없다. 다만 며칠 전부터 애써 짓누르고 있던 생각 하나가 어두운 예감에 이끌려 의식의 표면으로 떠오르자 동수는 움직임을 멈추고 잠시 생각에 잠겼다.

'변수가 너무 많다. 어쩌면 일이 꼬일지도 모른다. 최악의 경우 힘으로 밀어붙여야 하는 극한상황이 발생할 가능성이 없지 않다. 그때를 대비하자면 보다 차체가 튼튼한 차량이 있어야 하지 않을까.'

회장의 심복인 박 비서를 전화로 불러내 순간 가속력이 뛰어나며 웬만한 충격에도 버텨 내는 지프를 하나 구해 달라고 했다. 박 비서는 한 시간도 못 돼 득달같이 신형 포드 익스플로러를 보냈다. 차체가 단단해 보이는 데다 시동을 걸어 보니 발끝의 세밀한 움직임에 캥거루처럼 예민하게 반응했다. 썩 마음에 들었다.

모퉁이를 돌아 나가니 벤츠는 이미 고개를 내려가 계곡 건너편 산비탈을 힘차게 오르고 있었다. 짙은 어둠 속에서 붉은 미등이 흉포한 맹수의 눈처럼 번들거렸다.

'벌써 저기까지?'

급한 일도 없는데 녀석은 구불구불 이어진 비탈길에서 속력을 조금도 줄이지 않고 있었다. 조급한 성격 탓이다.

액셀러레이터 페달을 깊이 밟아 누르려던 동수는 굳이 그럴 필요가 없다는 생각에 발에서 힘을 뺐다.

'녀석은 갈 데가 없어. 앞으로 고개 서너 개를 완전히 넘기까지 유턴을 하지 않는 한 빠져나갈 출구는 없으니까.'

동수는 느긋한 마음으로 시계를 들여다보았다. 새벽 한 시. 녀석의 규칙적인 생활 리듬에는 변함이 없다. 모든 일이 계획대로 진행되고 있다. 이제 한 시간쯤 더 달리면 소사 휴게소다. 녀석은 소사 휴게소에서 커피 한 잔을 마시며 담배 한 대를 피우고 나서 두 시에서 두 시 반 사이에 다시 움직일 것이다. 그러면 아무리 늦어도 세 시에는 모든 일이 종결될 것이다.

두 달 전, 한여름의 광기와 퇴폐가 얼룩진 악취가 코를 찌르던 강릉 바닷가에서 백사장이 한눈에 내려다보이는 아파트에 칩거해 있던 동수에게 회장이 즉각 돌아오라는 지시를 내렸다. 당시 동수는 보름 전에 작전을 끝내고 은신해 있던 터였다. 계획대로라면 연말까지 숨어 있어야 한다. 그런데 바로 올라오라는 명령이 떨어진 거였다. 뜻밖이었다. 갑자기 무슨 일일까. 의아한 생각을 품으며 동수는 급거 귀경했다.

"긴급히 처리할 일이 있다. 표적은 강릉지사장 김상기. 사고로 위장해. 오래 끌지 말고 연내에 종결지어. 빠르면 빠를수록 좋아. 착수금은 1억. 필요한 장비는 전처럼 박 비서가 마련해 줄 거다."

회장의 입에서 김상기라는 이름이 튀어나오자 동수는 머릿속에서 피가 역류하는 강한 충격을 받았다. 마음속 깊은 곳에서 겨울잠을 자는 파충류처럼 웅크리고 있던 분노가 잠에서 깨어나 꿈틀거리기 시작했다.

'드디어 기회가 왔어. 언젠가 놈을 내 손으로 처단하리라 수없이 되뇌었던 그 다짐을 실행에 옮길 기회가 마침내 현실로 다가온 거야. 그러나 침착하자. 끝까지 바위처럼 냉정하자.'

스스로를 타이르며 동수는 회장의 표정 없는 마른 얼굴을 묵묵히 쳐다보았다.

"조금도 놀라지 않는군. 묻고 싶은 말이 없지는 않을 텐데."

이유를 묻는 것은 바보짓이다. 어차피 대답을 듣지 못할 테니까. 그 이유를 안다고 해서 변하는 건 아무것도 없다. 허나 갑자기 김상기라니. 이제껏 그를 위해 헌신적으로 봉사해 온 김상기를 종결시키겠다니. 이해할 수 없었다. 배신인가 아니면 용납할 수 없는 실수를 저지른 걸까. 더구나 그 일을 나에게 맡기는 건 또 무슨 장난인가.

"1억이면 착수금치고는 너무 많습니다."

머릿속은 빠르게 회전하고 있었지만 동수는 감정을 숨기고 언뜻 눈에 띄는 의문에 대해 질문했다.

"그게 가장 묻고 싶은 말인가? 그럴 테지. 1억이면 적은 돈이 아니지. 뭐 그렇게 이상하게 생각할 거 없어. 이번 일은 동수 네가 직접 하라는 게 아냐. 이번 일에는 뉴 페이스를 찾아내는 물색 비용까지 포함된 거야. 계획은 네가 하고 실행은 그자에게 맡겨. 솜씨를 봐야 하니까. 물론 일이 틀어지면 네가 깨끗하게 뒷마무리를 해야 해. 동수 너, 그동안 나 때문에 정말 고생 많았다. 그간의 노고에 보답한다는 마음에 이번 일을 특별히 너에게 맡기는 거다. 물론 새로 물색한 자에게 이번 일의 실행을 맡긴다는 게 좀 위험하다는 생각이 들기는 한다. 그래도 동수 너라면 잘 처리할 거라 믿는다. 감정에 치우치지 말고 냉정하게 처리해. 이번 일이 끝나면 너는 내 옆에서 새로운 일을 시작해야 해. 거기에 대해서는 내가 나중에 자세히 이야기하지."

회장은 뭔가 변화를 모색하고 있는 것이다. 그렇다면 이선으로 물러나 오랫동안 꿈꾸어 왔던 정계 진출 계획을 본격적으로 추진할 생각인가. 알 수 없다. 그가 무엇을 꿈꾸던 그건 중요한 일이 아니다. 원하는 대로 해 주기만 하면 될 뿐 깊이 생각할 필요는 없다.

한 달간 김상기의 뒤를 추적하면서 동수는 완벽한 시나리오를 구상했다. 타살의 의혹이나 증거가 남아서는 안 된다. 강릉에서는 방법이 없다. 두 명의 어깨가 늘 그의 곁에 그림자처럼 붙어 다녔다. 집은 경보장치가 완벽한 데다 경비원이 지키고 있어 침투가 불가능했다.

집요하게 추적하다 보니 의외의 틈이 있었다. 김상기는 토요일 저녁이면 혼자 서울에 갔다가 일요일 밤 열두 시경 서울을 출발해 강릉으로 되돌아오고 있었다. 운전기사 없이 손수 운전을 하며 서울을 들락거리고 있었다. 움직임은 시곗바늘처럼 정확하고 규칙적이었다. 목적지는 청담동 그린아파트. 거기에 이십 대 초반의 앳된 애인을 하나 감추어 두고 있었다.

'그래, 영동고속도로다.'

동수는 사흘간 영동고속도로에서 살다시피 하면서 최적의 장소를 물색했다. 기회란 찾는 사람의 눈에 띄게 마련이다. 소사 휴게소를 지난 곳에 알맞은 장소가 있었다.

무대가 마련되자 동수는 지난겨울 동해시에 은신해 있을 때 눈여겨보아 둔 대성통운 활어 운반 트럭 운전사 이형섭을 대역으로 선택하기로 마음먹었다.

형섭을 처음 만난 날 동해시에는 탐스런 함박눈이 미쳐 날뛰듯 쏟아져 내렸다. 그해 들어 처음 내린 화사한 눈꽃이었다. 눈이 내리지 않았다면 동수가 형섭을 만나는 일은 없었을 것이다.

그날 동수는 은신처인 동해시 수산 시장 인근의 허름한 연립주택 2층 창가에서 턱을 괴고 가로등 불빛을 받아 하루살이 떼처럼 흩날리는 눈송이를 망연히 바라보다가 공연한 감상에 젖어 밖으로 튀어나왔다. 동수는 맨머리로 눈을 맞으며 길 잃은 사람처럼 이리저리 밤거리를 배회했다.

'벌써 마흔. 언제까지 이렇게 덧없이 시간을 태워 버려야 할까. 아무 의미도 목적도 없이 지금까지 해 온 것처럼 그저 묵묵히 이렇게 살아가야만 하는 걸까. 이제는 그만두어야 할 때가 되지 않았는가. 회장에게 진 빚은 이미 갚을 만큼 다 갚았다. 만신창이로 땅속에 파묻혀 죽을 뻔한 나를 빼내 밀항선에 태워 일본으로 보내 살려 낸 회장의 은혜는 결코 잊을 수 없다. 게다가 성형수술로 턱선을 깎아 얼굴 형태를 완전히 바꾸고 철저히 신분 세탁까지 해 새 삶을 살게 해 준 회장의 은혜는 그 무엇으로도 갚을 수 없다. 물론 회장은 나를 자신의 이익을 지키는 방패로 삼고자 그리한 것이다. 그렇다고 해도 큰 은혜를 입은 것만큼은 분명한 사실이다. 회장은 잘못한 게 없다. 회장을 비난할 수 없다. 비난해서는 안 되는 일이다. 하지만 영원히 이렇게 살 수만은 없는 것 아닌가. 항상 일을 시작할 때마다 이번이 마지막이다 이번이 마지막이다 다짐을 하지만 막상 회장 앞에서는 입이 떨어지지 않는다. 두려움 때문이라고? 아니다. 그런 것은 결코 아니다. 그렇다면 타성일 뿐일까.'

이렇다 할 결론도 내지 못한 채 접어 버리곤 했던 생각에 잠겨 동수는 발길 닿는 대로 이리저리 떠돌았다. 귀를 찢는 클랙슨 소리에 언뜻 정신을 차려 보니 택시 범퍼가 무릎 옆에 바싹 다가와 있었다. 어찌 된 영문인지

241

알 수가 없어 주위를 둘러보니 몸이 도로 안쪽에 깊숙이 들어와 있었다. 인도와 차도가 구분되지 않은 길을 걸어오다가 하얗게 쌓인 눈 때문에 방향을 잃은 모양이었다. 험상궂은 눈빛으로 쏘아보는 택시 기사에게 고개를 숙이고 동수는 서둘러 길가로 빠져나왔다.

어두운 모퉁이를 벗어나니 포장마차가 즐비하게 늘어서 있었다. 엉성하고 낡은 주홍빛 천막 틈새를 비집고 밝은 불빛이 새어 나오고 있었다. 환한 불빛이 눈에 들어오자 동수는 불현듯 술을 마시고 싶었다.

흐드러지게 쏟아지는 눈 때문인지 포장마차 안은 많은 사람들로 북적였다. 어렵사리 빈자리를 하나 찾아낸 동수는 눈을 툭툭 털고 주저앉아 소주를 주문했다.

구운 꼼장어에 곁들여 소주 한 병을 게 눈 감추듯 비우고 나서 동수가 막 자리에서 일어서려는데 사내 하나가 포장을 젖히고 들어섰다. 하얀 눈을 머리에 잔뜩 이고 포장마차를 들어서는 사내는 먼 여행을 끝낸 나그네처럼 맥 빠진 표정에 눈빛이 공허했다.

우산도 없이 맨몸으로 눈을 맞으며 거리를 헤매 다녔다는 동류의식 때문일까. 아니면 공허한 눈빛 때문이었을까. 동수는 사내의 모습에서 이유를 알 수 없는 친근감을 느꼈다.

사내는 대성통운이라는 금빛 글자가 왼쪽 가슴에 박혀 있는 진한 청색 파카를 걸치고 있었다. 파카에 달린 모자가 뒷덜미 아래로 축 늘어져 바람 빠진 풍선처럼 매달려 있었다. 모자가 달려 있는데도 그 모자를 쓰지 않고 맨머리로 눈을 흠뻑 맞은 것이다. 일부러 그런 걸까.

사내는 아무 말 없이 손가락으로 머리와 어깨에 쌓인 눈을 털어 내며 빈자리에 무너지듯 주저앉았다. 포장마차 주인이 반색을 하며 아는 체하는데도 대꾸가 없었다. 포장마차 주인은 주문도 받지 않고 사내에게 이 홉들이 소주 한 병과 소주잔을 불쑥 들이밀었다. 단골손님인 모양이었다.

사내는 갈증을 달래기라도 하듯 소주 세 잔을 연거푸 마시고는 담배에 불을 붙여 물었다. 한숨을 쉬듯 연기를 토해 내는 사내의 눈빛이 몽롱했다. 담배가 거의 다 타들어 갈 무렵 포장마차 주인이 닭똥집 한 접시를 내놓았다. 사내는 닭똥집에는 손도 안 대고 담배를 안주 삼아 몇 잔인가의 술을 더 들이켰다.

삽시간에 소주 한 병을 해치운 사내는 두 번째 소주병을 땄다. 갈증이 어느 정도 가라앉았는지 술잔을 드는 손끝이 둔해졌다. 그제야 사내는 음미하듯 소주를 홀짝이며 닭똥집에 젓가락을 대기 시작했다. 눈이 마주치지 않도록 신경을 쓰며 동수는 사내를 주의 깊게 살폈다.

이십 대 중반쯤 되어 보이는 사내의 얼굴에는 삶에 지친 그늘이 역력했다. 허탈한 표정과 달리 눈매만큼은 날카로운 게 제법 성깔이 있어 보였다. 키가 훤칠했고 군살이 없었다. 운동으로 다져진 듯 어깨가 벌어진 탄탄한 몸매였다. 언젠가는 요긴하게 쓸 수 있을 것 같았다. 동수는 사내의 능력을 시험해 보고 싶었다. 가만히 지켜보고 있는 사이 마실 것과 먹을 것을 다 해치운 사내가 지폐 몇 장을 테이블에 내려놓고는 몸을 일으켰다.

사내의 모습이 포장마차 밖으로 사라지자 동수는 벌떡 몸을 일으켜 뒤를 밟았다. 발걸음을 재촉해 사내를 앞지른 동수는 어둠침침한 골목 어귀 그늘에 몸을 숨겼다. 잠시 후 동수는 그늘에서 빠져나와 걸음을 재촉해 사내를 정면에서 스치듯 지나가면서 오른쪽 어깨로 가슴을 강하게 밀어붙였다. 어깨에 닿는 충격이 예상한 것만큼 크지 않았다. 사내가 왼쪽으로 재빨리 몸을 틀어 충격의 강도가 완화되어 버린 것이다. 사내는 홉 하는

낮은 신음 소리를 토해 내며 흘낏 동수의 얼굴을 바라보았을 뿐 더 이상의
반응을 보이지 않았다. 고개를 돌려보니 사내는 별일 아니라는 듯 무심한
태도로 느릿느릿 발걸음을 옮기고 있었다. 사내의 감정을 긁으려 동수는
일부러 쉰소리를 냈다.

"야, 이 새끼야. 눈깔은 장식품으로 달고 다니냐? 똑바로 다니지 못해?"

힐끗 돌아보는 사내의 눈빛이 매서웠다. 동수는 사내의 눈빛을 맞받아
치며 거칠게 쏘아붙였다.

"얼씨구. 이게 야리네. 이 새끼 봐라, 술 처먹었잖아? 술 처먹었으면 곱
게 삭여. 지랄 떨지 말구."

더는 참을 수 없었던지 사내가 몸을 돌리며 언성을 높였다.

"뭐 이런 게 다 있어? 내가 부딪혔냐? 니가 넓은 길 놔두고 이쪽으로 달
라붙으면서 받았잖아."

"뭐야? 뭐가 어째? 이 새끼가 죽고 싶어 환장을 했나. 재수가 없으려니
까 별 그지 같은 놈이 다…….”

동수는 사내에게 다가서며 옆구리를 향해 힘껏 발을 내질렀다. 몸을 비
틀어 피하는 사내의 움직임이 아주 빨랐다. 표적을 놓친 발끝이 허공을 가
르며 자세가 흐트러진 순간 사내의 손가락이 눈앞으로 바싹 다가왔다. 옷
깃을 움켜쥐려는 것이다. 동수는 가볍게 몸을 틀며 사내의 턱을 향해 주먹
을 내질렀다. 사내가 황급히 머리를 젖히며 뒤로 물러서자 주먹이 빈 공간
을 훑었다. 그 틈을 놓치지 않고 사내의 발끝이 아랫배를 노리며 치고 들
어왔다. 동수는 슬쩍 뒷걸음치며 물러섰다. 이미 사내의 솜씨를 봤으니
더 이상 수작을 벌일 필요가 없었다.

슬슬 뒷걸음치다 어느 정도 거리가 떨어지자 동수는 등을 보이고 내달

았다. 사내가 뒤쫓아 오는 기색은 없었다. 사내는 격투기는 배우지 않은 듯 공격 자세가 엉성하고 빈틈이 많았다. 기껏해야 군에서 배운 태권도 수준의 솜씨였다. 다만 몸놀림만큼은 아주 민첩했다. 전문적인 싸움꾼이 아닌데도 몇 차례의 공격을 무난히 피해 낼 만큼 반사 신경이 탁월했다.

동수는 박 비서에게 인상착의를 알려 주고 조사를 의뢰했다. 박 비서가 사흘 후에 전화 연락을 했다.

"이형섭이라는 자인데, 나이는 스물넷. 대성통운 화물트럭 운전기사야. 동해시 수산 시장에서 활어를 싣고 새벽에 가락동 농수산물 시장에 부리는 일을 하고 있어. 사는 곳은 동해시 매송동 23번지. 보증금 오백에 월세 십오만 원짜리 반지하 단칸방일세. 결혼은 안 했고 특별히 사귀는 여자도 없어. 충북 청원군 신영읍 소재 신영종합고등학교에서 삼 년간 핸드볼 선수로 활동했고, 고교 졸업 후 인천 시청팀에 입단했다가 한 달 만에 그만뒀어."

"그만둔 이유가 뭐랍니까?"

"그건 모르겠는데……. 아무튼 그만두고 나서 바로 입대해서 수송병으로 강원도 인제에서 복무했어. 만기 제대한 후에는 고향에서 농사일을 돕다가 지난 시월 같은 마을 출신 신영종고 선배인 이상윤의 추천으로 대성통운에 입사했더군. 이상윤이라는 자는 현재 대성통운 영업과장 일을 하고 있고. 주변 사람들은 대부분 이형섭에 대해서 온순하고 과묵한 편이라고 하더군."

역시 생각했던 대로 운동을 한 친구였다. 훈련만 제대로 받으면 제법 쓸 만한 놈이 될 것 같았다. 포섭 계획을 꾸미고 막 작업에 들어가려던 차에 동수에게 새로운 과제가 떨어졌다. 아쉽지만 어쩔 수 없었다. 조만간 틈을 내 다시 찾아보리라 작심을 하고 동수는 동해시를 뜰 수밖에 없었다.

새로운 인재를 물색해 솜씨를 알아보라는 회장의 지시를 듣는 순간 동수의 머릿속에 떠오른 것이 형섭이었다. 인간 됨됨이도 제대로 알지 못하는 상태에서 너무 조급하게 서두는 게 아닌가 하는 불안한 마음이 없지는 않았지만 일단 일을 맡겨 보자고 마음을 먹었다. 일을 제대로 해내면 이번 일에 끼어든 것을 약점으로 잡아 앞으로 발을 빼낼 수 없도록 할 수 있을 것이다.

고속도로 양옆으로 도시의 불빛이 둥실 떠오른다. 어둠 속에 드문드문 모여 있는 불빛이 바구니에 담아 놓은 한 무더기의 보석처럼 화사하다. 원주를 지나는 모양이다. 동수는 시계를 들여다보았다. 한 시 삼십 분이다. 연락을 해야 할 때다. 녀석이 약속을 지킬까. 어쩌면 녀석이 겁을 집어먹고 잠적해 버렸을지도 모른다. 만일 그렇다면 그야말로 닭 쫓던 개 지붕 쳐다보는 우스운 꼴이 되고 만다. 그렇게 되면 처음부터 다시 계획을 세워야 한다.

먹구름처럼 피어오르는 불안을 떨쳐 버리며 동수는 모토로라를 집어 들었다. 스피커에서 '예정대로 대기 중'이라는 말이 튀어나오자 동수는 마음이 놓였다. 녀석이 충실히 약속을 이행하고 있는 것이다.

'서영아, 이제 남은 건 시간문제야. 잠시 후면 놈을 해치운다. 두 눈을 크게 뜨고 잘 지켜봐. 놈이 어떻게 되는가를.'

푸릇푸릇 멍든 얼굴을 시트로 가리고 달팽이 더듬이처럼 두 눈만 빼꼼 내민 채 장난기 가득한 눈웃음을 짓던 서영의 모습이 또렷이 눈앞에 떠오른다. 서영을 생각할 때 동수의 눈앞에 떠오르는 모습은 늘 그것뿐이다. 그것이 서영의 마지막 모습이기 때문인지도 모른다.

'서영아, 이제야 비로소 얼굴을 들고 널 다시 만날 수 있겠구나.'

서영이 옆에 앉아 있기라도 한 듯 동수는 나지막이 속삭였다.

결코 잊지 못할 아름다운 이름. 너무 짧았던 만남이었기에 더욱더 아쉬운 사랑. 서영, 강서영……. 동수가 서영을 알게 된 것은 고등학교를 졸업하고 한 해가 지나 다시 겨울이 기승을 부리던 크리스마스 무렵 어느 날이었다.

고등학교 이 학년 가을, 아버지의 파산이 당신의 급작스런 졸도로 이어지면서 가세는 걷잡을 수 없이 기울어 갔다. 그해 겨울 아버지의 장례를 치른 후 하루하루의 끼니를 마련하기 위해 선창가 막벌이꾼으로 전락한 어머니와 미친 듯 방종의 나락으로 떨어져 내리는 누나의 모습을 보면서 동수는 책에서 손을 놓아 버렸다. 어머니의 몸에서 풍기는 생선 악취는 누나의 옷에서 뿜어 나오는 매운 담배 냄새와 어우러져 좁은 단칸방의 공기를 숨 막힐 정도로 더럽혔다. 학비가 싼 국립대학을 가려면 한 해 동안에 학력고사 점수를 사오십 점 더 올려야 하는데 그것은 불가능했다. 아무 대학에라도 가서 아르바이트를 하며 버텨 볼까 생각해 보았지만 입에 풀칠하기도 어려운 형편에 도저히 사립대학의 입학금과 등록금을 만들어 낼 재간이 없었다.

고등학교 삼 학년 마지막 학기는 방황으로 얼룩졌다. 처음에는 토요일 오후와 일요일 하루 종일 바닷가를 서성였다. 광안리와 해운대의 모래밭에 주저앉아 하염없이 바다를 쳐다보다가 어둠이 먹물처럼 풀어져 내리면 집으로 돌아왔다. 그러다가 오후 수업을 빼먹고 발길 닿는 대로 무작정 떠돌아다녔다.

날라리 논다니 친구들이 추파를 던지며 다가왔으나 그들과는 상종을 안 했다. 나는 너희들과 다르다. 너희들과 격이 다르다. 너희들이 불가촉천민 수드라라면 나는 지고의 브라만이다. 생활은 가난하지만 오만과 오기만큼은 가난하지 않다. 나는 시인이 될 것이다. 학력이 필요하지 않은 나만의 세계를 만들 것이다. 몽상 속에서 꿈을 먹으며 하는 일 없이 시간을 태웠다.

고등학교를 졸업하고 나니 할 일이 없었다. 원양어선을 타고 멀리 떠나고 싶다는 낭만적인 생각을 했다. 탄광 지대에 가서 막장의 어둠 속에서 눈을 감은 채 평생을 보낼까 생각하기도 했다. 숙모가 지하철 기관사 훈련생 모집 광고를 보았다고 알려 주어 마음이 혹하기도 했다.

어느 것도 마음에 차지 않았다. 두렵기도 했지만 내심 더 나은 일이 있을 거라는 기대가 컸던 탓이었다. 동수는 아무 일도 하지 않은 채 바닷가를 석 달간 서성거렸다. 절망의 나날이었다. 중학교와 고등학교에서 배운 것들은 일거리를 찾는 데 아무런 도움이 되지 못했다. 할 수 있는 거라고는 기껏해야 공사판 막노동 일밖에 없었다. 그러던 와중에 누나가 가출을 했고, 그 충격을 견디지 못한 어머니가 쓰러지더니 사흘 후에 숨을 놓고 말았다.

어머니의 장례를 치르고 나니 당장 하루 끼니를 때우는 일도 막막했다. 더 이상 망설이고 있을 수도 두려워할 수도 없었다. 망설임이나 두려움 자체가 하나의 사치일 뿐이었다.

며칠간 고민하던 동수는 서울 방배동에서 식당 주방 일을 하는 이종사촌 형 기주를 찾아보기로 결심했다. 다섯 살 위인 기주는 어린 시절 이웃에서 함께 자란 사이라 허물없이 가까웠다. 기주는 제 몸 하나 건사하기에도 빠듯한 형편이었지만 연락도 없이 불쑥 찾아온 사촌 동생을 무척 기뻐

하며 반겨 맞아 주었다.

기주가 부지런히 수소문한 끝에 동수는 보름 만에 명동에 있는 나이트클럽 레드파인의 웨이터로 취직할 수 있었다.

"찬밥 더운밥 가릴 것 없어. 일단 뭐라도 시작해야 해. 시작이 무엇보다 중요한 거니까. 시작하고 움직이면서 생각하고 하나씩 바꿔 나가는 거야. 그게 가장 합리적인 거야."

내켜 하지 않는 동수를 기주가 다독였다.

고등학교 때 밴드부에서 배운 색소폰이 평생 밥줄이 되었다는 서른다섯 살의 노총각 색소폰 주자 장상철이 동수를 아주 호감 있게 대했다. 그로 인해 서먹서먹한 첫출발은 큰 어려움 없이 시작되었다. 마땅한 거처가 없어 기주의 단칸방에서 신세를 질 수밖에 없었던 동수는 얼마 후 상철의 집에서 기식하게 되었다.

"야, 인마. 내가 호모라도 될까 봐 불안한 거냐? 하긴 그렇다. 이젠 혼자 살기도 정말 지겹다. 어쩌면 진짜 호모가 될지도 몰라."

그의 방으로 짐을 싸 들고 들어오라는 말에 동수가 눈이 휘둥그레져 놀란 표정을 짓자 상철이 껄껄 웃으며 말했다. 상철의 방도 옹색하기로는 기주의 방과 크게 다를 바 없었으나 일하는 곳이 가까웠고 무엇보다 의지할 벽이 있다는 것이 무척 기뻤다.

상철이 연주하는 테너 색소폰 독주는 아주 매혹적이었다. 특히 그가 무대에서 스포트라이트를 받으며 지그시 눈을 감고 혼을 빼앗긴 듯 몰입하여 〈대니 보이〉나 〈로라〉를 불어 댈 때면 동수는 사람들 눈에 띄지 않는 클럽 한구석 어두운 기둥 뒤로 숨어들어 가 넋을 놓고 그의 모습을 바라보곤 했었다. 한가한 낮에는 가끔 광나루에 나가 상철에게서 기초적인 주법을 배우곤 했다.

"형, 형은 왜 혼자 살지?"

어느 맑은 가을날 광나루에서 되지도 않는 색소폰을 풍풍 불어 대면서 모래밭에 앉아 있다가 오래전부터 궁금하게 여기고 있던 일에 대해 물어보았다.

"욕심이 너무 많았어. 두 여자하고 다 같이 살고 싶었거든. 결국 모두 다 떠나고 이렇게 되고 말았다."

"형, 그러면 새 여자를 만나 처음부터 다시 시작하면 되잖아."

"그게 잘 안 돼. 그게 말처럼 그렇게 간단한 문제가 아니다. 여자를 소개받으면 몇 번 만나지. 근데 곧 흥미가 없어져 버려. 아마 예전에 두 여자를 사랑할 때 내가 갖고 있던 열정이 모두 다 타서 재가 되어 버린 모양이야."

상철은 한동안 시린 가을 하늘을 말없이 쳐다보다가 길게 한숨을 내쉬며 이렇게 말하고는 입을 다물었다.

그의 쓸쓸한 모습을 보며 동수는 가슴을 에는 아픔을 느꼈다.

'저렇게 남는 것 하나 없이 철저하게 타 버리는 것이 사랑일까. 저런 사랑의 열병이 내게도 어김없이 찾아올까. 그런 사랑이 찾아온다면 난 어떻게 해야 하지? 나는 적어도 형처럼 저런 식으로 못나게 살지는 않을 거야. 무슨 수단과 방법을 다해서라도 나는 내 사랑이 떠나게 하지 않을 거야.'

막연한 동경 속에서 동수는 이런 다짐을 했다.

봄나무에 꽃이 피듯 사랑은 그렇게 어느 날 갑자기 찾아오는 것일까. 동수가 레드파인에서 일하기 시작한 지 서너 달쯤 되던 어느 날이었다. 뒷정리를 마치고 퇴근하려 대기실에서 소지품을 추스르는데 아침에 들고 온 시집이 보이지 않았다. 릴케의 《두이노의 비가》라는 포켓북 형태의 작은 시집인데 아무리 찾아도 행방이 묘연했다. 까짓것 잃어버렸으면 서점에 가서 다시 사 오면 되지 뭘 그렇게 애태워 하느냐며 상철이 재촉하는 바람에 포기하고 그냥 집으로 돌아갔지만 동수의 마음은 영 언짢기만 했다. 어디에 떨어트린 걸까. 무척 아끼던 책이기도 하지만 여러 날에 걸쳐 틈틈이 시의 여백에 적어 놓은 메모까지 잃어버린 것이 무척 아까웠다. 몹시 마음이 상했지만 바쁜 일상에 시달리다 보니 며칠 지나지 않아 시집에 관한 일은 까맣게 지워지고 말았다.

크리스마스이브 철야 영업을 마치고 새벽 다섯 시쯤 대기실에 들어가 옷을 갈아입던 동수는 외투 오른쪽 주머니에서 묵직한 중량감을 느꼈다. 주머니에 뭔가 들어 있었다. 꺼내 보니 꽃무늬 은박지로 예쁘게 포장한 물건이었다.

'누가 내게 크리스마스 선물을 한 걸까? 그럴 사람이 없는데⋯⋯.'

포장지를 뜯으니 두 권의 책이 나왔다. 깨끗한, 한 번도 펴 본 적이 없는 것이 분명한 새 책이었다. 한 권은 《두이노의 비가》였다. 표지에 메모가 한 장 붙어 있었다.

"오랜만에 시집이 보여 저도 모르게 손이 갔어요. 다시 돌려놓으려고 가 보았지만 너무 늦었어요. 오랫동안 후회하다가 이제 용서를 빌며 돌려드립니다. 동수 씨 책은 제가 들고 다니며 읽다 보니 표지가 너덜너덜해서 돌려드릴 형편이 아니에요. 그래서 새 책을 샀습니다. 그리고 사죄하는 마음으로 또 한 권의 시집을 샀습니다. 매일 동수 씨를 지켜보고 있어요. 동수 씨는 이런 곳은 어울리지 않는다고 생각해요. 언젠가 둘만의 시간을 갖고 싶어요. 즐거운 성탄과 새해를 맞이하시기를 바랍니다. 영."

그때 동수는 뭐라 표현할 수 없는 이상한 감정을 느꼈다. 오랫동안 잊고 있던 릴케의 시를 다시 읽게 되었다는 기쁨과 함께 강한 호기심이 솟아 올랐다.

'아, 이런 쓰레기장 같은 곳에도 시를 사랑하는 순수한 영혼이 있단 말 인가. 누굴까. 영이라고? 영이라면……'

영이라는 사람이 여자일 것이며 무척 가까이 있는 게 틀림없다는 생각 밖에 떠오르는 것이 없었다. 대체 누굴까?

김선영, 이혜영, 윤지영, 강서영…….

영으로 끝나는 이름을 머릿속으로 하나씩 훑어가던 동수의 탐색이 서 영에 이르러 우뚝 멈추어 서고 말았다.

무희와 웨이트리스들은 사실 저희들도 별 게 아니면서 웨이터들에게 고고한 학처럼 도도했다. 좁은 복도에서 마주쳐도 눈길 한 번 보내지 않 았다. 동수에게 그런 것은 전혀 문제가 되지 않았다. 관심도 없었다. 세상 이 여자라는 또 다른 종과 함께 구성되어 있으며 너무 달라 공통점을 찾기 힘든 남녀라는 두 개의 종이 한데 어울려 가정을 만들고 번식을 하게 되는 것이 삶이다라는 것이 당시 동수가 가졌던 여성관이었으니까.

강서영.

레드파인의 전속 무용수 강서영은 당시 동수가 눈빛을 기억하는 유일 한 여자였다. 좁은 복도에서 바쁘게 스쳐 지날 때마다 동수는 서영에게서 따가운 눈총을 받았다. 처음엔 무슨 실수를 한 게 아닌가 하여 몹시 당황 했다. 실수가 있다면 고쳐야 한다. 동수는 서영의 눈빛 속에 감추어진 생 각을 읽어 내려 했다. 알 수 없었다. 서영의 얼굴은 데스마스크처럼 아무 표정이 없었다. 상대의 눈을 빤히 들여다보는 차가운 눈빛만이 날카로울 뿐이었다.

혹시 표정 없는 얼굴과 냉랭한 눈빛이 동수에 대한 비난이 아니라 관심을 나타내고 있는 것은 아닐까. 관심을 갖고 있다는 사실을 감추려다 보니 더욱더 냉랭하고 무표정한 태도를 보이게 된 것은 아닐까. 아전인수 격으로 풀어낸 오해일지도 모른다고 생각하면서도 동수는 확인하고 싶었다.

다음 날 동수는 좁은 복도에서 서영을 스쳐 지나게 되었다. 눈이 마주치자 서영은 예전과 다르게 서둘러 시선을 내리깔았다. 그때 동수는 자신의 추측이 틀리지 않았다는 것을 확신했다. 동수는 다가오는 서영의 모습을 차분히 살펴보았다. 레드파인에서 일을 시작한 후 처음이었다.

크지도 작지도 않은 알맞은 키, 약간 마른 몸매 그리고 얼굴의 선이 갸름한 달걀형이었다. 작은 코와 짙은 눈썹…….

서영이 동수의 시선을 의식한 듯 발걸음이 균형을 잃으면서 기우뚱했다. 서영의 얼굴이 붉게 달아오른 듯했다.

서로 몸이 스쳐 지나는 순간 동수는 서영의 팔을 붙잡았다. 무엇을 어떻게 할 것인지도 모른 채 마치 본능이 손을 뻗으라고 명령이라도 한 것처럼 동수는 자신도 모르게 손을 뻗고 말았다. 꽉 붙든 것도 아닌데 앨범에 고정되어 시간의 흐름을 망각한 스틸사진처럼 둘은 엉긴 채 얼어붙고 말았다.

복도 끝에서 웅성거리며 누군가 다가오는 소리가 들리자 비로소 꿈에서 깨어난 듯 동수는 서영의 몸에서 황급히 손을 뗐다. 잠시 정지된 비디오 화면이 다시 돌아가듯 서영이 곁에서 떨어졌다. 그때 분명히 들었다. 귓가를 스치는 바람처럼 낮게 속삭이는 서영의 목소리를 동수는 분명히 들었다.

"미안해요 동수 씨……."

신정은 레드파인이 종업원들에게 선심을 쓰듯 던져 주는 일 년에 몇 안 되는 휴일 가운데 하나였다. 그날 동수는 찬 바람에 외투 깃을 세우고 경복궁 건춘문 앞에서 서영을 만났다. 화장기 없이 해맑은 서영의 얼굴에서는 풋풋한 사과 냄새가 났다. 며칠 전 폭설이 내린 데 이어 수은주가 영하로 곤두박질한 차가운 날씨 탓인지 경복궁 안에는 인적이 드물었다. 서로의 체온으로 추위를 막으려는 듯 누가 먼저라 할 것 없이 어깨와 허리에 팔을 둘렀다. 경회루 연못의 얼음판 위에서 얼음을 지치기도 하고, 아무도 밟지 않은 널찍한 눈밭에 어지러이 발자국을 찍어 대면서 시간을 지웠다. 퇴색한 단청 빛이 을씨년스러운 근정전 앞에서 서로의 몸이 부서져라 끌어안고 오랜 시간 입맞춤을 했다.

꿈결 같은 달콤한 겨울이 지나고 폭발하듯 터져 나온 벚꽃이 함박눈처럼 떨어져 내리던 날이었다. 영업이 시작되었는데도 서영의 모습이 보이지 않았다.

'웬일일까. 어디 아픈 거라도 아닐까.'

동수는 초저녁 내내 마음을 졸였다. 무슨 일이 생긴 게 분명했다. 아홉 시가 넘자 동수는 더 이상 참지 못하고 레드파인을 빠져나와 서영의 친구 미정이 일하고 있는 나이트클럽 로즈타운으로 달려갔다.

미정은 눈물부터 글썽였다.

"동수 씨, 그러지 않아도 틈을 내서 레드파인으로 갈 생각이었어요. 서영이는 지금 대한병원에 입원해 있어요. 이따가 일 끝나면 병원으로 가 보세요. 서영이가 절대로 동수 씨에게 아무 말도 하지 말라고 신신당부했어요. 그렇지만 동수 씨에게는 알려 드려야 한다고 생각하고 있었어요. 서영이가 너무 불쌍해요. 저라도 옆에 있어야 하는데 그럴 형편도 안 되고⋯⋯."

급히 달려온 데다 자초지종을 정확히 알지 못해 목이 타는 듯 갈증이 심했다. 동수는 미정의 말을 중간에서 끊으며 조급하게 물었다.

"입원? 어떻게 된 거예요? 무슨 사고라도 일어난 거예요?"

미정은 말없이 손수건으로 눈물을 닦아 냈다. 짙게 칠한 마스카라가 번지며 흰 종이에 마구 칠한 크레파스처럼 흉한 모습이 드러났다. 불안한 마음에 가슴이 터져 버릴 것만 같았다.

미정이 한숨을 내쉬며 말을 이었다.

"병원에 가 보세요. 그러면 아실 거예요. 가까운 곳이니까 지금 들러 보세요. 미안해요. 저, 오래 나와 있을 수 없어요. 저도 이따 병원에 들를게요."

미정의 입에서는 더 이상 구체적인 이야기가 나오지 않았다. 동수는 우울한 표정으로 초조해하고 있는 미정을 클럽 안으로 들여보내고 서둘러 대한병원으로 달려갔다.

네 사람이 같이 쓰는 병실 한구석에 서영은 비 맞은 병아리처럼 후줄근히 앉아 있었다. 온통 푸릇푸릇한 멍으로 얼룩진 서영의 얼굴은 퉁퉁 부어올라 원래의 여린 모습을 전혀 찾아볼 수 없을 만큼 일그러져 있었다.

'도대체 무슨 일이 벌어진 걸까.'

엉망으로 뒤틀린 서영의 얼굴을 보자 동수는 코끝이 찡하게 아려왔다.

"동수 씨, 돌아가. 제발 돌아가."

병실 문을 허겁지겁 들어서자 서영은 시트를 뒤집어쓰며 침대에 몸을 내던졌다. 침대에 다가가 어깨를 감싸자 서영은 등을 돌리며 돌아가라는 말만 되풀이했다. 시트에 덮인 서영의 어깨가 바람결에 쓸리는 억새처럼 마구 흔들렸다. 쏟아져 내리려는 눈물을 참으려 이를 악물고 서영의 어깨를 힘껏 끌어안았다.

"서영아, 도대체 어떻게 된 거야?"

"동수 씨, 돌아가. 아무 일도 아냐. 동수 씨하고는 상관없는 일이야. 지금은 아무 말도 하고 싶지 않아. 아니, 아무 말도 묻지 마. 제발 돌아가. 내일 퇴원할 거야. 그러니 걱정하지 마."

서영이 쌓아 놓은 침묵의 벽은 요지부동이었다. 간단없이 흔들리는 흰 시트만을 속수무책으로 바라보고 있다가 동수는 로즈타운으로 달려갔다.

"미정 씨, 대한병원에 갔다 오는 길이에요. 도대체 무슨 일이죠? 서영이는 무슨 일인지 내게 말을 하려 하지 않아요."

"어젯밤 집에서 심하게 맞았어요. 전 그때 문밖으로 쫓겨났기 때문에 정확한 건 몰라요. 나중에 그 사람이 가고 나서 방에 들어가 보니까 서영이가 정신을 잃고 쓰러져 있었어요. 찬물을 얼굴에 부어도 정신을 차리지 못해 쩔쩔매고 있는데 대한병원에서 앰뷸런스가 왔어요. 그 사람이 보낸 거예요."

"그 사람이라니? 그 사람이 누구죠? 누구이기에 함부로 사람을 저 지경으로 만들죠?"

미정은 자꾸 시계를 들여다보았다. 손님이 기다리고 있는 모양이었다. 미안했지만 그대로 갈 수가 없었다. 미정은 안타까운 표정으로 한동안 말없이 서 있다가 담배에 불을 붙여 물고는 한숨을 토하듯 연기를 길게 내뿜으며 말했다.

"그 사람이요? 말할 수 없어요. 나중에 서영이에게 직접 물어보세요. 미안해요, 동수 씨. 서영이가 동수 씨에게 다 말할 거예요. 물론 지금은 말하려 하지 않겠지요. 하지만 곧 다 말할 거예요. 서영이는 동수 씨를 보통 생각하고 있는 게 아니에요."

더 이상 미정에게 자초지종을 말하라고 강요할 수가 없었다. 미정이 담배를 피우는 동안 하릴없이 어두운 밤하늘만 쳐다보았다.

"서영이는 제게 남은 단 하나의 친구예요. 우정을 깨고 싶지 않아요. 이해할 수 있으시죠? 또 서영이에게 직접 듣는 편이 동수 씨를 위해서도 좋을 거라고 생각해요. 미안해요. 전 들어가 봐야 해요. 이따 꼭 들를게요. 서영이 좀 잘 돌봐 주세요. 부탁해요."

미정에게 고맙다는 인사말을 하고 동수는 부리나케 클럽으로 되돌아갔다. 총무에게 고향 집에서 할아버지가 위독하다는 전갈이 왔다고 핑계를 대고 사흘간의 휴가를 얻었다. 그리고 갑작스런 일로 집에 들어갈 수 없게 되었다는 메모를 상철에게 남겨 두고 서영의 곁으로 달려갔다.

"어머……, 동수 씨. 아무 말도 하지 않고 그렇게 가 버리는 법이 어디 있어? 아까 동수 씨가 가 버리고 나서 얼마나 울었는지 알아? 영원히 가 버리면 어쩌나 하고 말이야. 아까 말은 그렇게 했지만 사실 동수 씨가 밤새 같이 있어 주기를 얼마나 바라고 있었던지 알아?"

다시 병실에 들어서자 푸릇푸릇 일그러진 서영의 얼굴 위로는 환한 미소가 가득 피어올랐다. 그 미소 위로 햇살에 반짝이는 아침 이슬처럼 속눈썹 가득 매달린 눈물방울이 와르르 부서져 내렸다.

"사흘간 휴가를 얻었어. 가라고 해도 절대 가지 않을 거야. 누구야? 누가 그런 거지? 도대체 무슨 일이 있었던 거야?"

"지금은 말하고 싶지 않아. 다 듣고 나면 동수 씨는 이 자리에서 그냥 떠나 버리고 말 거야. 내일 퇴원하면 말할게. 지금은 동수 씨가 꼭 필요해. 제발……, 그냥 이대로 옆에만 있어 줘."

시트로 온몸을 감싼 채 달팽이 더듬이 같은 두 눈만 빼꼼 내밀고 말없이 동수의 표정을 살피던 서영이 장난기 가득한 목소리로 말했다.

"동수 씨, 나 되게 못생겼지?"

어이가 없었다. 도대체 무슨 생각을 하고 있는 것일까. 동수는 서영을 만난 이후 처음으로 불쾌한 낯빛을 감추지 않고 투박하게 쏘아붙였다.

"나는 지금 한가하게 웃거나 농담할 기분이 아냐. 정말 대답을 듣기 원한다면 말해 줄까. 정말 못났어. 그래, 정말 못났어. 아주, 아주 못생겼어. 왜 너는 네 이야기를 해 주려 하지 않는 거지? 난 너에 대해 아는 게 아무것도 없어. 단지 알고 있는 건 네 이름과 겉모습뿐이야. 왜 이야기를 하지 않는 거지?"

서영의 눈에서 웃음기가 사라지고 짙은 갈색 눈동자가 얼어붙은 듯 미동도 하지 않았다. 영겁 속으로 빠져든 듯한 정지 상태. 그 속에서 움직이는 것이라곤 서영의 눈을 적시는 투명한 눈물뿐이었다.

서영의 눈물이 주르륵 흘러넘치자 그것이 무슨 신호라도 되는 양 서영은 시트를 끌어 올려 얼굴을 감추면서 침대 위로 몸을 쓰러트리고는 등을 돌려 버렸다.

"동수 씨, 내일 말한다고 했잖아. 그것도 못 참아? 지금은 아무것도 생각하고 싶지 않아. 서로 사랑한다고 해서 왜 모든 것을 알아야만 한다고 생각하지? 말할 수 없는 것도 많은 거야. 오히려 모르고 그냥 지나가는 편이 더 좋을 때가 많아. 동수 씨, 미안해. 불쾌하거든 그냥 돌아가도 좋아. 다시 내 옆에 오지 않는다고 해도 원망하지 않을 거야. 아니, 돌아가. 그동안 참 좋았어. 미안하기도 했고."

서영의 젖은 목소리를 듣는 순간 동수는 가슴을 저미는 아픔을 느꼈다.

사랑이란 모든 것을 이해하는 용기이며 무한한 인내여야 한다고 생각하고 있으면서도 그것을 스스로 깼다는 것이 무척 부끄러웠다.

"그런 말 하지 마. 오히려 미안한 건 나야. 정말 미안해. 아까도 말했지만 난 가라고 해도 절대로 가지 않아. 영원히 네 곁을 떠나지 않을 거야. 그래, 기다릴 수 있어. 네가 말하고 싶으면 아무 말 하지 않아도 좋아."

시트 속으로 손을 넣어 동수는 눈물에 젖은 서영의 얼굴을 감싸 안았다. 서영의 소리 없는 오열을 손끝으로 느끼며 동수는 한없는 무력감에 빠져들었다.

은빛 벤츠 꽁무니에서 브레이크 등이 빨갛게 빛을 발하고 있었다. 예상보다 길게 끌리는 불빛이 심상치 않아 보였다. 앞쪽으로는 약 2km쯤 되는 직선 도로가 완만한 내리막길로 펼쳐져 있다.

감속할 이유가 없다. 김상기는 원주를 지나면서부터 시속 140km를 유지하고 있었고, 그의 급한 성격으로 미루어 볼 때 이 정도 상태의 도로라면 오히려 가속을 하는 게 당연하다. 갑작스런 사태의 변화에 긴장하면서 동수는 브레이크페달로 발을 옮겼다.

속도를 줄이던 벤츠는 깜빡이도 켜지 않은 채 길섶으로 붙더니 스르르 멈추어 섰다. 동수는 천천히 속도를 줄이며 벤츠의 움직임을 주의 깊게 살폈다.

'갑자기 무슨 일이지. 소변이라도 보려는 건가. 아니, 그럴 리 없어. 십 분만 가면 소사 휴게소인데 그걸 김상기가 모를 리 없지. 그렇다면 차에 이상이라도 생긴 걸까. 차에 이상이 있다면 이미 그 징조가 나타나 뒤를 따르는 내가 알아채지 못했을 리가 없다. 그렇다면…… 여우 같은 녀석이 뭔가를 눈치챈 모양이로군.'

동수는 브레이크페달을 밟고 있던 발을 액셀러레이터 페달로 옮기고 힘껏 힘을 가했다. 차체가 경쾌한 비명을 지르며 화살처럼 앞으로 튀어 나갔다.

길섶에 붙어 선 벤츠를 스쳐 지나자 동수는 룸미러를 흘낏 들여다보았다. 스몰 라이트마저 꺼 버린 벤츠는 어둠에 풀어져 흔적조차 보이지 않았다. 완전히 불을 꺼 버리다니……. 이상한 일이다. 그렇다고 속력을 줄이며 뒤를 살펴볼 상황은 아니었다.

순간 룸미러에서 강한 빛살이 쏟아져 나왔다. 벤츠가 헤드라이트를 켜고 움직이기 시작한 것이다. 동수는 본능적으로 액셀러레이터 페달을 바닥에 닿도록 밟아대며 속도를 높였다. 삽시간에 디지털 속도계의 수치가 180을 넘어섰다.

거칠게 가속을 하던 동수의 입에서 피식 냉소가 터져 나왔다. 부질없는 짓을 하고 있다는 생각이 들었다.

'이렇게 달려서 뭘 어쩌자고? 카 레이스라도 하자고?'

동수는 액셀러레이터 페달을 밟은 발에서 힘을 뺐다.

벤츠가 뒤꽁무니에 바싹 달라붙었다. 한껏 치켜올린 상향등에서 튀어 나오는 따가운 불빛이 뒤통수를 찔러 댔다. 추돌이라도 할 듯 바싹 달라붙은 벤츠의 따가운 헤드라이트 불빛이 오른쪽 차선으로 날카로운 곡선을 그리며 미끄러져 나갔다. 추월하려는 것이다.

'그래? 어디 얼마나 견디나 볼까. 결국은 네놈이 물러서고 말걸.'

동수는 힘껏 가속을 하며 벤츠와 평행을 유지해 추월을 방해했다. 두 대의 차가 도로를 가득 메운 채 바람처럼 질주했다.

동수가 고개를 힐끗 오른쪽으로 틀어 보니 어두운색으로 선팅한 벤츠의 실내는 전혀 보이지 않았다. 동수가 고개를 돌리려는 순간 벤츠의 운전석 유리창이 아래로 내려가기 시작했다.

'얼씨구, 한번 해보자 그거지. 그래, 더 이상 감출 건 없어. 어차피 다시 만날 일은 없을 테니까.'

동수는 윈도우 스위치를 눌러 조수석 창문을 내렸다. 요란한 굉음과 함께 차가운 바람이 차 안으로 밀려들었다. 김상기는 왼쪽으로 고개를 틀고 찌르듯 날카로운 시선으로 동수를 노려보고 있었다. 몹시 불쾌한지 잔뜩 미간을 찌푸리고 있었다.

김상기가 내달리는 차선 앞쪽에서 맹수의 눈알 같은 시뻘건 미등이 불쑥 튀어나왔다. 화물트럭이었다. 짐을 가득 실은 둔중한 차체가 게으른 곰이 산보라도 하듯 느릿느릿 가파른 오르막을 기어오르고 있었다. 추돌하지 않으려면 김상기는 동수의 앞쪽으로 빠르게 밀고 들어오거나 뒤쪽으로 물러날 수밖에 없다. 동수는 가속 페달을 밟아 앞으로 나서며 김상기가 밀고 들어올 틈을 막았다.

김상기가 마지못해 물러서더니 동수의 뒤로 달라붙었다.

동수는 폭풍처럼 터져 나오는 웃음을 참을 수가 없었다. 숨이 막혀 기침을 하면서 눈물을 흘려가며 동수는 미친 듯 웃음을 터트렸다.

살찐 공룡 같은 거대한 트럭을 앞서자마자 김상기는 부리나케 차선을 바꾸어 익스플로러의 옆구리에 바싹 달라붙었다.

'한 번 이겼으면 됐다. 더 이상은 필요 없다.'

동수는 액셀러레이터 페달에서 발을 뗐다. 고무줄을 벗어난 조약돌처럼 벤츠가 순식간에 앞으로 튀어 나갔다.

지루한 여행의 권태를 잊어 보려는 장난기가 발동한 것일까. 아니면 성

가시도록 따라오는 불빛에 대한 자신의 불만을 표출시킨 단순한 오기일
까. 아니다. 녀석은 누군가 자신을 미행하고 있다는 것을 눈치챈 것이다.

'미행을 눈치챘다고 해서 녀석이 뭘 어떻게 하겠어? 고속도로 길섶에
차를 세워 놓고 밤을 샐까? 그렇게는 못 할 테지. 그렇다면 소사 휴게소에
서 날이 밝기를 기다릴까? 놈의 조급한 성격으로 볼 때 그럴 가능성은 제
로다. 기껏해야 연락을 취해 수족처럼 부리는 몇몇을 강릉시 경계쯤에 대
기시키겠지. 다 쓸데없는 짓이야. 김상기, 네놈은 오늘 절대로 강릉에 도
착하지 못해.'

소사 휴게소로 꺾어 들어가는 벤츠의 뒤를 눈으로 좇으며 동수는 서서
히 익스플로러의 속도를 줄였다.

*** 링반데룽

소사 휴게소 광장 한복판에 차를 세운 상기는 진입로를 노려보았다. 치
솟는 분노로 가슴이 금방이라도 터져 나갈 듯 요동하고 있었다.

텅 빈 광장은 짙은 어둠에 싸여 깊이 잠들어 있었다. 움직이는 것이라
고는 하나도 보이지 않았다. 한 장의 흑백 스틸사진을 펼쳐 놓은 것 같은
단조로운 무채색의 풍경이 완벽한 방어망을 갖춘 견고한 성처럼 단단히
문을 걸어 잠그고 서 있었다. 조그만 섬처럼 떠 있는 가로등만이 창백한
푸른빛을 쏟아 내며 쓸쓸함을 더하고 있을 뿐 눈앞에 보이는 정경은 월면
만큼이나 황량했다.

아…… 상기는 가볍게 환성을 토해 냈다.

휴게소 광장이 깊은 밤 드러내는 적막한 풍경은 상기가 사랑하는 것 중의 하나였다. 그것은 또한 상기가 한밤에 영동고속도로를 홀로 내달리는 이유 가운데 하나이기도 했다. 상기는 거칠게 요동하는 심장의 박동을 비집고 가슴 한구석에서 솟구쳐 오르는 아릿한 슬픔을 느꼈다.

어둠의 벽을 가르며 차량 한 대가 막 휴게소 입구로 들어오고 있었다. 조금 전 스쳐 지났던 검은색 익스플로러였다. 어둠의 바다에 들어선 익스플로러는 상기가 앉아 있는 벤츠에서 삼사십 미터쯤 떨어진 곳에 닻을 내렸다.

상기는 먹잇감을 노리는 맹수처럼 익스플로러를 지켜보았다.

키가 훤칠한 사내 하나가 차 문을 열고 나왔다. 상기는 눈을 가늘게 뜨고 사내의 모습을 주의 깊게 살폈다. 어둠이 짙어 얼굴의 윤곽은 보이지 않았다. 사내는 몇 번 기지개를 켜더니 사방을 휘둘러보다 휴게소 건물을 향해 성큼성큼 발걸음을 내디뎠다.

'70바 2835 포드 익스플로러.'

조금 전 추월하면서 확인한 차량 번호를 되뇌며 상기는 등받이에 머리를 기대고 눈을 감았다. 지나치게 감정이 고조된 탓인지 손끝이 가볍게 떨고 있었다.

'너무 자주 쉽게 흥분하고 있어. 비만인 체구에 흥분은 금물이야. 이러다가는 자칫 뇌출혈로 쓰러질지도 몰라."

상기는 의사의 충고를 떠올리며 몇 차례 심호흡을 하면서 마음을 추스르려 했다.

의지와 달리 익스플로러의 사내가 도발한 분노는 부글부글 끓어오를 뿐 좀처럼 가라앉을 기미를 보이지 않았다. 젊은 시절 분노는 상기의 트레이드마크인 저돌적인 추진력의 원천으로 상기를 조직의 윗자리로 끌어올린 힘이었다. 그러나 지금은 아니다. 하루빨리 벗어던져야 할 낡은 외투이자 거추장스러운 짐이다. 흰개미처럼 속에서 조금씩 자신을 갉아먹는 백해무익한 독에 불과할 뿐이다.

'분노를 통제해야 해. 통제하지 못하면 더 이상 내게 미래는 없어. 이걸 너무 잘 알고 있으면서도 매번 감정이 고조되면 그 격류에 휩쓸려 벗어나지 못하다니…….'

상기는 무겁게 한숨을 내쉬었다.

서울을 출발하고 나서 상기가 뒤를 따라오는 차량의 불빛을 의식한 것은 원주 인터체인지를 지나고 얼마 되지 않아서였다. 원주를 지나면 차량의 수가 급격히 줄어든다. 늦은 밤 원주에 가까이 이르면 부풀어 오르는 기대로 상기의 마음은 설레기 시작한다. 원주에서부터는 어둠에 잠긴 한산한 고속도로를 홀로 마음껏 질주할 수 있는 까닭이다. 드문드문 나타나는 차량을 추월하면서 칠흑 같은 어둠 속을 질주하는 쾌감은 뭐라 말로 표현할 수 없이 매혹적이었다. 우주선을 타고 외계 행성을 찾아가는 우주인 같다고나 할까. 상기가 일요일 밤늦은 시각에 서울을 출발하는 까닭도 바로 이 때문이었다.

그런데 오늘은 그런 즐거움을 만끽할 수 없었다. 언제부터인지 차량 한 대가 줄곧 뒤를 따라오고 있었던 탓이다.

'금방 뒤처져 멀리 사라지고 말 테지.'

상기는 여느 때처럼 가볍게 생각하며 빠르게 내달렸다. 그런데 어찌 된 일인지 꼬리에 붙은 성가신 불빛을 털어 낼 수가 없었다. 불빛은 속도를 높이면 잠시 사라졌다가 금세 다시 달라붙곤 했다. 룸미러로 뒤를 살필 때마다 눈을 파고드는 헤드라이트 불빛에 상기는 짜증이 일었다.

어느 순간 상기는 상대방 운전자가 의도적으로 도발하고 있는 것이 아닌가 하는 의심이 들었다. 시간이 지나면서 의심은 점차 확신으로 바뀌었다. 그렇다고 해서 뒤에서 달려오는 차를 먼저 보내고 홀로 여유롭게 어둠을 질주하는 즐거움을 만끽하고 싶지는 않았다. 져서는 안 된다는 자존심이 엉뚱한 곳에까지 발현한 것이었다.

'그래? 그렇다면 본때를 보여 주지.'

상기는 길섶에 잠시 멈춰 섰다가 상대방 차의 뒤꽁무니에 달라붙으며 상향등을 켜 더 이상 방해하지 말라는 경고 사인을 보냈다. 멀리 물러나 사라지라는 위협이었다.

결과는 참담한 실패였다. 상대방을 겁먹게 하기는커녕 보기 좋게 뺨을 한 대 얻어맞은 꼴이 되고 말았다.

'별일도 아닌데 공연히 흥분하고 말았어. 먼저 가도록 내버려 두었으면 될 일이었는데. 너무 신경이 날카로워진 탓이야. 한데 멀쩡하게 생긴 놈이 이렇게 버르장머리 없는 장난질을 치다니. 대체 뭐 하는 놈이야? 혹시…… 나를 노리며 기회를 엿보고 있는 놈은 아닐까?'

그럴 리가 없다. 상기는 단호히 고개를 저었다.

지난봄 합의한 신사협정에 따라 삼 년간 이어졌던 다섯 개 파벌 간 갈등은 봉합되었고 이후 상대를 기습하는 따위의 비열한 행동은 완전히 사라졌다. 물론 합의는 언제라도 깰 수 있다. 그것을 막을 방법은 없다. 그렇다면 누군가 불만을 품고 판을 깨려 하고 있는 걸까.

'좋아, 확인해 보자. 그런 놈이 있다면 그놈이 누구든 되를 말로 갚아 주겠어.'

상기는 휴대폰으로 서울에 머물고 있는 심복 광호를 불러냈다.

"아, 사장님. 이 밤중에 웬일이십니까? 강릉에는 무사히 도착하셨습니까?"

광호가 잠에서 덜 깬 흐릿한 목소리로 전화를 받다가 깜짝 놀라 목소리를 높였다.

"무사하지 않아. 뒤를 따라붙는 놈이 있어. 차적 조회를 해서 지금 즉시 보고해. 차량번호는 70바 2835. 차종은 포드 익스플로러. 지금 소사 휴게소에 있어. 연락을 받은 후 출발할 테니 오래 걸리지 않도록 해. 알았지?"

상기는 어둠 속에 몸을 웅크린 채 차창 밖을 내다보았다. 달이 뜨지 않아 먹지를 덮어놓은 것 같은 시커먼 밤하늘에 무수한 별들이 가득 매달려 금방이라도 쏟아져 내릴 듯 위태롭게 흔들리고 있었다.

사내는 실내등이 꺼진 휴게소 식당 앞 간이 테이블에 앉아 캔 음료를 마시고 있었다. 짙은 빛깔의 단정한 싱글 차림이었다. 고속도로에서 평행선을 그으며 질주할 때 상기는 상대의 안경과 구레나룻만 알아볼 수 있었다. 빠른 속도로 질주하며 힐끗 쳐다보느라 세밀히 살필 여유가 없었다. 혹시 아는 놈은 아닐까. 사내의 얼굴을 확인하고 싶었지만 거리가 멀어 보이지 않았다.

최근 들어 회장의 눈을 피해 홍콩 삼합회의 하부조직 주룽파와 추진하고 있는 합자 사업 건이 톱니바퀴가 빠져나간 듯 덜걱거리며 꼬여 가고 있어 상기는 심기가 몹시 불편했다. 마약 판매 수익을 반분하기로 구두 약속을 해 놓고는 계속 말을 바꾸고 있었다. 게다가 주룽파의 최대주주 마원룽이 상기의 세력을 휘하에 넣겠다는 의도를 공공연히 드러내 보이기까지 하고 있었다. 까딱 잘못하다간 삽시간에 먹이가 되어 버릴 것이다. 참모들과 작전을 짜고 이행하느라 상기는 신경이 바짝 곤두서 있는 상태였다.

이 와중에 은주 문제까지 자꾸 엉켜가기만 하고 있었다. 상기는 머리가 지끈지끈 아팠다.

'도대체 왜 이렇게 일이 마음먹은 대로 되어 가지 않을까. 형이 옆에 있으면 모든 게 훨씬 더 수월하게 진행될 텐데.'

오랜만에 자신도 모르게 형을 생각해 낸 상기는 곧바로 미간을 찌푸리며 거친 욕설을 토해 냈다.

'이런 니미럴. 이 멍청한 녀석아, 갑자기 형은 왜 찾고 그래?'

불에 그슬린 개처럼 사지가 바싹 오그라든 채 숯덩이로 발견된 형의 비참한 최후가 눈앞에 떠오른 까닭이었다. 벌써 이십 년도 더 된 옛일이지만 그때의 일은 마치 어제 벌어진 일처럼 기억 속에 선명했다.

'형아, 부끄럽지도 않아? 나이트클럽에서 춤추는 어린애한테 빠져 똥오줌 못 가리다가 결국 그렇게 비참하게 끝장을 보고 말았으니 말이야. 데리고 살 것도 아니면서 그냥 놔 줄 것이지 죽이긴 왜 죽여. 실수였다는 거 알아. 죽일 의도가 없었다는 거 믿어. 아무리 그래도 그렇지. 마무리는 철저히 해야 했을 거 아냐. 앙갚음할 놈이 없다고 왜 그렇게 쉽게 단정해 버린 거야? 형답지 않게. 입이 열 개라도 형은 할 말이 없어. 그렇지? 형은 죽어도 싸.'

형이 옆에 있기라도 한 것처럼 상기는 입술을 삐죽이며 이죽거렸다.

불쾌한 기억의 끄트머리를 잘라 버리기라도 하듯 상기는 거칠게 벤츠의 문을 열고 밖으로 나서 휴게소 쪽으로 걸음을 옮겼다.

익스플로러의 사내에게서 대여섯 걸음 떨어진 간이 테이블에 자리 잡은 상기는 자판기에서 뽑아낸 커피를 마시며 찌를 듯 날카로운 눈빛으로 사내를 쏘아보았다. 아는 사람은 아니었다. 삼십 대 후반이나 사십 대 초반쯤 되었을까. 깔끔한 얼굴에 몸매가 호리호리했다. 넥타이만 매지 않았을 뿐 단정한 짙은 회색 싱글 정장 차림이었다.

'일요일 한밤중에 정장 차림으로 에스유브이 차량을 빠르게 몰고 고속도로를 내달린다? 마치 출근하듯? 목적지는 어디일까? 강릉인가? 아니지. 이 시간에 강릉까지 가서 아침에 출근하는 건 무리야. 평창 아니면 진부쯤에서 빠져나가려나…… . 대체 뭐 하는 놈이지?'

어딘지 모르게 아귀가 맞지 않았다. 명확히 그려 낼 수는 없지만 뭔가가 있다는 느낌이 들었다. 상기는 차분히 사내를 응시했다.

사내는 김상기라는 인간이 존재하지 않는다는 듯 고개를 튼 채 무심한 눈빛으로 광장을 바라보고 있었다.

가만히 보고 있자니 낯이 익었다. 어딘가에서 만난 적이 있는 것 같았다. 낯선 얼굴이 아니라는 생각만 들 뿐 정확히 언제 어디서 보았는지 기억은 가물가물했다. 정신을 집중하고 먼지 낀 기억의 밑바닥을 더듬어 내리던 상기는 자신도 모르게 숨을 훅 들이켰다. 불현듯 하나의 얼굴이 떠오른 것이다.

'아, 동수, 조동수라는 자다.'

조동수는 이십여 년 전 형 상수가 관리하던 명동의 나이트클럽 레드파인에서 아주 짧은 기간 웨이터로 일한 부산 출신의 새카만 촌놈이었다. 아무것도 모르는 순둥이처럼 보였던 그놈이 끔찍하게도 형 상수를 불에 그슬려 태워 버렸다. 그것도 경비원뿐 아니라 폐쇄회로 티브이까지 갖추어 놓은 양수리 별장에 홀로 숨어들어 가 아무도 모르게 일을 저질렀다. 회장조차도 혀를 내둘렀을 만큼 대담하고 빈틈없는 범행이었다. 녀석이 놓친 폐쇄회로 티브이 카메라 하나에 얼굴이 찍혔기에 망정이지 그렇지 않았다면 잡지 못했을 것이다. 상수의 눈앞에 이십여 년 전 보았던 조동수의 메마른 기다란 얼굴과 각진 완강한 턱선이 선명히 떠올랐다.

상기는 피식 웃음을 터트리며 고개를 저었다.

'이런 제기랄 내가 대체 왜 이러는 거야? 이렇게 중요한 때에……. 이러다 큰 실수를 하고 말지. 조동수라는 놈은 그때 내 손으로 끝장을 냈잖아. 회장 심복인 박 비서가 뒷마무리하느라 고생깨나 했지. 겨우 숨만 붙어 있던 놈을 끌고 가서 용인 어딘가에 파묻어 버리고 사건을 눈치챘을 만한 사람들을 하나하나 찾아가 입막음하느라고 정말 애 많이 썼지. 죽은 자가 살아나 내 눈앞에 나타난 거야? 그럴 리가 없지. 안 그래? 유령이 아닌 한 불가능한 일이야.'

다시 차분히 살펴보니 전체적인 이미지가 약간 비슷할 뿐 전혀 다른 사람이었다. 둥그스름한 얼굴에 하관이 빨아 아주 유약해 보였다. 유복한 가정에서 편히 자란 귀공자 타입이랄까. 강인하고 고집 세어 보이던 조동수의 인상과는 아주 딴판이었다.

출발할 때가 되었다는 듯 사내가 간이 테이블에서 일어섰다. 눈이 마주치자 사내는 상기에게 가볍게 목례를 하고 아무런 동요 없이 미끄러지듯 어두운 광장으로 빨려들어 갔다. 조금 전 고속도로에서 치열한 속도 경쟁을 벌인 사이니 찔리는 구석이 있을 텐데 녀석의 태도는 망설이거나 초조해하는 기색이 없이 아주 의연했다.

'건방진 자식. 구면이라고 아는 체하는 건가. 좋아, 어디 두고 보자. 네 놈을 요절내고 말겠어.'

상기의 가슴속이 시뻘건 용광로처럼 부글부글 끓어올랐다. 상기는 숨을 헐떡이며 익스플로러를 노려보았다. 잠시 시간이 흐른 후 익스플로러가 움직이기 시작했다.

상기는 맹렬히 타오르는 전의를 느꼈다.

'이젠 내가 네놈을 괴롭힐 차례다. 어디 네놈도 한번 당해 봐라.'

상기가 황급히 몸을 일으키는데 휴대폰의 벨이 울렸다.

"사장님, 광홉니다. 차량 소유주는 유지형이라는 서른일곱 살 먹은 남자로 현재 살고 있는 곳은 원주입니다. 범죄 이력은 없습니다. 사장님, 특별히 이렇다 할 문제는 없는데 어쩐지 느낌이 좋지 않아요. 일단 거기 머무시는 게 어떨까요?"

'서른일곱 살이라고? 보기보다 어리네. 정장 차림이라 나이가 조금 더 들어 보인 모양이로군. 거주지가 원주라……. 원주에서 고속도로에 진입했다가 우연히 나를 만난 거로군. 앞서 달리는 나를 보고 기분이 나빴던 거야. 빈 도로를 혼자 신나게 달리고 싶었는데 훼방꾼이 있으니 화가 났던 거지. 내가 그랬던 것처럼 말이야. 그래서 건방진 자식이 장난을 건 거로군. 즉흥적으로 감정에 휩싸여서 말이야. 쓰레기 같은 놈. 그렇다면 경계할 필요는 없다. 녀석은 조금도 위협이 되지 않아.'

상기가 생각에 잠겨 잠시 입을 다물고 있는 것을 무언의 승낙으로 받아들였는지 광호가 목소리를 높였다.

"사장님, 강릉에 있는 아이들 서너 명 불러내 지금 즉시 소사 휴게소로 모시러 가라고 하겠습니다."

상기는 시큰둥한 낯빛으로 고개를 저었다.

"아니, 아니. 그럴 필요 없어. 아무 일도 아니야. 내가 오해를 한 것뿐이야. 편히 쉬고 토요일에 보자."

"사장님, 조심하십시오. 예감이 좋지 않습니다."

"예감은 무슨 얼어 죽을……. 괜찮아. 걱정할 것 없어."

상기는 휴대폰을 끊으며 거칠게 시동을 걸었다. 액셀러레이터 페달을 뭉개져라 짓밟자 차체가 요란한 타이어 마찰음을 터트리며 어둠 속으로 튀듯이 뛰어들었다.

'건방진 녀석……. 하룻강아지 범 무서운 줄 모른다고 감히 나를 희롱해? 네놈의 뒤에 바짝 붙어 본때를 보여 주고 말 테다.'

고속도로는 두터운 어둠에 잠겨 있었다. 앞서 출발한 익스플로러의 미등은 보이지 않았다. 사위는 불빛 하나 보이지 않는 완벽한 어둠이었다.

'제법 빨리 달아났네. 겉으로만 태연한 척하고 있었지 속은 잔뜩 긴장해 바짝 쫄아 있었던 거야. 미친놈, 그렇게 겁낼 짓을 왜 해? 지금도 꽁지가 빠져라 허겁지겁 달아나고 있겠군. 그래 봤자 제 놈이 뛰어야 벼룩이지 어딜 가겠어? 금세 따라잡고 말겠어.'

상기는 액셀러레이터 페달에 힘을 가했다.

'헌데 뭔가 좀 이상한 걸. 경찰이나 형사 나부랭이는 아니야. 돈 많은 졸부의 자식인가? 성격이 비틀어져 제 마음대로 놀다가 쓸데없는 장난 짓거리나 하고 다니는 망나니일까? 버르장머리 없는 행동으로 미루어 보건대 그럴 가능성이 크기는 한데…….'

상기는 머릿속을 빠르게 회전시키며 여러 가지 가능성을 탐색했다.

'아니야, 그렇게 안이하게 생각해서는 안 돼. 우연히 만난 망나니 같은 놈이 아닐 수도 있어. 망나니치고는 옷차림이 너무 깔끔해. 혹시 회장이 보낸 자일까? 아니야. 그건 아니야. 회장이 보낸 자라면 바로 치고 들어오지 이렇게 무모하게 미행이나 하고 있지는 않았을 테지. 게다가 회장이 내 계획을 알아챘다는 건 꿈속에서라도 불가능한 일이야. 혹시 배신자가? 아니, 아니다. 모두 믿을 만한 녀석들이다. 죽을 때까지 나와 함께할 놈들이다. 그렇다면……. 그래, 은주. 은주다. 은주 이 녀석이 장난질을 하는 게 분명해.'

지난밤 청담동 은주의 아파트 현관문을 밀고 들어서던 상기는 무엇인가에 발이 걸려 앞으로 고꾸라질 뻔했다. 불을 켜니 방 안은 그야말로 난장판이었다. 쓰레기장처럼 엉망으로 흐트러진 방 안에서 은주는 술이 잔뜩 취해 소파에 알몸으로 구겨진 채 처박혀 있었다.

욕실에서는 뜨거운 물이 콸콸 소리를 내며 욕조를 넘쳐흐르고 있었고, 거기서 뿜어 나온 수증기가 온 방 안을 두터운 안개처럼 감싸고 있었다. 옷장에서 끌려 나와 내팽개쳐진 옷가지가 사방에 휴지처럼 흩어져 있었다. 색색의 브래지어와 팬티가 시골 학교 운동회 날 하늘을 가득 메우고 펄럭이는 만국기처럼 여기저기에서 낄낄거리고 있었다.

주방의 식기는 모두 튀어나와 거실 여기저기에 바닥을 드러내 보이며 엎어져 있었다. 더더욱 가관인 것은 사면의 벽과 바닥이 온통 빨강, 파랑, 노랑의 페인트 스프레이로 범벅이 되어 있는 거였다. 의자를 놓고 기어 올라가 쓰기라도 했는지 천장에는 천국과 지옥이라는 글씨가 지렁이처럼 비틀비틀 기어다니고 있었다. 바늘이 끝까지 돌아간 전축은 찍찍거리며 괴로운 한숨을 토해 내고 있었다.

'이런 빌어먹을.'

솟구치는 분노를 삭이지 못해 숨을 몰아쉬며 상기는 은주의 보디가드로 붙여 놓은 두호를 호출했다. 오 분도 안 돼 숨을 헐떡이며 문을 들어선 두호는 자초지종을 알아채고 얼굴이 하얗게 질린 채 고개를 떨어뜨렸다.

"이 새끼야. 넌 도대체 뭐 하는 놈이야?"

상기는 풀 먹은 개 나무라듯 악에 받쳐 소리치며 두호의 어깨와 가슴팍을 무차별적으로 때려 댔다.

"죄송합니다, 사장님."

"죄송? 죄송하다면 다야?"

두호를 마구 닦달하다가 상기는 자신의 분노가 무의미하다는 생각이 들었다. 엄격히 말하자면 두호에게는 잘못이 없다. 방 안에서 벌어지는 일까지 감시할 수는 없는 게 아닌가. 또한 애초에 은주에게 두호를 붙여 놓은 것은 제멋대로 천방지축 돌아다니는 은주의 행동을 막으라는 데 있었던 것이 아니었던가. 분노가 조금 가라앉자 상기는 일단 은주를 진정시켜야겠다고 생각했다.

"이봐, 얼른 옷부터 입혀. 아무거로나 몸을 가려 주고 저쪽에 있는 코트로 몸을 싸서 내 차에 태워. 아니 그보다 먼저 가까운 곳에 있는 호텔을 찾아봐. 그리고 내일 저녁까지 이 방을 원상태대로 깨끗이 정돈해 놓도록 해."

차창을 넘어 들어오는 찬 바람을 쐬자 정신이 조금 드는지 은주가 뭐라고 웅얼거리다 울컥울컥 토하기 시작했다. 상기 대신 운전대를 잡고 있던 두호가 당황해서 차를 세우고 어쩔 줄 몰라 하다가 요행히 운전석 시트 포켓에서 타월을 하나 찾아내 은주의 얼굴과 옷에 묻은 토사물을 닦아 냈다.

"아저씨. 이제 제발, 제발 나 좀 풀어 주세요. 답답해서 숨이 막혀 못 살겠어요. 이대로 있다가는 죽을 것 같아요. 저는 향이가 아니에요. 소향인지 송아지인지 저는 그 여자가 아니라고요. 저는 그런 여자 한 번도 본 적이 없어요. 저는 은주라고요. 김은주요. 아저씨, 제발 저 좀 살려 주세요. 아저씨는 미쳤어요. 미친 거예요. 무엇이든…… 무슨 일이든 하라는 대로 다 할 테니까 아저씨가 천국이라고 말하는 이 미친 지옥 같은 데서 저 좀 풀어 주세요."

호텔 방에서 상기를 알아본 은주는 꼬부라진 혀를 제대로 펴지도 못하며 징징거리기 시작했다. 몸을 가누지 못해 자꾸만 쓰러지려는 은주를 반짝 들어 올려 욕탕으로 안고 가 깨끗이 씻긴 후 침대에 눕힌 다음 상기는 은주의 모습을 가만히 지켜보았다.

몸을 뒤치며 괴로운 숨을 몰아쉬던 은주는 잠시 후 점차 호흡이 안정되면서 깊은 잠 속으로 빠져들어 갔다. 규칙적으로 깊은숨을 내쉬며 평온히 잠든 은주의 얼굴을 한동안 가만히 내려다보던 상기는 은주의 반듯한 흰 이마에 가볍게 입을 맞추며 속삭였다.

"향아……, 나는 너무 오랜 세월을 기다려 왔어. 아직도 더 기다려야 할까? 이제 나는 너무 지쳤어. 제발 나를 그렇게 대하지 마."

한여름 시냇가에서 꾀 벗고 물장구치던 어린 시절, 상기가 소향을 가슴에 담은 것은 자신의 의지가 배제된 운명과 같은 거였다. 고향 집 사립문 옆에 늘 외양간이 있듯이 동구에 느티나무가 서 있듯이 소향은 상기 옆에 있었다. 그리고 무시무시한 빗줄기가 쏟아져 내리던 날 소향은 한 마리 새처럼 상기의 마음 깊은 곳으로 뛰어들었다.

상기가 아홉 살이던 해 여름 사흘간 끊임없이 장대비가 쏟아져 내렸다. 어른들이 수심에 가득 차 평생 처음 보는 무서운 빗줄기라고 웅성거렸고 나이 든 노인들은 어릴 때 들었다는 을축년 대홍수를 들먹였다.

제방이 무너져 내리고 붉은 탁류가 마을을 휩쓸기 시작하자 마을 사람들은 모두 간단한 가재도구만 싸 들고 허겁지겁 산 중턱에 있는 학교 교실로 대피했다. 홀몸으로 남의 집 일을 해주며 어렵사리 어린 형제를 키우느라 지푸라기처럼 바싹 여윈 어머니 곁에서 상기는 형 상수와 붙어 앉아 서

274

로의 체온으로 젖은 몸을 말리며 망연히 불안한 시간을 지웠다. 날이 어두워지자 윗마을 성당에서 내려온 수녀님들이 운동장에 천막을 쳐 놓고 옥수수죽을 끓였다. 종일 배를 곯은 상기와 상수는 허겁지겁 옥수수죽을 퍼먹었다. 꽁보리밥조차 배불리 먹지 못하던 상기 형제에게 옥수수죽은 꿀보다 달콤했다. 빈속에 음식이 들어가자 졸음이 몰려왔다. 상기는 수녀님들이 나누어 준 담요를 펴고 길 잃은 강아지처럼 쓰러져 잠에 빠져들었다.

불안했던지 상기는 한밤중에 잠에서 깨어났다. 징그럽게 쏟아지던 비는 어느새 그쳐 있었고 교실 유리창 창살에 방금 세수한 듯 말간 보름달이 걸려 있었다. 교교한 달빛이 교실 안을 훤하게 밝히고 있었다. 넓은 교실 바닥은 마구 잘라 묶어 놓은 풀 더미처럼 아무렇게나 쓰러져 잠든 사람들로 그득했다. 대부분 여자와 어린아이들이었다. 남자 어른들은 모두 밤을 새우고 있는지 교실 벽 너머 흐릿하게 불 밝힌 복도에서 두런두런 이야기를 나누고 있었다. 비가 그쳐 마음이 풀어졌는지 때로 왁자지껄한 웃음소리가 터져 나왔다. 어머니는 보이지 않았다. 옆에는 형 상수가 뿌드득 이를 갈며 몸을 뒤치고 있었다.

향이는 어디 있을까. 언젠가부터 상기의 마음속에 우상으로 자리 잡고 있는 향이의 안부가 궁금했다. 주위를 둘러보던 상기는 가슴이 뛰었다. 뜻밖에도 향이가 바로 옆자리에 누워 있었던 것이다. 팔을 뻗으면 닿는 가까운 거리였다. 상기는 몸을 틀어 모로 누워 한 팔로 팔베개를 하고 가만히 향이의 잠든 모습을 지켜보았다. 가까이에서 자세히 보니 더욱 예뻤다. 파르스름한 달빛을 받으며 곤히 잠든 향이의 얼굴은 교무실 한쪽에 놓여 있는 화사한 한복을 곱게 차려입은 각시 인형만큼이나 환하고 예뻤다. 뺨을 만져 보고 싶었다. 상기는 살금살금 몸을 움직여 잠든 향이의 옆으로 바싹 다가갔다. 향이의 부드러운 숨결이 머리칼을 간질였다. 상기는 고개를 들어 주변을 살펴보았다. 잠에서 깨어난 사람은 아무도 없었다. 가만히 향이의 얼굴을 들여다보고 있던 상기는 뺨을 쓰다듬고 싶다는 생각은 까맣게 잊어버리고 누군가에게 등을 떠밀리기라도 한 듯 소향의 흰 이마에 가볍게 입술을 대었다. 찝찔한 소금기가 입에 닿았다.

휴게소를 출발한 후 상기는 시속 180㎞를 오르내리는 빠른 속력으로 내달리면서 다가오는 풍경을 세밀히 살폈다. 포드 익스플로러는 어디에서도 보이지 않았다. 이미 따라갈 수 없을 만큼 멀리 달아난 모양이었다. 휴게소에서 사내가 보인 거만한 태도는 허세였음이 분명했다. 겉으로 의연한 태도를 보이고 있었지만 속으로는 겁을 잔뜩 집어먹고 있었던 게 틀림없었다.

갑자기 표적이 사라지니 허탈했다.

'장난질을 쳐놓고 나중에 생각해 보니 겁이 났던가? 못난 녀석.'

복수의 대상이 사라졌다고 생각하니 시원섭섭했다. 흥분이 시나브로 가라앉으며 상기는 마음이 편해졌다.

죽순처럼 솟은 뾰족한 봉우리 사이로 뻗은 좁은 계곡을 따라 곧게 이어진 도로가 크게 왼쪽으로 휘어지면서 경사가 급한 오르막이 시작되고 있었다. 죽은 자들의 언덕이다.

상기는 브레이크페달을 밟으며 서서히 속력을 줄였다.

깊은 밤 이곳은 상기의 마음을 끄는 묘한 매력을 갖고 있었다. 처음 이 고개를 넘으며 상기는 죽은 망령들이 배회하는 땅이 있다면 바로 이곳과 같으리라는 생각을 했다. 그리고 그 생각은 이후 이곳을 지날 때마다 상기의 머릿속에서 되살아났다. 그때마다 처음의 생각이 점차 다양하게 가지를 치면서 구체화하였고 언제부터인가 상기는 이곳을 죽은 자들의 언덕이라고 부르고 있었다.

달이 없는 밤 이곳 죽은 자들의 언덕은 이름에 걸맞게 유난히 어둠이 짙었다. 헤드라이트 불빛이 닿지 않는 곳에 무엇이 있는지 전혀 보이지 않았다. 갑자기 야생동물이 뛰어들지도 모른다. 상기는 핸들을 꽉 움켜쥐며 눈앞에 펼쳐지는 도로를 주의 깊게 살폈다.

육체를 떠난 영혼은 헤드라이트 불빛이 어둠을 가르며 만들어 놓은 저 빛의 터널 같은 옹색한 곳에서 한데 모여 배회하고 있는 것은 아닐까. 존재하는 것인지 존재하지 않는 것인지 불분명한 흐릿한 빛의 덩어리인 망자의 영혼은 고통도 쾌락도 느끼지 못한 채 떠돌다가 때가 되면 불려 나가 누군가의 몸에 들어가 다시 생을 시작할 것이다. 삶이란 그렇게 시작도 끝도 없이 영원히 되풀이되고 있는 것인지 모른다. 짙은 안개 속이나 끝없이 펼쳐진 눈밭에서 아무리 애써 마음을 다잡고 걸어도 결국 출발한 곳으로 되돌아가고 마는 환상방황처럼. 그렇다면 무엇보다 기쁜 일이다. 그곳이라면 다음 생을 기약하면서 배회하고 있는 향의 영혼을 만날 수 있을 테니까.

상기는 몽상의 세계 속으로 빠져들었다. 죽은 자들의 언덕을 오를 때마다 상기가 늘 겪는 일이다. 불가항력적인 것이 아니다. 상기가 스스로 만들어 내는 것이다. 스스로 찾아가는 환상이다.

자기최면에 빠진 듯 꿈속 같은 낯선 세계 속에서 몽상은 현실인 양 외피를 바꾸고 상기는 사막에서 물을 찾는 사람처럼 애절한 바람으로 어둠 속을 헤매 다닌다. 그리고 오래지 않아 어둠 속을 부유하는 향의 영혼을 찾아낸다. 비가 그치자 마을을 엄습한 돌림병의 마수에 속절없이 끌려가 버린 향의 영혼은 언제나 달빛이 환하게 쏟아지는 교실 속에 누워 있던 모습 그대로 변함없이 곤한 잠에 빠져 있다. 먼 옛날 알 수 없는 힘에 이끌려 그랬듯이 상기는 향의 흰 이마에 가볍게 입술을 대어 본다. 찝찔한 소금기가 입에 닿는다.

시커먼 산 그림자가 사라지면서 어둠이 옅어지고 시야가 탁 터진다. 고개 마루다. 갑자기 눈앞을 가득 채우며 모습을 드러낸 밤하늘은 보석을 마구 흩뿌려 놓은 듯 화사한 별들로 가득하다. 뽀얀 가루처럼 부서져 내리는 별빛은 최면술사가 피험자를 각성시키는 주문처럼 잠시 몽상에 빠져 있던 상기를 단번에 현실의 세계 속으로 되돌려 놓는다.

'이제부터는 내리막이다. 모퉁이를 돌면 에스 자로 크게 굽은 길이 연달아 이어지는 위험한 급경사 길이 나타날 거야. 긴장하자.'

상기는 허리를 곧게 펴며 신경을 곤두세웠다.

고갯마루에 다다르자 도로 왼편에 만들어 놓은 뷰포인트 주차장에 차량 한 대가 서 있는 게 눈에 들어왔다. 어둠에 잠겨 윤곽만 보일 뿐이지만 상기는 한눈에 그것이 에스유브이 차량이라는 것을 알 수 있었다.

'익스플로러? 좋아, 확인해 보자.'

상기는 브레이크페달을 밟아 속도를 줄이며 주차한 차량 뒤로 미끄러져 들어갔다.

포드 익스플로러였다. 번호판은 70바 2835. 헤드라이트 불빛에 정체를 드러낸 것은 소사 휴게소에서 앞서간 차량이었다.

상기는 시동을 끄고 앞차의 동향을 살폈다. 사내가 도망치려는 기색은 보이지 않았다. 유리창에 짙은 선팅이 되어 있어 차량 내부는 전혀 알아볼 수 없었다. 정물처럼 아무 움직임이 없었다.

'혹시 바깥에?'

주변을 둘러보았지만 사람의 그림자는 보이지 않았다. 뷰포인트라고 하지만 눈을 파고드는 것은 먹물 같은 어둠뿐이었다. 볼 것이 아무것도 없었다. 한낮이면 몰라도 차를 세워 놓고 밖에 나가 구경할 만한 상황은 아니다. 깊은 잠에라도 빠져 있는 것일까. 그렇다고 문을 두드려 확인할 수도 없는 일이었다.

'잠시 지켜보자. 그러다 보면 뭔가 기척이 있겠지.'

상기는 등받이를 젖혀 편안히 몸을 눕히고 담배 한 가치를 뽑아 불을 붙여 물었다. 한숨처럼 토해 낸 뿌연 연기 위로 형 상수의 둥글넓적한 얼굴이 떠올랐다.

세 살 터울의 상수와 상기는 쌍둥이처럼 닮았다. 처음 보는 사람들도 누구나 한눈에 형제라는 것을 알아챌 정도였다. 외모만큼 성격도 비슷했다. 둘 다 다혈질로 몹시 급하고 잘 참지를 못했다. 천성이 그런 것은 아니다. 환경이 그들을 그렇게 바꾸어 버렸다.

큰 홍수가 지나간 후 마을을 휩쓴 전염병에 어머니가 쓰러지자 상수 형제는 하루아침에 고아가 되고 말았다. 일가친척 누구 하나 따뜻한 손길을 내밀지 않았다. 마을 이장인 향이의 아버지가 수소문한 끝에 상수 형제는 수원에서 대원사가 운영하는 자비원이라는 고아원에 정착하게 되었다. 그러나 상수 형제의 삶은 편하지 않았다. 먹는 것도 입는 것도 부족한 데다 탐욕스런 원장 스님은 아이들을 수시로 학대하면서 노예처럼 부렸다. 얻어맞지 않으려 온갖 꾀를 다 짜내야 했던 고통의 시기였다. 그래도 상기는 형이 있어 견딜 수 있었다.

그러던 어느 날 원장 스님이 상기를 외국의 부잣집에 입양시키겠다고 했다. 청천벽력 같은 말이었다. 형 없이 혼자 산다는 것은 상상도 할 수 없는 일이었다. 울고불고 난리를 쳤지만 상기에게 돌아온 것은 사나운 매질 뿐이었다. 입양 전날 밤 상수는 상기를 데리고 고아원을 탈출했다. 원장 스님이 잡으러 올까 무서워 필사적으로 서울을 향해 도망쳤다. 복잡한 서울에 숨으면 아무리 사나운 원장 스님이라도 도저히 찾아내지 못할 거라고 믿었다.

구걸을 하며 천신만고 끝에 서울역에 도착한 형제는 염천교 밑 거지 패거리에 합류했다. 몇 년 지나 머리가 굵어지면서 비렁뱅이 생활은 청산했으나 먹고 사는 일이 막막했다. 구두닦이와 신문팔이를 전전하며 굶기를 밥 먹듯 하던 상수 형제는 당시 조직 확대를 모색하면서 인재를 물색하던 회장의 눈에 띄어 말단 조직원 자리에 끼어들었다.

고아원을 탈출한 이후 상수 형제의 삶은 오로지 살기 위해 발버둥 친 치열한 투쟁의 연속이었다. 남의 것을 빼앗아야 했고 빼앗아 손에 쥔 것을 빼앗기지 않으려면 무슨 수를 써서라도 상대를 짓밟아야 했다. 그런 과정에서 상기와 상수는 다혈질의 저돌적인 투사로 변모해 갔다.

상기는 형 상수와 쌍둥이처럼 모든 면이 같았지만 여자 문제에서만큼은 하늘과 땅만큼이나 큰 차이를 보였다. 상수는 스물도 안 된 나이에 애인을 달고 다니더니 스물다섯 살 되던 해에 동거하던 여자와 식을 올리고 가정을 꾸렸다. 결혼 후에도 상수는 끊임없이 염문을 뿌려 댔다. 동시에 서너 명의 여자를 만나기도 했다. 상기는 그런 사실을 눈치채고도 묵묵히 참아 주던 형수가 정말 대단한 사람이라고 생각했다. 차라리 형수가 눈에 쌍심지를 켜고 말렸다면 그렇게 비참하게 목숨을 잃지는 않았을지도 모른다. 언젠가 사라지고 말 일시적인 광기일 뿐이야. 상기 역시 가볍게 생각하며 지켜보기만 했다. 크게 잘못 생각한 것이었다. 진작 말렸어야 했다. 망설이는 사이 결국 형은 제 발에 덫을 놓고 비참하게 삶을 마감하고 말았다.

상기는 여자를 사귄 적이 없었고 줄곧 독신을 고집해 오고 있었다. 다른 여자가 필요 없었다. 가슴속에 간직하고 있는 소향만으로 충분했다. 더 이상 바랄 게 없었다. 일종의 정신적 트라우마인 그것이 집요하게 상기를 옭아매고 있었지만 상기는 불편하지 않았다. 외롭지 않았다.

그런 상기의 진심을 향이의 영혼이 알게 된 것일까. 마침내 향이가 상기의 눈앞에 모습을 드러냈다.

지난여름 서울에 찾아온 주룽파 보스 마원룽을 환영하는 만찬자리에서 테이블 서빙 종업원을 흘낏 바라본 상기는 자신의 눈을 의심했다. 불쑥 키가 커버린 향이가 거기에 서 있었던 것이다. 상기는 자신도 모르게 자리에서 벌떡 일어서고 말았다. 마원룽이 의심스런 눈초리로 자신을 응시하고 있다는 사실을 깨닫고서 비로소 정신을 차린 상기는 급히 환영 인사말을 시작하는 것으로 위기를 모면했다.

혀끝이 아릿했다. 담배의 필터가 타면서 나오는 연기가 혀를 자극하고 있었다. 깊은 상념에 젖어 필터가 타들어 가는 것도 모르고 있었던 것이다. 파노라마처럼 끝없이 뻗어 가던 상념의 날개를 끊어 버리기라도 하듯 상기는 꽁초만 남은 담배를 창밖으로 내던지고 침을 뱉어냈다.

앞차에서는 여전히 아무 움직임이 없었다. 사내는 깊이 잠든 게 분명했다. 그렇다면 이렇게 앉아 기다릴 필요가 없다. 이건 무의미한 짓이다. 사내의 뒤를 좇아 불쾌감을 드러내 보이는 게 대체 무슨 의미가 있는가. 자기만족? 아니다. 아무 의미 없다. 오늘 있었던 해프닝은 이것으로 끝내자. 없었던 일로 하자. 상기는 시동을 걸고 빠르게 주차장을 벗어났다.

연거푸 나타나는 크게 굽은 에스 자 도로의 끝부분에 이르자 상기는 가슴이 뛰었다. 이제부터는 직선 도로다. 완만히 낮아지는 평탄한 고원 지대 한가운데를 가로지르며 곧게 뻗은 시원한 길이다. 맘껏 달려볼 수 있다. 벤츠의 최고 속력을 시험해 볼 수 있는 최적의 장소다.

멀리 내다보니 고원지대 끝으로 여겨지는 곳까지 이어진 도로에는 헤드라이트 불빛도 붉은 미등 불빛도 보이지 않았다. 길게 뻗은 도로 위를 달리는 차는 한 대도 없다.

'그렇다면 뒤는?'

상기는 액셀러레이터 페달을 힘껏 밟으며 고개를 들어 힐끗 룸미러를 들여다보았다.

방금 달려 내려온 산등성이 어딘가 어둠 속에서 노란 불빛이 단속적으로 깜빡이고 있었다. 비상 라이트 불빛이다. 고개 마루의 주차장인지 가파르게 휘어진 내리막길인지 위치를 정확히 가늠할 수 없었다. 내리막길일 가능성이 컸다.

'누군가 내리막길에서 어려움에 처한 모양이로군. 경사가 급한 길을 내려오다가 브레이크가 제대로 작동하지 않는 것을 알아챘을 테지. 꽤나 딱하게 되었군. 밤늦은 시각이라 보험사 비상 견인 서비스를 신청한다 해도 제법 시간이 걸릴 텐데……. 어쩌면 날이 샐 때까지 기다려야 할지도 몰라. 딱하군. 그렇다고 내가 도와줄 수도 없고.'

상기는 액셀러레이터 페달을 밟은 발에 힘을 주었다. 차체가 가볍게 출렁이면서 디지털 속도계의 수치가 200을 훌쩍 넘어 버렸다. 상기는 핸들을 꽉 움켜쥔 채 눈도 깜박이지 않고 차량 앞쪽을 날카롭게 주시했다.

'이렇게 차량 한 대 보이지 않는 길을 달리는 건 정말 오랜만이야. 오늘

밤 잘하면 240 아니 그 이상도 낼 수 있겠는걸.'

상기는 기대에 부풀었다.

전방 어딘가에서 불빛이 나타났다. 넓게 펼쳐진 고원의 중간쯤 되는 곳
으로 상기의 차에서 어림짐작으로 2㎞쯤 되어 보였다. 인가가 없는 곳이
니 자동차 불빛일 것이다. 계기판을 보니 디지털 속도계는 235라는 숫자
를 표시하고 있었다. 조금만 더 가속하면 240을 넘길 수 있다.

'어떻게 할까. 해 볼까. 아냐. 거리가 너무 짧아.'

상기는 잠시 망설이다 브레이크페달을 밟았다. 차체가 가볍게 떨며 속
도계의 수치가 삽시간에 200 아래로 떨어져 내렸다.

'대체 어디 있다 나타난 거지? 길가에 차를 세워 놓고 잠시 쉬고 있었던
걸까? 대형 화물차의 운전자가 졸음을 이기지 못해 잠시 눈을 붙였다가
움직인 모양이로군.'

역시 추측이 맞았다. 들소처럼 우람한 트럭이 조금씩 자신의 모습을 드
러내며 다가오고 있었다.

'중앙분리대가 없어 위험하기는 한데……. 왕복 4차선 도로인데 속력
을 좀 낸다고 별일이야 있겠어? 아무 문제없이 스쳐 지날 테지. 그렇다면
240까지만 올려 볼까.'

상기는 핸들을 힘껏 움켜쥐며 액셀러레이터 페달을 밟은 발에 지그시
힘을 주었다. 디지털 속도계의 수치가 빠르게 변하며 200에 다가서고 있
었다.

'몇 초 지나지 않아 트럭이 스쳐 지나가면 다시 또 짙은 어둠 속으로 빠
져들겠구나. 그렇다면 앞으로 달릴 수 있는 직선거리가 얼마나 될까.'

다가오는 트럭의 불빛 너머 어둠을 응시하며 남은 거리를 추측해 보던

상기는 컥 숨이 막혔다. 이삼백 미터 앞까지 달려 온 트럭이 속도를 늦추며 휘청거리는가 싶었는데 어느새 강렬한 헤드라이트 불빛이 찌르듯 눈을 파고들어 오고 있는 것이었다.

'사고다. 트럭이 중앙선을 넘어오고 있어.'

상기는 반사적으로 핸들을 오른쪽으로 꺾으며 온 힘을 다해 브레이크 페달을 밟았다. 벤츠는 귀를 찢는 듯 날카로운 단말마의 비명을 내지르며 오른쪽으로 팽그르르 회전하면서 방향을 알 수 없는 곳으로 빠르게 밀려 나갔다. 핸들이 움직이지 않았다. 브레이크도 작동하지 않았다. 허둥거리는 사이 트럭의 헤드라이트는 어느새 상기의 머리 위까지 바싹 다가와 있었다. 상기가 너무 빨리 달리고 있었고 트럭이 밀고 들어온 거리가 짧았던 탓에 충돌은 불가피했다.

'아, 늦었다. 속력을 내서 피해 보자.'

황급히 액셀러레이터 페달로 발을 옮기는 순간 고막을 찢을 듯 엄청난 굉음과 함께 차체가 심하게 흔들렸다. 동시에 에어백이 터지며 숨이 탁 막혔다. 차가 공중에 떠올라 어딘가로 날아가고 있다고 생각하며 상기는 정신을 잃었다.

얼마나 시간이 지났을까. 눈을 떠 보니 차량 안이었다. 타이어가 터졌는지 차체 오른쪽이 크게 기울어 지면에 닿아 있었다. 안전벨트를 한 덕에 밖으로 튕겨 나가지는 않았다. 어디를 얼마나 다쳤을까. 팔과 상체를 흔들어 보니 이상 없이 움직였다. 전면 에어백과 측면 에어백이 부풀어 몸을 감싼 덕분이다.

기울어진 좌석에서 벗어나려 상기는 안전벨트를 풀었다. 그런데 몸이 좌석에서 빠져나오지 않는다. 왼쪽 다리가 뭔가에 끼여 버린 것이다. 몸을 빼내려 무작정 꿈지럭거리니 칼로 베는 듯 예리한 통증이 종아리에서 허리 쪽으로 치고 올라왔다. 그것이 신호가 되기라도 한 것처럼 온몸 구석구석에서 격심한 통증이 일었다.

평생 한 번도 경험해 보지 못한 지독한 통증이었다. 아파서 도저히 움직일 수가 없었다. 상기는 눈을 질끈 감고 머리를 등받이에 기댄 채 통증이 가라앉기를 기다렸다. 심호흡을 몇 차례 하고 나니 통증이 조금 수그러든 듯했다. 상기는 실내를 차분히 살폈다. 시동은 꺼져 있었지만 대시보드 계기판에는 불이 들어와 있었다. 전기 계통에는 이상이 없는 것이다.

상기는 손을 뻗어 실내등 스위치를 눌렀다. 환한 불빛에 드러난 실내는 처참했다. 차가 몇 바퀴 뒹굴었는지 유리창은 거의 다 떨어져 나갔거나 깨져 있었고 운전석 아랫부분이 안으로 움푹 밀려들어 와 있었다.

인기척이 없었다. 중앙선을 넘어온 트럭의 운전자는 사고 뒤처리를 하지 않고 뺑소니친 게 분명했다. 잠시 정신을 잃었던 동안 지나가는 차량도 없었던지 주변은 깊은 물속처럼 고요했다. 혼자 힘으로 빠져나갈 수 없으니 구조 요청을 해야 한다. 핸드폰을 어디다 두었더라. 사고력이 마비되었는지 전혀 기억이 나지 않았다.

바지 주머니에는 없다. 운전석 옆 포켓도 텅 비어 있다. 차량이 구를 때 내용물이 다 빠져나가며 흩어져 버린 것이다.

헝클어진 차체 내부를 둘러보려는데 아주 익숙한 자극적인 냄새가 코를 찔렀다. 휘발유다. 연료통이 깨져 새어 나오고 있는 게 틀림없다. 위험하다. 빨리 탈출해야 한다. 상기는 마음이 조급해졌다.

입술을 악물고 통증을 참으며 좌석에서 몸을 빼내려 안간힘을 쓰는데 운전석 옆문에서 덜걱거리는 소리가 났다. 누군가 밖에서 찌그러진 문을 열려 하고 있었다.

'다행이다. 사람이 있구나.'

상기는 안도하면서 문밖을 살펴보았다. 눈앞으로 얼굴 하나가 바싹 다가왔다. 반가운 마음에 소리를 질러 도움을 청하려던 상기는 입을 쩍 벌린 상태로 얼어붙었다. 어둠 속에서 불쑥 튀어나와 흐릿한 실내등 불빛에 비친 얼굴은 뜻밖에도 소사 휴게소에서 본 사내의 것이었다.

'어, 이 자가 왜 여기에?'

사내의 행동이 아주 이상했다. 바쁘게 움직이며 구호 조치를 시작해야 할 텐데 우뚝 선 채 말없이 상기의 얼굴을 응시했다. 속마음이 보이지 않는 차가운 얼굴이었다. 그러더니 싱긋 소리 없는 웃음을 터트렸다.

'이놈은 대체 뭐지? 이게 웃음이나 내보이고 있을 만큼 한가한 상황이야? 사고를 당해 곤경에 처해 있는 게 몹시 즐거운 모양이지? 아까 그 일 갖고 이러는 거야? 쪼잔하기는……. 이거 아주 미친놈 아냐?'

속에서 부글부글 화가 치밀어 올랐다.

사내가 웃음을 거두고 대여섯 걸음 뒤로 물러서더니 주머니에서 뭔가를 꺼냈다. 어두워 잘 보이지 않았다. 대체 뭘까. 상기가 미간을 찌푸리며 살펴보니 뜻밖에도 담배와 라이터였다. 이 급박한 상황에 웬 담배. 이해할 수 없는 일이었다. 사고 기능이 정지된 듯 상기가 멍히 바라보고 있는 사이 사내는 담배에 불을 붙이더니 뿌연 연기를 뿜어냈다.

'뭐야. 휘발유가 새어 나오고 있는데 담배에 불을 붙인 거야?'

상기가 당장 담뱃불을 끄라고 소리치려는 순간 사내가 불이 붙은 담배를 손가락에 끼워 치켜들더니 툭 튕겨 차체 아랫부분 어딘가로 날려 보냈다.

픽! 하는 폭발음이 귀를 찢으며 화르르 불길이 번졌다. 이어 극심한 고통이 폭풍처럼 밀려들면서 살이 타며 내뿜는 누릿한 악취가 코를 찔렀다.

'빠져나가야 해. 아직 늦지 않았어. 다리만 빼내면 빠져나갈 수 있어.'

상기는 온몸을 덮친 불덩어리에서 벗어나려 필사적으로 손을 휘저으며 다리를 뻗대었다. 아무 소용이 없었다. 점차 몸에서 힘이 빠지며 상기는 어느 순간 고통이 일시에 사라져 버린 것을 깨달았다. 팔과 다리가 움직이지 않았지만 마음은 아주 편했다.

파르스름한 달빛이 쏟아지고 있었다. 그 아래 곤히 잠들어 있던 향이가 살포시 눈을 뜨며 환한 미소를 지어 보였다.

상기는 고개를 저었다.

'아니야. 이건 현실이 아니야. 죽은 자들의 언덕을 오를 때 빠져들었던 몽상에서 아직 깨어나지 못했어. 아직 환상방황을 계속하고 있는 거야. 왜? 오늘은 왜 고갯마루에서 깨어나지 못했지? 깨어나려면 어떻게 해야지?'

해답을 찾아내려는 듯 두 눈을 껌벅이던 상기는 천천히 고개를 옆으로 꺾으며 깊고 깊은 어둠의 늪으로 빠져들어 갔다.

구스타프 김

ⓒ 전홍범, 2023

초판 1쇄 발행 2023년 8월 18일

지은이   전홍범
펴낸이   이기봉
편집   좋은땅 편집팀
펴낸곳   도서출판 좋은땅
주소   서울특별시 마포구 양화로12길 26 지월드빌딩 (서교동 395-7)
전화   02)374-8616~7
팩스   02)374-8614
이메일   gworldbook@naver.com
홈페이지 www.g-world.co.kr

ISBN   979-11-388-2186-5 (03810)